Buch

Monterey, Woodstock, Altamont, Isle of Wight – die Klassiker unter den Pop-Festivals Ende der Sechzigerjahre sind ausgiebig dokumentiert worden.
Die Auftritte der bedeutendsten Künstler wurden in diversen Filmen, auf Platten und in Bildbänden festgehalten, ebenso die Randerscheinungen dieser Veranstaltungen.
Welcher Enthusiast und fleißige Konzertbesucher erinnert sich nicht an den Auftritt von *Joe Cocker,* dessen Arme wirbelten wie Windmühlenflügel (Woodstock)?
An die Darbietung des vollbärtigen *Jim Morrison* zusammen mit seinen *Doors,* illuminiert von einem einsamen rot leuchtenden Scheinwerfer (Isle of Wight)?
An die fulminante Performance von *Janis Joplin,* deren Schuhabsätze Löcher in die Bühnenbretter zu stampfen drohten (Monterey)?
Und leider auch an den bedrückenden Moment, in dem der junge *Meredith Hunter* während des Auftritts der *Rolling Stones* Opfer einer Messerattacke durch die *Hells Angels* wurde (Altamont)?

Hingegen führt das *Love & Peace Festival 1970* auf der *Insel Fehmarn,* eine der ersten bedeutenden Veranstaltungen dieser Art auf dem europäischen Festland, ein dokumentarisches Schattendasein.
Nur dem traurigen Umstand, dass *Jimi Hendrix* in diesen Septembertagen hier den letzten großen Auftritt seines viel zu kurzen Lebens absolvierte, ist es zu verdanken, dass man sich überhaupt noch an dieses Ereignis erinnert.

Nach dreißig Jahren Funkstille kommen die Freunde Frank Weiland und Mario Demand überein, ihren Streit beizulegen und sich das Geschehen der damaligen Zeit in Erinnerung zu rufen.
Von Hamburg aus fahren sie nach Flügge, dem Ort des Festivals, und versuchen, die Begleitumstände, die zum sogenannten *War and Hate Festival* geführt hatten, vom Staub des Vergessens zu befreien.
Dort angekommen, wartet auf einen der beiden eine böse Überraschung ...

Autor

Burkhardt Schmidt, Jahrgang 1954, lebt mit seiner Ehefrau auf der Insel Fehmarn.
»Tage des Sturms« ist sein insgesamt siebter, zum Thema Popmusik sein zweiter Roman.
Drei Krimis, zwei von ihnen an der Ostsee verortet, und drei Dramen bilden das Restprogramm.
Der gelernte Schriftsetzer hat erst in späten Jahren die Leidenschaft für das Schreiben in den Mittelpunkt seiner privaten Tätigkeiten gerückt.
Regional haben es Schmidts Romane zu einiger Beachtung gebracht. Der »große Wurf« ist ihm (nach seinem Kenntnisstand) noch nicht gelungen, erste Kritiken zu dieser Geschichte lassen ihn aber hoffen, dass »Tage des Sturms« ein größeres Publikum erreicht.

Burkhardt Schmidt

Tage des Sturms

Roman

Bibliografische Information der Deutschen Nationalbibliothek:
Die Deutsche Nationalbibliothek verzeichnet diese Publikation
in der Deutschen Nationalbibliografie; detaillierte bibliografische Daten
sind im Internet über dnb.d-nb.de abrufbar.

TWENTYSIX
Eine Marke der Books on Demand GmbH

Layout, Satz sowie Umschlaggestaltung:
Der Autor
(Verwendung finden Fotos von Wikipedia, cleanpng.com, Pixabay.
Plakat Titelseite von Privat, Rechteinhaber nicht mehr festzustellen)

Gesetzt aus der Minion Pro

Herstellung und Verlag:
BoD – Books on Demand GmbH, Norderstedt
ISBN 9 783740 784478

The story of life is quicker than the wink of an eye,
the story of love is hello and goodbye
… until we meet again.

Vermutlich letzter Liedtext von Jimi Hendrix

»Jetzt hatte sie begriffen! Wer sich erinnern will, darf nicht an einem Ort verweilen und warten, bis die Erinnerungen von selbst kommen! Die Erinnerungen haben sich in alle Himmelsrichtungen verstreut, und man muss reisen, wenn man sie wiederfinden und aus ihren Schlupfwinkeln holen will!«

Milan Kundera – The Book of Laughter and Forgetting

Was man vergisst, hat man im Grunde nicht erlebt.

Ernst R. Hauschka

Für
J. J.

Kapitel 1

Flügge, Fehmarn. 6. September 1970

Der Brand

Tattattattatt ... *seitdem aber verdichten ...* Tattattattatt ... *sich die Hinweise ...* Tattattattatt ...

Zentimeter um Zentimeter spuckte das Gerät den gelben Streifen aus, das Rattern des Stanzers, das mir an manchen Tagen den Nerv raubte – heute erschien es mir wie ein Taktgeber für meine Finger, die jetzt am letzten Teil des Textes schrieben. An den Zeilen, die in Hamburg schon sehnlichst erwartet wurden.

... denn noch fehlen letzte Beweise, dass ...

Im Geiste hörte ich einen Chor hämmernder Fernschreiber – tattatat, tattatat –, die im Gleichklang eine schier unglaubliche Meldung verbreiteten.

Die Welt, nicht nur die der Pop-Musik, würde sie mit angehaltenem Atem lesen.

Tattattattatt ... *Erkenntnisse erst vor wenigen Tagen ...* Tattattattatt ...

In knappen Zeilen würde *dpa* die Zeitungen diesseits und jenseits des großen Teichs auf den kompletten Bericht von Frank Weiland vorbereiten, Frank Weiland, Investigativ-Reporter des *Rock Tune.*

Flash-Meldung: ANSCHLAG AUF JIMI HENDRIX GEPLANT?

Die Hände flogen über die Tastatur, das rhythmische Geräusch der Maschine zwang mich über meine Müdigkeit hinweg zur Konzentration.

Untertitel: *Rätselhafte Vorgänge auf dem Fehmarn Love & Peace Open-Air-Festival!*

Schweiß rann mir von der Stirn.

Das war es also! So musste es sich anfühlen – *Jagdfieber!* Der Traum eines jeden Reporters wurde wahr – begründet auf knallharten Fakten summierten sich die Worte zu einem glasklaren Statement, einem Bericht, der kaum noch Fragen offenließ.

Letzte Zeile! ... *werden wir Sie auf dem Laufenden halten* ....
Tattattattatt.

Fertig! Ich wählte unsere Nummer in der Gaußstraße, legte den
Lochstreifen mit fiebrigen Händen in die Halterung. Umgehend
kam die Rückmeldung von Janine. Empfangsbereit!

Ich zögerte kurz. Wie würde Mario reagieren? Sebastian war
mir egal! Schnurzpiepegal! Nichts anderes hatte der Idiot im
Sinn, als mir die Tour zu vermasseln! Wollte meine Karriere verhindern, mit allen Mitteln! Vergiss es, du Trottel!, dachte ich. Es
ist alles wasserdicht! Mehrfach recherchiert, geprüft, ermittelt.
Nichts gab es daran zu rütteln! Gar nichts! Restzweifel? Waren zu
vernachlässigen.

Sendeknopf! Ab dafür! Der T 100 tickerte los und der gelbe
Streifen lief ruckelnd durch die Führung, sank auf den Boden,
wurde lang und länger.

Ich las den vorbeilaufenden Text unter dem Kunststofffenster
noch einmal und konnte es selbst nicht glauben ...

Peng!!

Ein heftiger Knall überlagerte das pulsierende Geräusch des
Fernschreibers, gefolgt von lautem Jubel. Sekunden später sah ich
durch die Ritzen des Fußbodens einen hellen Lichtschein. Mit einem Schlag verstummte das Rattern des Fernschreibers und der
Lochstreifen hörte auf zu laufen. Gleichzeitig stellten die Typen-
hebel, die den gespeicherten Text auf das Endlospapier warfen,
ihre Arbeit ein, und die Kontrollleuchten erloschen. Ein scharfer,
beißender Geruch drang in meine Nase. Tränen traten in die Augen, der Hals begann zu kratzen, und ich musste husten.

Im unteren Raum war ein Feuer ausgebrochen!

Dann der Gestank nach verschmortem Kunststoff. Kabelbrand!
Abbruch der Übertragung! In Hamburg würde Janine jetzt ratlos
auf den verstümmelten Text blicken. Wie viel war durchgelaufen?

Draußen tobte der Wind und jaulte durch die Fugen des pro-
visorisch errichteten Organisationszentrums, kurz OZ genannt.
Die beiden aufeinander gestapelten Wohncontainer wackelten,
wie sie es in den Tagen immer taten, wenn es stürmte.

Ich vernahm lautes an- und abschwellendes Geknatter von Motorrädern und Gejohle ihrer Fahrer. Ein feiner Rauchfaden drang durch die Spalten des Fußbodens. Aus dem Raum unter mir hörte ich nichts. Doch! Jetzt! Es knisterte, wie wenn jemand mit Papier raschelte. Das Feuer schien sich schnell auszubreiten. Der Qualm wurde heftiger und verstärkte den penetranten Geruch.

»Weg mit der Bude!«, krakeelte jemand. Trunkenes Gelächter. Irgendwas schlug unten gegen die Wand. Ich hörte ein Splittern. Eine Flasche offenbar. Jetzt wurde mir die Ursache des ersten Knalls klar. Ein Brandbeschleuniger! Sonst würden die Flammen nicht so schnell um sich greifen. Womöglich ein Molotow-Cocktail!

Raus hier! Die brennen den Container ab!, dachte ich. Die sind ja irre! Verrückt! Diese besoffenen Schweine!

Ich hörte einen hellen Schrei, gefolgt vom Ruf einer vertrauten Stimme. »Frank!! Frank! Wo bist du?« Friederike! Beißender Rauch drang immer tiefer in den Hals und hinderte mich, zu antworten. Ich brachte nur ein Krächzen zustande.

Rike musste das trotz des Lärms auf dem Vorplatz vernommen haben. »Er ist da drin!«, schrie sie. »Ihr seid ja wahnsinnig! Das könnt ihr doch nicht machen! Mein Freund ist da drin! Helft ihm!«

Niemand antwortete. Aber auch kein Lachen mehr. Offenbar hatten sie mich nicht auf der Rechnung gehabt. Jetzt! »Aber es war'n doch alle raus!«, brüllte eine kräftige, mir wohlbekannte Stimme. Ich hatte sie gerade vor wenigen Stunden brüllen hören. »Habt ihr nicht nachgeschaut? Ihr habt doch nachgeguckt, oder?« Die Antwort bestand aus unverständlichem Gemurmel.

Ich hatte keine Zeit, mir das Szenario draußen vor Augen zu führen. Rötlicher Lichtschein flackerte durch die Fugen – die ersten Flammen schienen an der Decke zu fressen. Nichts wie weg hier! Ich sprang auf und rannte zur Tür. Es war eine schmale Tür, die hinaus auf die hölzerne Außentreppe führte. Vorsichtig öffnete ich sie. Der starke Wind, der genau auf dieser Seite des Containers stand, riss mir die Tür aus den Fingern und schlug sie gegen die Wand. Ich hatte Mühe, vom Sturm nicht umgeworfen zu werden.

»He! Lass das! Nicht auf die Treppe! Die brennt!« Der große, bärtige Mann sah zu mir herauf. Er fuchtelte mit den Händen und zeigte auf die Flammen zwei Meter unter mir. Dann sah er mich genauer an. »Mann, Schreiberling! Was machst du denn da oben? Warum bist du nicht in deinem Zelt?« Ich hatte richtig gehört. Wolfram! Der dicke Wolfram. Seine schwarze Ledermontur glänzte im Feuerschein.

Ich drehte mich um. An der entgegengesetzten Wand gab es zwei kleine Fenster, aber ich bezweifelte, dass ich hindurchpassen würde. Selbst wenn – bis zum Boden waren es gut vier Meter! Hoch genug, um sich die Knochen zu brechen.

Der Wind drängte jetzt mit Macht in den Raum. Mit aller Kraft zog ich an einer Luke und schaffte es, sie zu öffnen. Im Nu war ich bedeckt von umherfliegenden Papieren, Postern, Flyern. All das, was die Organisatoren nach hier oben geschafft hatten, weil kein Mensch mehr Verwendung dafür hatte, alles wirbelte durcheinander. Die Kartons hingegen, die die überholten Lagepläne enthielten, Kostenaufstellungen, Rechnungen, Listen mit Auftrittszeiten und anderes – sie widerstanden dem Wind. Auch die Tapeziertische rührten sich nicht von der Stelle. Das Gewicht der Schreibmaschinen, des Fernschreibers und des Kopierers verhinderte, dass sie umfielen. Auf Werners Tisch hat sich nicht viel verändert, dachte ich. Gewissenhaft als Journalist, war er organisatorisch ein Chaot. *Unordnung mit System* nannte er das, was sich auf seinem Schreibtisch abspielte.

Als ich den Versuch unternahm, mich zur Luke hochzuziehen, wurde mir klar, dass nur ein Kind hindurchpassen würde, aber niemand, der ohnehin ein paar Pfunde zu viel mit sich herumschleppte.

Mit Mühe drückte ich das Fenster wieder zu und eilte zurück zur Tür. Die Fußbodenbretter unter mir begannen, sich dunkel zu färben, an einigen Stellen griffen Flammen nach meinen Füßen, und der Rauch wurde immer dichter.

Die Unterlagen!, schoss es mir durch den Kopf. Die Filmdose! Ich fuhr herum. Wo zum Teufel war das alles? Die Dose steckte in einer Tasche und war jetzt von haufenweise Papier bedeckt.

Schnell wühlte ich an der Stelle, wo ich sie deponiert zu haben glaubte. Nichts! Nur Tüten, Kartons, Schuhe, Schlafsäcke. Leere Flaschen. Teller mit abgenagten Knochen. Von gestern Nacht. Aber die Tasche fand ich nicht.

Meine Notizen, meine Aufzeichnungen, die Manuskripte – alles war wild durch den Raum gewirbelt worden.

An einigen Stellen schlugen die Flammen jetzt in das Obergeschoss. Ich musste raus! Keine Zeit mehr zu verlieren!

Instinktiv sah ich zum Fernschreiber. Verdammt! Das Feuer hatte den Lochstreifen erfasst und versengte ihn. Er wand und krümmte sich wie ein zerteilter Wurm. Mein Text! Er war weg! Die ganze Arbeit vergeblich! Die letzten Beweise vernichtet!

Egal! Weiter! Nach wenigen Schritten trat ich hinaus auf die Treppe. Das Feuer war dicht unter mir. Keine Chance zu entkommen! Das war's denn wohl. In diesem Moment dachte ich wirklich, mein Leben ginge jetzt zu Ende. Eigentlich bist du zu jung zum Sterben, kam es mir in den Sinn.

Unten stand Rike und sah zu mir hoch. »Frank! Um Himmels willen!« Sie schlug die Hände vor den Mund. Dann sah sie Wolfram an und packte ihn am Arm. »Nun mach doch was! Hilf ihm! Er verbrennt!«

Sekundenlang sah der Dicke sie verblüfft an, dann aber kam Leben in ihn. Er rannte um die Ecke, dorthin, wo seine Kumpane wohl vor den Flammen tanzten und auf ihren Motorrädern Bahn um Bahn zogen. Sehen konnte ich ihn nicht mehr, aber seine Stimme übertönte Wind und Feuer. »Ole! Mike! Paul-Ludwig! Kommt mit! Der Schreiberling ist noch da oben! Den müssen wir rausholen, sonst wird er gebacken!« Mit erstaunlicher Geschwindigkeit sauste er wieder am Haus vorbei und rannte zu den Zelten, die dicht am Organisationszentrum standen und von ihren Bewohnern schleunigst in Sicherheit gebracht wurden. Wolfram riss einem von ihnen eine dieser allgegenwärtigen gelben Europlanen aus der Hand, ignorierte den Protest des Besitzers und kehrte mit seiner Beute zurück. »Packt an, Männer!«, rief er seinen Kumpeln zu, und die erfassten sofort, was er beabsichtigte. »Vier Mann, vier Ecken!«, grölte einer von ihnen und im Nu breitete sich unter mir ein gelbes Sprungtuch aus. Wolfram sah zu mir hoch. »Weiter rechts!«, dirigierte er. »Quatsch! Links!«, widersprach ein anderer.

Von denen ist keiner mehr nüchtern, dachte ich, als ich auf die hin und her wandernde Leinwand sah. »Könnt ihr euch bitte mal einigen? Außerdem müsst ihr näher ans Haus!«

»Bist du bescheuert?«, grunzte Wolfram. »Willst du, dass wir abfackeln?«

Ich versagte es mir, die Burschen darauf hinzuweisen, dass sie mit mir nicht so zimperlich gewesen waren. Spring einfach, dachte ich und schloss die Augen. Der Fall war kurz und ich landete mit dem Oberkörper tatsächlich auf der Plane, die sogar standhielt. Die Beine allerdings, die ich angewinkelt hatte, knallten ausgerechnet dem vollbärtigen Initiator der Rettungsmaßnahme gegen die Brust, was er brummend mit einem »Willkommen auf der Mutter Erde!« kommentierte, eine Wolfram-typische Formulierung, die mich bei allem Unglück zum Lachen brachte. Ich rutschte zu Boden und die Mutter Erde sorgte für einen nassen Hintern.

Rike rannte auf mich zu, half mir auf und schloss mich erleichtert in die Arme. »Ich hab mir solche Sorgen gemacht! Was hast du da oben eigentlich getrieben?« Ich fuhr mit der Hand durch ihr Haar und dankte ihr lächelnd.

Aber nicht mal ihr erzählte ich die ganze Wahrheit. »Ach, ich musste noch was schreiben. War fast fertig.« Wütend sah ich zu Wolfram, mit Sicherheit einer der Feuerteufel. »Und jetzt verbrennt da oben alles!«

Die Hitze wurde unerträglich und wir beeilten uns, aus der Nähe des Feuers zu kommen. Der Dicke fluchte: »Wir haben sie gewarnt! Sag nicht, dass wir sie nicht gewarnt haben! Die Ganoven!« Das war wohl zugleich als Entschuldigung an meine Adresse gerichtet.

»Die Feuerwehr!«, kam es von den Zelten. »Ruft doch mal die Feuerwehr!«

»Das ist doch sowieso zu spät!«, bekam er zur Antwort.

Und die Stimme hatte recht. Der Brand hatte sich zu einem

Inferno entwickelt, breitete sich mit rasender Geschwindigkeit aus, angefacht vom Wind, der seit den Mittagsstunden wieder an Kraft zunahm.

Vor dem sehnlich erwarteten Auftritt von Jimi Hendrix hatte die Sonne mehrfach versucht, sich gegen die Wolken durchzusetzen. Als er dann zu spielen begann, brannte sie mit ganzer Wucht vom Himmel, schien die frierenden und durchnässten Fans für alles entschädigen zu wollen, was das Wetter ihnen in den Tagen zuvor zugemutet hatte.

Als der schwarze Mann aus Seattle die Bühne verlassen hatte und nach einer diesmal erstaunlich kurzen Umbaupause die Münchener Gruppe *Embryo* versuchte, die gute Stimmung unter den Zuschauern für sich zu nutzen, schlug das Wetter erneut um und sandte kräftige Regenschauer zu Boden, was die Fans veranlasste, in Scharen zu flüchten. Sie stiegen in ihre Autos, rieben und klopften sich die Kälte aus den Gliedern und freuten sich, endlich nach Hause fahren zu können. Viele waren so erschöpft und durchnässt, dass sie sich bibbernd in die Autositze krümmten und in einen wohltuenden Schlaf fielen.

Und jetzt das! Als habe er sich mit den Brandstiftern verbündet, ließ der Regen wieder nach und das Feuer konnte sich ungehemmt durch die Holzwände des Wohncontainers fressen. Binnen kürzester Zeit wurde das Inventar beider Etagen Opfer der Flammen. Schreibtische, darauf platzierte technische Geräte, Berge von Papier, die den Versuch hätten dokumentieren können, Ordnung in einen Ablauf zu bringen, der sich irgendwann verselbstständigt hatte und von niemandem mehr zu bändigen war – alles verglühte, brannte, schmolz und wurde zu Asche, zu Klumpen vergänglicher Materie. Der Westwind drückte Böen über den Deich, die immer wieder die Glut in den schon verkohlt geglaubten Pfosten, Pfeilern, Streben und Platten entfachten. Knallend zerplatzte das Holz und warf heiße Funken um sich.

Menschentrauben standen wenige Meter von den züngelnden Flammen entfernt und betrachteten so geschockt wie gebannt das Geschehen. Vereinzelte Schreie waren zu hören, trunkenes Gelächter.

»Den könnt ihr auch noch haben, ihr Gangster!« Höhnisch johlend wedelte einer der Rocker mit einem Geldschein und hielt ihn direkt vor die Feuersbrunst. Grinsend drehte er sich zu einem Gefährten um, dem der Schweiß unter seinem versilberten Stahlhelm die Stirn herunterlief. Ich sah in die Augen des fluchenden Mannes. Rötlich gerändert schwammen die Pupillen im Widerschein der Flammen, er schwankte heftig, ließ aber weder sich noch den Geldschein vom Feuer schnappen.

Sein Kumpan richtete die geballte Faust gegen die jetzt komplett brennende Unterkunft. »Ihr Drecksäcke!« Er wandte sich zu seinen Kameraden, die ihre Motorräder zum Stillstand gebracht hatten. »Wie war das? *Macht kaputt, was euch kaputt macht!*«

Kapitel 2

Die Roten Steine

Macht kaputt, was euch kaputt macht! Richtig! Die *Roten Steine*. Ich sah auf meine Armbanduhr. Kurz nach halb neun. Vor zwei Stunden noch war ich hinter der Bühne gewesen und hatte mit Rio Reiser gesprochen. Alle wollten sie mit Rio sprechen, es hatte mehrfach Interviewanfragen gegeben. Werner Öller, mein Freund und Kollege vom *Pop-Magazin*, der den zweiten nun wohl schon zum Raub der Flammen gewordenen Schreibtisch im Obergeschoss des Wohncontainers hatte nutzen dürfen, war tatsächlich mit seinem Fotografen aufgetaucht, Norman Dappert, der eigentlich seine schwere Grippe auskurieren wollte.

Rio Reiser, Sänger der *Roten Steine*, eine Rockband, die aus steuerlichen Gründen eigentlich nur als Pausenclowns angeheuert worden waren, genau gesagt als Theatergruppe, war schlagartig bekannt geworden. Es war *ein* Satz, den er während des Auftritts in die Menge gebrüllt und der die Runde auf dem Gelände gemacht hatte: *Hauen wir die Veranstalter ungespitzt in den Boden!*

Mit einem Mal dämmerte mir, was die Worte des Rockers bedeuteten: Sie nahmen Rio Reiser beim Wort! *Macht kaputt, was euch kaputt macht!* Der Titelrefrain eines seiner Songs war auf fruchtbaren Boden gefallen. Die ledergekleideten Männer aus Hamburg, denen man für ihren Job fünfzig Mark Tageslohn versprochen hatte und die an diesem letzten Abend ungläubig in die leeren Geldkassetten schauen mussten, sie ließen ihrer Wut freien Lauf.

Aus der Ferne waren jetzt Martinshörner zu hören. Ich drehte mich zur Straße, die nach Püttsee führte. Blaulichter zuckten durch den wolkenverhangenen Himmel. Drei, vier Fahrzeuge, mehr waren es nicht.

Hatte Rio Reiser bedacht, was er mit seinen Worten auslösen würde? Im Gespräch kam er mir nicht vor wie ein von allen guten Geistern verlassener Anarchist, besessen von Gewaltphantasien. Vor mir stand ein schlanker, eher schüchtern wirkender Junge mit wachen Augen im schmalem Gesicht; ein dünner Bartflaum zierte den lächelnden Mund. Die Hand fuhr durch das lange Haar, als er mir versicherte, dass er sehr zufrieden mit dem Auftritt seiner Truppe war.

In der Tat hatten die *Roten Steine*, die wohl den wenigsten im Publikum vorher bekannt gewesen waren, großen Applaus geerntet, obwohl ihr Auftritt mit drei Songs ungewöhnlich kurz war. Ihr Lied »*Macht kaputt …*«, das Reiser erst direkt vor dem Festival komponiert hatte, bestand im Wesentlichen aus einer schlichten Aneinanderreihung von Schlagwörtern. Überall, so der Kern des Textes, liefen Radios und Fernseher, alle Welt kaufe Autos und Möbel, und wofür das Ganze? Nee, brüllte Rio in die begeisterte Menge, weg damit, überflüssig, am besten zerschlagen. Das Holzschnittartige seiner Songs hatte mich amüsiert und nicht wirklich beeindruckt, obwohl das Charisma des jungen Mannes auch mich in seinen Bann schlug.

Reiser wusste natürlich, dass es weniger die musikalische Darbietung war als vielmehr seine Botschaft, die bei den frustrierten, inzwischen nicht mehr als wenigen hundert Verbliebenen so gut ankam. Das spöttische Grinsen auf den Lippen bedeutete mir, dass er bewusst auf Provokation gesetzt hatte und durchaus in der Lage war, eine feinere Klinge zu führen.

Selbstverständlich habe er niemals die Absicht gehabt, beteuerte Rio augenzwinkernd, die Leute vor der Bühne zu illegalen Aktionen zu bewegen, aber, und das erklärte er mit erkennbarer Überzeugung, die Fans, die Musiker und auch die Rocker, die als Ordner seiner Meinung nach einen ehrlichen Job gemacht hätten – sie alle seien von den Veranstaltern nach Strich und Faden betrogen worden.

Als ich ihn fragte, was er damit meinte, warf er die Hände hoch in den eisigen Westwind und fauchte: »Weißt du das denn nicht? Die sind mit den Einnahmen über alle Berge! Diese Halunken!«

Das hörte ich zum ersten Mal. Nach den Worten Rikes hatte Rio vor dem Konzert in die Menge gerufen: »Ey, wir ham hier einen Scheck gefunden über 100 000 Mark, ausgestellt auf Jimi Hendrix.« Mir selbst war das entgangen. Sie hatte den Eindruck, meinte Rike, Rio habe mit aller Macht die Zuschauer und besonders die Hamburger Ordnungskräfte aufstacheln wollen.

Der stramme Wind half dem Feuer, die mobile Holzhütte binnen kurzer Zeit in ein verkohltes Skelett zu verwandeln. Die Rocker, die noch vor Ort waren und keinen Lohn erhalten hatten, ließen die Flaschen kreisen und ersäuften ihren Ärger. Das prasselnde Feuer schien die größte Wut zu besänftigen, der Rachedurst wirkte gestillt. Dazu der Schreck, der ihnen in die Glieder gefahren war, als ihnen klar wurde, dass um ein Haar jemand verbrannt wäre.

Nicht jeder von ihnen ergab sich dem unkontrollierten Suff; stillere Gemüter zogen sich frustriert in ihre Schlafsäcke zurück, so sie welche dabeihatten. Sie dachten vermutlich dasselbe wie die Fans, die noch ausharrten, wie auch die, die schon den Heimweg angetreten hatten: Was soll's? Gewesen ist gewesen. Morgen ist ein neuer Tag.

Vier Feuerwehrmänner sprangen aus ihrem lächerlich kleinen Löschwagen, einem speziellen VW-Bus. Ein großer Mann, der mir bekannt vorkam, sah in die Flammen und schüttelte den

Kopf. »Den Weg hätten wir uns sparen können. Da ist nichts mehr zu machen.« Er wandte sich an seine Kameraden. »Gut, Männer! Löschen, was noch zu löschen ist. Das kriegen wir mit den Trockenlöschern hin. Und gucken, dass die Brandnester getötet werden.« Als er kurz den Helm abnahm, um sich den Schweiß von der Stirn zu wischen, fiel mir wieder ein, wen ich vor mir hatte – es war Johannes Störtenbecker, Campingplatzbesitzer und Eigner der Festivalwiese.

Die Rocker sahen dem Treiben der Feuerwehr interessiert zu.

Auf ihre Weise alles Uniformierte, dachte ich. Die einen blaurot, die anderen schwarz. Und alle folgsam, wenn der Richtige die Kommandos gibt. Ich schaute zu Wolfram. Die Flasche Bier in seiner Pranke gab nicht mehr als ihren Hals frei.

»Willst du?«, fragte er Störtenbecker und hielt ihm die Flasche hin. »Arbeit macht durstig.«

Ein Polizeiwagen hoppelte die letzten Meter über den Acker. Dieses Fahrzeug, ein klappriger VW Käfer, kam mir nicht so vor, als tauge es zum Sinnbild geballter Staatsmacht.

»Mit den Einnahmen?«, fragte ich Rio Reiser skeptisch. »Das ist doch nur ein Gerücht, oder?«

»Von wegen!«, blaffte Rio. »Die sind abgehauen! Ich habe die Kerle den ganzen Nachmittag gesucht …«

»Da bist du nicht der einzige. – Hast du keine Gage bekommen? Na, Geld ist dir ja eh nicht wichtig.«

»Sehr witzig!«, fauchte er zurück. »Das bisschen Kohle haben wir gekriegt. Aber null Informationen. Wir hatten keine Ahnung, wann wir spielen sollten. Irgendwann hörten wir dann, dass die Party vorbei ist und sie uns nicht mehr auf dem Plan hatten. Eigentlich sollte nach uns *Ten Years After* auf der Bühne stehen. Aber die sind nicht da und schon gar nicht jemand, der was organisiert.«

»Jedenfalls habt ihr gespielt. Und ihr könnt euch nicht beklagen. Die Leute waren schwer begeistert.«

Reiser nickte lächelnd und fragte: »Für welches Blatt schreibst du noch mal?«

»*Rock Tune.*«

»Mir nicht bekannt.«

»Du mir auch nicht.«

»*Bisher* nicht.« An Selbstbewusstsein schien es ihm nicht zu mangeln.

»Bisher nicht«, bestätigte ich.

»Und? Was wirst du schreiben?« Seine Frage klang ernst.

»Was ich sagte – die Leute waren begeistert.«

Er runzelte die Stirn. »Du nicht?«

»Darauf kommt es nicht an. Ich schreibe über das, was ich sehe und höre. Weniger über meine Empfindungen.«

»Du weichst aus«, lächelte er. »Fandst du es nicht gut?«

»Ein paar Sachen haben mir gefallen.«

»Aber …?«

»Ehrlich gesagt … hm …«

»Ich mag es, wenn jemand ehrlich ist. Also?«

»*Macht kaputt, was euch kaputt macht.* Wenn das euer Credo ist, scheint es mir äußerst dürftig. Klingt nach schwarz oder weiß. Kein Raum für grau. Hier die Guten, da die Kapitalisten, die Ausbeuter. Und wie hieß das andere Stück noch gleich? *Keine Macht für Niemand*, stimmt's? Anarchie ist machbar, Herr Nachbar? Ist die Welt so schlicht gestrickt?«

»Du … äh … tut mir leid, mir ist dein Name entfallen.«

»Frank. Frank Weiland.«

»Frank also. Findest du, die Welt ist gerecht, Frank?«

»Nein, das ist sie nicht. Aber wenn ihr alles auf eine plakative Formel reduziert, nur damit der Refrain eingängig ist, macht ihr den Leuten was vor.«

Sein Blick verfinsterte sich. »Wir machen den Menschen nichts vor. *Wir* nicht! Viele von unseren Freunden sagen uns: Ey, ihr trefft genau den Kern! Das isses, Mann! Genau das! Und das klappt nur, wenn die Songs es auf den Punkt bringen. Kurz und knapp.«

»Ja. Kurz und knapp. Wie war das? *Radios laufen, Platten laufen. Wofür? Reisen kaufen, Autos kaufen. Wofür?* Ihr ratet den Leuten also davon ab, eure Platten zu kaufen?«

Sein Lachen war entwaffnend. »So viel sind's noch nicht, dass wir den Unterschied merken würden.«

»Und ihr seid zu Fuß auf die Insel gekommen? Ohne Auto?«

»Ach, komm! Songs sind eben dazu da, es auf einen knappen Nenner zu bringen. Deine Texte sind doch was anderes. Du kannst dich ausbreiten. Von dir wird nicht erwartet, dass du's in fünf Zeilen hinter dich bringst.«

»Bob Dylan lässt sich auch Zeit, um an den Kern zu kommen.«

»Der Vergleich ist ungerecht. Wir machen das, was wir können. Mehr nicht. Würdest du dich an Egon Erwin Kisch messen lassen?«

»Touché! Ich darf also, in meinem bescheidenen Stil, unseren Lesern sagen, dass die *Roten Steine* mit einer Message unterwegs sind und dass die Musik nur an zweiter Stelle rangiert?«

Er ignorierte meinen Sarkasmus. »Heute Abend, Frank, während wir hier stehen und locker plaudern, sterben wieder Dutzende Kinder und Frauen in der Hölle von Vietnam und die Welt kümmert es einen Scheißdreck. Vor zwei Jahren noch sind Hunderttausende durch die Städte gelaufen und haben denen da oben klargemacht, dass es eine Sauerei ist, die Kriegstreiber aus den USA zu unterstützen, die verantwortlich für die Gräueltaten in Fernost sind ...«

»Ho, Ho, Ho-Tschi-Min!«

»Mach dich nur lustig, Mann!«

»Tu ich doch gar nicht! Ich bin voll auf deiner Seite! Ich kann nur nicht mitansehen, wie sich so schmächtige Leute wie du die ganze Last des Lebens im Alleingang auf ihre schmalen Schultern laden wollen. Das erzeugt Ohnmacht, und Ohnmacht erzeugt Zorn, Rio. Unkontrollierte Wut. Nicht nur bei deinem Publikum, auch bei dir. Und unreflektierter Zorn ist kein guter Ratgeber.«

»Dann *gib* mir einen guten Rat! Soll ich den Kriegstreibern mit dem Finger drohen?« Er wedelte mit dem Zeigefinger. »Du, du, du!? – Und damit geben wir ab zur Werbung. *Perversil wäscht so weiß, da wird selbst Nixons Weste sauber.*«

»Keiner verlässt den Platz, jeder bleibt an seiner Stelle!«, bellte der Wachtmeister noch während des Aussteigens, wobei er ins Strucheln geriet. »Hansen!«, drehte er sich um, »befragen und von allen die Personalien aufnehmen – und ich meine: von *allen!*«

»Aber, Chef …!«

»Machen!!«

»Das sind 'n paar Hundert, schätz ich.«

»Nehmen Sie *die* zur Verstärkung!«, zeigte der Einsatzleiter auf den zweiten Streifenwagen, ein Ford Taunus immerhin. »Und nehmen Sie sich nur die Leute aus den ersten Reihen vor.« Er sah zu den Rockern, die neben ihren Maschinen standen oder im Gras lagen. »Fangen Sie mit denen da an! Ich sichere derweil den Tatort.«

Deutlich sah ich Hansens Adamsapfel nach seinem Blick auf die Ledernen rauf- und wieder runterwandern. »Okay, Chef. Wie Sie meinen.«

Kapitel 3

Love and Peace unterm Flügger Leuchtturm
Notizen über ein Pop-Festival
Montag, 31. August 1970

Die Anfänge

»Das hält sich.« Hartmut Redlich schaut hinauf in den strahlend blauen Himmel, dann wandert sein Blick hinüber zum Festland, wo tief am Horizont eine graue Wolkenwand hängt. Redlich hat sein Fischerboot in Burgstaaken liegen, ganz im Süden der Insel, und betreibt nebenher in der Nähe eine Räucherei. »Hier auf der Insel ist das Wetter immer 'n Ende besser als drüben in Europa. Beständiger vor allem.« Für Fehmaraner ist alles, was hinter der Brücke liegt, Europa. Das hat damit zu tun, dass die Insel von ihren Bewohnern »der sechste Kontinent« genannt wird. Und für so besonders, wie die Fehmaraner sich und ihre Insel halten, halten

sie auch ihr Klima. Sonnenreichstes Gebiet der BRD. Kein Schnack, jahrzehntelange Wetteraufzeichnungen. Ist eben so, meint Redlich, und deshalb werden auch die – mindestens! – nächsten zwei Wochen sonnig und trocken bleiben. Scheißwetter gab's noch nie Anfang September. Und das sagt nicht irgendeiner, sondern ein fehmarnscher Fischer, und so einer weiß das. Weil die Fische es ihm erzählen. Und Fische irren sich nie!, lächelt Redlich. Nee, Wetter bleibt gut! Kannst di op verlaaten!

Auf die günstigen Wetterprognosen verlassen sich auch die drei Kieler Veranstalter des ersten Open-Air-Festivals auf dem europäischen Festland, Helmut Ferdinand (33, Ingenieur), Christian Berthold (28, Gastwirt) und Tim Sievers (30, Student). Ihre Idee ist, ein Jahr nach dem Original ein deutsches Woodstock aufzuziehen. Aber keine Kopie, nein, sondern was ganz Eigenes. Woodstock war Woodstock, und Fehmarn wird Fehmarn. So lautet ihre Losung.

Die Idee, das Festival ausgerechnet auf Fehmarn zu veranstalten, sei ihnen, so Ferdinand, gekommen, als sie Berichte von der Isle of Wight hörten, wo im letzten Jahr 150 000 Fans gekommen waren. Vor ein paar Tagen erst sei die dritte Ausgabe des Festivals angelaufen, und sie hätten was von über einer halben Million Zuschauern vernommen – mehr als in Woodstock! Auf einer Insel! Sei also zu machen. Direkt an der See! Absolut romantisch, wirft Sievers ein, und spart eine Menge an Ausgaben für sanitäre Einrichtungen. Wobei er grinst. Und Jimi Hendrix als Zugpferd, beeilt sich Christian Berthold zu sagen. Hat auf der Isle of Wight seine Europa-Tournee begonnen, und Fehmarn liegt quasi am Weg. Sie hätten sich, so Ferdinand wieder, an Fritz Rau gewandt, und der versprach, ihnen zu helfen. Klar, sagt Sievers, bei Vorkasse hilft der jedem. Mann! Die volle Summe vorab! Sein Lachen klingt grimmig. Lass mal, sagt Helmut Ferdinand, dafür hat Fritz auch sofort geliefert. Ist bestimmt nicht einfach, den besten Gitarristen der Welt so mal eben an Land zu ziehen. Da müssen die beiden anderen beipflichten. Ist schon 'n guter, der Fritz. Einer der besten. Impresario von echtem Schrot und Korn. Doppelkorn, grient Sievers. Und was er macht, geschieht immer aus tiefer Überzeugung.

»Das wird doch nix!«, sagte der junge Mann, den Mund zu einem geringschätzigen Lächeln verzogen, neben mir. Die Tonfärbung war unverkennbar hamburgisch. Ich schaute ihn fragend an.

Unsere Augen verfolgten den Aufbau der Bühne, der gut voranzukommen schien. *Da sind wir voll im Plan,* hatte mir Helmut Ferdinand versichert. Verriet mir nicht, ob das *da* eine Einschränkung bedeutete. Ob sie irgendwo *nicht* im Plan waren.

Ich fragte den Nachbarn, ob ich den Rekorder laufen lassen dürfe. Er nickte knapp. »Holger heiß ich und bin als Bühnenordner vorgesehen«, stellte er sich vor. Auf Anhieb sympathisch. Ein bisschen zu selbstsicher vielleicht. Aber nicht großspurig. Kurz wies sein Kinn zur Bühne. »Den Arsch nach Osten und offen zur See. Schwachsinn.«

Meine Nachfrage erfuhr eine naturnahe Antwort. »Die Vögel an der Küste bauen ihre Nester immer mit dem Flugloch nach Osten. Ist doch klar. So sind sie geschützt vorm Westwind. Und hier herrscht meistens Westwind.«

»Aber das Wetter soll in den nächsten Tagen doch gut bleiben«, gab ich zurück. »Warm und sonnig. Und windstill. Anfang September ist hier eigentlich immer gutes Wetter.«

»Has' mit 'nem Fischer geschnackt, wa?« Lässig lächelnd dehnte er die Worte wie Kaugummi. »Ja, das sind die Experten! Die und 'n paar andere.«

Ich verriet ihm nicht, dass ich gebürtiger Fehmaraner war und das eigentlich auch wissen müsste. Ob das stimmte mit dem guten Wetter Anfang September. Aber ich hatte ehrlich gesagt nie darauf geachtet.

»Wie die Veranstalter, meinst du? – Glaubst du, das Wetter schlägt noch um?«

Er wiegte den Kopf. »Siehst du die Wolkenwand auf 'm Festland? Hängt schon zwei Tage da rum. Ewig bleibt die nicht drüben. – Aber was juckt es mich? Ich mach meinen Job und dann is' gut.«

»Wie viele seid ihr denn? Ordner?«

»An der Bühne sind wir 'n gutes Dutzend, dann sind noch 'n paar Kollegen aus 'm Iran da …«

»Iran? Nanu!«

»Die kennen die Veranstalter aus Kiel. Die betreiben da eine Musikkneipe und haben die Jungs schon öfter engagiert.«

»Hast du 'ne Ahnung, was die hier machen? Hier in Deutschland?«

»Studenten? Vorm Schah geflohen? Keine Ahnung. Ich hab das Gerücht aufgeschnappt, ein paar von denen hätten ursprünglich zu den Prügel-Persern gehört …«

»… die '67 beim Schahbesuch in Berlin auf die Demonstranten eingeschlagen haben.« Ich erinnerte mich an Fernsehbilder, die zeigten, wie enthemmte junge Männer mit langen Stangen auf wehrlose Menschen eindroschen. Und an die furchtbaren Szenen mit dem erschossenen Studenten Benno Ohnesorg, dessen Kopf eine junge Frau in den Händen hielt. An Passanten, die sie dafür beschimpften. *Lass den Terroristen doch einfach liegen!*

Holger nickte. Dann fuhr er fort, sagte mir, dass die Festival-Betreiber Dutzende Hamburger Rocker als Eingangskontrolleure verpflichtet hätten. Statt einiger der Iraner. Damit es im Vorwege kein böses Blut gäbe. Hippies und Gefolgsleute des Schahs – passte irgendwie nicht. Nur eine Handvoll Unverdächtiger dürfe bleiben. »Ist natürlich ein Wagnis mit den Rockern«, betonte er. »Ist auch schon mal schiefgegangen.«

»*Altamont,* meinst du.«

»Allerdings. Und nicht nur da.« Er winkte ab. »Aber diese Jungs kennen wir gut. Sind ja auch Hamburger. Alles klar geregelt. Wir machen die Bühne, sie den Eingangsbereich. Gibt keinen Stress.«

Wortlos schauten wir auf die Arbeiter, die bei der Wärme in Shirts und kurzen Hosen die Bühne Meter für Meter in die Höhe trieben. Sie gingen konzentriert zu Werke. Sie waren im Plan.

Kapitel 4

Hamburg, 16. September 2000

Das Wiedersehen

»Hallo, Frank! Schön, dass du der Einladung folgen konntest!«
Die kräftige Stimme, die aufrechte Haltung – nach all den Jahren
hatte sie sich kaum verändert. Ihre wachen Augen hatte nichts
vom Glanz früherer Tage eingebüßt. »Du wirst überrascht gewesen sein, stimmt's?«

»Guten Tag, Magda!«, entgegnete ich. »Nun ja. Wirklich gewundert hat es mich nicht. Dein Sohn war schon immer ein
Meister der Recherche. – Magda, es … es tut mir sehr leid!«

Sie musterte mich ausgiebig und nickte. »Danke! – Komm herein!«, bat sie schließlich, ließ mich an sich vorbei in die riesige
Eingangshalle. »Es ist lange her«, sagte sie und schloss die Haustür. »Ich freue mich, dich wiederzusehen. Schade nur, dass Bernhard diesen Moment nicht mehr erleben kann. – Mario führt
gerade ein Telefonat. Er kommt gleich runter. Willst du nicht ab-
legen?« Entschlossen schnappte sie sich meine Jacke und hängte
sie an die Garderobe. Irritiert sah ich mich um.

»Du vermisst Frau Lorenz, nicht wahr?«, lächelte Magda Demand. »Nun, sie hat uns im Februar verlassen, weil sie sich um
ihre arme, alte Mutter kümmern muss.« Ich entnahm ihrer Stimme einen leicht verächtlichen Ton. »Und vor zwei Jahren hat auch
der letzte unserer Hunde das Zeitliche gesegnet. Wir sind uns einig gewesen, dass nach Ferrari keiner mehr kommt.« Sie lachte
kurz auf und schüttelte den Kopf. »*Ferrari!*«

Ich wusste um Bernhards Macke, seinen Vierbeinern Namen
von Automarken zu verpassen. Die letzte Hündin, die ich erlebt
und ihr seidiges Fell gestreichelt hatte, hörte auf *Mercedes*.

»So geht einer nach dem anderen. Ich habe den Verdacht, dass
ich die letzte Person sein werde, die dieses verdammte Haus mit
den Füßen voran verlässt.« Magda geleitete mich in das ebenfalls mehr als großzügig dimensionierte Wohnzimmer. »Nein,

Dienstboten will ich nicht mehr.« Sie sah hinauf zur meterhohen, stuckverzierten Decke. »Und dieses Haus auch nicht. Ich habe es immer gehasst! – Nimm Platz! Möchtest du einen Kaffee?« Ich bejahte und wir setzten uns. Dann beugte sie sich über den Tisch und ergriff die Kaffeekanne.

Ich stand auf. »Lass mich das doch machen, Magda!«

»Vergiss es! Du meinst, mit meinen Achtundsiebzig bekomme ich nichts mehr gebacken?« Mit gespielter Empörung sah sie mich von der Seite an. »Da irrst du dich! Ich habe Bernhard bis zur letzten Minute versorgt. Dazu brauchte es auch Frau Lorenz nicht. « Sie schenkte den Kaffee ein, ohne dass ich ein Zittern feststellte. »Zudem laufe ich an jedem Tag in der Früh drei Runden um den Park«, grinste sie. »Du bist herzlich dazu eingeladen. Wäre es dir gleich morgen recht?« Ich verkniff mir einen Kommentar, auch weil ich dieser alten Dame alles Mögliche zutraute. Warum nicht sogar drei Runden um den Park?

Sie lachte schallend. »Wir können ja von unterwegs ein Taxi bestellen!« Dabei wies sie auf den Couchtisch. Dort lag ein kleines, klobiges Handy. »Damit! Ich verfüge seit kurzem über dieses äußerst praktische Gerät. Man nennt es Mobiltelefon. Du kannst von überall anrufen! Tolle Erfindung!« Bei einem Kichern verzog sie das Gesicht. »Meine Freundinnen nutzen sowas schon weidlich! Grauenvoll! – Ich hoffe, der Kaffee schmeckt dir, Frank.«

Das tat er. »Vorzüglich! Danke!«

»Nun, morgen wird's nichts mit dem Joggen«, lächelte sie bekümmert. »Die Bestattung ist um elf. Friedhof Ohlsdorf.«

Das stand natürlich auf der Trauerkarte, aber ich sagte nichts dazu. »Wie waren die letzten Tage, Magda? Hat Bernhard sehr gelitten?«

»Ich wünschte, sagen zu können, dass er friedlich eingeschlafen ist. Aber die Qualen konnte er nur mit starken Schmerzmitteln überstehen.« Sie sah aus dem Fenster, wo sich der gewaltige Park mit den jahrhundertealten Bäumen vor meinen Augen öffnete. »Trotzdem hat er bis zum Schluss Haltung bewahrt«, sagte sie. »Er war immer sicher gewesen, den Krebs besiegen zu können. Du hast ihn gekannt – aufrecht, stolz, preußisch eben.« Ich wusste, dass sie von Attributen sprach, die sie an ihm am wenigsten geschätzt hatte. Sie hätte sich ihn liebevoller und aufmerksamer gewünscht, aber seine Erziehung hatte dem entgegengestanden. Es blieb schlicht festzuhalten, dass ihre Ehe viele Jahrzehnte gehalten hatte – trotz allem.

»Aber lass uns über etwas Erfreulicheres reden«, lächelte Magda und beugte sich leicht vor. »Wie geht es deiner Frau und den Kindern?«

»Das weißt du auch?«, staunte ich. »Mario scheint ganze Arbeit geleistet zu haben.«

»Jedenfalls hat er mir verraten, dass du mit deiner Familie in Aarhus wohnst, deine Frau dort geboren ist und den schönen Namen Jette trägt. Die Kinder heißen Merle und Lars, und beide studieren in Kopenhagen.«

»Ich bin überrascht, Magda. Woher …?«

»Leicht war es nicht«, sagte sie mit vorwurfsvollem Blick. »Du warst ja plötzlich aus der Welt. Ohne Spuren hinterlassen zu haben.« Sie schmunzelte. »Nein, Mario hat keinen Detektiv beauftragt. Der Zufall war es, Frank, der uns half. Es war deine damalige Freundin … wie hieß sie doch gleich …?«

»Friederike? Woher wusste die …?«

»Du machst ja wirklich ein Geheimnis um dein Leben, mein Junge! Ich hatte damals den Eindruck, du hättest dich nicht nur mit meinem Sohn überworfen, sondern wolltest den Rest der Familie auch nicht mehr sehen.« Ihr Blick hatte etwas Fragendes.

»Aber nein! Es war … ich hatte mit Hamburg abgeschlossen, habe nur ab und zu meine Eltern auf Fehmarn besucht, weil …«

»Von denen bezog Friederike ihre Kenntnisse über deinen Verbleib. Auch wenn du ihnen verboten hast, etwas zu verraten. Deinen eigenen Eltern!« Sichtlich entrüstet schüttelte sie den Kopf. »Mario hat deine Ex vor einem halben Jahr zufällig in Rostock getroffen, wo sie lebt. Sonst hättest du die Einladung auch nicht bekommen können. – Viele Menschen beginnen im Alter ein neues Leben, Frank. Dagegen ist nichts zu sagen. Deshalb reißt man aber nicht alle Brücken zur Vergangenheit ab!«

Etwas anderes hatte ich von Marios Mutter nicht erwartet.

Was sie nicht wusste, nicht wissen konnte: Ausgerechnet Rike war ein Stück weit mitschuldig daran gewesen, dass sich mein Leben von einem Tag auf den anderen geändert hatte. Sie war quasi meine Fluchthelferin gewesen …

Lächelnd sagte Magda Demand: »Du musst natürlich nicht mit mir über die vergangenen Jahre sprechen, wenn es dir nicht gefällt.«

»Es gibt nicht so fürchterlich viel zu erzählen. Es hat sich einfach so ergeben.«

Ihr Blick verriet, dass sie mir keinen Glauben schenkte. Wie auch meine Eltern mir meine Geschichte nicht abgenommen hatten. Trotzdem taten sie mir den Gefallen und gaben meinen Aufenthaltsort nicht preis. Jedenfalls hatte ich das gehofft.

Ich versuchte, Magda gnädig zu stimmen. »Meine Frau ist gerade mit Merle bei meinen Eltern. Sie und ihr Mann haben vor einem halben Jahr Nachwuchs bekommen. Uroma und Uropa sind natürlich begierig darauf, ihre Urenkelin zu sehen. Es ist das erste Enkelkind mit -ur.«

»Und du bist nun Opa! Ein ziemlich junger Opa, wenn ich richtig rechne. Ach, ist das schön, Frank! Wieder ein neuer Lebensabschnitt!« Sie sah sich in ihrem Wohnzimmer um. »Was glaubst du, wie oft auch ich mir das gewünscht habe: ein neues Leben beginnen! Raus aus der Mühle, runter von den alten Pfaden. Aber mein Mann war gefangen in seinem Käfig. Körperlich wie geistig. Ich weiß nicht, ob auch er manchmal den Wunsch verspürte, all dies hinter sich zu lassen. – Ich habe das Leben in diesem Hause gehasst, Frank!« Mit einer Wegwerfbewegung machte sie klar, was die pompöse Umgebung ihr galt. »Dieser Komfort, die vielen Bediensteten – ich komme aus einer Familie, in der wir alles selbst gemacht haben. Alles!« Magda Demand schüttelte den Kopf. Als sie mich ansah, stellte ich eine leichte Spannung fest. Sie hätte mir gern weitere Fragen gestellt, das war offensichtlich. Aber sie kannte mich gut genug, um zu wissen, dass sie auf Granit beißen würde.

Sichtlich enttäuscht wandte die alte Frau ihren Blick ab und schaute die Treppe hinauf. »Das dauert ja ewig!«, schimpfte sie, aber in nachgiebigem Ton. Sie nahm ihre Tasse, trank und schaute mich ernst an. »Es ist wirklich schade, dass es mit euch so auseinandergegangen ist. Ich versteh es nicht! Ihr wart doch die dicksten Freunde!«

»Manchmal gehen auch die besten Freundschaften zu Bruch«, antwortete ich. »Mario hat eine Bemerkung unten auf die Karte geschrieben, dass er mich gern sprechen möchte. Ich bin sehr gespannt. Wir hatten uns eigentlich nichts mehr zu sagen.«

Ausdruckslos sah sie mich an, aber ich fühlte einen leisen Schmerz in ihrer Stimme. »Hat deine Flucht aus Hamburg auch etwas mit Mario zu tun?«

Ich zauderte. »Was sagt er denn?«

»Der hält sich leider genauso bedeckt wie du.«

»Sagen wir so, Magda: Wenn du keinen Sohn hättest, wäre ich heute trotzdem in Aarhus.«

Sie lachte. »Warum glaube ich euch beiden nicht?« Mit ernster Miene fuhr sie fort. »Nun – bei allem, was gewesen und vorgefallen ist – es gibt nichts, was sich nicht geradebiegen lässt, mein Junge.« Ein dünnes Lächeln folgte. »Ich hoffe, du bist mir nicht böse, dass ich dich so nenne. Aber ich sehe immer noch den hübschen jungen Mann mit den langen blonden Haaren dort sitzen.« Ihre Aufrichtigkeit verbat jeden Gedanken an eine altmütterliche Schmeichelei. »Das Leben, Frank«, fuhr sie fort, »ist zu kurz und zu schade, um offene Rechnungen in der Schublade liegen zu haben. Sitzt der Stachel noch so tief im Fleisch – er lässt sich herausziehen!«

Gegen meinen Willen musste ich laut lachen. »Es war schon immer ein besonderes Merkmal von dir, Magda, dass du für jede Gelegenheit und jeden Menschen gleich eine ganze Sammlung von Lebensweisheiten parat hast.«

»Ich meine es ernst, Frank! Ihr wart die besten Freunde, und …«

»Das waren wir, ja!« Wir hatten Mario nicht herunterkommen hören. »Und es gibt keinen Grund, dass wir es nicht wieder sein könnten.«

»Siehst du!«, sagte Magda zu mir. »Mein Sohn scheint endlich zur Vernunft gekommen zu sein.« Sie wandte sich an Mario. »Es scheint eine spezielle Eigenart von dir zu sein, Menschen zu vergraulen. Erst deinen besten Freund, dann deine Frau und deine Söhne.«

»… zu denen ich nach wie vor ein gutes Verhältnis habe«, entgegnete er gelassen. »Wir machen alle unsere Fehler, Mutter! Es gehört zum Leben dazu, Fehler zu machen. – Hallo, Frank! Willkommen! Du siehst gut aus. Hast dich kaum verändert.« Er grinste. »Oder sollte ich dich Jesper nennen? Jesper Hansen, der Star unter den Segelreportern.«

Das wunderte mich jetzt auch nicht mehr. Ich stand auf. »Hallo, Mario. Mein herzliches Beileid.«

»Danke! Es freut mich, dich zu sehen. Ich war nicht sicher, ob du kommen würdest. Ich soll dich von Friederike grüßen.« Er sah zu seiner Mutter. »Hast du Frank erzählt …?« Magda nickte. »Wie bist du hier? Mit dem Wagen?«

Ich schüttelte den Kopf. »Mit Zug und Fähre. Über Fehmarn.«

»Oh! Gut!«, lächelte er. »Danke, Mutter!« Magda hatte ihm Kaffee eingeschenkt, und nichts deutete darauf hin, dass beide das Personal vermissten. Ich hatte das Gefühl, in diesem Haus kehrte ein normales bürgerliches Leben ein. Wenn seine Mutter die Kaffeekanne nicht mehr würde heben können, wäre er da, es für sie zu tun.

Ich sah mich getäuscht. Im weiteren Verlauf des Gesprächs erklärte Mario, dass er in Kürze die Autohaus-Kette seines Vaters, dessen Dresdner Repräsentant er seit der Wende gewesen war, verkaufen und Hamburg verlassen würde.

»Ich werde tatsächlich wieder zu Ray Foulk auf die *Isle of Wight* gehen«, lächelte er. »Die Rockmusik hat mich all die Jahre nicht losgelassen und ich werde zur geplanten Neuauflage des Festivals den Chronisten und Co-Veranstalter geben.«

Ich sah ihn verblüfft an und nickte nur.

»Selbstverständlich geschieht alles in Absprache mit Mutter«, fuhr Mario fort. »Sie ist froh, die Kette los zu sein.«

Magda lächelte und schaute sich in dem Riesenzimmer um. »Sagen wir lieber: die *beiden* Ketten!« Vertrauensvoll legte sie ihrem Sohn die Hand auf den Arm. »Ich werde in eine bescheidene Unterkunft ziehen und so leben, wie ich es von früher her kenne. Solange ich es schaffe.«

Na, mit dem, was Bernhard dir hinterlässt, dachte ich, wirst du's eine ganze Weile schaffen. Finanziell jedenfalls. Ich sah von ihr zu ihrem Sohn. »Es gibt sicher einen Grund …«, sagte ich, »… warum du mir das alles erzählst.«

Mario hob die Tasse und trank. »Ganz einfach, Frank! Bevor ich nach England gehe, möchte und muss ich dir einiges erklären und … nun ja … dir etwas sagen, von dem du nichts weißt. Ich gehe jedenfalls davon aus, dass du es nicht weißt.«

»An diesem Punkt, meine Herren, halte ich es für besser, wenn ich mich zurückziehe«, sagte Magda Demand und erhob sich mit einer Leichtigkeit aus dem Sessel, die ihrem Alter Hohn sprach. »Ich habe noch eine Menge vorzubereiten.« Mit Blick auf den Couchtisch lächelte sie. »Ich wundere mich, dass dieser kleine Kasten da seit einiger Zeit nicht mehr geklingelt hat. Ob der kaputt ist?«

Mario lachte. »Na, deine Eingewöhnungszeit hat nicht lange gedauert. Ich hoffe, dass du nicht auch zum Sklaven dieser Teufelsmaschine wirst wie unsere Verkäufer.« Er sah das Handy mit unverhohlenem Respekt an. »Die allerdings schätzen die Dinger inzwischen.«

»Du verstehst sicher, dass ich Vaters Ruf gefolgt bin und die Filiale in Dresden gemanagt habe. Er war fast siebzig, wollte kürzertreten und wünschte, dass ich in absehbarer Zeit die gesamte Autohauskette übernehmen solle.« Er machte zwei weitere Flaschen Bier auf und schenkte die Gläser voll. »Ich konnte nicht nein sagen, Frank. Es hingen tausende Arbeitsplätze davon ab. So ein Riesenladen bringt eine große Verantwortung mit sich.« Er nahm einen Schluck und schien zu warten, ob ich etwas sagen wolle. Ich schwieg. »Ich habe Sebastian Haller damals gefragt, ob er den Verlag übernehmen wolle. Er hat nicht gleich abgelehnt, hat sich das Angebot durch den Kopf gehen lassen und kam dann zu der Erkenntnis, dass er nicht der Richtige sei.«

»Mit Sebastian als Verleger wäre ich ohnehin keine Sekunde länger geblieben. – Mario, du sprichst von Verantwortung – für Menschen, für Arbeitsplätze. Auch im Demand-Verlag gab es Arbeitsplätze. Vielleicht nicht ganz so viele wie in eurem Autohaus.«

»Glaub nur nicht, dass ich das …«

»Als du damals die älteren Kollegen in der Setzerei und der Druckerei übernommen hast, hattest du ihnen versprochen, dass sie ihre Jobs behalten würden.«

»Frank – wir sollten nicht alles wieder durchkauen! Die Beschäftigten sind aus dem Verkaufserlös mehr als gut abgefunden worden. Und Ende der Siebziger wurden immer noch Fachkräfte gesucht.«

»Aber später war es nicht mehr so einfach, eine neue Anstellung zu finden. Du weißt selbst – die Branche war im Wandel, die Pressekonzentration ging rasend voran, und nach der Wende kauften die großen Pressehäuser die Zeitungen im Osten auf, um sie nach wenigen Jahren einzustampfen. Und die Printmedien gehen inzwischen vermehrt online. Viele Arbeitsplätze in Verlag und Technik sind weggefallen.«

Mario nickte und machte eine kurze Pause. »Der Verlag hätte weiterexistieren können, wenn da nicht …«

»Aha! Jetzt kommt's! Sag es ruhig! Sag, wer die ganze Schuld daran trug, dass …«

»Frank! Krieg dich ein! Der *Demand-Verlag* wäre über kurz oder lang sowieso am Ende gewesen. Der *Rock Tune* hatte an Auflage verloren …«

»… weil seine Redakteure den Anschluss an die neue Musik verpasst haben?«

»… weil der Zeitgeist sich gewandelt hatte. Die Leser waren mehr an Disko-Musik interessiert. Leider!«

»Der *Rolling Stone* und andere haben es auch überlebt.«

»Der *Stone* hat seit jeher auch andere gesellschaftliche Felder beackert. Mit einer Mannschaft, die ich mir nicht hätte leisten können.«

Mit unsicherer Hand füllte ich mein Glas neu. »Eier jetzt nicht herum, Mario! Sag es! Sonst mache ich das!«

»Okay! Wenn du willst! Natürlich hat uns dein Buch reingeritten! Hättest du es jedenfalls unter Pseudonym geschrieben. Aber so … *Ganz* so unbekannt warst du in der Branche nicht! Und dann auch noch beim *Xerxes-Verlag*! Ausgerechnet! Wenn ich das gewusst hätte!«

»Ich habe dir gesagt, dass ich ein Buch schreibe, und du hattest nichts dagegen.«

»Weil ich keine Ahnung hatte, was drinstehen würde! Ich ging natürlich davon aus, dass es eine Dokumentation über das Fehmarn-Festival sein würde.«

»Es *ist* eine Doku, Mario! Wenn du dich einmal mit dem Inhalt beschäftigt hättest … *Xerxes* hat mein Manuskript mit Kusshand genommen.«

Er lachte verächtlich. »Sicher! Das haben sie ganz bestimmt!«

»Das Buch hat sich blendend verkauft. Der Demand-Verlag hätte prächtig verdienen können.«

»Nein, danke! – Klar war das ein Bestseller! Verschwörungstheorien finden in gewissen Kreisen immer dankbare Abnehmer. Gerade, wenn's um Leute wie Jimi Hendrix geht. Gedungene Mörder auf seiner Fährte! Dass ich nicht lache!«

»Kann es sein, Mario, dass du das Buch nicht gelesen hast? Nur ganz am Rande befasse ich mich mit Hendrix' Tod. Vorrangig setze ich mich mit Theorien auseinander, die eine mögliche Verwicklung staatlicher Stellen thematisieren. Warum hat das FBI so viele Mühen darauf verwendet, alles über Künstler, Sportler, Politiker, Bürgerrechtler zusammenzutragen? Um den Staat zu schützen? Gegen Angriffe einer Handvoll Menschen, deren einzige Waffe ihr Wort ist? Und nichts davon habe ich mir aus den Fingern gesogen!«

Lange hatte ich über die FBI-Dossiers recherchiert, die erst nach vielen Jahren, sukzessiv und schleppend, bekanntgegeben wurden, auch über die Nähe von Personen wie Hendrix zu radikalpolitischen Organisationen. So hatte er in mehreren Interviews Sympathien für die *Black Panthers* bekundet, von »geistiger Verbundenheit« gesprochen. In einem Artikel eines englischen Politmagazins hatte ich gelesen, dass Hendrix Anfang 1970 bei einem Benefizkonzert des *Vietnam Moratorium Committee* »Winter Festival Of Peace« im Madison Square Garden teilgenommen und Geld an die *Black Panthers* gespendet hatte. Auch ein Konzert für *Bobby Seale*, Mitbegründer der *Black Panthers*, und die *Chicago Seven*, 1969 verurteilte und später wegen nachgewiesener Justizwillkür wieder freigelassene Bürgerrechtler, wurden dort erwähnt. Es war kein weiter Weg auf den Sicherheitsindex des FBI. Und schon gar nicht, wenn es sich um Farbige handelte.

Es schien dem Federal Bureau, dem Gralswächter der inneramerikanischen Sicherheitspolitik, immer zunächst um schwarze Künstler zu gehen. Warum auch sollten die anders behandelt werden als die »normalen« dunkelhäutigen Staatsbürger, in deren Reihen die Anzahl der von Polizisten Verhafteten und Erschossenen um ein vielfaches höher lag als in denen der Weißen.

Noch immer, ausgangs der Sechzigerjahre, wurden berühmte Größen des Showbusiness durch den Lieferanteneingang auf die Bühne geschleust; Restaurants, Toiletten, Hotelzimmer: Die Schilder mit der Aufschrift *Only for Whites* waren obligatorisch. Nicht nur in den Südstaaten.

Aretha Franklin, Bessie Smith, Odetta, Sammy Davis jr. – sie alle, von ihren – auch weißen – Fans kultisch verehrte Stars – sie alle litten unter dem Rassismus in den Vereinigten Staaten.

Besonders perfide war der Versuch, Jimi Hendrix wegen seiner Bühnenshow auf dem Monterey-Festival 1967 in die Nähe Satans zu rücken. Nur ein Dämon, ein Teufel, ein Besessener konnte auf die Idee verfallen, während des Auftritts seine Gitarre zu entzünden und sich an den Flammen zu laben. Mit diesem Verfolgungswahn stand das FBI allerdings nicht allein; große Teile der Presse schlugen in die selbe Kerbe.

Das alles versuchte ich Mario noch einmal zu verdeutlichen, und dass ich anderes im Sinn gehabt hatte als Verschwörungstheorien. »Es ist alles deutlich beschrieben, fußt auf gesicherten Erkenntnissen …«

Vergeblich. »Dein Buch ist ein Machwerk voller Gerüchte, Mutmaßungen und Spinnereien!«

»Du willst nur nicht zugeben, dass ich …«

»Hör auf, Frank! Wir drehen uns im Kreis!« Mario griff zur Zigarettenschachtel und bot mir eine an. Verärgert griff ich zu.

Nach einigen Zügen lächelte er mich an. »Lass uns jetzt wegkommen von dem Thema. Ich habe vorhin gesagt, dass ich dir was verraten will. Obwohl – auch das hat letztlich mit deinem Buch zu tun. Wir sollten nach dreißig Jahren endlich reinen Tisch machen!«

»Ich bin dabei!«, entgegnete ich achselzuckend. »Und gespannt! Schieß los! – Hast du noch ein Bier für mich?«

Er erhob sich. »Ich habe noch einen ganzen Kasten Bier für dich. Aber den trinken wir nicht hier. Komm mit!«

Weil ich der Annahme war, dass wir in sein Zimmer wechseln würden, war ich überrascht, als er mich über den Hinterhof zu den Garagen führte. Er öffnete eine von ihnen per Fernbedienung. Ein alter Bekannter blickte mich wortlos an. Ich war perplex. »Wahnsinn! Und der läuft noch?«

Mario lachte stolz. »Scheckheftgepflegt! Der bringt dich noch überall hin.«

Mein Blick auf die glänzende Karosserie überzeugte mich von Marios Worten. Der alte VW-Bus trug noch immer seine Originalfarben – orange und grün.

»Und Sebastian ist auch noch da!«, lachte ich und zeigte auf die Abbildung des Kamels an der Fahrerseite der Karosserie.

»Genau gesagt«, hatte Mario damals erklärt, »handelt es sich um ein Trampeltier.«

Es trug einen gesenkten Kopf und die zwei Höcker gingen in die Fenster über. Damit hatte Mario einen optischen Bezug zu dem genügsamen Bulli herstellen wollen und dem Künstler war die Zeichnung trefflich gelungen.

Diesmal kicherte auch Mario über den Spitznamen, den ich dem Kamel damals verpasst hatte. »Sei froh, dass er das nie gehört hat!«

Grinsend ignorierte ich seine Worte. Sebastian und Trampeltier – das passt doch, dachte ich nur.

»Unsere erste gemeinsame Tour nach Fehmarn!«, erinnerte ich. »Als ich dir die Insel gezeigt habe.«

»Mir und den beiden Mädchen«, grinste er.

Ich nickte. »Richtig! Die beiden blonden Schönheiten aus Eppendorf. Wie hießen sie noch? Franziska die eine, Andrea die andere.«

»Alexandra.«

»Ach, ja! Franzi war die mit dem Bardot-Mund.«

»Das war Alex. Franziska war die mit den …« Grinsend formten seine Hände große Halbkugeln vor der Brust.

»Genau! Wie konnte ich das vergessen! – Und warum steht der Bus hier? Bist du mit ihm hergekommen?«

»Nein! Der stand die ganzen Jahre in dieser Garage. Ich hab ihn aufpoliert, weil mir die Idee gekommen ist, meinen Freund Frank Weiland nach Hause zu bringen, nach Fehmarn, und mit ihm gemeinsam den dreißigsten Todestag von Jimi Hendrix zu begehen. Dort, wo er seinen letzten großen Auftritt hatte. Und mein alter Weggefährte wird mir noch einmal von diesen drei Tagen erzählen.« Er lachte. »Weil er ja dabei war und ich nicht. Und wir werden nicht mehr darüber streiten, wie und warum Jimi ums Leben gekommen ist.«

Jetzt wusste ich, warum er mich nach dem Verkehrsmittel für meine Anreise gefragt hatte. »Heute ist der 16. September. In zwei Tagen wäre es soweit.«

»Genau! Wie sieht's aus? Bist du dabei?«

Ich sah Mario an und sah den VW an. Dessen Anhänger weltweit schwärmten von einem verschmitzten Gesicht, das der Bus aufsetze. Mich allerdings hatte er mit seiner keck herabgezogenen Frontblende immer an einen Playboy erinnert, einen Draufgänger. Offenes Hemd vor stolzgeschwellter Brust und ein Medaillon um den Hals. VorWärts stand drauf. *Vorwärts in die Vergangenheit!*

Kapitel 5

Love and Peace unterm Flügger Leuchtturm
Notizen von einem Pop-Festival
Mittwoch, 2. September 1970

Die Anfänge II

Das Gelände, das der Bauer und Campingplatzbetreiber Johannes Störtenbecker den Veranstaltern zur Verfügung stellt, misst ungefähr 50 ha. Groß genug also, um den geplant 60-70 000 Zuschauern mitsamt ihrer Ausrüstung Platz zu bieten.

Seit Wochen schon fahren hippiebunte VW-Busse – von zehn ist die Rede – durch Mitteleuropa sowie Skandinavien und rühren die Werbetrommel für das Love & Peace Festival. 100 000 Plakate werden aufgehängt, Autoaufkleber verteilt und eine in sechsstelliger Auflage gedruckte Festivalzeitung unter die jungen Leute gebracht.

Stolz verkünden Helmut Ferdinand und seine Mitstreiter, dass es sich mit dem Kartenvorverkauf verhalte wie mit dem Motto des Herstellers der Werbebusse: Er läuft und läuft und … Dabei sei der Eintrittspreis mit 28 Mark für die drei Tage zugegeben nicht billig, aber bei diesem Aufgebot an Stars angemessen.

An Werbung fehlt es also nicht; die Medien tragen ihren Teil dazu bei, dass sich die geplante Veranstaltung herumspricht.

Unabhängige Zeitungen und Magazine, wie auch das Blatt, das ihr gerade in den Händen haltet, sorgen dafür, dass die Vorberichterstattung auf Hochtouren läuft, die regionalen Hörfunksender seien, so Ferdinand verschmitzt, »geimpft«.

Und wirklich, kaum Stunden vergehen, in denen der NDR, der WDR, Radio Bremen und die Sender SFB und RIAS nicht ausführlich über das Event berichten.

Die Jugendsendungen Deutschlands und des europäischen Auslands verkünden täglich Neuigkeiten zu Planung, Ablauf, liefern Wetterprognosen und setzen sich mit der voraussichtlichen Verkehrssituation auseinander.

Die Zuwegung auf die Insel gilt als schwierig. Nadelöhr ist die

Fehmarnsundbrücke, die binnen weniger Tage einen Verkehrsstrom zehntausender Fahrzeuge bewältigen muss. Auch nicht einfach zu kanalisieren ist der Zulauf aus den skandinavischen Ländern; die Fährschiffe, die den Fehmarnsund stündlich queren, verlangen den Fans lange Wartezeiten ab, auf der sicheren Seite sind diejenigen jungen Menschen, die frühzeitig den Weg nach Flügge antreten.

Gespräche, die mit den lokalen Verantwortlichen von Stadt und Gemeinden geführt wurden, stimmen nach Auskunft der Veranstalter allerdings optimistisch – die Lenkung des Verkehrs sei genauestens geplant worden und sollte nicht zu größeren Problemen führen.

Das Aufgebot an internationalen Stars kann sich sehen lassen – die Veranstalter präsentieren der Presse die ersten Verträge.

Die Auftritte der zugkräftigsten Namen sind gesichert – neben dem mit Jimi Hendrix liegen unterschriebene Kontrakte mit Ten Years After, Canned Heat, Sly and Family Stone, Taste, Ginger Baker's Airforce, The Faces und Colosseum vor, um nur die absoluten Headliner zu nennen. Es wird also zu einem Wiedersehen mit vielen Woodstock-»Veteranen« kommen.

»Dich kenn ich doch, oder? Dein Gesicht kommt mir bekannt vor.« Der schwarzhaarige Mann lenkte seinen Mercedes Richtung Flügge.

»Das sollte so sein, Herr Barnasch«, sagte ich. »Sie haben mich vor zwölf Jahren zum letzten Mal mitgenommen. Wissen Sie wohl nicht mehr.«

Er schüttelte den Kopf. »Du bist doch einer von den Möller-Jungs, was?«

»Weiland. Frank Weiland.«

»Frank! Richtig! Der Sohn von Konrad, nä? Und von Gerda.«

»Genau, Herr Barnasch.«

»Warst lange nicht mehr auf der Insel, was, Jung?« Er drehte das Radio leiser, untrügliches Zeichen, sich auf eine Unterhaltung mit seinem Fahrgast einlassen zu wollen. Das war nicht immer so. Früher hörte er die Musik gern lauter als den Kunden. Fragen beantwortete er, wenn überhaupt, knapp und grummelnd. Fehmaraner eben. Alles, was der Gast wissen musste, konnte er auf dem Taxameter lesen.

Heute wirkte Otto Barnasch vergleichsweise aufgekratzt. »Und was machst du?« Eine Antwort auf seine Frage zuvor erwartete er nicht. Kaum gestellt, schon vergessen. Kategorie Beiläufig. *Klönschnack* eben. »Wo wohnst du denn überhaupt? Bist du damals nicht nach Kiel?« Er konnte, wenn er wollte.

»Hamburg, Herr Barnasch. Da arbeite ich auch.«

»Hamburg, so! Wie geht's den Eltern?«

»Ich dachte, das könnten Sie mir sagen. Aber Fehmarn ist groß, nä?«

Die Lachfalten im Rückspiegel gruben sich tiefer. »Als Taxifahrer lebt man in einem Kokon, Frank. Und deine Mutter und deinen Vater hatte ich ewig nicht mehr an Bord.«

»Vater fährt lieber Trecker. Ist billiger, meint er.«

»Klar! Wenn man so tankt wie er.«

»Sie meinen …?«

»Ich hab nichts gesagt. Aber der fehmarnsche Bauer ist mitunter schlauer.«

Heizöl ist zum Heizen da, Vadder! Ich werde doch mal 'n Wort mit dem Alten reden müssen, dachte ich. Fällt doch auch auf mich zurück! Was für 'n Glück, in Hamburg zu leben!

»Aber sonst ist er gesund«, sagte ich. »Mutter auch.«

»Fein!«

»Sie hat zwar vor … Oh! Herr Barnasch, könnten Sie mal eben das Radio wieder lauter stellen?«

Der Taxifahrer drehte am Knopf. »Gut so?«

»Super! Danke!«

»… *Sendung ›Fünf-Uhr-Club‹ auf NDR 2. Für euch am Mikrofon ist Monika Jetter mit den neuesten Wasserstandsmeldungen von Fehmarn.*«

Monika Jetter. Beim Hören des »Clubs« war es nicht notwendig, auf den Kalender zu schauen. Der Mittwoch war »Jetter-Tag«, so wie Henning Venske am Montag von fünf bis sechs moderierte, Rainer Wulff am Dienstag, Wolfgang Bombosch den Donnerstag bestritt und Baldur Filoda aufs Wochenende einstimmte.

»Das Love & Peace Festival an der Westküste nimmt Fahrt auf. Schon zwei Tage vor der Eröffnung am Freitag haben sich einige hundert Fans die besten Plätze auf der Wiese am Flügger Leuchtturm gesichert und lassen es sich unter strahlender Sonne gut gehen. Und es bleibt in den nächsten Tagen so schön, versprechen die Wetterfrösche.«

Nach Jahren des Dornröschenschlafs hatte sich der NDR im Dezember des vorigen Jahres endlich ein neues, ein jugendlicheres Gewand gegeben. Gerade noch rechtzeitig, um als Teil des PR-Apparates für die Veranstaltung hoch im Norden wirken zu können.

»Die Bühne ist kurz vor der Fertigstellung, das Pressezelt steht, es wird noch an den sanitären Einrichtungen gewerkelt. Es gibt auch schon erste kritische Fragen, ob das logistische Angebot nicht 'n büschen knapp ist für die erwarteten 60 000 Zuschauer. Aber Helmut Ferdinand, einer der Veranstalter, den wir noch heute Mittag sprachen, versichert, dass man im Bedarfsfall nachrüsten könne.«

Im Juni hatte ich die Gelegenheit bekommen, den NDR-Jugendfunkleiter Dethard Fissen für den *Rock Tune* zu interviewen, einen schon älteren, aber rührigen, engagierten Mann, der sich redlich mühte, den Sender von bürgerlich-konservativen Verkrustungen zu befreien, sodass man dort *»nicht mehr über die Jugendlichen sprach, sondern mit ihnen«*, wie die neue Losung im Funkhaus lautete. Endlich wurde die Musik gespielt, die ich und Millionen anderer Twens bisher nur auf *Radio Luxemburg, AFN* und *BFBS* hörten, oder, soweit man ihn empfangen konnte, beim Piratensender *Radio Caroline*. Und endlich wurden politische Beiträge gesendet, die die jungen Leute interessierten und in denen sie sich wiederfanden.

Es dauerte nicht lange und der Sender musste sich den absurden Vorwurf anhören, politisch zu weit links zu stehen. Die Moderatoren bekamen aber Rückendeckung von den Verantwortlichen und zogen ihr Programm durch.

»Ein paar Wermutstropfen fallen auf die Liste der teilnehmenden Künstler. Cactus, Joan Baez, John Mayall, Peter Green und Emerson, Lake and Palmer gehören zu den zugkräftigen Namen, die lei-

der abgesagt haben. Der Vertrag mit der Band Colosseum ist noch nicht unter Dach und Fach.«

Dethard Fissen hatte schon von den Vorbereitungen auf das Festival gehört und drückte den Veranstaltern »*alle Daumen, die ich habe*«. Im Maßanzug saß er vor mir und zählte die Künstler auf, von deren Teilnahme an der Veranstaltung er erfahren hatte. Zu jedem machte Fissen ein paar Anmerkungen, die mir zeigten: Das ist keiner, der sich an junge Leute anbiedert – der Mann wusste, wovon er sprach und teilte das Interesse der »Club«-Hörerschaft an progressiver Musik. Als Radiohörer durfte man wieder Hoffnung schöpfen.

Das Fernsehen war deutlich voraus gewesen. Seit Radio Bremen den *Beat-Club* produzierte, hatten junge Leute Zugang zur internationalen Rockmusik und ließen ihre Transistorradios auf dem Dachboden verstauben. Zeit also für die Hörfunksender, aufzuschließen, um sich ihre Klientel zurückzuholen. Das optische Medium behielt bei den Zuschauerzahlen allerdings einen leichten Vorsprung, nicht zuletzt wegen der atemberaubenden Moderatorin Uschi Nerke. (Ein Freund von mir hatte mal gesagt, dass es sich wegen ihrer langen Beine lohne, den Fernseher hochkant zu stellen. Was er tatsächlich ausprobierte!)

»Aber auch so kann sich die Teilnehmerliste sehen lassen! Unter anderem fest zugesagt haben Ten Years After, Canned Heat, die Überraschungsband dieses Sommers Mungo Jerry, und natürlich der Mann, der von allen Fans sehnlichst erwartet wird – Jimi Hendrix!«

»Da ist Flügge. Wo soll ich dich rauslassen?«

»Direkt am Festivalgelände, Herr Barnasch. Ich will mir meine Arbeitsstelle für die drei Tage ansehen. Das Pressezelt, wissen Sie?«

Kurze Zeit später ließ er seinen Wagen über eine rumpelige Piste bis direkt neben das Organisationszentrum rollen, sodass ich praktisch in die gewünschte Stätte fiel.

»Mach's gut, Junge! Bis zum nächsten Mal.«

»Wollen Sie nicht … ich könnte Ihnen zeigen, wo …«

»Nee!«, lachte er. »Lass gut sein! Mein Tourenplan ist voll! Jimi

Hendrix sollte nicht der einzige sein, der an diesem Festival verdient!« Er zwinkerte mir zu und sein Wagen vollzog eine Kehrtwendung. Dann hielt er noch einmal und drehte die Scheibe runter. »Übrigens: Beim nächsten Mal steigst du vorne ein, verstehst du? Wir sind hier nicht in Hamburg! Auf Fehmarn sitzt man neben dem Fahrer.« Er zwinkerte mir zu und gab Gas.

Kapitel 6

Die Reise nach Fehmarn (2000)

»Mann! Mario! Wie einst im Mai!«

Der alte VW schnurrte über die Straße, als wäre er gerade vom Band gelaufen. Scheckheftgepflegt eben.

»Auf der Zulassungsstelle haben sie große Augen gemacht, als ich den Bulli wieder angemeldet habe.«

»Das glaube ich. Meinst du, dass ich nachher mal übernehmen kann?«

»Klar. Ich würde vorschlagen, wir fahren Buddikate raus und genehmigen uns einen schönen Kaffee.«

Das taten wir, und wir vermieden es während der weiteren Fahrt, unsere Unterhaltung auf das Thema zu lenken, dessentwegen unsere Freundschaft einen Riss bekommen hatte. Die latente Spannung, die zu Beginn der Reise zwischen uns herrschte, wäre anders nicht zu ertragen gewesen.

»Butterweich!« Es war ein wunderbares Gefühl, das Steuerrad des VW-Bus in den Händen zu halten. »Ich meine, mich daran erinnern zu können, dass er sich damals nicht so leicht lenken ließ.«

»Stimmt! Ich habe Motor und Getriebe überholen lassen«, lächelte Mario. »Aber es sind immer noch die Original-Bauteile.«

»Kuck mal, wie sie kucken!«, rief ich begeistert mit Blick auf die Autos, die uns, und das wohl bewusst langsam, überholten. »Ja, Leute! Schaut nur! Hier seht ihr zwei Althippies und noch ein weiteres Kamel auf dem Weg zu einer Kultstätte! Zu einem

Denkmal des Rock'n'Roll! Zum Jimi-Hendrix-Gedächtnis-Stein nach Flügge!«

»*There must be some kind of way outta here, said the joker to the thief*«, sang Mario und bewegte den Oberkörper im Takt, »*there's too much confusion, I can't get no relief.*«

Wir sahen uns lachend an und ich fiel ein. »*Business men, they drink my wine, plowmen dig my earth, none will level on the line, nobody offered his word.*« Wir beendeten das Intermezzo mit einem kräftigen »*Hey, hey!*« und reckten die Fäuste.

Zustimmendes Hupen aus den Autos neben uns, lachende Gesichter, freundliches, mitunter sicher neidisches Winken.

Da saßen sie nun in ihren frischpolierten Wagen, mit ABS und Servolenkung, waren unterwegs auf Geschäftsreise, taten sich den Stress einer spätsommerlichen Urlaubsreise an, standen im Stau, hofften, dass die quengelnden Kinder in der Unterkunft an der Ostsee endlich Ruhe geben mochten, und wünschten sich eigentlich nur zurück in die guten, alten, unbeschwerten Tage ihrer Jugend.

Einige Zeit später passierten wir Lübeck, ohne dass ich Mario Gelegenheit gab, seinen Bulli wieder zu übernehmen. Wenn wir nicht gerade über den VW sprachen und wie viel Vergangenheit er mit uns gemeinsam hatte, schwiegen wir.

»Was ist eigentlich aus deinem alten Freund Werner Öller geworden?«, fragte Mario unvermittelt. »Hast du mal was von ihm gehört?«

Überrascht sah ich ihn an. Nanu? Dann hob ich die Schultern. »Ich habe leider keine Ahnung. Irgendwann war er von der Bildfläche verschwunden. Kurze Zeit nach dem Festival.«

Ohne weiter nachzuhaken, nickte mein Beifahrer.

»Klar!«, sagte er kurze Zeit später, »wie solltest du das auch wissen?«

Merkwürdige Frage. »Wie sollte ich denn?«, antwortete ich lapidar.

Während der nächsten Kilometer herrschte erneut Funkstille, bis Mario fragte: »Willst du drüber reden?«

»Worüber?«

»Warum Dänemark?«

»Warum *nicht* Dänemark?«

Er schwieg, und nach einer Weile begann ich, mich unbehaglich zu fühlen. Wie hatte er zu seiner Mutter gesagt? »*Wir haben beide Fehler gemacht.*« Womöglich entsprach das den Tatsachen.

»Es war Friederike«, begann ich. Plötzlich war ich entschlossen, meinem alten Freund reinen Wein einzuschenken. Das hatte er mir schließlich von seiner Seite auch in Aussicht gestellt. So jedenfalls hatte ich ihn verstanden.

»Du weißt, dass ihr Vater Kapitän gewesen war und sich später eine schnittige Jacht zugelegt hatte. Er nahm seine Tochter oft mit auf Törn. Ostsee rauf und runter.« Mario hörte zu und unterbrach mich nicht. »Und irgendwann hat sie die Leidenschaft für die See gepackt, sie schmiss ihren Job als Modeschneiderin und schaffte es tatsächlich, bei einer kleinen Werft in Flensburg als Schiffsbauer anzuheuern und dort eine Ausbildung anzufangen.« Ich sah Mario lächelnd an. »Als erste Frau an der deutschen Küste!«

Er grinste zurück. »Das wundert mich bei ihr überhaupt nicht!«

»Sie hat ihre männlichen Kollegen sofort darauf hingewiesen, dass sie bitteschön nicht Schiffsbauer genannt werden möchte, sondern Schiffsbauer*in*!«

»Nachvollziehbar.«

»Das sagst du *heute*, Mario! Damals war das alles andere als selbstverständlich.«

»Und weiter?«, drängte er, und ich merkte ihm an, wie begierig er war, meinen späteren Werdegang zu erfahren.

»Irgendwann – wir hatten zwar noch die Wohnung in Eimsbüttel, aber sahen uns nur noch an den Wochenenden – erzählte sie mir …«

»Was hast du denn gemacht, nachdem du … den Verlag verlassen hast?«

Verlassen ist gut, dachte ich. »Ich habe bei einem kleinen Magazin in Stade angeheuert – Getratsche über Land, Luft und Leute. War nett. Eine richtige kleine Familie. Muggelich.«

»Aber nichts für die Dauer.«

»Ich hätte durchaus ein paar Jahre weitermachen können.«

»Jetzt bin ich gespannt. Jetzt holst du Rike ins Boot.«

»Genau andersherum!«, lachte ich. »Sie hat mich ins Boot geholt. Im wahrsten Sinne des Wortes. – Eines Tages fragte sie mich, ob ich nicht Lust hätte, sie auf 'ner Schiffstour zu begleiten. Genau gesagt, hatte ihr Vater anfragen lassen. Ich war schon ein paarmal bei Rikes Eltern zu Besuch gewesen, und ich mochte ihn auf Anhieb. Und er mich. – Kurzum: Mit gemischten Gefühlen beim Besteigen des Boots machte ich meinen ersten Segeltörn, und, Mario …« Für einen Moment ließen meine Hände das Steuer los und ruderten durch die Luft, weil mir es mir spontan nicht gelang, meine Begeisterung in die richtigen Worte zu kleiden.

»… und du hast festgestellt, dass man ein Boot nicht lenken muss, richtig?«, lachte er. »Im Unterschied zu einem VW-Bus.«

Schnell packte ich das Lenkrad. »Die See, das blaue Wasser! Sonnenstrahlen, die sich auf den Wellen brechen! Die Segel, die sich im Wind blähen! Und Vaddern ließ mich ans Steuer! Und der Kahn ließ sich so leicht lenken wie … wie …«

»Wie ein Bulli.«

»Und das Boot schießt durch die Ostsee. Auf und ab! Rauf und runter! Aber immer auf Kurs! – Komisch: Ich hatte mich immer für eine Landratte gehalten, die für die See nicht so viel übrig hat. Und das als Insulaner!«

»Und? Wo ging sie hin, deine Jungfernfahrt?«

»Die war nicht ohne! Von Hamburg durch den Nordostseekanal, an Langeland vorbei, einmal rum um Seeland, an Fehmarn vorbei und dieselbe Tour zurück.«

»Nicht mal seekrank geworden?«

»Ach was! Es war herrlich! Schöner als Rock'n'Roll!«

»Was Schöneres als Rock'n'Roll gibt's nicht!«

Ich lachte. »Hast recht! Aber genauso gut! Toller Rhythmus! Geiler Sound!«

»Wie lange wart ihr unterwegs?«

»Zwei Wochen. Vierzehn verdammt schöne Tage!«

»Getrennte Kajüten, nehm ich an?«

»Quatsch! Rikes Vater ist nicht Onassis!« Ich sah, dass er grinste. »Nein!«, versicherte ich lachend. »Rike und ich haben nur gesegelt.«

»Ihr Armen! – Und dann trat Jesper Hansen auf den Plan.«

»Das war später. Zunächst hat Rikes Vater, der viele Verbindungen zu anderen Seglern hatte, mir einen Job bei einem maritimen Verlag in Kiel vermittelt. Das war mir schnell klar gewesen: Selbst segeln und darüber schreiben, das wird meine Passion. Ich habe nebenher meine Scheine gemacht, zuerst Küstenschipper, dann Hochsee.«

»Was für ein Werdegang! Dagegen hatte ich ein langweiliges Leben! – Wie ging's weiter?«

»Wenn jemand *kein* langweiliges Leben hat oder hatte, dann ja wohl du, mein Lieber!«, sagte ich. »Tja. Wie das Schicksal eben so spielt«, fuhr ich fort, »lernte ich in diesem Verlag eine junge Dänin kennen, die aus Aarhus kam und bei uns ein Praktikum machte.«

»Und sie hieß Jette.«

»Mario, es hat mich mit voller Wucht erwischt! Genau wie beim ersten Mal segeln. Ich hatte keine Chance, mich zu wehren.«

Er lachte. »Wahrscheinlich nicht!«

»Jette blieb vier Wochen und ging zurück nach Aarhus. Wir trafen uns ein paarmal heimlich, und als sie mir begeistert erzählte, dass sie bei einem großen dänischen Verlag untergekommen war, der zu den größten Seglerverlagen in Europa zählt, zudem noch einen fertigen Redakteur suchte, hielt mich nichts mehr.«

»Und Rike?«

»Das von dem Verlag habe ich ihr gesagt. Sie hatte sich natürlich schon gewundert, dass ich so eifrig Dänisch lernte. – Bis ich ihr von meinem Verhältnis mit Jette beichtete, dauerte es noch eine ganze Weile. Aber dann war es raus, und ich fühlte mich wie befreit.«

Mario nickte wortlos.

»Rike war natürlich enttäuscht, aber sie sah ein, dass die Trennung endgültig war. – Ich bin nach Aarhus gezogen, und nach einer Weile nahm ich meinen neuen Namen an.«

»Was du bei deinem Hendrix-Buch leider nicht gemacht hast.«

»Das hatte damit nichts zu tun!« Ich fühlte, dass ich für einen Moment aggressiv wurde. »Ich bin inzwischen Däne, Mario, fühle wie ein Däne, lebe dänisch. Deshalb der Name!«

»Okay. – Lass uns noch eine Pause einlegen. Dann übernehme ich das Steuer wieder, einverstanden?«

Die Ostsee war schon zu riechen, als wir die letzten Kilometer bis Fehmarn in Angriff nahmen.

»Wir kommen gleich an Gremersdorf vorbei«, erklärte ich Mario. »Sagt dir das was?« Er schüttelte den Kopf. »Das ist eine große Gemeinde mit vielen verstreuten Orten und einem überregional bekannten Gasthaus. Mit Gremersdorf verbindet sich eine traurige Verbindung zum 70er Festival. Ich erzähle dir bei Gelegenheit mal, was dort vorgefallen ist.« Mir kam das unheimliche Gesicht von Herbert Schnoor vor Augen, eine Visage, die mir für alle Zeiten in Erinnerung bleiben würde.

»Ich kann dich verstehen!«, sagte Mario, als wir die Fehmarnsundbrücke überquerten und auf der Ostsee dutzende Schiffe unter vollen Segeln und mit den dicken Bäuchen aus bunten Spinnakern sahen. Das Wasser glänzte in der Sonne. »Ich kann dich verdammt gut verstehen!«

Ich dachte zurück an die Septembertage vor dreißig Jahren und das Wetter damals, das die Besucher des Love & Peace Festivals so ganz anders empfing.

Kapitel 7

Werner Öller

»Frank!« Tim Sievers hatte mich im Eingang gesehen und kam auf mich zu. »Komm rein!«, lächelte er. »Folge mir auf dem Rundgang durch das *Love and Peace* Welt-Pressezentrum«, flachste er mit großartiger Handbewegung.

Ich war baff. Im Unterschied zum beengten Organisationszentrum, wo es schon zu diesem Zeitpunkt chaotisch aussah, machte das wetterbeständig aufgebaute Zelt einen nahezu professionellen Eindruck.

Auf langen Klapptischen stand das Equipment für die Journalisten säuberlich aufgereiht, bedruckte Karten wiesen ihnen ihre Plätze zu. Presseausweise zur Akkreditierung waren uns vor Tagen ausgehändigt oder zugesandt worden.

Einige Stühle waren schon besetzt, die Kollegen machten sich mit den Gegebenheiten vor Ort vertraut. Schreibmaschinen, Fernschreiber, Kopierer und anderes Büromaterial, Auftrittspläne, Pressemappen mit Hintergrundinformationen – alles war vorbereitet.

Neidisch warf ich einen Blick auf die Plätze für die Mitarbeiter der großen Zeitungen und Magazine. Einige verfügten schon über die Kommunikationstechnik der nächsten Generation – analoge Modems oder Akustikkoppler würden sie in die Lage versetzen, auch die allerneuesten Entwicklungen beim Festivalablauf zeitnah in ihre Redaktionen zu senden.

Mario Demand legte bei der Arbeit am *Rock Tune* keinen gesteigerten Wert auf schnellere Technik. »*Lasst uns das Augenmerk mehr auf das Inhaltliche legen*«, beschwor er uns ständig. »*Bis jetzt waren wir noch immer gut in der Zeit.*« In dieser Frage waren Sebastian Haller und ich Verbündete – uns konnte es nicht schnell genug gehen. Mario überzeugte uns aber, dass es besser sei, die Einnahmen aus dem Verkauf des *Rock Tune* aufs Sparkonto zu legen, um dann irgendwann auch in Sachen Technik ganz vorn dabei zu sein. Dieses Argument wog schwer. Das Heft lief im Moment gut, sowohl im Abo als auch im Straßenverkauf. Aber Mario war vorsichtig. Die Auflage des *Pop-Magazin* erreichten wir bei weitem nicht, allerdings stand dahinter ein großer Konzern mit dem entsprechenden Budget.

Immerhin aber zahlte Demand erstklassige Gehälter, und die Reisen, die jeder von uns acht Redakteuren unternahm, verschlangen enorme Summen. Unser Verleger hielt gerade sie, die Touren zu den Großereignissen auf allen Kontinenten, für eminent wichtig. *»Der Leser liebt die kleine Story aus dem Musikschuppen um die Ecke, da, wo so manche Band ihren Aufstieg begonnen hat. Aber in erster Linie möchte er Berichte* über *die großen Stars, ihrer Auftritte und natürlich auch von dem, was danach passiert. In welche Diskotheken geht Mick Jagger; was macht Janis Joplin, wenn die Bühnenlampen erlöschen.«* Ein nicht geringer Nebeneffekt war, dass die erwähnten Lokalitäten, wenn sie in der Nähe lagen, kräftig Anzeigen schalteten.

Klar, dass er selbst zum Rechercheteam gehörte; genau wie wir anderen führte er Interviews, schrieb Konzertkritiken und legte in der Redaktion mit Hand an, wenn der Drucktermin näherrückte und es eng wurde.

Mario Demand hatte in der Musikszene einen guten Namen und führte tiefschürfende Gespräche mit den Stars, die so manches preisgaben, was sie nicht jedem erzählten. Sie konnten sich aber drauf verlassen, nicht alles im *Rock Tune* wiederzufinden, besonders das nicht, was sie ihm hinter vorgehaltener Hand verraten hatten.

Nur einer erreichte eine noch größere Tiefe in seinen Interviews – Werner Öller. Wie er es schaffte, den bedeutendsten Rockgrößen die Zunge zu lösen – niemand verstand es, jeden wunderte es.

Tim Sievers Zeigefinger kreiste einmal um die Tischreihen. *»Stern, Spiegel,* da drüben *Musik-Express, Kieler Nachrichten, Sounds.* Daneben dein Platz, dann … du siehst selbst.«

»Werner! Du schon hier?«

»Na klar!« Mein Kollege und Freund drehte sich auf seinem

Stuhl zu mir um. »Rechtzeitiges Erscheinen gewährleistet die besten Reportagen.«

Ich sah auf das Blatt Papier, das in seiner Schreibmaschine steckte. »Was schreibst du denn?«

Zwei Hände sausten nach vorn und verdeckten das Blatt. »Wer wird denn so neugierig sein?«

»Phh!«, winkte ich ab. »Interessiert mich doch gar nicht! Was wird's schon sein? ›I will shake my melk to butter. Fehmarnsche Kuh in freudiger Erwartung des Festivals. Interview von Werner Öller.‹«

Er grinste. »Interview stimmt. Geb ich dir zu lesen, wenn's fertig ist. Vielleicht!«

Bei ihm ist es nicht ausgeschlossen, dachte ich, dass er sich tatsächlich mit einem Rindvieh über Rock'n'Roll austauscht. Er entlockt jedem etwas!

»… Fehmarnsches Tageblatt, Bild, Lübecker Nachrichten«, fuhr Tim fort. Er kicherte. »Es stand sogar einer von der Bravo auf der Matte, mit dem wir nun gar nicht gerechnet hatten. Der Mann hat auch schnell gemerkt, dass er irgendwie fehl am Platz war. Als er den Namen Mungo Jerry hörte, hat er mich gefragt, ob hier auch Früchte verkauft würden. ›Nee‹, hab ich gesagt, ›nur hartgekochte Eier, aber die nicht zu knapp!‹ Er meinte dann, eigentlich hätte er ohnehin keine Zeit. ›Ich gehöre zum Team von Dr. Sommer, und im Moment ist Aufklärung das Thema überhaupt!‹ Da hab ich ihm gesagt, dass auch ich vor zwei Wochen eine Anfrage gestellt hätte. ›Lieber Doktor Sommer, ich brauche dringend Ihren Rat! Meine Freundin hat immer Schmerzen, weil mein Penis so trocken ist. Ich hab's mit Motorenöl probiert. Jetzt geht es besser. Aber viel zu schnell!, sagt meine Freundin. Können Sie uns weiterhelfen?‹ Ich hätte leider noch keine Antwort bekommen. Ob er mir einen Tipp geben könne? Nein, sagte der junge Mann, könne er auf die Schnelle nicht, würde sich aber zu diesem Thema gern schlau machen wollen.«

Mit seinem dünnen Haar, der Nickelbrille und dem Schwanenhals, der seine ohnehin spindeldürre Figur noch um einiges länger erscheinen ließ, sah Werner Öller nicht aus wie jemand, den die Weltstars der Rockmusik in der Früh, den Morgenmantel übergeworfen, in ihren Hotelzimmern zum Plausch baten. Warum er sich mit seiner leisen Stimme trotzdem überall Gehör verschaffte – sie schien die Künstler zur Konzentration zu zwingen, anders war das nicht zu erklären.

Tatsache war, er hatte noch nie eine Absage bekommen, kein John Lennon oder Keith Richards hatte ihn je warten lassen – wobei er, der ansonsten kein großer Freund von Ordnung war, seinerseits nie jemanden durch Zuspätkommen oder gar Abwesenheit brüskiert hätte. Dabei waren seine Bewegungen linkisch, der schlurfende Gang mit gesenktem Kopf ließ einen Tagträumer vermuten, der nicht unbedingt ein festes Ziel verfolgte, sondern, *unter Umständen, irgendwann*, vielleicht auch mehr *durch Zufall*, den Bestimmungsort *erreichen könnte*, den er *eventuell* vor Augen hatte.

Der lange Hals, mitunter Ziel sanften Spotts, war sein ungewolltes Markenzeichen, zugleich auch seine größte körperliche Schwachstelle. Ein Halstuch – er besaß ein gutes Dutzend in verschiedenen Farben – schützte ihn vor Wind und Wetter; gerade in diesen stürmischen Tagen tat er keinen Schritt vor die Tür, ohne sich fortwährend zu vergewissern, dass das Stück Stoff an seinem Platz saß.

An seinem Schreibtisch war das Phlegma, das er gemeinhin ausstrahlte, verschwunden. Hektisch suchte, blätterte, telefonierte und tippte er, und es wirkte manchmal, als täte er alles zugleich, ohne System, ohne erkennbare Ordnung.

Bei all dem war es geradezu ein Wunder, dass dieser unscheinbare Bursche in Journalistenkreisen einen Ruf wie Donnerhall genoss und ohne Mühe einen wesentlich höher dotierten Job als den bei seinem reichen, aber knauserigen Arbeitgeber hätte bekleiden können.

Im Unterschied zu mir, der ich ein Journalistik-Studium begann (und schon nach drei Semestern abbrach), blieb Werner ohne eine einschlägige Ausbildung.

Mario Demand war durch Konzertkritiken, die ich als Nebentätigkeit für die *Lübecker Nachrichten* schrieb, auf mich aufmerksam geworden, besorgte sich meine Telefonnummer, und binnen Wochenfrist war ich engagiert. Da ich in Hamburg studierte, musste ich nicht einmal den Wohnort wechseln.

Während meiner Tätigkeit für die *LN* lernte ich Werner Öller kennen, diesen leisen, dabei erstaunlich wuseligen, zur Hektik neigenden, gleichwohl angenehmen Zeitgenossen. Ein halbes Jahr arbeiteten wir Schulter an Schulter als freie Mitarbeiter für die Kulturredaktion, lernten einander dabei schätzen und respektieren. Aus der Zusammenarbeit wurde im Laufe der Zeit eine enge Freundschaft. Wir verbrachten so manchen Urlaub miteinander. Das gestaltete sich mitunter schwierig, denn unsere Reisen und Ausflüge fanden in der Regel zu dritt statt. Während ich meistens in weiblicher Begleitung war, weil es mir gefiel – und Friederike darauf bestand –, reiste Werner stets solo.

Der Grund, warum er einen Segeltörn mit uns auf dem Boot von Rikes Vater stets ausschlug, erfuhren wir erst später: Werners Eltern hatten 1963 beim Untergang des Passagierschiffs *Lakonia* auf einer Weihnachtskreuzfahrt zu den Kanarischen Inseln ihr Leben verloren.

Und als ob das nicht genügte, begleitete eine weitere Heimsuchung sein Leben: Seine Schwester Pauline, vier Jahre jünger als er und von ihm abgöttisch geliebt, war mit einer tückischen Krankheit auf die Welt gekommen, irgendwas im Kopf, verriet Werner mir. Ärzte hätten ihm erklärt, dass es sich um eine Verwachsung am Hirn handele, einen Tumor möglicherweise, und dass eine Operation ein riskantes Unterfangen wäre.

Pauline hatte sich normal entwickelt, es gab keine Anzeichen, dass diese Verwachsung sie jemals behindern würde, aber sicher sei auch das nicht. Es gäbe in den USA einen Spezialisten, der sie vielleicht operieren könnte, aber der sei sehr, sehr teuer.

Im Unterschied zu seiner älteren Schwester Agnes, die ihr Leben nicht von Paulines Krankheit bestimmen ließ, litt Werner ständig Angst. Er und Agnes, die schon während der fatalen Reise ihrer Eltern auf Pauline aufpassten, nahmen sie nun in ihre ständige Obhut.

Trotzdem versuchte Werner, sein Leben in normale Bahnen zu lenken. Er war jung, gesund und irgendwann zog es ihn zum anderen Geschlecht. Er war immer guten Willens, ein nettes Mädchen kennenzulernen, stellte sich dabei aber ziemlich ungeschickt an; vor allem hatte er Probleme, ein weibliches Wesen anzusprechen (»Ich kann doch nicht einfach … nachher *hört* sie mich noch!«).

Werner war nicht der attraktivste Mann in Lübecks Straßen, aber es gab durchaus junge Frauen, die ihn für charmant hielten. Sein chaotisches Wesen weckte zudem in so mancher hanseatischen *Deern* mütterliche Instinkte.

Wenige Wochen, nachdem ich als Jungredakteur beim *Rock Tune* anfing, bewarb sich Werner Öller, der beste schriftliche Referenzen vorweisen konnte (wenn er sie denn fand), beim *Pop-Magazin* und wurde auf der Stelle genommen. Schwungvoller Schreibstil, gewissenhafte Recherchen und sein fundiertes Wissen auf dem Gebiet der Rock-Musik – all dies nötigte auch mir Respekt ab, und ich neidete ihm seinen beruflichen Erfolg nicht (damals noch nicht!).

Der Erfolg bei den Frauen, der auf sich warten ließ, wird schon noch kommen, dachte ich seinerzeit, wenn man einen hilfreichen Freund zur Seite weiß und von ihm ein paar gute Ratschläge erhält.

»Werner!«, sagte ich. »Du kennst doch die kleine Brünette … die mit den vollen Lippen …«

»Ich weiß überhaupt nicht, wen du meinst. Ich kenne keine Brünette.«

»Na, die aus der … wie heißt die Straße doch gleich? … Äh … Becker…«

»Bei meinem Bäcker gibt's sowieso keine Brünette. Da bedient mich meistens die Chefin. Und die hat keine vollen Lippen! Die sind eher so … spröde.«

»Grube! Beckergrube heißt sie doch!«

»Ach, die Beckergrube meinst du!«

»Genau! Und die Kleine arbeitet doch bei diesem schwulen Friseur da …«

»In der Beckergrube gibt es drei Friseure. Und die sind alle schwul!«

Vor den Erfolg haben die Götter den Schweiß gesetzt.

»Komm! Du weißt, wen ich meine! Die heißt doch … wie war das? … Ach, ja! Ottilie!«

»Olivia.«

»Richtig! Die ist doch genau deine Halstuchweite! Wenn du zum Beispiel eine Art Kritik über sie verfassen würdest, mit derselben feurigen Leidenschaft, mit der du eine Konzertkritik über Janis Joplin formulierst, nur den Namen Janis gegen Ottilie austauschst … Dann …!« Zur Bekräftigung meiner Worte schoss ich ihm den nach oben gereckten Daumen entgegen. »Dann …!«

»*Olivia* heißt sie! Du nimmst mich nicht ernst! Ich dachte, du bist mein Freund!«

»Das bin ich! Würde ich mir sonst so viel Mühe mit dir geben?«

»Hm … Aber was, wenn sie nicht singen kann?«

»Du verstehst mich nicht! Du bist ein Mann des Wortes, Werner! Du musst einfach nur das, was du zu Papier bringst, … äh … nicht ablesen, sondern es deiner Angebeteten aus freien Stücken in die Augen flüstern! Mit angepasstem Inhalt.«

»In die Augen … Okay! Ich ahne, was du meinst … Sie *muss* gar nicht singen können, richtig?«

»Richtig, Werner! Muss sie nicht!«

Er nickte und lächelte versonnen. »Übrigens ist sie nicht brünett, sondern schwarzhaarig.«

»Ach! Mal so, mal so! Friseuse eben!«

»*Sie* nicht! Ich kenn sie nur schwarz! Und sie hat ganz schmale Lippen.«

Somit waren die ersten Schritte getan, und ich war voller Zuversicht, was seine Fortschritte in Beziehungsfragen anging. Mein Freund machte einen entschlossenen Eindruck.

Alles aber ordnete er seinem Ziel unter, das Geld für eine Operation Paulines zusammenzubekommen. Zu keiner Zeit wieder sollte ich einen solch entschiedenen Ausdruck in seinen Augen sehen. »Ich werde es schaffen, Frank! Ich werde alles dafür tun! *Alles!!*«

»Bei deinem Können und deinem Namen verdienst du beim *Pop-Magazin* viel zu wenig!«, antwortete ich ihm, beeindruckt von Werners Willenskraft. »Soll ich mal mit Mario reden?«

»Dann müsste ich nach Hamburg!«, antwortete er wie aus der Pistole geschossen. »Und das mache ich auf keinen Fall!«

Werner blieb eisern und in Lübeck.

Kapitel 8

Love and Peace unterm Flügger Leuchtturm
Notizen von einem Pop-Festival

Mittwoch, 2. September 1970

Die Anfänge III

Ein geeignetes Gelände wurde gefunden und samt den 55 vorhandenen Toiletten des nahegelegenen Campingplatzes angemietet. 100 weitere Klohäuschen werden aufgestellt; in der Schule in Puttgarden wird ein 140-Betten-Hilfskrankenhaus installiert. Eine überdachte Schlafgelegenheit für 4000 Personen ist in Planung. Ein Vertrag mit der Firma Dr. Oetker über die Gesamtverpflegung des Festivals sei leider, so Helmut Ferdinand, nicht zustande gekommen, dafür konnten Brauereien und Molkereien aus der Umgebung für die Sicherung der Getränkeversorgung gewonnen werden. Das Deutsche Rote Kreuz wird mit einer mobilen Großküche für die warmen Mahlzeiten sorgen. Um das Festivalgelände werden zwei Zäune gezogen und einige Telefonzellen auf dem Gelände installiert.

Die Veranstalter mieteten für 30 000 DM eine riesige Tonanlage in England, die mit 150 Phon aus 32 Boxen das Festivalgelände beschallen soll. Eine Drehbühne mit 20 Metern Breite und 10 Metern Tiefe soll Umbaupausen verkürzen helfen. Die Festivalleitung wird in zwei übereinander gestapelten Wohncontainern residieren – circa 500 Meter von der Bühne entfernt.

»Riesenanlage? Dass ich nicht lache!« Matthias Kopelin war einer der zahlreichen Aufbauhelfer an der Bühne, ein gestandener *Roadie*, früher mit diversen Rockbands auf Tournee, seit einem Unfall nur noch gelegentlich in diesem Job unterwegs. Half mal hier aus, mal da. Manchmal fehlt einfach Personal, sagte er achselzuckend, solche Veranstaltungen schienen Konjunktur zu haben.

»Lautsprecherboxen? So wie sonst auf Konzerten? Gut, ein paar ordentliche Kisten sollen nachher noch auf der Bühne dazu kommen, aber die kleinen da oben? Schau dir diese Dinger an! Sowas haben Ärzte im Wartezimmer!«, feixte er und hielt sich die Nase zu. »Der Nächste bitte!«, quäkte er.

Mich erinnerten die kleinen Geräte mit den konischen Schalltrichtern an die miterlebten End-Sechziger-Demos in Hamburg. Wahlweise dröhnten Aufforderungen von den Dächern der Polizeiautos, schleunigst das Gelände zu verlassen, *diese Versammlung ist ordnungswidrig*, oder, die Straße weiter runter, volle Kanne *Street Fighting Man*, herabschallend von VW-Bussen, die ihren letzten TÜV in grauer Vorzeit geleistet hatten. Dann ein kurzes Pfeifen dank Rückkopplung, zweimal knackt es, bis eine übernächtigte Stimme ruft: »Amis raus aus Vietnam! Aber plötzlich!«

»Die Dinger mögen ja ausreichen, wenn ein paar tausend Leute da sind, aber über 60 000? Sehr optimistisch!« Was soll's, meinte Kopelin, er mache seine Arbeit, »mich geht's nichts an« und schraubte den nächsten Lautsprecher an einen Pfahl, um den dann aufzurichten und mit Hilfe eines Kollegen in das vorbereitete Erdloch zu versenken. »Moin!«, erwiderte er den Gruß eines vorbeigehenden Mannes, der die gelbe Arbeitsjacke eines Bundespostbeschäftigten trug. »Der hat auch so 'nen beknackten Job. Muss kilometerlange Leitungen vom Schaltkasten am Campingplatz bis in den Bus hierher verlegen und alles verkabeln und verstöpseln. Klar – für das Presse- und das Organisationszentrum. Aber auch für die Telefonzellen. Nur damit die Lieben zuhause wissen, wie toll hier alles ist und dass ihre Tochter gleich Jimi Hendrix zu sehen kriegt, und Mutter sagt, sie solle mal auf sich aufpassen und nicht zu fremden Jungs ins Zelt gehen, man hört da ja immer schlimme Sachen.« Er lachte. »Da hat sich nichts geändert. Das war schon zu meiner Zeit so«, ohne näher zu datieren, wann sie denn war, seine Zeit. »Meine Schwester hat das gleiche durchlebt. Dabei war's bei ihr ganz harmlos. Klassenfahrt mit vierzehn. Nach Rom, immerhin. Und die da unten kennt man ja, sagt Vadder, alles Papagalli. Die Alten haben Blut und Wasser geschwitzt. Vadder hat sogar noch den Humorvollen rauskehren wollen. Wenn die mit 'm dicken Bauch nach Hause kommt, meinte er, und das erste Wort, was das Lütte nachher sagt, ist *Buon Giorno*, dann weiß ich Bescheid. – Aber Mudder! Außer Rand und Band! Und – was ist? Renate hat später 'nen Bundesbahnbeamten geheiratet, 'n Zugschaffner, vier Gören, er hat sich vom Acker gemacht mit 'ner Lady aus Mailand. Hat kurz vor Salzburg ihr Ticket geknipst, da war es um beide geschehen.« Er schlug mir vor Lachen auf die Schulter. Bis dahin hatte ich geglaubt, Bühnentechniker, egal, auf welchen Veranstaltungen, gehörten zur wortkargen Spezies. »Nee, dann lieber *on the road* mit meinesgleichen und für die Eltern mal 'ne Postkarte aus Monterey.«

»Mädchen haben es eben nicht leicht«, sagte ich. »Das ging meiner Schwester auch so.«

Nachdenklich sah er mich an und nickte. »Hast recht. Da hat sich seit den Fünfzigern wenig geändert. Wenn ich bedenke, alles redet von 68. Sexuelle Revolution. Gleichberechtigung. Aber die Frauen kriegen davon wenig mit.« Er schüttelte den Kopf. »Meine Tante Lilli hat ihrem Mann neulich gesagt: ›Friedhelm, ich werde wieder arbeiten. Ich kann eine Anstellung bei Krause & Co. kriegen. 'n ganz leichter Job. Ist das nicht schön? Dann kann ich mir endlich mal was gönnen. So für nebenbei.‹« Kopelin verzieht das Gesicht. »Weißt du, was er sagt, mein Onkel Friedhelm? ›Kommt nix nach! Wer schmeißt denn dann den Haushalt, hä?? Verdien ich etwa nicht genug?‹, hat er gesagt, und bis dahin hab ich überhaupt nicht gewusst, dass sie von ihrem Ehemann eine *Arbeitserlaubnis* braucht. Ist Gesetz! Meine Fresse!«

Redete, ohne dass er seine Tätigkeit unterbrach. Lautsprecher festschrauben, Pfahl aufrichten, versenken. Alle fünfzig Meter. Akkurat abgeschritten. »Was die Teens betrifft: Die Eltern kriegen in der Presse so viel Mist zu lesen, was auf solchen Events angeb-

lich passieren soll – du glaubst das nicht! Pass mal auf! – Heinz!«
Er wandte sich an seinen Helfer. »Fünf Minuten Zigarettenpause. OK? – Äh … has' mal eine? Für meinen Freund hier auch?
– Danke.« Wir ließen uns von Heinz Feuer geben, und Matthias
nestelte ein zusammengefaltetes Stück Papier aus der Brusttasche.
»Has' gelesen, was deine Kollegen vom *Fehmarnschen Tageblatt*
drüben in Burg schreiben? Hör zu! Überschrift: ›*Wie sieht's mit
der Moral aus.*‹ Darunter: ›*Wenn Jungen und Mädchen im selben
Zelt schlafen.*‹ – Ich les' ma', nä? – ›*Nachdem schon Sex-Spezialistin Beate Uhse in zwanzig einschlägigen Läden ihrer Zunft für
das Lieben und den Frieden unter freiem Himmel auf Fehmarn
wirbt, gibt es in den zuständigen Stellen natürlich auch Überlegungen hinsichtlich der strafrechtlichen, moralischen und gesundheitshygienischen Seite. Denn bei eine Locker…*‹ was is' das denn? Bei
eine Lockerung? Quatsch! Bei *einer* Lockerung muss das ja wohl
heißen. ›*Denn bei einer Lockerung und bei aller Reformfreudigkeit
im Sexualstrafrecht wird der Staat natürlich weiterhin dafür Sorge
tragen, dass das unterbleibt, was nach den Gesetzen weiterhin verboten ist. Wird man also Kontrollen einführen, um sicherzugehen,
dass Halbwüchsige beiderlei Geschlechtes nicht in ein und demselben Zelt übernachten?*‹ – Und jetzt kommt's noch dicker: ›*Wird es
kriminalpolizeiliche Überwachungen durch Spezialisten des Bundeskriminalamtes geben, um zu verhindern, dass das* ›*open-air-festival*‹ *eine gigantische* ›*Hasch-Party*‹ *wird*‹ Klammer auf ›*darunter
verstehen gewisse* ›*Hippies*‹ *ein Rauschgift-Fest mit Haschisch oder
Heroin*‹ Punkt Punkt Punkt, Klammer zu, Fragezeichen. Weiter:
›*Darüber konnten wir noch nichts in Erfahrung bringen, doch vorstellen könnte man sich's schon*‹ – noch mal Punkt Punkt Punkt.«
    Er senkte das Papier, nahm einen tiefen Zug aus der Zigarette und grinste. »Dabei ist das noch harmlos gegen das, was die
BILD-Zeitung absondert. Metergroße Schlagzeilen über das, was
bei so 'nem Festival gang und gäbe sein soll: Suff, LSD und Bumsen, bis der Arzt kommt. Aber …« er streckte seinen Zeigefinger
nach irgendwo ins Gelände, »… da drüben verteilt derselbe Verein psychedelische Hendrix-Poster für umsonst.« Er lachte schallend. »So was Scheinheiliges!«

Kapitel 9

Mario Demand

Unter dem Eindruck des 1967er Festivals in Monterey, Kalifornien, hatte Mario Demand seinen gleichnamigen Verlag gegründet. Der Konzertfilm von D. A. Pennebaker brachte ihn auf die Idee, den Freunden der Rockmusik dieses und kommende Ereignisse in gedruckter Form zu vermitteln. Und so hievte er die Zeitschrift *Rock Tune* in den Markt, für die er in kürzester Zeit fähige Musikjournalisten rekrutierte, daneben Layouter, die dem Magazin ein für die damalige Zeit ganz neuartiges Layout verpassten. Er engagierte den Fotografen, der ihn zuvor sein Handwerk gelehrt hatte.

All dies konnte er sich leisten, weil er unabhängig war. In jeder Hinsicht.

Sein Vater, vermögender Besitzer einer großen Hamburger Autohauskette, hatte den Sohn schon früh als seinen Nachfolger auserkoren. Ihm war Marios Organisationstalent aufgefallen und die Fähigkeit, Vorgänge bis ins Detail transparent zu machen. Der junge Mann konnte rechnen und behielt die wichtigsten Zahlen im Kopf. Sein Vater sah in ihm den kommenden Prokuristen.

Seinem Sohn aber schwebte etwas ganz anderes vor. Als er siebzehn war, brach er seine Lehre im Werk seines Vaters ab und verkündete der Familie, dass er sich aufmachen wolle in die aufregende Welt der Rockmusik. Dabei hätte seine Mutter bis zu diesem Tag schwören können, dass sich der Junge die Haare wegen seiner abstehenden Ohren wachsen ließ.

Mario wollte raus, wollte hautnah erfahren, was es mit dem Mythos Rock'n'Roll auf sich hatte. Er wollte reisen, um die Welt der Musik kennenzulernen, aber auch, um die Ereignisse um sie herum für die Nachwelt festzuhalten. In Bild, Ton und Wort.

Er war überrascht, dass sein Vater nicht, wie von ihm befürchtet, ein Donnerwetter über ihn ergehen ließ. Zwar zeigte der sich enttäuscht, war aber beeindruckt von dem unbedingten Willen des Juniors, seinen Plan zu verfolgen. Mario äußerte später den Verdacht, sein Vater habe ihn von der Leine gelassen, weil sich das mit der *Hottentotten-Musik,* wie der alte Herr sie nannte, in ein paar Jahren erledigt hätte. Dann würde der Junge reumütig in die Firma zurückkehren. So gab er seinen Segen und stattete den Sohnemann großzügig mit Startkapital aus.

Der nutzte dies weidlich. Die Musik selbst war die eine Seite – er blickte aber ebenso interessiert hinter die Kulissen. Er wollte ergründen, was die Sache am Laufen hielt, denn die Liebe zur Rockmusik war das eine, das andere war die Frage nach den ökonomischen Begleiterscheinungen.

Mario war ein Meister der kühlen Analyse; er liebte die Musik, war Fan wie viele andere auch, behielt aber immer einen klaren Kopf. Das befähigte ihn, die Zusammenhänge, aber auch die Widersprüche zwischen dem sinnlichen Erlebnis Musik und dem knallharten Geschäft auszuleuchten. (An dieser Stelle könnte der Eindruck entstehen, mein Freund wäre ein Fachidiot, neudeutsch *Nerd* – aber das war er durchaus nicht! Manchmal kam ein geradezu kindliches Gemüt zum Vorschein, und niemand anderer als Mario Demand hätte der Erfinder der *Flaschenpost* sein können.)

Die letzten Meter zum damaligen Festivalgelände wurden begleitet von Marios klarsichtigen Analysen. Es ging indirekt um die amateurhafte Veranstaltung durch die drei Kieler. »Nehmen wir die Punkmusik. Sie wurde ja anfangs *working class rock'n'roll* genannt. Die Musiker nahmen für sich in Anspruch, den Rock neu erfunden zu haben. Die Künstler, die sich bis dahin Rock-Musiker genannt hatten, seien auf einmal fürchterlich zahm geworden, so die Meinung der Punker, was damit zu tun hätte, dass es ihnen nur noch ums Geschäft gehe. Die großen Stars häuften die Millionen auf ihren Konten und ließen sich dafür von den Plattenbossen vorschreiben, welche Art Musik sie zu spielen hatten.«

»Und?«

»Als allerdings die besagten Plattenbosse feststellten, dass die Punk-Musik, die alle bürgerlichen Werte und gesellschaftlichen Regeln verachtete, den Nerv der Zeit traf und sich blendend verkaufte, dauerte es nicht lange, und sie nahmen genau diese Typen unter Vertrag und füllten ihre Kassen noch weiter auf. Und die

Kleidung, die die Punker kreiert hatten, zerrissene T-Shirts, Hosen, durch die Sicherheitsnadeln getrieben wurden, genau diese Klamotten hingen einen Tag später in den Boutiquen in Chelsea.« Er lächelte. »*Money makes the world go round, my friend.*«

»Und was willst du mir damit sagen?«

»Es ist ein weit verbreiteter Irrtum, dass das Woodstock-Festival ähnlich naiv geplant worden war wie das auf Fehmarn. Es war von Anfang an von Geschäftsinteressen dominiert. Die Manager haben sich an Risikokapital-Investoren gewandt, die für eine reibungslose Finanzierung sorgten. Dass das letztendlich nicht funktionierte, hat nichts mit dem Finanzplan zu tun. Die Veranstalter hatten ursprünglich kein dreitägiges Open-Air-Event im Sinn, sondern wollten in Woodstock, wo sie ein Aufnahmestudio errichteten, dieses mit einem Konzert medienwirksam promoten. Sie hätten keinen besseren Ort finden können, denn als Bob Dylan nach seinem Motorradunfall dorthin zog, folgten ihm eine Menge Künstler aus der Rock- und Folkszene. Als die Veranstalter Mike Lang und Co. merkten, dass die Nachfrage nach Tickets astronomische Ausmaße annahm, kalkulierten sie ganz neu und weiteten das Ereignis auf drei Tage aus.«

»Und das bedeutet?«

»Die Kieler Veranstalter waren die einzigen weltweit, die ihr Unterfangen dermaßen naiv betrieben. Das mindeste, was sie hätten machen müssen, wäre gewesen, sich per Gesellschafterform aus der persönlichen Haftung zu nehmen. Da sind die Regeln unerbittlich.« Er lächelte. »Auf der anderen Seite gelten die drei bis heute als unabhängige Selfmademen, die sich von niemandem vorschreiben ließen, wie sie ihr Ding aufzogen. Es schienen keine gesteuerten wirtschaftlichen Interessen dahinterzustehen.« Nach einer kurzen Pause ergänzte er: »Nur eine Dame, die Lümmeltüten an den Mann bringen wollte.«

»Beate Uhse meinst du? Das waren Streichhölzer. Hilfreich beim Verkosten gepflegter Gewächse.«

Kapitel 10

Wolfram

Unter normalen Umständen wäre ich mit diesem Kerl sicher nicht ins Gespräch gekommen. Schon seine äußere Erscheinung schüchterte mich ein. Grimmige Miene, die auch der Vollbart nicht milderte. An die eins neunzig groß, passend zur Breite. Vielmehr zur Fülle. Er hatte einen dicken, einen richtig dicken Bauch, und seine Weste hatte erhebliche Mühe, diesen Wanst in etwa dort zu halten, wo er hingehörte. Knöpfe, kräftig und doch hilflos, steckten schräg in den Löchern der speckigen Lederweste; bei jedem Atemzug zogen sich diese silbernen Fünf-Mark-Stück großen Verschlüsse ein wenig tiefer in ihre Schlupflöcher zurück, ohne jemals vollständig herauszurutschen.

Ein mächtiger Gürtel half den Knöpfen, diesen Berg von Leib zu stabilisieren; Rikes Minirock, den sie während ihrer Londoner Au-Pair-Zeit in der *Carnaby Street* erworben hatte, war nur unwesentlich breiter als dieser verschnörkelte Lederriemen.

Nicht nur Weste und Gürtel waren aus Leder; der ganze Mann steckte in diesem Material, und man konnte nicht behaupten, dass es seiner Erscheinung zum Vorteil gereichte. Seine Gestalt war trotz der enormen Körpergröße gedrungen, und was sie an Oberkörper zu viel hatte, fehlte ihr an Bein. Die Hose, an einigen Stellen schon abgerieben, stauchte sich, weil das Leder zum Boden hin keinen Platz für einen freien Fall hatte. Unter den abgewetzten Säumen der Hosenbeine zeigten sich nur die keilförmigen Spitzen und hohen Absätze der Stiefel.

Besonders augenfällig war die Diskrepanz zwischen Textil und Körper an der Stelle, wo man einen Hintern vermuten sollte – der Mann hatte aber keinen, und vor dem entstandenen Vakuum wusste die Hose nichts Rechtes mit sich anzufangen. Das schien ihrem Träger nicht bewusst, denn er trug eine viel zu kurze Jacke (Leder). Das Schicksal, Rocker zu sein, zwang ihn in eine solche Garderobe und bot keinen Ausweg.

Bevor ich ihn ansprach, was mich Überwindung kostete, wusste ich, dass er Wolfram hieß. Das Milieu, in dem sich Wolfram bewegte, gehörte gewiss nicht zu dem Umfeld, in dem ich mich gemeinhin aufhielt, und eigentlich gab es nichts, was mich dahin drängte.

Wir trafen an einer Tankstelle aufeinander, wo ich feststellte, dass es einen kleinsten gemeinsamen Nenner in unserem Leben gab: beide versorgten wir uns mit einem Sechserpack Bier.

Wolfram erklärte dem Tankwart mit dröhnendem Bass, dass er bei *Muddel* keins bekäme, weil ein Schaden den Lagerraum neben der Küche knietief unter Wasser gesetzt hätte, sodass er nach dem Bier tauchen müsste, was er nicht wolle, weil er dann wohl nass werden würde. Sein Gegenüber quittierte den Witz mit meckerndem Lachen.

Der Dicke bat – er sagte tatsächlich *Bitte*, was aber sowohl der Tankstellenbetreiber wie auch ich, der hinter Wolfram stand, als dringendes Ersuchen ohne Erwartung eines abschlägigen Bescheids verstanden; er *bat* also Erwin – man kannte sich – seine Vorräte zeitig aufzufüllen, weil der Wasserschaden bei *Muddel* länger andauern könnte. Er benötige für das kommende Wochenende eine größere Menge an Gerstensaft, weil er nicht sicher sei, ob davon auf Fehmarn, wo er hinfahren werde, ausreichend vorzufinden sein würde.

»Is' gut, Wolfram«, sagte der Tankwart, und gehöriger Respekt schwang in seiner Stimme mit, »kriegen wir hin.«

Ich nahm an, dass mit *Muddel* Wolframs Mutter gemeint war und war erstaunt über dieses Kosewort aus seinem Mund. Vielleicht habe ich mich in ihm geirrt, dachte ich, vielleicht ist er ja nett, nahm allen Mut zusammen und fragte ihn: »Fehmarn? Sie fahren auch zum Festival nach Flügge?«

Langsam drehte er sich zu mir und antwortete barsch: »Wer will das wissen, hä?«

Ich versuchte ein Lächeln und stellte mich vor. Name und Berufsbezeichnung.

»Redakteur? So, so«, sagte er, und ich entnahm dem abschätzigen Klang seiner Stimme, dass er meine Tätigkeit irgendwo zwischen Klofrau und Erdbeerverkäufer einordnete. »Und du schreibst über das Festival?«, schloss er scharfsinnig.

»Hmhm!«, nickte ich. »Ich arbeite für das Magazin *Rock Tune.* Hier in Hamburg. Bin aber auf Fehmarn geboren.«

»Habt ihr auch Bier da oben?« Die Frage klang wie die eines Reisenden durch die Sahara: *Liegen Oasen am Weg?*

Und ob da Oasen waren! »Die fahren ordentlich auf«, erklärte ich. »Mehrere Bierstände, Bratwurst, all so was.«

»Hauptsache Bier.«

»Tut mir leid, das mit Ihrer Mutter.«

»Wä??«

»Der Wasserschaden«, sagte ich. Da war mir schon klar: Irgendwas stimmte hier nicht.

Tankwart Erwin schaltete am schnellsten. »Nee!«, lachte er. »*Muddl* ist 'ne Kneipe drüben in Wandsbek. Schreibt sich ohne e. Da trifft Wolfram sich mit seinen Leuten.«

»Ach so!«

Wolframs Stimme wurde eine Spur sanfter, weil er wohl mit einem Deppen wie mir Nachsicht üben wollte. »Da ist unser Treffpunkt für die Abreise. Hundertzwanzig Mann.« Nach einem kurzen Zögern folgte ein leises »In drei Bussen.« Er sah mich scharf an und schien auf einen Kommentar zu warten. Den hatte ich schon fast auf der Zunge, konnte mir ihn aber gerade noch verkneifen. »Aha!«, sagte ich, »so viele?«

Er behielt seinen eindringlichen Blick bei, nickte langsam und ich wusste, ich hatte gerade noch die Kurve gekriegt.

Also war es an ihm, die Sache mit den Bussen zu erklären. »Tja!«, lachte er polternd. »Rocker und öffentliche Verkehrsmittel, denkst du wohl, hä?« Genau das dachte ich. »Wie passt das zusammen, denkst du, nä?« Als er sich mit der Hand durch sein schulterlanges Haar fuhr, fiel mir ein, was an *ihm* nicht zusammengepasst hatte, als ich ihn am Verkaufstresen entdeckte. Es war sein Haar. Es war sehr gepflegt und stand im Widerspruch zu seiner sonstigen Erscheinung. Fast seidig kam es mir vor. Gesprayt? Auch der Vollbart war ohne Makel. Sicher seine ganz persönliche Note, dachte ich, etwas, durch das er sich möglicherweise von seinesgleichen abheben möchte. »Rocker, meinst du, brettern immer auf ihren Feuerstühlen durch die Gegend, richtig? Meinst du doch!«

Diplomatisch hob ich die Schultern. »Mit dem Bus spart man Sprit, denke ich.«

Nach kurzem Zögern nickte Wolfram. »Das Ding ist – viele von den Jungs haben keine Maschine, weißt du«, und seiner Offenheit entnahm ich, dass das Eis gebrochen war. Und er wurde noch freimütiger. »Ich auch nicht«, lächelte er verschämt. »Hab keinen Führerschein. – Wir hatten richtig lange Diskussionen von wegen Fahrgemeinschaft und so, da haben einige gleich rumgequakt: *Dann muss ich die ganze Strecke fahren und kann nicht saufen* und all so 'nen Scheiß. Die Flachpfeifen, die! Da ham Hasen-Hubert und Fotzen-Ole kurzerhand die Busse gechartert, dann war Ende mit den Debatten.«

»Habt ihr denn Unterkünfte da? Zelte? Oder schlaft ihr in den Bussen?«

»Schlafen? Bist du irre?«, fauchte er mich an und ich nahm mir vor, meine Fragen bedächtiger zu formulieren. »Wir sind zum Arbeiten da, Mann! Echte, körperlich schwere Arbeit! Nicht so 'n Kleckerkram wie du!«

Ich hatte also richtiggelegen, was seine Meinung über meinen Berufstand anging.

»Was macht ihr denn?«

»Ordner!«, dröhnte er, und der Brust gelang es um ein Haar, den Vorsprung seines Bauches einzuholen. »Eingangskontrolle, Parkplätze, Tickets zeigen lassen, so was alles.«

»Toll!«, fand ich. »Und wie seid ihr an den Job gekommen? Ich dachte immer, Hells Angels werden nicht mehr …«

Umgehend bereute ich diese Bemerkung. »*Hells Angels?*« Wolfram prustete. »Die gibt's in Amerika, du Kasper! Nicht bei uns!« Zu meinem Glück nahm er den Einwurf nicht weiter krumm. »Ja, das mit der Ordnerei, das ist 'ne längere Geschichte. Wir … wart mal! Erwin! Has' mal … nee, lass! Hab ich doch selbst!« Seine Pranke quälte sich in die Hosentasche und kam mit einem Schlüsselbund wieder zum Vorschein. Er blätterte sich solange durch Metall, bis er den Flaschenöffner in die Finger bekam. Mit einem kräftigen Ruck im Ellbogen entfernte er die Kronkorken zweier Bierflaschen, die er seinem Vorratspacken entnommen hatte.

»Zu dem Wohle!«, wünschte er ausführlich und ich staunte beim Anstoßen, wie widerstandsfähig Glas sein konnte. (Bei einer späteren Gelegenheit klärte er mich über seine seltsame sprachliche Angewohnheit auf. Er könne verbale Verknappung nun mal nicht ausstehen!) Wolfram trank in tiefen Schlucken, setzte ab, rülpste vernehmlich und zog den Ärmel der Jacke über den Mund. Ein Blick darauf verriet ihm, dass Leder nicht unbedingt saugfähig war. Er zuckte die Achseln. »Es war so: Gürtel-Schorsch, einer aus unserer Gang, kennt zufällig einen von den Veranstaltern. Er hatte länger in Kiel zu tun und war Stammgast in der Kneipe von dem ... äh ... den Namen hab ich jetzt vergessen. Egal. Von dem Wirt eben. Der einer von den Veranstaltern ist. Verstehst du?«

Ich nickte. Wolfram machte es nicht zu kompliziert.

»Der hatte mitgekriegt, was Schorsch so treibt in Hamburg, und über die Gang und so. Da hat er Schorsch gefragt, ob er nicht Bock hätte, mit 'n paar Jungs beim Festival die Ordner zu machen.« Wolfram hob die Flasche, schaute durch das braune Glas, schüttelte, guckte wieder. Dann sah er auf mein Sechserpack. Ich reagierte prompt und riss die Pappe auf. Das Ritual wiederholte sich – Schlüsselbund aus der Tasche, Blättern usw. Er hatte wohl nicht mit einem solchen Durst von uns beiden gerechnet. Nachdem er sich den Mund abgewischt hatte, lachte er. »›Was für 'n Festival?‹, fragt Schorsch ihn. ... Ach, jetzt weiß ich wieder! Christian heißt der Vogel. Krischan, richtig! Christian Berthold. Der guckt Schorsch groß an: ›Da weißt du nichts von? Fehmarn! In zwei Wochen geht das los.‹ ›Was ist Fehmarn?‹ hakt Schorschi gleich nach. ›Is 'ne Insel‹, meint der andere. ›Ostsee.‹ Schorsch nickt, schaukelt den Kopf hin und her, und Krischan denkt bestimmt schon, das wird wohl nichts. Aber ... man muss wissen, dass mein Gürtel-Schorsch ein ganz Ausgeschlafener ist. ›Na ja‹, sagt er, ›hängt auch hiervon ab‹ und macht ein internationales Zeichen vor Krischans Nase.« Wolfram wiederholte das Zeichen noch einmal für mich, indem er Daumen und Zeigefinger aneinander rieb. »›Kommt darauf an‹, sagt der, ›wie viel ihr nachher seid.‹ Also, fünfzig, meint er, könnten sie brauchen. – Du!« Plötzlich knallte mir Wolfram seine Linke auf die Schulter, dass ich im ersten Moment mit einem doppelten Schlüsselbeinbruch rechnete. »Dann kommt er erst mit der Botschaft rüber. Sechzigtausend!! Das is ’ne Sechs mit vier Nullen! Sechzigtausend Leute haben die eingeladen! Mann, Mann!« Er brauchte nicht nochmal auf meinen Biervorrat zu schauen, im Nu konnte er den Öffner ansetzen. »Schorsch kalkuliert kurz und macht dem andern klar, dass sie mit fünfzig wohl knapp wären. Wie wär’s mit hundert? Da pustet Krischan erstmal durch und rechnet nun selber. ›Wird eng‹, sagt er, ›wird ganz eng. Wir sind keine Krö …‹ Ne, Kröten hat er nicht gesagt. Krokusse auch nicht. Was in der Richtung.«

»Krösusse«, sagte ich vorsichtig. Eine Sekunde lang war ich nicht sicher, ob der Plural tatsächlich so lautete.

Kein Einwand. »Richtig, Krösusse. Sind Leute mit Schotter, nä? – Na, jedenfalls hat Schorsch knallhart verhandelt. Hundert Mann und für jeden hundertfünfzig Mücken. ›Okay‹, sagt der andere. Schorsch hat sich echt gefreut, dass er seinen Leuten in Hamburg gute Nachrichten mitbringen konnte. ›Für alle drei Tage‹, hat Krischan dann aber gemeint, ›insgesamt. Nicht mehr!‹ Na gut, Schorsch hat, als er wieder zuhause war, gleich ’ne Vollversammlung einberufen, anschließend Abstimmung. Die meisten war’n dafür. Eins-fünf haben oder nicht haben, nä?« Wolframs Bart hüpfte kurz unter seinem ungläubigen Kichern. »Drei von ihnen haben sich enthalten.«

Kapitel 11

Rückblick und ein Klavier

»Es lief eben von Anfang an nicht gut«, sagte Mario Demand, immer noch ein Grinsen auf den Lippen, als wir in der kleinen Cafeteria am Campingplatz saßen und ein Bier tranken. Dabei ließ ich unauffällig meine Hose trocknen.

»Flaschenpost?«, hatte Mario schelmisch gelacht, als er von der Toilette zurückgekommen war. »Ohne mich?«

»Es ist nur Bier!«, versicherte ich. »Das war viel zu warm! Da ist es übergelaufen!«

Sein erneutes Lachen machte mir klar, dass er mir nicht glaubte.

»Für die drei schon gar nicht. Noch einmal: wenn sie jedenfalls so klug gewesen wären, eine GmbH zu gründen. Mann, so was Leichtfertiges!«

Er schaute hinüber zum Gelände, auf dem das Festival stattgefunden hatte. Vor dreißig Jahren sah das alles noch anders aus. Die kleinen Baumreihen, in denen sich eine Hundertschaft Polizisten notdürftig vor dem Sturm geschützt hatte, waren zu einem Wäldchen gewachsen, von den provisorischen Wegen hingegen, die die Füße tausender Fans in die Landschaft getrampelt hatten, war nichts mehr zu sehen. Der Campingplatz hatte im Laufe der Jahre ein neues, modernes Gewand bekommen, und die kümmerlichen Straßenlaternen, die den Zuschauern den Weg weisen sollten – es gab sie nicht mehr. Die Masten, die sie getragen hatten, waren vor langer Zeit abgebaut worden. Mittlerweile verliefen die Stromkabel unterirdisch. Selbst in dieser entlegenen Ecke der Welt hatte der Fortschritt sich breitgemacht.

Kaum etwas erinnere, so Mario, an ein Ereignis, dem man Anfang der siebziger Jahre das Etikett *Von kulturell historischer Bedeutung* angeheftet hatte. Das erste große Musikereignis auf dem europäischen Festland, amateurhaft veranstaltet, sei nahezu vergessen.

»Das kannst du so nicht sagen«, wandte ich ein. »Die Revival-Festivals, die seit 1995 …«

»Natürlich, ich weiß. Es ist ja 'ne Menge, was deine Freunde auf die Beine gestellt haben. Dieses Jahr hat auch Alvin Lee gespielt, wusstest du das?«

»Klar! – Im letzten Jahr war Inga Rumpf nochmal da.«

»Tatsächlich?«, fragte Mario. Dann lachten wir beide. Dieses Kapitel schien er mir verziehen zu haben.

»Das alles ändert nichts an der Tatsache«, fuhr Mario fort, »dass der Begriff Fehmarn-Festival keine weitreichende Bedeutung mehr hat. Ich bin jetzt Ende fünfzig, wie du weißt, und das Wort Woodstock elektrisiert meine Söhne heute so wie mich damals; Fehmarn haben nur die Eingeweihten im Gedächtnis. Und das vorrangig, weil es der letzte große Auftritt von Jimi Hendrix war. Aber – vielleicht ist es genau das, warum die Leute, die dabei waren, heute noch mit Verzückung von diesem Event sprechen.«

»Was meinst du damit?«

»Dieses Unfertige, dieses Spontane! Fehmarn '70 kommt mir heute so vor wie ein Komet, der vorbeigerauscht und kurz danach verglüht ist. Die Veranstalter haben so ziemlich alles verhauen – aber ihren kühnen Entschluss, das erste Festival auf dem Kontinent aufzuziehen, den nimmt ihnen niemand mehr, und alle Fans sind ihnen ewig dankbar.«

»Ich weiß nicht! Wenn du die Umstände damals erlebt hättest, würdest du …«

»Genau das meine ich!«, fuhr mir mein alter Freund ins Wort. »Sturm, Regen, schlechte Verpflegung, Musik, die man wohl auf Rügen besser gehört hat als vor Ort.« Er lachte. »Trotzdem, Frank! Ich glaube, die Fans damals haben mit einigem zeitlichen Abstand gemerkt, dass die drei Typen genauso naiv waren wie sie selbst. Genauso unbeleckt, so unerfahren in diesen Dingen. Das erste große Open-Air-Festival auf dem Kontinent! Später wurde den Leuten klar, die Veranstalter waren ohne Seil und Pickel auf den Mount Everest gestiegen, unbekümmert und bar jeder Angst. Sie sind in den freien Fall geraten, sind abgestürzt, aber der kurze Moment auf dem Gipfel hat sich in das Gedächtnis aller

Beteiligten eingebrannt, und das böse Blut, das es anfangs gab, ist einer seligen Erinnerung gewichen. Das hat vielleicht auch damit zu tun, dass den dreien in der Wahrnehmung der Fans das Happening wichtiger war als die Einnahmen.«

»Auch sie wollten sicher Geld verdienen.«

»Wollten sie, klar!«, lächelte Mario. »Der Ablauf allerdings sah nicht danach aus. Das hab ich jahrelang nicht verstanden: Ich konnte fragen, wen ich wollte – niemand, der dabei war, hat die Begleiterscheinungen vergessen, das miese Wetter, den ganzen Frust, den Ärger mit den Rockern. Und doch sagen alle – alle! – mit leuchtenden Augen: Ich war 1970 auf Fehmarn und habe Jimi und die anderen gesehen.« Mario verzog das Gesicht. »Alle! Nur ich nicht!«

Ich musste lachen. Keine unserer Begegnungen seit dem *Love & Peace Festival* war ohne diesen Schlussseufzer geblieben. Und wie immer bereute ich, dass ausgerechnet er, der akribische Chronist musikalischer Großereignisse, am Fehmarn-Festival nicht teilgenommen hatte. Seine messerscharfen Analysen zum Thema Pop-Musik hätten mir damals sehr helfen können. Und *seine* Aufzeichnungen wären vom Feuer sicher verschont geblieben.

»Noch 'n Bier?«, fragte er.

Zudem hätte er mich vor den Angriffen Sebastian Hallers schützen können. Nein, müssen!

»Klar!«

Er stand auf, ging zum kleinen Tresen und bestellte.

Mario war bei allen einschlägigen Großereignissen dabei gewesen, auf dem Monterey-Pop-Festival '67, wo alles seinen Anfang nahm; von Woodstock hatte er zeitig Kenntnis bekommen, sodass er nicht zu den Zehntausenden gehörte, die auf den verstopften Straßen stecken blieben. Watkins Glen lag auf seiner Strecke, in Knebworth war er in den späteren Jahren Stammgast. Beim berüchtigten Festival in Altamont stand er nur wenige Meter entfernt von der Bühne, ganz in der Nähe der Stelle, an der der junge Meredith Hunter von einem *Hells Angel* erstochen wurde. Und beim Festival auf der Isle of Wight, eine Woche vor Fehmarn, hatte er Jimi Hendrix zum letzten Mal live gesehen.

All diese Events hatte er mit der Kamera, dem Schreibblock und einem Aufnahmegerät festgehalten; meterhohe Regale voller Fotoalben zierten die Wände seiner Wohnung, die Tausenden Notizen waren akkurat in Ordnern abgeheftet, Tonbänder voller Interviews, Bemerkungen, Musikfetzen standen, sauber beschriftet und chronologisch geordnet, in metallenen Schränken im Keller. Trocken und kühl.

Nur Fehmarn hatte nicht auf seiner Reiseroute gelegen. Nicht, weil er es nicht gewollt hätte.

»Wir sind abgeschweift«, sagte Mario, als er die Flaschen mit dem kühlen Bier auf den Tisch stellte. »Du wolltest erzählen, wie es damals nach dem Brand weiterging.« Er lächelte. »Jedenfalls – soweit es dir in Erinnerung geblieben ist.«

Ich nahm seine Spitze kommentarlos hin. »Nun, viel gibt es nicht zu sagen. Das OZ ist restlos abgebrannt, die Polizei lieferte sich kleinere Scharmützel mit den Rockern. Es konnte nicht aufgeklärt werden, wer den Brand gelegt hatte. Ob die besagten Gelder wirklich mitgenommen worden sind und wenn, von wem, oder ob sie Opfer der Flammen wurden – keiner weiß es. Die Veranstalter schworen und schwören heute noch, dass die Kassen leer waren. Und ehrlich gesagt, glaube ich ihnen. Sie hatten kein finanzielles Polster mehr, alles war für die Gagen, die teure Anlage aus England und was weiß ich noch alles draufgegangen.«

»Zum Glück hat ihnen Beate Uhse unter die Arme gegriffen.«

»Ohne sie wäre das ganze Festival gar nicht möglich geworden. Sie hat es in der Hauptsache finanziert, und als die Veranstalter mit ihren Mitteln am Ende waren, hat sie noch mal zugebuttert.«

Mario lachte. »Ausgerechnet die Betreiberin einer Sexshop-Kette sorgt dafür, dass das erste Pop-Festival auf Europas Festland Wirklichkeit wird.«

»Wieso sagst du *ausgerechnet*? Das passt doch. Ende der Sechziger war die sexuelle Befreiung auf einem ersten Höhepunkt, und wenn nicht sie, wer sonst wäre prädestiniert, so ein Event zu sponsern.«

»Mit Geld und Präsern.«

»Sie sagte später, es wären keine Kondome gewesen, sondern Streichholzschachteln mit Werbeaufdruck. Die Mär von den aufgeblasenen Präsern, die durch die Luft flogen – Beate hatte einfach ein paar Leute engagiert, die bedruckte Luftballons aufpusteten. – Im Unterschied zu den blauäugigen Männern aus Kiel war sie eine knallharte Geschäftsfrau. Außerdem führte sie, Mario, keine Sexshops, wie du sie nennst, sondern *Fachgeschäfte für Ehehygiene*. Sie gab sich also einen seriösen Anstrich, um niemanden abzuschrecken. Ganz schön raffiniert.«

»Ist das richtig, dass sie ihre Unkosten wieder reinbekommen hat?«

»Sie sagte: Ja. Die Eintrittskarten sind in ihren 25 Läden verkauft worden, und so hatte sie jederzeit die Kontrolle über die Einnahmen. Aber da ist vieles im Dunkeln. Beate hat in dem Zusammenhang ausgiebig über die sexuelle Aufbruchsstimmung erzählt, und dass sie sich verpflichtet gefühlt habe, den jungen Menschen beizustehen und ihnen drei Tage mit den größten Künstlern zu ermöglichen. Jahre später hat sie ausgeplaudert, dass sie dem Wunsch einer ihrer Söhne gefolgt sei, der gern ein Festival vor der Haustür hätte.«

»Okay. Soll ich dir was sagen, Frank?« Mario klopfte mir auf die Schulter. »Deine Erinnerungen machen enorme Fortschritte. Es läuft gut. Wenn man von einer kleinen klitzekleinen Lücke absieht …«

»Jimis Tod, ich weiß. Du wirst es dein Leben lang nicht glauben, was?«

»Und darüber hinaus, stimmt.«

Ich lachte. »Eines Tages, Mario, kommt die Wahrheit ans Licht. – Jedenfalls … was ich dir gerade erzähle, kannst du nachlesen. Da brauche ich meinen Grips nicht weiter anzustrengen.«

»Trotzdem. Der Brand und was danach kam – sehr detailliert beschrieben. Und nicht so, als hättest du was dazugedichtet.«

»Ich darf dich dran erinnern, dass ich es war, der um ein Haar hopsgegangen wäre. Diese Augenblicke werde ich nie vergessen. Sie verfolgen mich noch heute in meinen Träumen.«

Er schaute mich nachdenklich an. »Das glaub ich dir. – Erzähl weiter. Der Abend war zu Ende, das Festival auch, und am nächsten Morgen hatte sich der Pulverdampf verzogen.«

»Das Festival war nicht *ganz* zu Ende. Es hatte ein im wahrsten Sinn des Wortes kleines Nachspiel.«

»Verrat es mir. Ich glaub, das ist mir neu.«

»Rike und ich hatten unser Zelt ja rechts von der Bühne. Eigentlich war ich so platt, dass ich die nächsten drei Tage durchschlafen wollte, aber die Ereignisse vom Abend haben mich total aufgewühlt.«

»Kann ich verstehen.«

»Als ich am Montag aufwachte, das war so gegen sechs, hörte ich leises Klaviergeklimper. Ich dachte, ich spinne. Ich musste ein paar Meter weit laufen, bis ich tatsächlich einen Typen auf der Bühne sah, der ganz cool in die Tasten eines deformierten Pianos griff. Was er spielte, weiß ich nicht mehr. Wahrscheinlich war es mir auch unbekannt.« Ich trank einen Schluck und horchte in mich hinein. Nichts! Wäre ja auch ein Wunder gewesen. »Auf jeden Fall, der junge Mann hatte einen Haarschnitt wie Ron Wood, trug eine Lederjacke mit einem Fellkragen, und er saß auf einem hochgestellten Bierkasten. Man konnte sehen, dass er fror, aber er hatte natürlich keine Handschuhe an.«

»Du kanntest den Burschen aber nicht. Gehörte er zu einer der Gruppen?«

»Die waren, soweit ich weiß, spätestens am Abend vorher abgereist. Nee, niemand hat je rausbekommen, wer er war. Eine Fotografin, die um die Zeit auch schon auf den Beinen war, hat die Szene für die Ewigkeit festgehalten. Meiner Meinung nach steht sie sinnbildlich für das ganze Festival.«

»Warum?«

»Das Klavier, auf dem der Mann spielte, war mir schon die ganzen Tage aufgefallen. Es stand ständig auf der Bühne und jedermann zur Verfügung. Klar, nur wenige Künstler hatten so ein Instrument im Kofferraum mitgebracht.«

»Schöne Idee.«

Ich nickte. »In einer Umbaupause war mir ein junger Bursche aufgefallen, der um den Flügel herumlief, ihn zu begutachten schien, den Deckel sorgfältig zuklappte und mit einem Lappen abwischte. Dann ging er herum und sprach mit den Musikern und ihren Helfern. Irgendwann kriegte ich heraus, dass er unter der Bühne schlief.«

»Er passte also auf den Flügel auf.«

»Ja. Er hat ihn auch öfter mal mit einer Plane abgedeckt. Am Samstag, nach dem Konzert von *Mungo Jerry*, die das Klavier während ihres Auftritts benutzten, lief er mir über den Weg und ich habe ihn angesprochen. ›Ja‹, sagte er, ›der Flügel gehört meinem Vater und steht normalerweise in unserem Hotel in Großenbrode.‹ Da sollte er am Montag auch wieder hin.«

»Da sagtest, der Flügel käme dir vor wie ein Sinnbild für die Veranstaltung.«

»Richtig. Als ich mit Burkhard Haasch sprach, so hieß der Junge, der gerade mal siebzehn Lenze zählte, war das Instrument noch intakt. Es war ein wertvoller Salonflügel, von der Firma Förster in Sachsen gefertigt.« Ich lachte. »Du brauchst mich nicht so anzugrinsen. Was der Junge mir erzählt hat, stand später auch in der Zeitung. Das hat nichts mit Erinnerungsvermögen zu tun.« Ich überlegte. »Na ja, nicht alles.«

»Siehst du!«, lächelte Mario. »Und da war der Flügel noch heil, sagst du.«

»Richtig. Als der geheimnisvolle Pianist spielte, war das Standbein am Ende des Klaviers abgefallen und der ganze Rahmen gebrochen. Das passt, habe ich in dem Moment gedacht. Das ist ein passender Abschluss dieser drei Tage.«

»Wusste der junge Haasch, wie das Malheur passierte?«

Ich schüttelte den Kopf. »Vielleicht hat er es nicht sagen wollen, aber nicht nur Mungo Jerry, sondern auch *Ton, Steine, Scherben* haben auf dem Flügel gespielt.«

»Als sie noch die *Roten Steine* waren.«

»Genau. Haasch war ein Fan von ihnen.«

»*Macht kaputt, was euch kaputt macht.*«

»Eben. Ergibt aber keinen Sinn. Ein Klavier zerstört niemanden. Nein, ich glaube eher, das ist in dem Chaos passiert, als der Brand auf der Bühne gelegt wurde.«

»Was? Auf der Bühne? Ich dachte, nur das Organisationszentrum wurde abgebrannt?«

»Irrtum. Die wütenden Rocker haben versucht, auch die Bühne abzufackeln. Ich kann mich noch gut erinnern ...«

»Aha! Schau, schau!«

Ich nickte. »... erinnern, dass einer der Techniker, die das Equipment aufgestellt hatten, versuchte, sie davon abzuhalten. ›*Wir haben doch auch kein Geld gekriegt!*‹ hat er gerufen. Da haben die Lederjungs mit angepackt und die teuren Verstärker in Sicherheit gebracht. Zum Glück hatten die Feuerwehrleute, die noch vor Ort waren, den Brand schnell unter Kontrolle.«

»Und das Klavier war gerettet.«

»Na ja. Es hat, habe ich später gelesen, noch fünf Jahre in Haaschs Hotel gestanden, dann wurde es verschrottet. Hat wohl nicht nur unter den Ereignissen gelitten, sondern auch unter der Witterung.«

»Tja.« Mario nickte. »Gut gemeint, aber schlecht gemacht. – Und damit ging das Festival zu Ende.«

»Du sagst es. Am Montagmorgen waren nur noch ein paar Leute zu sehen, viel Müll, verwaiste Planen und Zelte. Dann standen plötzlich Leute von der Gemeinde auf der Matte, die erste Schadensbegutachtungen machten. An deren Gesichtern konnte man ablesen, dass das Festival fürs Erste keine Neuauflage mehr erleben sollte.«

»Warum grinst du?«

»Ach ... manchmal ... ich bin noch einmal zum OZ gegangen, beziehungsweise zu dem, was davon noch übrig war. Ein bisschen gestöbert hab ich, so als ... na, einer Ahnung zufolge halt – und? Was muss ich entdecken? Eine mit Ruß überzogene, aber sonst heil gebliebene ... Filmdose! Die Dinger sind ja feuerfest!«

»Oh! Ein Beweisstück für ...« Er lachte. »Was war drauf? *Graf Porno und seine Töchter?*«

»Blödmann!«

Kapitel 12

Der »Rock Tune« ensteht.

Er musste nichts sagen. Seine Augen verrieten, wie sehr ihm die Titelseite missfiel. Dabei hatte er keine zwei Sekunden draufgeschaut.

Nach weiteren zehn Sekunden Schweigen sprach Sebastian Haller – und ich war erstaunt zu hören, wie nüchtern seine Worte klangen, kühl, aber trocken und sachlich: »Ich weiß nicht ... *Love and Peace am Ostseestrand – das Warten hat ein Ende!*« Statt wie sonst loszupoltern, wiegte er den Kopf hin und her. »Hm.« Was hatte er heute? War er krank? Seine Blässe deutete auf eine organische Unregelmäßigkeit hin. Magen-Darm, sowas in der Art.

»Willst du in der Tourismus-Branche Fuß fassen?« Schnell hatte er seine Krankheit auskuriert. Was für ein fieses Grinsen! Er blickte wieder auf den Abzug. »*Die Bühne bekommt ihren letzten Schliff, einmal noch Verstärker und Lautsprecher testen – dann die Tore weit auf! Fehmarn begrüßt die Fans aus ganz Europa! Am Freitag startet endlich das Unternehmen Love and Peace-Festival – drei Tage Musik unterm Flügger Leuchtturm!*‹« Haller senkte das Blatt, schaute mich mit gefurchter Stirn an. »Haben wir es nötig, Werbung für die Veranstalter zu machen? Information sieht anders aus!«

»Hab dich doch nicht so!«, schnaubte ich zurück. »Helmut Ferdinand und seine Leute sorgen nun wirklich dafür, dass reichlich Anzeigen geschaltet werden. Da können wir ruhig mal etwas kooperativ sein. Was ist dagegen einzuwenden?«

Haller hob die Schultern. »Wenn du meinst! Ich stehe dem nicht im Wege.«

Langsam machte ich mir wirklich Sorgen. Sebastian, der sonst jede sich bietende Gelegenheit nutzte, mich zu triezen und vehement an meiner Arbeit herumzumäkeln – heute wirkte er müde, abwesend. Er war erst am Vortag von der *Isle of Wight* zurückgekommen und litt wohl noch unter den Reisestrapazen.

Mir ging es allerdings keinen Deut besser. Die ständigen Fahrten von Hamburg nach Fehmarn und wieder zurück zehrten an Kräften und Nerven. An diesem Tag hatte ich zu allem Überfluss noch einen Abstecher nach Kiel gemacht, wo ich ein – allerdings sehr erfreulich verlaufendes – Treffen mit einem außergewöhnlichen Mann gehabt hatte.

Wortlos ging der Chefredakteur aus dem Raum, schloss die Tür so leise, als wolle er sie für die vielen Male des Zuschlagens entschädigen.

Nun denn! In seliger Erinnerung lächelnd schrieb ich den Artikel über den *Eiermann Archie* zu Ende, zog den letzten Bogen Papier aus der Schreibmaschine und ging herunter in die Setzerei. Die ohrenbetäubenden Geräusche von den Maschinen, dieses vertraute Klickern und Klackern, wenn die Matrizen, die metallenen Gussformen, aus dem Magazin fielen und ihren langen Weg antraten durch ein ausgeklügeltes Labyrinth von Fahrstühlen, Rutschen, Hebebühnen bis hin zu der Stelle, wo der silberne Schinken aus Gussblei, der an einem Haken auf sie wartete, sich langsam in die köchelnde Brühe hinabsenkte und von ihr erweicht wurde. Mittels dieser Suppe fand die Umwandlung von Hohlformen in Bleizeilen statt.

»Der verkauft wirklich Eier?«, lachte Helmut Meske und kraulte mit der freien Hand seinen gemütlichen Bierbauch, während er die noch warmen Zeilen zwischen die Finger der rechten klemmte. »100 000 Stück? Wahnsinn!«

Ich habe nie verstanden, wie man es zu der Fertigkeit bringt, den silberglänzenden Text auf dem Bleisockel seitenverkehrt, zudem kopfüber, so flüssig zu lesen, als stünde er gedruckt auf einem Blatt Papier. Zuerst hatte ich den Verdacht gehabt, Helmut könne sich noch so genau an das erinnern, was er zuvor abgetippt hatte, aber das war bei dieser Menge an Text überhaupt nicht möglich. Es war eben eine besondere Gabe der Setzer. In langen Jahren zur Vollendung gebracht.

»Ach! Jetzt weiß ich wieder! Ich hab neulich 'ne Anzeige gesetzt: *Interessierte Investoren gesucht.* War der das?«

Ich nickte und zeigte auf das Manuskript, das auf dem *Tenakel*, dem Blatthalter, in Augenhöhe klemmte. »Was schätzt du, Helmut?« Meine kurze Frage beantwortete er ebenso knapp. »Anderthalb. Ich bring ihn nachher rüber zu Kalle, der schafft ihn ins Korrektorat.« Mehr Konversation war nicht notwendig – es ging zuallererst um die Zeit! Die Zeit beginnend beim Erfassen des geschriebenen Artikels, den Andruck, das Korrekturlesen, bis hin zum überarbeiteten und fertig gedruckten Text, der wieder im Büro des Redakteurs landete. Und dieser hier würde in anderthalb Stunden, plusminus eine Zigarettenlänge, auf meinem Schreibtisch liegen! Es war nicht erforderlich, nochmal einen Blick darauf zu werfen. Wir Texter konnten uns darauf verlassen, dass Manuskripte, die durch die bleigrauen Hände von Maschinensetzer und Metteur, dem, der die Zeilen zu einer Kolumne oder gleich zu einer ganzen Seite zusammenbastelte, weiter durch die farbverkrusteten Hände von Kalle, dem Drucker, und die tintenblauen von Rudi, dem Korrektor, gelaufen waren, dass diese Texte ohne irgendeinen Fehler Einzug ins Heft nehmen würden.

Sie waren nicht nur ohne Fehler, auch stilistisch zeigten sie die Handschrift der Fachleute. Wenn Helmut oder Norbert, der Metteur, bestimmten, dass ein Text über hunderttausend zu verkaufende Eier in der *Garamond* gesetzt werden müsste und nicht in der *Futura* – dann war das so! Einwände überflüssig – Widerstand zwecklos! Neumodisches Layout hin oder her – die Schrift bestimmte bei *Rock Tune* immer noch der Setzer! Wär ja noch schöner!

Und stets wohlbegründet! »Frank, es gibt zwei Sorten von Schriften«, hatte mir Norbert kurz nach Beginn unserer Zusammenarbeit erklärt. »Die einen sind totschick – die anderen kannst du lesen!«

Auch unser Drucker Kalle nahm mich in Lehre und Gebet. »Sohn, wenn du eine gute Schrift gefunden hast, tu ihrem Schöpfer einen persönlichen Gefallen – druck sie auf ordentlichem Papier und stell den Hobel sauber ein!« Er spachtelte Farbe auf die Walzen des *Hobels*, der Druckmaschine, ließ sie laufen, bis die Farbe sich ebenmäßig verteilt hatte, legte einen Stapel Papier an und fischte das erste bedruckte Exemplar aus der Ablage. »Siehst du«, sprach er beinahe ehrfürchtig, wobei er den Bogen schräg gegen das Licht hielt, »genau die richtige Stärke. So muss es sein!« Er kicherte. »'n Tick zu doll am Aufzug gedreht, und …«, er wendete das Blatt mit der Rückseite zu mir, »… du kannst hinten deinen Hut aufhängen! Oder, wie mein Meister damals zu mir sagte: ›Kalle, du solls' druck'n un' nich' stanz'n!‹«

Als Mario Demand seinerzeit dem Vorbesitzer die Druckerei abkaufte, musste er ihm versprechen, die vorhandene Mannschaft zu übernehmen. Der Altersschnitt im Stammpersonal war hoch, sodass sich zwischen dem blutjungen Redaktionsteam und den Technikern eine große Lücke an Jahren auftat, was auf beiden Seiten anfänglich zu Irritationen führte.

Jung contra Alt, Elan trifft auf Erfahrung; die tägliche Auseinandersetzung zwischen Heißspornen und Besserwissern – die Fronten schienen klar.

Doch nach langen Wochen nervenaufreibender Grabenkämpfe besannen sich Freund und Feind und rauften sich – unter Zuhilfenahme etlicher Flaschen Korn und kistenweise Bier – zusammen, und es begann eine gute, kollegiale Zusammenarbeit.

»Hast du denn schon 'ne Headline für Norbert?«, fragte Helmut.

»Tja, ich weiß nicht! Eigentlich wollte ich …« Hilflos hob ich die Schultern, weil es bisher beim Wollen geblieben war.

»Schreib doch einfach *Ein Mann und seine Eierfarm*. Schlicht und ergreifend.« Helmut griente. »Keine große Poesie diesmal.« Er spielte auf meinen Hang zu außergewöhnlichen, mitunter dann doch übertriebenen Formulierungen an.

»Gehört für mich eher in eine Lokalzeitung«, maulte ich. »Na, mal sehen.«

Ich ging in die Abteilung der Handsetzer und baute mich vor Norbert auf. »Einer verkauft auf dem Fehmarn-Festival 100 000 Eier, Norbert. Was meinst du? Überschrift?«

Der Metteur drückte seine Brille auf die Nasenspitze und warf einen Blick darüber. »Hat er die selbst gelegt?«

»Ich glaub, nicht!«, lachte ich.

»'n paar mehr Informationen brauche ich schon noch!«

Als wir uns auf seinen Titelvorschlag *Eier – farbenfroh wie das Festival* einigten, langte er in den Setzkasten und *pinnte* die Lettern aneinandergereiht und kopfüber in die Metallschiene, die der Setzer *Winkelhaken* nannte.

»Hinter *Eier* fehlt noch das Divis!«, monierte ich.

»Ich hab dir schon 'n paar Mal gesagt, Frank, das *Divis* ist der kurze Strich! Was du meinst, ist ein *Gedankenstrich*!« Den fischte er zielsicher aus dem entsprechenden Fach und platzierte ihn an die richtige Stelle.

»'tschuldigung!«

Wie immer würde ich Norbert knapp vor dem Andruck einen anderen Titel vorschlagen, und wie immer würde er mit einem Achselzucken sagen: »Du bist der Chef!«

Da hatte er recht! Ich war der Chef meiner Kolumnen und Artikel, derjenige, der über Text, Ausgestaltung und Headline verfügte, und nicht Sebastian Haller! Obwohl – das musste ich eingestehen – die Angst, er würde dazwischenfunken, war meist unbegründet. Ich rechnete nur immer damit – das verursachte meine Bauchschmerzen.

Für heute konnte ich wieder an meinen Schreibtisch wechseln, denn den Fortgang der Eiergeschichte wusste ich bei Helmut, Norbert und Kalle in besten Händen.

Kapitel 13

Kette und die Fahrt nach Fehmarn (1970)

Gerade, als ich die Redaktion verlassen wollte, klingelte das Telefon. »Na, Schreiberling! Alles im Lack?« Ich musste nicht lange überlegen – so nannte mich nur einer.

»Wolfram! Wie geht's?« Er konnte mit Floskeln nichts anfangen und fragte mich sofort, ob ich ihn und seine Truppe nach Fehmarn begleiten wolle. Ohne lange zu überlegen, sagte ich zu. Stoff für dein Tagebuch, Frank, schoss es mir in den Sinn. Das ist exklusiv! Das kriegt kein anderer! Hätte sich auch niemand getraut, dachte ich. Ich normalerweise auch nicht, war mir bewusst. Aber Wolfram würde seine schützende Pranke über mich halten. Glück gehört eben dazu und im richtigen Moment ein Sixpack an der Tanke.

»Wann geht's los?«

»Zeitig. Wir wollen früh da sein. Sieh mal zu, dass du um zehn bei *Muddl* bist.«

»Geht klar. Was macht der Wasserschaden?«

»Alles wieder in Ordnung. Max, der Wirt, hat allerdings feststellen müssen, dass einige Kästen Bier weg sind. Die Flut muss ziemlich stark gewesen sein.« Leise hörte ich sein tiefes Lachen.

So *ganz* in Ordnung war der Laden noch nicht wieder – Max, der, was seinen Bauchumfang betraf, Wolframs älterer Bruder sein konnte, warf einen Schwall klaren Wassers unter ein festgeschraubtes Bodenregal und wartete, ob er ihm als Brühe wieder entgegenkäme. »So ein Scheißdreck!«, fluchte er. »Und die von der Versicherung stellen sich quer, die Säcke! Ich hätte die letzten Beiträge nicht bezahlt!«

»Hast du doch aber, was?«, fragte Wolfram.

»Mann, seit dreißig Jahren bin ich hier drin und hab dem Verein nie 'n Schaden gemeldet. Nur immer eingezahlt. Irgendwann kann man doch mal 'ne Gegenleistung erwarten, oder?« Er fischte einen löcherigen Lappen aus dem Eimer und wickelte ihn um den Fuß des Schrubbers. Dann wischte er sich mit dem Handrücken den Schweiß von der Stirn. »Mal abgesehen davon, dass mir 'n paar Kästen Bier abhandengekommen sind. Wollen sie auch nicht bezahlen. Wozu ist 'ne Versicherung eigentlich da?«

»Das mein ich aber auch. Wo kam das ganze Wasser überhaupt her?«

»Da!« Max zeigte auf ein verrostetes Rohr an der Wand. »War 'n Loch drin. Versteh ich nicht. Damals war alles neu. Fast neu. Fast wie neu.«

»Is' einfach Pech, Max«, tröstete Wolfram.

Der Wirt nickte und sah mich an. »Und du bist Reporter? Könntest eigentlich mal über diese Missstände was schreiben. Über die Versicherungsbetrüger da. Kaum zahlst du einmal nicht, bleibst du auf 'm Schaden sitzen.«

»Hauptsache«, grinste Wolfram, »es ist noch was Bier dageblieben.« Er beugte sich nieder und zog zwei Flaschen aus einem Kasten. »Kannst mir auf die Rechnung setzen.«

Max schüttelte den Kopf. »Ob ich den Tag noch erlebe, dass du deinen Deckel mal bezahlst?«

Gelassen öffnete der Dicke die Flaschen. »Siehst du, deshalb fahr ich ja mit den Jungs und dem Schreiberling nach Fehmarn. Wenn ich wieder da bin, Max, kannst du meinen Deckel in die Tonne treten, das schwör ich dir.«

Laut röhrend verließen die Motorräder den Parkplatz vor der Kneipe und ebneten den Bussen den Weg. Empörte Anwohner standen am Wegesrand und hielten sich die Ohren zu. Hoffentlich, dachte ich, wissen sie, wohin der Tross sich bewegt und werden die Ruhe des kommenden Wochenendes genießen können.

Die mit erhobener Bierflasche entrichteten Grüße beim Besteigen des gelb-blauen Reisebusses waren lautstark ausgefallen, das Klatschen, das raue Hände auf Leder erzeugten, knallte wie Peitschenhiebe durch den Gang. So wird es sich auf einem Betriebsausflug von Dominas anhören, dachte ich. Reeperbahn-Reisen startet durch!

»Hast du kein Gepäck?«, fragte Wolfram.

»Meine Freundin fährt mit dem Pkw voraus und nimmt meine Sachen mit.«

Beim unauffälligen Blick in die leeren Gepäcknetze wunderte mich Wolframs Frage. Drei Tage, dachte ich. Oha!

Ich sah mich getäuscht. »Du fragst dich, wo unsere Klamotten sind, wä? Du bist genauso typisch Presse wie die annern. Alles dreckige Hells Angels, nä? *Hells Angels!* Hä, hä! Denkst, Rocker sind lauter verlauste Heinis, die sich nicht waschen und nix zum Anziehen dabeihaben und so, nä?« Mein Kopfschütteln gelang ihm nicht überzeugend genug. »Genau das denkst du! Nee, mein Bester, die Busse sind neueste Generation. Man kann sein

Gepäck unten verstauen. Im Keller. Hast die Klappen nicht gesehen?« Waren mir entgangen. »Ich sag dir mal was, Schreiber. Nur weil wir Leder tragen und unsere Freiheit genießen, sind wir noch lange keine Gossenpenner. Wir trinken gern mal einen, manchmal auch einen über'n Durst. Aber wir stören niemanden und wollen einfach in Ruhe gelassen werden. Okay?« Er erklärte sich, beschrieb einfach, wie er die Sache sah, ohne eine Spur von Aggressivität. »Wenn einer uns krumm kommt, dann können wir aber auch anders. Den biegen wir dann gerade, verstehst du?« Sein Ton blieb gemütlich, sein Puls wahrscheinlich im niederfrequenten Bereich. »Das macht der nur einmal! Aber sonst … insgesamt … gibt's keine friedlicheren Menschen wie uns.« Wolfram brachte ein Lächeln zustande, dass so etwas wie Sympathie wecken konnte. Er machte Anstalten, seinen Vortrag fortzusetzen, um einem Ignoranten von der Spinnerpresse ein für alle Mal klarzumachen, was für ein friedfertiges Völkchen er und seine Freunde doch seien, als ihm jemand auf die schwartige Schulter tippte.

»Moin, Leute«, grinste ein Mund, dem in der oberen Reihe ab halblinks einwärts mehrere Zähne fehlten. Nach der Brandrede von Wolfram ging ich davon aus, dass an seinem Schlüsselbund einfach der Flaschenöffner fehlte und der Gebissschaden keineswegs von einer Schlägerei rührte.

»Moin, Kette! Wie haben wir es denn?«

Ein weiteres Merkmal war dessen dicke, runde, randlose Brille. Das Tageslicht hatte Mühe, zu den Pupillen durchzudringen. »Fein! Nu geht's los, was, Chef?« Diese Brille machte es mir fast unmöglich, sein Alter zu schätzen, aber er schien deutlich betagter als seine Genossen. Vertrauensvoll beugte er sich zum Ohr seines Kommandanten hinunter. Es pfiff ein bisschen durch die Lücke. Kettes Anrede vertrieb letzte Zweifel, dass ich mich mit einem Ranghöheren im Rockerheer angefreundet hatte. Das würde mir gewisse Sicherheiten garantieren.

»Jau! Und – hast du durchgezählt?«

»Klar!«

»Alle da?«

»Mehr!«

Wolfram drehte sich scharf zu seinem Adjutanten und sah ihn erstaunt an. »Was meinst du mit *mehr*?«

»Das sind zu viele! Da sind 'n paar, die gehören nicht zu uns.« Revisor Kette richtete sich wieder auf und schaute den Gang herunter. »Das Soll wären hundertachtzehn, das Ist sind hundertvierundsechzig. Insgesamt. Alle drei Busse.«

Wolframs Blick folgte seinem und er fuhr zusammen. »Was sind denn das für welche? Die da in der vorletzten Reihe?«

»Tja.« Kette zuckte mit den Schultern. »Keine Ahnung! Kenn ich nicht. Aber in einem von den anderen Bussen, da sitzt der kurze Herbert.«

»Was? Herbert Schnoor? *Holy Devils*? Was wollen die denn hier? Die gehören nach Altona! Herbert! Der Flacharsch! … Was meinst du?« Er wandte sich zu mir, seinem Sitznachbarn, dem ein »Oh!« entfahren war.

»Ja … äh … ich hab mich eben gewundert.« Mein Puls ging in die Höhe. »Altona? Da gibt es Rocker?«

»Gibt's überall. Nicht nur auf 'n Kiez. Sollen aber nicht alle mit!«

Ich entspannte mich. *Flacharsch* hatte er gesagt. Direkt vor *Oh!* war mir das Bild vor Augen gekommen, das mir Wolframs Kehrseite an der Tanke geboten hatte. Die hängenden Falten im leeren Hosenboden. Nun ja. Vieles erklärt sich aus dem unterschiedlichen Blickwinkel.

»Da kommt nix nach. Aber gar nix!« Der schwarz gewandete Reiseleiter stemmte seine Zentner aus dem Sitz, der sich erleichtert in seine ursprüngliche Form begab. »Du bleibst hier!«, befahl mir ein Zeigefinger. »Los, Kette! Der kriegt Bescheid!«

Wolfram tobte Richtung Fahrersitz und bat den Chauffeur (wie es eben seine Art war, zu bitten), einen Halt einzulegen. Die Karawane kam zum Stehen, der nachfolgende Verkehr quälte sich mit lautem Hupen an uns vorbei.

In den nächsten Minuten malte ich mir aus, was im Problembus hinter mir geschehen würde. Gut, Wolfram hatte wohl zu Recht die leichtfertigen Urteile der bürgerlichen Presse moniert, aber ganz so friedvoll, wie er die Rockerszene in Hamburg geschildert hatte, war sie nun gewiss nicht. Das Rot auf den entsprechenden Zeitungsbildern stammte nicht von verlaufener Druckfarbe.

Jedoch – irgendwann nahm Wolfram seinen Platz kommentarlos wieder ein und seinem Gesichtsausdruck war nicht zu entnehmen, was geschehen sein könnte und ob er den kurzen Herbert noch kürzer gemacht hatte.

»Eigentlich«, brummte er, als die Kolonne wieder Fahrt aufgenommen hatte und nach einer halben Runde durch den Horner Kreisel die Abzweigung Richtung Fehmarn nahm, »eigentlich sind die Jungs nicht verkehrt. Die von Altona. – Prost.« Das dritte Bier des Tages nahm den Weg aus der Flasche in unsere Kehlen. »Die raffen schnell, was gemeint ist.« Ich durfte ihn fragen, *was* denn gemeint war. »Der Kurze hat eingesehen, dass sie keinen Lohn mehr abkriegen können. Gut, sagt er, dann fahren wir einfach *so* mit. Wegen der Musik. Wir wollen Hendrix sehen, sonst nix. Sie kommen also als Urlauber mit auf die Insel und als Fahrscheine für den Bus haben sie uns vier Kästen Bier versprochen. Holen sie unterwegs ab. – Wie heißt das Kaff noch, Kette?«

Sein getreuer Adjutant stand wieder im Gang und lehnte sich lächelnd gegen den Sitz. »Gremersdorf, Chef!« Kette sah mich an und erklärte. »Herbert Schnoor kennt da einen, der hat ’ne Tanke und den wollte er immer mal besuchen. Der schuldet ihm noch Bier. ’nen Hektoliter, sagt der Kurze. Hä, hä!«

Die Fahrt ging in gemächlichem Tempo voran und die Stimmung wurde ausgelassener, befeuert durch die Biervorräte, die man bei *Muddl* vorm Ertrinken gerettet hatte.

Wenn da nur nicht der plötzliche Wetterumschwung wäre! Die Sonne, die am Morgen noch aus einem heiteren Himmel gelacht hatte, machte sich rar, und dunkle Wolken zogen auf.

»Sieht nicht gut aus!«, brummte Wolfram. »Gar nicht gut.« Um seinen Flaschenöffner aus der Tasche zu holen, musste er aufstehen, was ihm Schwierigkeiten bereitete und bei ihm für Unmut sorgte. Dann sah er sich um, schüttelte den Kopf und fiel seufzend in den Sitz zurück.

»Was ist?«, fragte ich. »Suchst du was?«

»Ja. Bier. – Kette, wir haben kein Bier mehr!« Sein Buchhalter, der unverwandt neben uns im Gang stand, zuckte zusammen. »Kannst du mal ... nee, lass mal! Ich muss sowieso nach vorne zu Mike und den Interviewen. Ich bring dann was mit. Besetz mal solange meinen Platz. Aber lass dich nicht vertreiben, hörst du?«

Kette nickte eifrig und nahm, als Wolfram sich durch den Gang zwängte, mit hörbar erleichtertem Seufzen dessen Platz ein. Wolfram hatte durch seine mahnenden Worte meine Vermutung bestärkt, Kette stände nicht die ganze Zeit auf den Beinen, um seinem Chef den Rücken freizuhalten. Er hatte einfach keinen Sitzplatz mehr ergattert und wirkte auch nicht so, als könnte er sich per Fingerschnippen einen zuweisen lassen.

Nachdem er mir freundlich und unter Beteiligung der Zahnlücke zugelächelt hatte, drehte sich sein Kopf ständig wie ein Radar in alle Richtungen. Das lange, zur Schädeldecke hin dünner werdende Haar umwehte Kettes Hals.

Dann schaute er mich durch die starken Gläser an und wiederholte sein Grinsen. Nie hatte ich auf einer Reise einen solch unruhigen Sitznachbarn erlebt. Um ihn leidlich zur Ruhe zu zwingen, eröffnete ich ein Gespräch.

»Wieso hast du eigentlich den Spitz... äh ... Künstlernamen *Kette*?« Ich schaute an seiner Jacke herunter. »'ne Kette ist an dir nicht zu entdecken.«

»Hat 'n einfachen Grund«, sagte er, ohne sein Lächeln einzustellen. »Ich *heiße* Kette. Wirklich! Heinz Kette.« Erstaunt registrierte ich eine leichte Verbeugung. Dann brach die Konversation ab, Kettes Kopf rotierte erneut, und ich hatte Mühe, den Gesprächsfaden wiederaufzunehmen.

»Das erste Mal auf Fehmarn?«

Er zwang sein Haupt zur Ruhe. »Ja.«

»Du weißt, welche Leute auf dem Festival spielen?«

»Klar.«

»Auf wen bist du besonders gespannt?«

»Ten Years After. Hm ... Taste. Und Canned Heat natürlich. Blues mag ich.«

»Ich auch«, nickte ich.

»Kennst du Alan Wilson? Den Gitarristen von Canned Heat?«
Mir fiel seine gekonnte englische Sprechweise auf.

»Klar! *I'm going up the country, Baby, don't you wanna go?*«,
sang ich leise, aus Sorge, man könnte mich in den nächsten Sitz-
reihen hören. Die Furcht war allerdings unbegründet, der Lärm
um uns herum erreichte, verursacht durch den steigenden Alko-
holpegel, allmählich die Deichkrone.

»Genau! Der hat ja mit mir was gemeinsam.«

»Lass mich raten. Ihr singt beide«, sagte ich scherzhaft.

»Das auch«, antwortete Kette, und er schien es ernst zu meinen.
»Nee, was ich sagen will, ist: Weißt du, wie man ihn nennt?«

»Ja, Blind …« Ich lachte. »Ach, das meinst du.«

»Eben. *Blind Owl.*« Er nahm die Brille ab und der Blick aus den
fehlsichtigen Augen tapste hilflos an mir vorbei. Flugs setzte er
die Gläser wieder auf. Sein Kopf stimmte nun einen Rhythmus
an und zu meiner Verblüffung begann Heinz Kette tatsächlich zu
singen.

»*I'm going, I'm going, where the water tastes like wine. I'm going,
I'm going, where the water tastes like wine. We can jump in the
water, stay drunk all the time.*«

Noch mehr als die Tatsache, *dass* er sang, überraschte mich
die Art, wie er es tat. Sein englisches Idiom klang nahezu un-
verfälscht, niemand, der es nicht besser wusste, würde Kette für
einen deutschsprachigen Menschen halten. Die Phrasierung ließ
mich zudem annehmen, dass er im Singen nicht ungeübt war.

»Ich war mal in 'ner Band«, bestätigte er meine Vermutung. »Is'
'ne Weile her. Gesang und Schlagzeug.« Es sollte wohl beiläufig
klingen, aber ich hörte den Stolz in seiner Stimme.

»Das ist ja toll!«, lächelte ich und meinte es zutiefst ehrlich. Kette begann mir zu gefallen.

In diesem Moment setzte sich sein Radar wieder in Bewegung.
»Wo bleibt der Chef denn?«

»Wozu?«, fragte ich. »Ich find's nett, mit dir zu plaudern.«

Er schaute mich an und sein Lächeln erschien mir tiefgrün-
diger als zuvor. Irgendwie … dankbar. Plötzlich bemerkte ich
Schweißtropfen auf seiner Stirn. Er schluckte und versuchte, sie

mit den Fingerknöcheln wegzuwischen. Als er die Hand senkte, zitterte sie. »Er wollte doch Bier mitbringen!« Es war ein leises Röcheln. Er atmete tief durch. Dann griff Kette in die Brusttasche und förderte ein Etui zutage, das er öffnete. »Willst du?«

Säuberlich aufgereiht lagen selbstgedrehte Zigaretten in dem Behältnis. »Aber ich sag dir gleich – die sind mit Schuss!« Sein gequältes Lächeln wechselte ins Verschwörerische.

»Is' recht!«, antwortete ich und griff zu. Das Zittern seiner Hand wurde stärker. Ich gab ihm Feuer und entzündete meinen Joint.

Kaum, dass er einen Zug gemacht hatte, sog Heinz den Rauch mit tiefem Atmen ein. Es wirkte auf mich wie eine Erlösung.

Er rauchte hastig, ohne Genuss, aber nach einigen Minuten wurde seine Hand ruhiger.

»Gutes Kraut!«, lobte ich.

Er nickte. »Gibt's nicht an jeder Ecke.« Er hielt es für unnötig, mir zu sagen, wo genau sich *seine* bevorzugte Ecke befand. »Jetzt 'n schönes Bier wär nicht verkehrt, nä?«

Ich zuckte mit den Schultern. »So ist es auch gut.«

»Na, Kette?« Über der Sitzlehne vor meinem Nachbarn erschien ein Gesicht, das vom Alkohol deutlich gerötet war. »Ziehst ein' durch?«

»Jo! – Habt ihr noch Bier?«

»Nee! Alles alle. Wir müssen bald mal Nachschub haben. Ich bin glatt am Verdursten.« Der Rote setzte einen Heinz-Kette-Radarblick auf, schüttelte den Kopf. »Nix zu sehen. Scheiße!« Er ließ sich wieder in seinen Sitz plumpsen.

Kette stöhnte, warf den Rest seines Joints auf den Boden und zertrat ihn. Er ließ den Verschluss des Etuis umgehend wieder aufschnappen und zündete sich den nächsten an. »Du hast noch, nä?«, fragte er, ohne mich anzusehen.

Ich spürte den unerhörten Druck, dem er ausgesetzt war, und versuchte, ihn abzulenken. »Deine Band … gibt's die nicht mehr?«

»Nee!« Er machte einen tiefen Zug. »Haben wir aufgelöst. Schade!«

»Gab's Differenzen? Musikalisch?«

Er schüttelte den Kopf. »Unser Gitarrist. Der ist krepiert.« Er mied meinen Blick und ich schwieg eine Weile, bevor ich sagte: »Tut mir leid.«

Heinz sah mich wieder an und nickte. Er zog die Mundwinkel herab. »Er ist nur 27 geworden. – Verdammtes Zeug!« Ich hörte ein Schluchzen tief aus seiner Kehle.

Ich wusste nicht, was ich sagen sollte und schwieg wieder. Kette tat dasselbe. Nach einigen Minuten straffte er sich. »Es geht immer alles kaputt im Leben. Erst die Familie, die kaputtgeht, dann die Freundschaften. Überall, wo man mitten drin ist, wo man sich wohl fühlt – alles geht den Bach runter. Deshalb dieser Haufen hier – das ist jetzt meine Familie. Sind meine Freunde.« Sein Mund rückte dicht an mein Ohr. »Eigentlich … ich hab eigentlich mit den Typen nichts am Hut gehabt, aber … sie haben sich um mich gekümmert, als es mir richtig scheiße ging, verstehst du? Sie … einige von denen sind nicht ganz dicht …«, er brachte ein kurzes Kichern zustande, um dann fortzufahren: »… da wird viel Mist gebaut, aber … sie sind 'n eingeschworener Haufen, und wer erstmal dabei ist, den lassen sie nicht hängen. Niemals!«

Es war wohl der Wirkung des Cannabis' zuzuschreiben, dass ich, in diesem Moment völlig deplatziert, feststellte: »Und dafür machst du ihnen den Buchhalter. Oder?« Ich hätte mir eine Sekunde später auf die Zunge beißen können.

Unbewusst hatte ich aber genau das Richtige gesagt. Kettes Gesicht hellte sich auf, die Spitze seines Joints glomm in kräftigen Farben. »Stimmt! Soll ich dir was sagen? Ich war früher Steuerberater. Meine Klienten waren sehr zufrieden mit mir, ich kannte alle Winkelzüge. Zahlen und so, das ist mein Ding. Und ich habe nicht schlecht verdient.« Der Stolz in der Stimme war vergleichbar mit dem, als er von seiner Band erzählte.

Dann aber knickte er wieder ein. »Irgendwann, ich weiß gar nicht mehr genau, warum … ach Quatsch, natürlich weiß ich das und ich gebe niemand anderem die Schuld. Nur mir. Ich hab's allein verbockt. Meine Frau … Erika ist eine gute Frau, ich habe zwei nette Kinder … ich wollte ihnen doch was Gutes tun, dass sie sich was leisten konnten, 'n büschen mehr leisten konnten … 'n paar krumme Dinger hab ich gedreht. Das deutsche Steuerwesen …«, er lachte kurz auf, »… das ist so geschmeidig … wenn du die richtigen Tricks kennst, dann … aber irgendwann hab ich's übertrieben und sie kamen mir auf die Schliche. Hab zwei Jahre gesessen. Meine Frau war weg, mit den Kindern. Dann fing ich das Saufen an. Richtig heftig. Bin krank geworden, kurz vorm Abnibbeln. Eine Minute vor zwölf traf ich auf Wolfram. Astreiner Kumpel! Nach außen rau, innen herzlich!« Er machte eine längere Pause und lächelte mir zu. »Ja, so bin ich an den MC Wandsbek geraten und mach ihren Schreibkram.«

»Und was schreibst du so? Bestellst du ihnen die Lederhosen?«

Er schaute mich groß an und lachte laut. »Hast du 'ne Ahnung! Was meinst du, was man bei so 'nem Club alles zu tun hat!«

»Nämlich?«

Der Joint landete unter seinem Schuh und er bot mir noch einen an. Ich winkte ab. Entschlossen schnappte der Deckel des Etuis zu und es verschwand in der Tasche.

»Erstmal die Satzung. Die muss …«

»*Was* für 'n Ding?«

»Ja, Mann! Ein Verein braucht eine Satzung.«

»*Verein??*«

»Wolfram ist damals auf die Idee gekommen. ›Leute‹, sagte er, ›wir sollten einen Verein gründen. Alles muss seine Ordnung haben‹, meinte er. ›Mit Eintrag und so. 'n richtiger Verein, Jungs!‹«

»Wolfram? Ausgerechnet?«

»Täusch dich mal nicht in ihm! Er mag es, wenn alles eine Struktur hat und die Jungs nicht so quer durcheinander leben.«

»Quer durcheinander.«

Kette nickte. »Er hat dann aber dicke Backen gemacht, als ich ihm erklärte, dass ein eingetragener Verein Steuern zahlen muss. Er wollte die Idee wieder verwerfen, aber ich hab ihm gesteckt, dass, wenn ein Verein als *gemeinnützig* anerkannt ist, man *keine* Steuern zahlt. Da sagte der Chef: ›Okay, dann machen wir das.‹«

Ich war fassungslos. »Erzähl weiter!«

»Wir sind mit drei Mann zur Behörde und haben einen Antrag gestellt auf Gemeinnützigkeit. Der Typ am Schalter hat große Augen gekriegt und wusste nicht, was er sagen sollte. Da hab ich ihm auf die Sprünge geholfen und erklärt, dass der MC Wandsbek gemeinnützige Zwecke verfolgt, *deren Tätigkeit darauf gerichtet ist, die Allgemeinheit auf materiellem, geistigem oder sittlichem Gebiet selbstlos zu fördern, was entscheidend ist für die Erlangung der Befreiung im steuerlichen Sinn gemäß Reichsabgabenordnung.* Hab ich ihm erklärt.«

»Wahnsinn! Und?«

»Er hat mehr oder weniger nach Luft geschnappt und gefragt, welcher unserer Zwecke wohl gemeinnützig sei und wie wir denn die Allgemeinheit fördern täten.«

»Okay! Ist 'n Einwand.«

Heinz nickte zustimmend und kicherte. »Da hab ich ihm eine Geschichte erzählt, die uns vor Jahren wirklich passiert ist. Eines schönen Tages kriegten wir Post, in der stand, dass wir uns bitte am Soundsovielten – das war zu Ostern – in der Kirche Sankt Joseph in Wandsbek einfinden möchten. Damals gab's 'ne Grippewelle, die auch ihren Chor erwischt hatte. Lagen alle flach, Singen war nicht.« Sein Kichern wurde lauter. »Und nun suchten sie für die Gottesdienste Ersatz.«

Ich fiel in sein Lachen ein. »Du machst 'n Spruch, Kette!«

»Nee, echt! Kannst du mir glauben!«

»Und wie kamen sie auf euch?«

»Irgendein Kirchentyp hatte sich in einer Adressenliste vertan, wo verschiedene Organisationen aufgezählt waren. Alle mit Abkürzung. Wie der Motorradclub Wandsbek da reingeraten war, haben wir nie rausgekriegt.«

»Ja, aber … ich versteh nicht ganz.«

»Die von der Kirche haben gedacht, es handele sich um einen *Männerchor. MC!* Weiß' Bescheid?«

Ich prustete laut los. »Hör auf! Das glaubt dir kein Mensch!«

»Wenn ich dir das doch erzähle! Pass auf! Wir also hin – die wollten uns gut bezahlen, von Karfreitag bis Ostermontag; wär was zusammengekommen – und haben unsere Öfen vor der Kirche geparkt. Rein mit alle Mann – die haben gleich so komisch auf unsere Kutten gekuckt. Und … na ja, nicht alle bei uns gehören zu den massiv Gottesfürchtigen; 'n paar von den Jungs hatten schon ordentlich einen zu fassen … Kurzum: Gesungen haben wir an dem Tag nicht mehr.« Heinz lachte traurig. »Schade! Mir hätte das Spaß gemacht, glaub ich.«

»Und?«

»Wolfram hat dem örtlichen Papst gesagt, dass wir keine Schuld an dem Missverständnis trügen und dass wir wohl Anspruch auf eine Entschädigung hätten. Bitte, hat der Chef gesagt. *Bitte!*« Er lachte. »Und wenn der Chef Bitte sagt, kann man ihm schlecht was abschlagen, nä? Er hat dem Mann dann auch noch 'ne Bescheinigung aus den Rippen geleiert, dass wir der Kirche gemeinnützig zur Seite gestanden hätten.«

»Und damit seid ihr zur Behörde.«

»Genau. Wir haben dem Beamten den Vorgang in groben Zügen geschildert …«

»… habt die unwichtigen Details weggelassen …«

»… aber der Typ blieb stur. Da halfen auch die Bitten vom Chef nicht.« Er schüttelte heftig den Kopf. »Was für ein Arsch! ›Das fängt schon mal damit an‹, meinte er, ›dass man nicht in so einem Aufzug in eine Behörde geht. Hätten Sie sich mal in ordentliche Garderobe gekleidet und die Haare geschnitten …‹« Kette breitete die Arme zu einer hilflosen Geste aus. »Bevor Wolfram ihm eine gedrückt hat, fragte er den Burschen noch, was denn unser Äußeres mit unserem Antrag auf Gemeinnützigkeit zu tun hätte. – Jedenfalls, das Thema war durch, und das mit dem eingetragenen Verein haben wir bleiben lassen. Jetzt sind wir Verein ohne Eintrag.«

Ich sah Kette an, schaute aus dem Fenster und überlegte, ob er seine Geschichte ganz oder in Teilen einfach herbeigeraucht hatte, aber für so spontan hielt ich ihn nicht.

Wie auch immer, mein bis dahin festgefügtes Bild von den wilden, unbeherrschten Rockern, den Schrecken der anständigen Bürger, hatte in der letzten halben Stunde erhebliche Risse bekommen.

Im weiteren Verlauf der Reise jedoch sollte ich erfahren, dass nicht alles, was ich über sie gehört hatte, Gerüchten entstammte.

Während ich aus dem Fenster blickte und mir Kettes Worte

durch den Kopf gehen ließ, klopften einige Regentropfen gegen die Scheibe und holten mich in die Wirklichkeit zurück.

Kapitel 14

Gespräch mit einem Gott

»Hier, mein Bester! Schau dir das an!« Sebastian Haller knallte mir einen flüchtig hingescribbelten Dummy auf den Schreibtisch. Es war die Titelseite der neuesten Ausgabe vom *Pop-Magazin*. »*So wird andernorts gearbeitet!*«

Neben einem Porträt von Jimi Hendrix stand ein Zweizeiler als Aufmacher: *EXCUSE ME WHILE I KISS THE SKY*. Unterzeile: *Interview mit einem Gott*. Werner Öller hielt sich nicht mit Kleinkram auf – wer in dieser Liga spielte, den hob er mal eben in das oberste Regalbrett.

»Warum haben wir so was nicht?«

Ich sah in Hallers gerötetes Gesicht. Idiot, dachte ich. Der größte Fehler, den Mario Demand meiner Ansicht nach – und mit der Meinung stand ich nicht allein – jemals gemacht hatte, war, dieser Pfeife den Job eines Chefredakteurs zu geben. Überhaupt – wozu in aller Welt brauchte eine achtköpfige Mannschaft von journalistischen Freigeistern einen Redaktionsleiter? Hatte Mario damals nicht von flacher Hierarchie geschwärmt, von Teamarbeit auf Augenhöhe? Keine Allüren, keine Eitelkeiten, nur die Musik an sich und das, was sie bewirkte – dieses Credo hatte er uns vermittelt, als wir uns zu einem ersten Kennenlernen in den neu angemieteten Räumen in der Altonaer Gaußstraße trafen.

Ich erinnerte mich, dass Haller eifrig genickt und dem Neu-Verleger feste nach dem Mund geredet hatte. Diese aalglatte Geschmeidigkeit war das Erste, was mich an diesem Mann störte, die journalistischen Visionen, die er zu haben glaubte, nahm ich ihm nicht ab.

Demand hingegen gefiel mir auf Anhieb, mich beeindruckte

sein rastloses Wirken, sein unbedingter Wille, ein Projekt voranzutreiben, das in der Musikwelt für Aufmerksamkeit sorgen sollte – und würde.

»Ja, und?« Skeptisch sah ich auf das schreiend bunte Blatt. »Da ist doch der Wunsch der Vater des Gedankens. Ich habe vor, mich von Frank Sinatra zum Essen einladen und mir von ihm erzählen zu lassen, wie seine Geschäfte mit der Mafia laufen.« Ein Interview mit Hendrix! Hatte Werner es nicht eine Nummer kleiner?

»Denkste!« Haller zog einen zusammengefalteten Stapel Blätter aus der Hemdtasche. »Hier! Das ganze Gespräch im Wortlaut!«

Ich fühlte, wie mir das Blut aus dem Gesicht wich. Öller! Es war nicht zu fassen! »Woher hast du das?«, fragte ich. Zweifellos war das Interview echt. Werner hatte zwar den Hang zur Übertreibung, aber er war ein korrekter Journalist. Das also hatte er im Pressezelt mit den Händen verdeckt! Wann und wo hatte er Hendrix getroffen?

»Ich *habe* es einfach! Das muss reichen!« Hallers überlegendes Grinsen brachte mich in Rage. Ich biss mir auf die Lippen.

Er nahm den Dummy wieder in die Hand und schüttelte den Kopf. »Und was haben wir dem entgegenzusetzen? Hä?« Mit kalten Augen sah er mich an und ich spürte seine Verachtung. »Ich habe Mario gleich gesagt: Hol dir den Öller! Der versteht sein Handwerk!«

Ich überging seine Verbalinjurien. »Wo will Werner das gemacht haben?«

»Nach Jimis Konzert auf der Isle of Wight am Sonntag. Wir haben Öller da getroffen, und der hat Mario diesen Durchschlag in die Hand gedrückt. Stolz wie Bolle.« Er lächelte säuerlich. »Natürlich noch streng geheim!«

»Und Mario hat es dir gegeben?«

Verärgert zog Haller die Stirn in Falten. »Äh … das siehst du doch!«

Irritiert sah ich ihn an. »Und wie hat Werner das geschafft? Jimi redet kaum noch mit der Presse.«

Sebastian zuckte mit den Schultern. »Du musst halt den richtigen Draht zu Fritz Rau haben. Der hat ihm den Termin vermittelt und bei Jimi wohl ein Wort für Öller eingelegt. – Übrigens: Seit wann hat er einen neuen Fotografen?«

»Neu? Wieso?«

»Na, sonst ist er doch immer mit diesem … äh … Deppert …?«

Du weißt genau, wie er heißt, dachte ich. »Dappert. Norman Dappert.«

»Genau. Mit dem ist er doch sonst auf Tour.«

»Der hat sich gerade 'ne Grippe eingefangen. – Wen hatte Werner denn dabei?«

»Keine Ahnung! Einen jungen Kerl, der … irgendwas mit Müller hieß der. Habe nicht mit ihm gesprochen.«

Ich streckte die Hand nach dem Manuskript aus. »Kann ich das mal lesen?«

Zögernd reichte Haller mir die Blätter. »Bekomm ich aber wieder!« In seiner Stimme lag eine beißende Schärfe.

Nach dem Lesen weniger Zeilen hatte ich den Eindruck, dass Werner Öller sich mit diesem Interview keinen Gefallen tat. Lapidare Antworten, die kaum etwas mit den Fragen zu tun hatten – ich sah die Situation deutlich vor mir: Ein mürrischer Star, womöglich zugedröhnt, wie es bei ihm in letzter Zeit häufiger vorgekommen sein sollte, ein zunehmend lustloser Frager, der sich sein Exklusivgespräch anders vorgestellt hatte. Gegen Ende des Dialogs erfuhr ich, dass es bei Hendrix' Auftritt zu einem Brand auf der Bühne gekommen sei. Vielleicht steckte ihm der Schreck noch in den Gliedern.

Es waren wenige Einzelheiten, die bis dato über den Kanal gelangt waren, aber auch dieses Festival schien nicht reibungslos über die Bühne gegangen zu sein. Im Gegenteil – das Chaos sollte ähnlich groß gewesen sein wie in Woodstock, wobei dort das meist miserable Wetter eine entscheidende Rolle gespielt hatte. Auf der Insel an der Südküste Englands waren die Zuschauer überwiegend von der Sonne verwöhnt worden.

Herr Haller hatte es nicht für nötig gehalten, seine Redakteure mit präziseren Informationen aus erster Hand zu versorgen! Und Mario lag im Krankenhaus.

Gerade als ich Sebastian das Manuskript zurückgeben wollte,

stolperte ich über die letzten Sätze des Gesprächs, die letzten Antworten, die Hendrix Werner Öller gegeben hatte. Nach dessen beiläufiger Frage, wie der Star sich seine Zukunft vorstelle, erklärte Jimi (*nach längerer Pause hieß es im Manuskript*):

JH: »*Meine Zukunft? Ich weiß nicht, ob es eine Zukunft gibt. Womöglich ist der Auftritt auf Fehmarn mein letzter.*«

Pop-Magazin: »*Oh! Das sind überraschende Neuigkeiten!*«

JH (*nachdenklich*): »*Nach dem Bühnenbrand ist mir bewusst geworden, dass man bei den Shows gefährlich lebt. Ich denke, damals in Monterey hatte ich einfach Glück, bei ›Wild Thing‹ nicht in Flammen aufgegangen zu sein.* (Anm. d. Red.: Hendrix setzte bei seinem denkwürdigen Auftritt 1967 in Kalifornien seine Gitarre auf der Bühne in Brand und zertrümmerte sie.) (*lächelnd*): Lass mich einen Songtext zitieren:* »*Actin' funny, but I don't know why, excuse me while I kiss the sky.*«

Pop-Magazin: »*Du zitierst aus deinem Welthit Purple Haze.*« (Übersetzung: Ich verhalte mich komisch, doch ich weiß nicht warum, entschuldigt mich, während ich den Himmel küsse.) »*Ich sage dazu: Lately things they don't seem the same – Die Dinge scheinen nicht mehr dieselben zu sein, stimmt's?*«

JH: *nickt* müde *und winkt ab. Ende des Gesprächs.*

Ich sah Haller an. »Letzter Auftritt? Gefährliches Leben auf der Bühne? Was meint er denn damit?«

»Das scheint mir vorgeschoben!«, kam die Antwort. »Was er wohl meint, ist: Warum haben denn die Beatles in ihren letzten Jahren keine Konzerte mehr gegeben? Weil sie die Schnauze voll hatten! Weil ihnen niemand mehr zugehört hat. Nicht zuhören *konnte* bei dem Weibergekreische!«

»Du meinst …«, ich überhörte seinen frauenfeindlichen Ausfall, »… dass er nur noch im Studio arbeiten will?«

»Na, klar! Du solltest ab und an mal über den Tellerrand schauen und lesen, was die Konkurrenz schreibt. Im Frühjahr hat Hendrix in einem Interview mit dem *Rolling Stone* schon durchblicken lassen, dass er neue Wege …«

»… neue Wege beschreiten will und an seinem Stil arbeite.

Danke! Ich hab's gelesen!« Das Grinsen, mit dem er meine Antwort quittierte, war typisch für Sebastian Haller. Wenn er jemanden zur Genüge gereizt hatte, hielt er sein Ziel für erreicht. Umgehend folgte die Kehrtwendung, er riss mir Werners Manuskript aus den Händen. Er hob es in die Höhe, und mit den Worten »Daran könnt ihr euch ein Beispiel nehmen!« stürmte er aus dem Raum.

Kapitel 15

Öllers Coup

Zu jener Zeit konnte ich noch nicht wissen, dass Werner Öller drei Tage nach meiner Fahrt mit den Wandsbeker Rockern seinen nächsten Coup landen würde. Es war Sonnabend, der zweite Tag des *Love & Peace Festivals* auf Fehmarn.

Öller hatte den Tipp bekommen, dass Hendrix nach einer strapaziösen Tournee durch Skandinavien am vorigen Abend in Hamburg eingetroffen sei. Zusammen mit Canned Heat und Ten Years After hatte er in der Berliner Deutschlandhalle am *Berlin Super Concert 70* mitgewirkt, das von Fritz Rau veranstaltet worden war. Wegen des schlechten Wetters war die Veranstaltung von der Waldbühne dorthin verlegt worden.

Die Künstler trafen am Hamburger Hauptbahnhof auf Sly and the Family Stone, Colosseum und Fleetwood Mac. Letztere waren auf der Durchreise zu einem Konzert in Stockholm.

Die folgenden Stationen von Hendrix sollten – nach Fehmarn – Wien und Paris sein; der Abschluss der Tournee war für Rotterdam geplant.

Werner Öller machte sich sofort vom Verlagshaus des *Pop-Magazin* in Lübeck auf den Weg nach Hamburg. Er hätte sich nicht beeilen müssen – der Anschlusszug, der den Tross nach Puttgarden bringen sollte, war zwar pünktlich eingelaufen, dann aber … stand er. Und stand. Er rührte sich nicht von der Stelle.

Am Abend dieses Tages, als wir im Wohncontainer auf dem Flügger Festivalgelände, zweite Etage, an unseren provisorischen Arbeitstischen saßen, riss Werner bei den Worten: »Ha! Was für eine Frau! Davon schick ich Heini 'ne Durchschrift!« einen dünnen Stapel Papier aus der Schreibmaschine.

Ich atmete auf. Endlich! Bei der Vehemenz, mit der er auf der Maschine herumgehackt und dabei einen Höllenlärm veranstaltet hatte, war mir jede Konzentration auf meine Arbeit verloren gegangen.

Das interessierte Werner nicht. »Hör zu! Das ist so klasse!«

Der Tag, an dem Ihre Majestät ein Festival rettete. Bericht einer ungewöhnlichen Begegnung. Von Werner Öller.

Auf dem Hamburger Hauptbahnhof herrscht geschäftiges Treiben. Reisende aus aller Herren Länder hasten durch die große Halle, ihre Wege kreuzen sich, ungeduldig wartet der eine, dass der andere den Weg freimacht; die Regel rechts vor links gilt hier nicht, das Gewicht des eigenen Koffers ist immer größer als das des anderen, was die Vorfahrt rechtfertigt.

Wer sich einen Gepäckträger leistet, der den Trolley mit der einen Hand ächzend vor sich herschiebt, um mit der anderen die aufeinander gestapelten Koffer festzuhalten, glaubt, mit klingender Münze das Recht erworben zu haben, einen freien Weg zum Zug vorzufinden.

An diesem Samstag ist der Bahnhof noch besser besucht als an den Werktagen. Der Monat steht am Anfang, man reist viel, um sein Geld andernorts zu verprassen.

Schnaufend und quietschend rollen D- und Fernzüge unter die riesige teilverglaste Kuppel und kommen zum Halten. Andere wieder verlassen die Abfahrtshalle auf dem Nachbargleis, der Tausch von ein- und auslaufenden Zügen wirkt abgestimmt, ständig geht es hinein oder hinaus.

Nur auf einem Gleis bewegt sich nichts. Auch auf ihm steht ein Zug, aber die Zeit, die es braucht, um ihn ent- und wieder zu be-

laden, ist längst vorbei, und trotz aller Anzeichen weigert sich der D-Zug, die Halle zu verlassen, als fühle er sich dort besonders wohl.

Leo Lyons, Bassist der Band Ten Years After, schaut ratlos aus einem Fenster im Gang. Warum geht es nicht weiter? Der uniformierte Mann mit der blauroten Mütze hat vor einer geraumen Zeit schon seine wachen Augen über den Bahnsteig schweifen lassen, seine Kelle gehoben und der Trillerpfeife ein durchdringendes Signal entlockt.

Aber … nichts tut sich. Die Räder bleiben stehen, von Zeit zu Zeit stößt die Lok ein wohliges Seufzen aus, gefolgt von einer kleinen, verträumten Dampfwolke.

Der schnauzbärtige Lyons sieht zu mir, der ich ein Fenster weiter stehe. »Merkwürdig. Die Deutschen haben den Ruf, immer pünktlich zu sein und jetzt sind seit der geplanten Abfahrtszeit schon zwanzig Minuten vergangen.«

»Ich habe keine Ahnung. Der Beamte da draußen sieht genauso ratlos aus.« Ich höre Stimmen aus dem Abteil hinter mir, in dem Gerry Stickells, der Manager der Jimi-Hendrix-Band, sitzt und sich angeregt mit seinem Star unterhält. Stickells habe ich es zu verdanken, dass mir Zugang zu diesem Wagen gewährt wurde, der für normale Reisende gesperrt ist. Er ist einer von zwei Waggons, die den knapp fünfzigköpfigen Tross von Musikern und ihrem Begleitpersonal aufgenommen haben.

Im Unterschied zu dem mir weiterhin müde und ausgelaugt vorkommenden Hendrix hat mich Gerry Stickells sofort wiedererkannt und freundlich begrüßt. Auf der Isle of Wight war selbst Fritz Rau nicht zu Jimi vorgelassen worden und hatte sich daher bei seinem Manager für mich verwendet. Sonst hätte ich keine Gelegenheit zu einem Interview mit dem Gitarrenvirtuosen bekommen (erscheint in der kommenden Sonderausgabe des Pop-Magazin).

Stickells erhebt sich und lässt die Schiebetür des Abteils aufgleiten. »Weißt du, was los ist?«, fragt er mich. »Wenn das so weitergeht, wird es eng mit dem Auftritt heute Abend. Jimi ist stinksauer.«

Kein Wunder, denke ich, bei dieser nicht enden wollenden Terminhatz. »Ich werde rausgehen und fragen, Gerry.« Er nickt mir dankbar zu.

Der Mann mit der Trillerpfeife, den ich anspreche, zuckt die Achseln.

»Irgendein Schaden an der Lok?« Meine Befürchtungen gehen in diese Richtung. Wortlos schüttelt mein Gegenüber den Kopf. Ich merke, er ist ebenso ratlos wie ich.

Einige Meter weiter den Bahnsteig runter stehen zwei junge Beamte, die unter eifrigem Gestikulieren miteinander reden. Schnell setze ich mich in Bewegung. Als sie mich kommen sehen, verstummen sie. Auf meine Frage reagieren sie ebenso schweigsam wie der Mann mit der Pfeife. Ich sehe ihnen an, wie sie sich unter meinen Worten winden. Untypisch für deutsche Bahnbeamte, denke ich.

Was ist los? Was tut sich hier?

Der Blick zur großen Bahnhofsuhr verrät mir: eine halbe Stunde Verspätung.

Eine Wagentür neben mir geht auf und heraus stolpert ein Beamter mit hochrotem Kopf, gefolgt von Alwin Wagner, dem deutschen Tourbegleiter des Hendrix-Clans, den mir Stickells beiläufig vorgestellt hat. Vehement redet er auf den Uniformierten ein. Der unterbricht Wagners Tirade mit einer energischen Handbewegung. Ich entnehme dem Wortgefecht, dass sich die Deutsche Bundesbahn in Person eines wutentbrannten Leitenden Beamten weigert, die Weiterfahrt freizugeben.

»Keineswegs wird meine Gesellschaft einen Haufen stinkender, verlauster, langhaariger Gestalten befördern! Diese Typen werden wahrscheinlich, wenn der Zug Fehmarn erreicht, denselben wie einen Saustall hinterlassen. Vergessen Sie es, Mister!«

Wagner, dem so etwas sicher nicht zum ersten Mal widerfährt, hätte den falschen Beruf, wenn er sich von einem solch unbeherrschten Zeitgenossen aus der Ruhe bringen ließe. Seine Lippen zwingen sich zu einem Lächeln. »Hören Sie, Herr Stationsvorsteher! Sollten sich die Leute nicht benehmen, werde ich sie eigenhändig in den Fehmarnsund werfen.« Ein guter Roadmanager macht sich vor einer Reise mit den Besonderheiten der Strecke vertraut. »Wenn Sie auf der Brücke bitte etwas langsamer fahren könnten. Ich meine: noch etwas langsamer!«

An diesen Mann allerdings ist jeder Witz verschwendet. »Ich gebe

Ihnen zehn Minuten, meinen Zug samt Ihrer wildgewordenen Affenhorde zu verlassen«, sagt er, und die zorngeschwellten Adern an seiner Stirn scheinen kurz vorm Platzen. »Sie haben uns lange genug aufgehalten!«

Wagner ahnt wohl, dass er auf Dauer bei diesem Choleriker mit Freundlichkeit nicht weiterkommt. Er unternimmt einen letzten Versuch. »Guter Mann, wir erfüllen alle Voraussetzungen, die im Kleingedruckten Ihrer Beförderungsbedingungen stehen. Wir sind im Besitz gültiger Fahrscheine, das Gepäck ist vorschriftsmäßig verstaut. Entgegen Ihrer Annahme sind noch alle Scheiben in den Fenstern und es liegen auch keine Bierdosen auf dem Bahnsteig. Wir sind pünktlich an Bord und erwarten von Ihnen nun einfach, dass die Reise endlich fortgesetzt wird.« Seine Stimme klingt weiterhin ruhig und der Ton ist bei allem Sarkasmus sachlich.

Ich fühle, dass es an der Zeit ist, einzugreifen. »Der Mann vor Ihnen«, spreche ich den Bahnbediensteten an, »ist für den reibungslosen Transport der Künstler verantwortlich, und …«

Unwirsch unterbricht er mich. »Wer sind Sie denn? Wieso mischen Sie sich hier ein?«

»Mein Name ist Werner Öller und ich bin Redakteur einer bedeutenden Zeitschrift. Ich versichere Ihnen, da Sie das nicht zu wissen scheinen, dass auf Fehmarn im Moment eine halbe Million Menschen auf die Ankunft dieser Musiker warten. Wollen Sie schuld daran sein, dass …«

Der Uniformierte sieht mich mit wütendem Blick von oben bis unten an. »Redakteur? Presse? Sie? Sie sehen genauso aus wie diese verlotterten Hippies, die im Zug sitzen und sich mit Medikamenten vollstopfen.«

»Entschuldigen Sie bitte.« Von allen unbemerkt hat sich eine unscheinbare alte Frau in einem grauen Kostüm zu uns gesellt, die sich nun an den Bahnbeamten wendet. »Sie sehen aus, als könnten Sie mir weiterhelfen. Ich bin auf dem Weg zu meiner Schwester in Lübeck und muss feststellen, dass der Zug schon arg verspätet ist. Die Gute macht sich immer so schnell Sorgen, und erreichen kann ich sie jetzt ja nicht. Ob ich wohl … sie verfügen doch sicher in Ihrem Häuschen da drüben über ein Telefon, nicht wahr?«

Der Angesprochene sieht sie entgeistert an. »Was? Ein Telefon?« Er holt tief Luft. »Da könnte ja jeder kommen! Was glauben Sie eigentlich, wo Sie sind? Wenn Sie telefonieren müssen …«, er zeigt Richtung Ausgang, »… gleich links die Halle raus sind öffentliche Fernsprecher! Ich habe jetzt ganz andere Sorgen!«

Der Blick der alten Dame verrät mir, dass sie es nicht gewohnt ist, so mit sich verfahren zu lassen. Der freundliche Tonfall ändert sich von einer Sekunde zur nächsten. »Dürfte ich um Ihren Namen bitten?« Frostiger als in ihrer Stimme kann es selbst in Sibirien nicht sein.

»Was?« Das Gesicht des Uniformierten ist jetzt wutverzerrt.

»Ihren Namen! Sie haben doch sicher einen, oder? Ein Schild mit demselben kann ich an Ihrer Brust leider nicht entdecken.«

»Hören Sie, Sie alte …«

»Any problems, Ma'am?«, fragt eine tiefe Stimme hinter mir. Jimi Hendrix sieht die Dame lächelnd an.

»Oh, it's not worth talking about«, antwortet sie und schaut den großen schwarzen Mann freundlich an. »You look pretty good, young man! Where do you come from?«

»From that train«, zwinkert Hendrix.

Sie lacht. »Then we take the same road. Approximately.«

»We're going to Fehmarn.« Jimi schaut zum Beamten und lächelt. »If we are allowed to.«

»I'm sure you are!«, sagt die Frau mit Überzeugung.

Mit offenem Mund glotzt der Uniformierte auf den Schwarzen vor ihm. Englisch scheint er kaum zu sprechen. Die Frau im grauen Kostüm sieht ihn erwartungsvoll an. Der Beamte ist total perplex und reagiert nicht.

Die Dame stellt sich nun dicht vor ihn und sagt, fast im Flüsterton. »Da Sie anscheinend ohne einen Namen zur Welt gekommen sind, was mir außerordentlich leid täte, verrate ich Ihnen meinen. Er lautet Wilhelmine Lübke und ich habe den weiten Weg von Bonn hinter mir.«

Der Bahnbedienstete versteht vielleicht kein Englisch, aber ihm ist sofort klar, mit wem er es zu tun hat. Ein Ruck geht durch seinen Körper und er nimmt tatsächlich militärisch Haltung an. Er vermeidet es gerade noch, die flache Hand an den Mützenrand federn zu lassen.

»Ich muss gestehen«, fährt Frau Lübke fort, »dass ich einigermaßen erschüttert bin über Ihr Verhalten. In meiner Zeit als Gattin des Bundespräsidenten habe ich ausnahmslos die Erfahrung mit hochanständigen, staatstreuen und ihren Kunden allzeit zugewandten Mitarbeitern gerade auch der Deutschen Bundesbahn gemacht. Es scheint sich in den letzten Jahren leider einiges zum Nachteil verändert zu haben.«

»Ja … aber … ich habe … ich wollte nur …«, stammelt der Gemaßregelte hilflos, wobei er weiter strammsteht.

»So! Sie wollten nur! Ich habe Ihre letzten Worte vernommen, die Sie diesem jungen Mann gegenüber geäußert haben.« Sie zeigt auf mich. »Wie war das noch? … verlotterte Hippies, die sich im Zug mit Medikamenten vollstopfen.« Sie lacht abfällig. »Wissen Sie was? Sie sollten sich glücklich schätzen, eine solche Schar fröhlicher junger Musiker in Ihrem Zug zu wissen. Sie fahren nach Fehmarn, nach Flügge genau genommen, und werden Tausende Fans mit ihrer Musik erfreuen.«

Ich sehe, wie Alwin Wagner Jimi Hendrix die Worte Frau Lübkes ins Ohr übersetzt. Der strahlt über das ganze Gesicht.

Während sich die resolute alte Dame bei Hendrix unterhakt und von ihm zu ihrem Abteil führen lässt, nachdem ihr der Beamte angstschlotternd versichert hat, ihre Schwester in Lübeck anzurufen, ansonsten schleunigst für die Fortsetzung der Reise zu sorgen, schaut sie hinauf zu dem großen Farbigen: »Sie sind doch der Jimi Hendrix, stimmt's?«

Er nickt lächelnd. »Es ist eine große Ehre für mich, dass Sie offenbar von mir gehört haben.«

»Ich muss gestehen, ich bin nicht der größte Freund Ihrer Musik. Meine Liebe gilt Beethoven.«

Jimi hilft ihr die Stufen in den Wagen hinauf. Als sie sich noch einmal umdreht, sagt Hendrix: »Dann haben wir etwas gemeinsam, Ma'am. Eine schöne Reise wünsche ich Ihnen.«

Ich hätte Öller vor Neid erwürgen können.

Kapitel 16

Adolfs Eier

»Das scheint sowieso eines deiner größten Probleme gewesen zu sein, Frank«, sagte Mario, wobei er nachdenklich nickte. »Du hast immer gedacht, Öller sei dir überlegen – in der Recherche, in der Schreibe. Außerdem warst du der festen Überzeugung, Werner sei dir stets einen Schritt voraus – immer zur rechten Zeit am rechten Ort.«

Ich zuckte mit den Achseln. »Ganz von der Hand zu weisen ist das ja nicht.«

»Quatsch! So sehr ich Haller geschätzt habe – seine Versuche, dich in dieser Frage runterzumachen, waren nicht fair. Leider habe ich das zu spät gemerkt.« Er zog die Stirn in Falten. »Merkwürdig, dass du mir nie etwas gesagt hast. Damals.«

»Vielleicht … vielleicht habe ich ganz im Inneren gedacht, dass etwas an seinen Worten dran ist.«

Mario nickte. »Steter Tropfen … Vergiss es, mein Freund! Deine Beschreibung der Reise mit dem Motorradclub Wandsbek war grandios – und der Artikel über Archie und seine Eierfarm hat ja heute noch Kultstatus! Wie oft habe ich den gelesen und mich amüsiert.«

Wie immer, wenn ich an die Begegnung mit dem *Eiermann* dachte, überkam auch mich ein leises Lächeln …

Unsere Assistentin Janine legte mir den Korrekturabzug eines meiner Artikel über die Planung des Festivals auf den Tisch. Am Fuß der Seite war schon eine Anzeige platziert, die meine Neugier weckte. *Für die Durchführung einer Freiluftveranstaltung*, hieß es dort, *werden interessierte Investoren gesucht*. Bei finanzieller Beteiligung von 20 000 DM würde man nach Beendigung des Events die doppelte Summe zurückerstatten. Anhand der angegebenen Rufnummer konnte ich Helmut Ferdinand als Urheber des Inserats ausmachen, was er am Telefon bestätigte.

Ein Tag nach Erscheinen der Ausgabe rief Helmut zurück und

meldete zu meinem Erstaunen einen ersten Erfolg. In Kiel habe sich jemand gemeldet, der bereit sei, das Wagnis einzugehen. Als Gegenleistung verlange der junge Mann, auf der Veranstaltung in Flügge in eigener Regie gekochte Eier verkaufen zu dürfen. Er klinge, so Helmut, felsenfest überzeugt, seinen Einsatz in doppelter Höhe wiederzubekommen. Wovon er natürlich getrost ausgehen dürfe.

Als ich den Vornamen des Bewerbers hörte, war ich Feuer und Flamme. *Archibald!* Da Helmut mir die Telefonnummer des Mannes gab, ersparte ich mir die Frage nach dem Zunamen. *Dieser* Vorname genügte! Ich musste den Burschen kennenlernen!

»Ja«, sagte der junge Mann, »ich heiße Archibald.« Ich hörte genau hin. Keine fremdsprachige Wortfärbung, kein Hinweis auf angelsächsische Herkunft. Das *Archi* klang weichgeschnarcht deutsch (wie in *Archivar*) und nicht verschnupft englisch (wie in *Hatschi*). Mir war bis dato kein Deutscher mit diesem Namen bekannt, und selbst in Fontanes Ballade »Archibald Douglas«, die wir in der Untertertia bis zum Erbrechen rezitieren durften (*»Ich hab es getragen sieben Jahr und ich kann es nicht tragen mehr«*), ging es um einen Schotten, den man aus seiner Heimat verbannt hatte.

»Allerdings heiße ich nicht immer so. Nur für die Dauer der Veranstaltung«, lieferte Archibald die Erklärung für seinen ungewöhnlichen Namen auf dem Fuß. Jetzt fiel bei mir der Groschen. Wer sich mit der Absicht trägt, dachte ich, auf einem Popfestival 60 000 Menschen mit harten Eiern zu verköstigen, der, nun ja, der hätte nach Preisgabe seiner wahren Identität mit gewissen Vorbehalten zu rechnen.

Nein! Das war nicht der Grund! »Eigentlich heiße ich Adolf.« Nach einer längeren Atempause meinerseits lachte er. »Jetzt müsstest du dein Gesicht sehen!« Da wir uns fernmündlich unterhielten, musste er ziemlich genau ahnen, was ich da erblicken würde.

Adolf! Durften Eltern aus der Kriegsgeneration ihre Söhne heute noch so nennen?

Und genau das war Adolfs, vorübergehend Archibald, genau das war sein Problem. »Ich kann mich nicht zwischen 100 000 Hippies stellen und meine Ware als *Adolfs Eier* anpreisen, verstehst du?«

Ich verstand. Man würde ihn vermutlich als Anbieter von NS-Devotionalien vom Hof scheuchen, zumindest aber sich fragen: »Hatten sie den nicht verbrannt? Doch wohl mitsamt, oder?«

»Wie kommst du auf 100 000?«

»Ich habe einfach überschlagen. In Woodstock kamen 400 000 Leute, die Größenordnung scheint mir für Fehmarn etwas zu gewagt. Ein Viertel, denke ich, ist ein guter Ansatz.«

»Die Veranstalter rechnen mit 60-, höchstens 70 000.«

»Okay. Auch das habe ich bedacht. – Wie viele Eier isst du zum Frühstück?«

»Wenn, dann eins.«

»Und am Wochenende?«

»Am Sonntag gern zwei.«

»Siehst du! Das habe ich berücksichtigt. Der dritte Festivaltag *ist* ein Sonntag.«

Ich nickte (jetzt müsste ich mein Nicken sehen!). Hervorragend kalkuliert!

»Hast du was dagegen, wenn ich dich besuche?« Das, Werner Öller, das ist jetzt mal 'ne Story! Dagegen sind deine verschwendetes Papier!

»Wie willst du denn das alles bewältigen?«, fragte ich den sympathischen Burschen mit den fröhlichen Lachfalten. (Musste es ausgerechnet *Archibald* sein? Warum nicht zum Beispiel Valentin?) »100 000 Eier! Das ist kein Pappenstiel.«

»Der Ankauf war gar nicht mal das Schwierigste. Rund um Kiel gibt es viele Bauernhöfe und mehrere Großbetriebe mit Legehennenhaltung. Ich habe sie der Reihe nach abgeklappert und man hat nicht schlecht gestaunt, in welcher Größenordnung sich meine Vorstellung bewegt. Das schlug sich natürlich auf den Preis nieder. Anders hätte ich das Projekt wohl auch nicht in Angriff genommen. Man gewährte mir also einen großzügigen Rabatt und die ganze Abwicklung hat insgesamt nur ganz wenige Tage gedauert.«

»Und? Wo liegt das Problem?«

»Komm mal mit!« Er führte mich in sein kleines Reihenhaus, weiter in die noch kleinere Küche.

»Da!«, sagte er. »Da steht das Problem!« Er zeigte auf den Gasherd, genauer gesagt auf den darauf stehenden riesigen Kochtopf, der augenscheinlich mit vier Flammen gleichzeitig zu beheizen war.

»Oha! Was für ein Bottich!«

»Für den Normalhaushalt viel zu groß, es sei denn, du hast vierzehn Kinder und Oma wohnt noch im Haus.« Archibald grinste. »Aber – du sagst es selbst, 100 000 sind 'ne ganz andere Dimension! Nach 200 gekochten Eiern war mir klar: So funktioniert das nicht. – Komm!«

Diesmal ging's in den Keller. »Ei, Ei, Ei!«, staunte ich. Regale über Regale mit aufeinander gestapelten Paletten. »Wie viele sind das?«

»Tja. Eine Palette fasst dreißig Stück. 100 000 geteilt durch 30 sind …? Na?«

Ich hob die Schultern. »Rechnen war nie meine Stärke.«

»3 300 und 'n bisschen Rührei.«

Er führte mich von Raum zu Raum.

»Täusche ich mich oder ist der Keller größer als die Wohnung?«

»Exakt doppelt so groß. Schau mal da hin.« Um eine Wandöffnung sah ich frische Spuren von verputztem Beton. »Ich habe mit meinem Nachbarn einen Deal gemacht. Ich darf seinen Keller nutzen, dafür kann er sich frei bedienen. Er isst so gern Omelett.« Archibald zuckte mit den Achseln. »Ein bisschen Schwund ist überall.«

»Und das hier ist die ganze Lieferung?«

»I wo! Das ist nur ein Teil. Der Rest folgt nach und nach.«

Es klingelte an der Haustür. Als Adolf öffnete, schauten zwei junge Männer in Tarnuniform uns freundlich an und grüßten – wohl aus Gewohnheit mit Hand zur Stirn. »Moin. Der Stabsfeld schickt uns? Wo sollen wir aufbauen?«

Ich bekam einen Riesenschreck und erwartete die Installation von Kanonen und ähnlichem Schießzeug in Archies Vorgarten. (Ich durfte ihn *Archie* rufen. Wie Hatschi.) War der Kalte Krieg schon wieder vorbei, ohne dass ich es bemerkt hatte?

Der Hausherr deutete tatsächlich auf den Garten. Auf seinen und den des Nachbarn. Der Grenzzaun war schon entfernt.

»Alles klar!« Die Soldaten gingen zur Straße, wo ich erst jetzt die vier Lastwagen entdeckte, auch sie mit tarnfarbenem Stoff überzogen.

»Achtung!«, brüllte einer der beiden Männer. Im Gleichklang wurden die Rückklappen der Lkw aufgeworfen. »Absitzen!«

Jedes Fahrzeug spuckte ein halbes Dutzend Krieger aus, alle im Leoparden-Look. Mit bemerkenswerter Präzision zogen sie riesige Stoffbahnen von den Ladeflächen, brachten sie in die Gärten und breiteten sie auf dem Rasen aus. Nach kurzem Geschwindschritt zurück zu den Lkw kamen sie mit schepperndem Metallgestänge wieder.

Alles das vollzogen die Soldaten mit fröhlichen, entspannten Gesichtern, und zum ersten Mal wurde mir die Berechtigung des Ausdrucks *Bürger in Uniform* bewusst. Allerdings war mir weiterhin schleierhaft, was die gemusterten Bürger hier veranstalteten.

»Die sind aus einer Kaserne bei Itzehoe«, erklärte mir Archibald die Aktion vor seinem Haus. »Nach längerem Überlegen nämlich hatte ich eine großartige Idee!« So wie ich ihn bisher erlebt hatte, zweifelte ich keine Sekunde daran. »Ich habe also verschiedene Kasernen in der Umgebung angerufen und gefragt, ob jemand schon Erfahrung hätte, was das Abkochen größerer Mengen Eier betrifft. Im Manöver zum Beispiel.« Meine Hochachtung vor diesem jungen Mann wuchs ins Unermessliche. »Das hätte man nicht, nein, aber so was könnte man im Rahmen einer Übung durchaus in Angriff nehmen.« *Angriff?* Ganz ohne militärisches Vokabular, dachte ich, kommen solche Leute auch bei einer Friedensaktion nicht aus.

Die Soldaten hatten mittlerweile verschiedene Gerätschaften von Bord geholt, die sich nach Aufstellen und Zusammenbauen als eine ... wie nennt man das wohl?, fragte sich der militärische

Laie. »Mit so einer Feldküche …«, schloss Adolf eine Wissenslücke, »hat diese Versorgungstruppe …« und noch eine, »schon Tausende von Soldaten ernährt. Mit dem richtigen Kochgeschirr …«, das, was jetzt die Wagen verließ, Geschirr zu nennen, wurde meiner Meinung nach dem Begriff nicht gerecht – es handelte sich eher um riesige Kessel, die ich so ähnlich in *Der Glöckner von Notre Dame* gesehen hatte. In denen erhitzte Quasimodo Pech und Schwefel und kippte sie von oben auf die herannahenden Schurken. Archies Worten war zu entnehmen, dass *diese* Töpfe gottlob nur zum Suppekochen verwendet wurden. »Mit dem richtigen Geschirr …«, sagte er also, »… mit diesen Gulaschkanonen …«, mein Lexikon neuer Begriffe drohte überzulaufen, »… sind auch solche Mengen zu bewältigen.«

In Windeseile errichteten die zwei Dutzend Heeresangehörigen das Riesenzelt und gingen unverzüglich ans Abkochen. Ich bestaunte die fein abgestimmte Abfolge, angefangen beim Lochen der Eierschalen über das Hineingleitenlassen ins sprudelnde Wasser, das Herausfischen per großer Schöpfkellen, das Abschrecken (dieser an sich ebenfalls militärische Begriff findet sich allerdings in jeder zivilen Küche wieder, in der Eier gekocht werden) bis hin zum Sortieren in die Paletten.

»Meine ersten Versuche«, erklärte Archibald währenddessen, »haben ergeben, dass die Größe der Eier eine sekundäre Rolle spielt. Ich lasse sie elfeinhalb Minuten sieden, dann verfügen sie über die richtige Konsistenz, einerlei, ob groß oder klein. Wichtig ist, dass sie über Kellertemperatur verfügen und nicht zwischendurch zu lange an Wohnraumbedingungen leiden.« Er sah zufrieden aus. Mit sich, seiner Idee, dem Fortgang der Aktion und seinem Geschäftssinn.

Während er sprach, sammelte sich eine zunehmend größer werdende Schar neugieriger Nachbarn vor dem Grundstück. Man riet, vermutete und tuschelte. Nach einer Weile – die Menschenansammlung hatte die Größe einer Friedensdemo auf dem Jungfernstieg erreicht – ging einer der beiden leitenden Soldaten zur Menge und beantwortete geduldig die auf ihn niederprasselnden Fragen. Sie müssten sich keine Sorgen machen, es handele sich lediglich um ein geheimes NATO-Manöver, und er bat die Anwesenden, das Gesehene für sich zu behalten. Zuwiderhandlungen, so der souverän auftretende junge Mann, könnten unangenehme Folgen haben. Für sie und die Schlagkraft der Truppe. Die Nachbarn zeigten sich zufrieden und räumten die Straße.

Mir spukte schon seit längerer Zeit eine Überlegung im Kopf herum und ich hatte bis zu dieser Minute gewartet, ob Adolf auf denselben Einfall gekommen war. War er nicht und so nahm ich allen Mut zusammen, ihn zu fragen: »Sag mal, du willst die Eier doch auf einem Festival verkaufen, nicht wahr?«

Lächelnd antwortete er: »Ich will nicht, ich *werde!!*«

»Klar wirst du!«, strahlte ich zurück. »Dieses Festival, Archie,«, gab ich dann zu bedenken, »ist nun aber keine gewöhnliche Veranstaltung, nicht wahr?«

Er stutzte. »Was heißt *keine gewöhnliche*? Was meinst du damit?« Er wirkte jetzt etwas verunsichert.

»Es geht«, beharrte ich, »um eine Pop-Veranstaltung, nicht wahr?«

Sein Gesicht verfinsterte sich. »Komm auf den Punkt! Und sag nicht immer: *nicht wahr!*«

Ich konnte nicht länger warten. Gnadenlos knallte ich es ihm vor den Latz: »Zu einem *Pop-Festival*, Archie, gehören meiner Ansicht nach *Pop-Eier*! Verstehst du?«

Wie sehr er verstand, zeigte sich, als seine Beine versagten und sein Hintern sich auf der obersten eines Stapels Paletten mit ungekochten Eiern wiederfand. Es knackte vernehmlich. »Ach, du Scheiße!«, hauchte er. »Du meinst …?«

»Hm-hm. Ich meine.«

Mit einem heftigen Stoß verließ der Atem seine Lungen. »Bunt, nicht wahr?«, japste er.

Ich nickte erneut. Archie schloss sich an.

»Farbig! Na klar!« Diese Erkenntnis sickerte langsam in sein Hirn wie das Eigelb unter ihm in die Pappe. »Dass ich daran nicht gedacht habe!«

»Du kannst sie natürlich auch weiß lassen«, versuchte ich Adolf zu trösten.

»Das geht nicht!«, sagte er. »Das kann ich nicht machen!«

Mit gemischten Gefühlen sah ich meinem neuen Freund eine Zeitlang beim Grübeln zu. Vielleicht ist es falsch gewesen, dachte ich, Archie mit der Nase auf seine kleine Nachlässigkeit zu stoßen, andererseits …

»Ich hab's!«, rief er mit einem Mal, so laut, dass sich die Männer der Versorgungstruppe erschreckt zu ihm umdrehten. Lachend rüttelte er mich am Arm. »Ostern, Frank!! Erinnere dich!«

»Ostern?« Ich erinnerte mich nicht. Warum sollte ich mich an Ostern erinnern? Ich erinnerte mich kaum noch an den Sommer.

»Ha!« Archie federte aus dem Eiermatsch hoch. Der weiche Dotter lief an seinen Hosenbeinen herunter, gelbe Fäden verfolgten ihn, als er ins Haus stürmte. In der Tür drehte er sich um. »Das schneereichste Ostern seit Jahrzehnten, Mann! Du musst dich doch erinnern!« Er verschwand wieder im Haus, kam erneut aus der Tür. »Ein halber, ein gottverdammter halber Meter!«, rief er, wobei seine Hand einen Halbkreis über den Garten beschrieb. Neue Kehrtwendung zur Haustür. Weiter ins Wohnzimmer. Dort hörte ich ihn im Telefonbuch blättern. Aus einer Entfernung von zehn Metern und bei geschlossenen Fenstern hörte ich ihn tatsächlich im Telefonbuch blättern!

»Hallo?«, rief er dann. »Auskunft? Ja, Sie wollte ich sprechen! Fräulein, Ich brauche mal …«

»20 000 haben wir geschafft«, sagte der Stabsunteroffizier – wie Archie mir seinen Rang erläutert hatte – und wischte sich mit einem Lappen überzähliges Eigelb von den Händen. »Anfang nächster Woche sollten wir fertig sein.«

Adolf nickte. »Gute Arbeit, meine Herren!« Dann lächelte er dem Soldaten zu. »Allerdings seid ihr dann noch *nicht* fertig. Ich habe gerade mit eurem Stabsfeldwebel telefoniert. Der verlängert euern Einsatz. – Also, es geht um folgendes …«

»Ostern ist doch im Schnee versunken, weißt du das nicht mehr?« Archie klopfte mir auf die Schulter. »Und Eier suchen im Schnee finden die Kleinen nicht so prickelnd.«

»Logisch! … Äh … warum eigentlich nicht?« Es war lange her, dass ich Eier im Schnee gesucht hatte.

»Na, überleg mal! Wenn du sie *vor* dem Schneefall versteckst, findet sie bis zum Tauwetter niemand mehr, und wenn du sie *danach* versteckst, rafft auch das blödeste Kind, wo.« Flache Hände tapsten durch die Luft. »Klar?«

Klar.

»Und deshalb sind die Hersteller von Eierfarben in diesem Jahr auf ihren Produkten sitzen geblieben. Die sind heilfroh, dass jemand ihnen das Zeug abnimmt. Ein halbes Jahr nach Ostern! Wird spottbillig! Besonders Indigokarmin haben sie noch reichlich! Blau, weißt du?«

»Du bist ein Genie, Archie! Man sollte dich zum Osterhasen ehrenhalber ernennen!« Ich freute mich unbändig für Adolf, dass er auf dem *Love & Peace Festival* auf Fehmarn farbenfrohe Eier, besonders in Indigokarmin, würde verkaufen können, und freute mich für mich, dass ich einen, wenn auch kleinen, so doch kreativen Beitrag dazu leisten konnte.

Kapitel 17

Die Rocker in der öffentlichen Wahrnehmung

Eine schwarze Menschentraube mitten auf der Straßenkreuzung. Unübersehbar, demonstrativ. Dies ist mein Reich, und nur meins! Eine Ledermontur auf Tuchfühlung zur nächsten. Das Kreuz durchgedrückt, die Schultern nach vorn gedehnt. Staksiger Gang auf den hochhackigen Stiefeln, steif, breitbeinig. Handbewegungen aus dem abgespreizten Ellbogen lässig bis herrisch. Die Dose Bier in der Hand wie festgewachsen.

Kurze Drehung zur Straße, misstrauische, feindliche Blicke. Betrunkenes Grölen im breiten Hamburger Jargon durch das offene Wagenfenster. »Zeig ma dein Tigget!«

Nebenan Standortbestimmung. »Ich bin von Haus aus Rocker. Seit zehn Jahren bin ich jetzt Rocker.« Unbefangen-stolzer

Blick in die Kamera. Die stört sie keineswegs. Im Gegenteil. Aufmerksamkeit ist das, was sie sich wünschen, was sie suchen. Wie Kinder kichernd präsentieren sie ihren Einlassstempel, drücken seinen Tintenfuß auf alles, was sich bewegt. Hände, Jacken, Stirnen, nichts bleibt verschont. Autobleche erhalten ein wahllos gestreutes Muster. *Love & Peace Festival Fehmarn 1970.* Das Brandzeichen, das die Fans auf raue Art willkommen heißt. Die sind dabei, die dürfen sich ausbreiten.

»Schau mal, der hier!« Mario drehte am Lautstärkenrad. »Furchterregend!«

Breitbeinig, bewehrt mit einer Stange, einem Knüppel oder irgendwas sonst in der Art, fuchtelt der Kerl vor der Kühlerhaube eines VWs, schlägt unvermittelt auf das Blech. »Du soss die Straße freimachen, Mann!« Ausfallschritt Richtung Fahrer. Der Schläger kann sich gerade noch am Fahrzeugdach festhalten. Torkelt zurück. Figur gemacht, Auftrag erledigt. Aber wie weiß man, ob er es nicht doch ernst meint, es durchzieht, Gewalt auch gegen Personen anwendet.

»Klar. Aber die Leute mit der Kamera, Mario, machen dasselbe wie wir schreibenden Journalisten – sie postieren sich dort, wo es knallt, dort, wo es aus dem Ruder läuft. Niemand verirrt sich in Gegenden, wo es ruhig zugeht, wo die Ledernen einfach ihren Job machen, freundlich, zuvorkommend, hilfsbereit.«

»Davon scheint es nicht viele gegeben zu haben.«

»Du siehst sie nicht, weil du sie nicht suchst. Nach dieser Veranstaltung haben sich die Bilder von den gewalttätigen Rockern ins Gedächtnis eingebrannt. Merkwürdig nur, dass ein erheblicher Teil der Festivalbesucher vor Ort andere Bilder wahrgenommen hat.«

»Die Männer, die ich gerade sehe, kommen mir vor wie ein Rudel Wölfe, das auf Jagd ist«, beharrte mein Freund.

»Sicher waren die Rocker in der Gruppe gewaltbereiter als allein«, lenkte ich ein. »Je mehr sie waren, desto zügelloser ihre Aktionen. *Ich zeig meinem Kumpel, wie es geht.* Das nennt man dann wohl Gruppendynamik.«

»Ich denke, der Alkohol spielt eine noch größere Rolle.«

»Der verändert den Menschen eben. Das ist wie sonst auch in der Gesellschaft.«

»Mit einem Unterschied: Wenige rasten so aus, wenn sie was getrunken haben.« Wieder zeigte Mario auf den Bildschirm. »Bei diesen Gestalten ist es Programm.«

Eine Antwort ersparte ich mir. Die Bilder zeigten ein eindimensionales, ein verzerrtes Bild. Ich hatte es vielfach anders erfahren. Aber davon keine Spur in dieser NDR-Dokumentation, die den Namen nicht wirklich verdiente, weil sie genau diese Momente nicht erfassten – oder nicht erfassen wollten. Spätabends lief der Bericht im Fernsehen, und um ein Haar hatte ich es versäumt, auf die Aufnahmetaste meines VHS-Rekorders zu drücken.

Die Bilder, die ich Mario jetzt im Wohnzimmer des elterlichen Bauernhofs zeigte, waren ihm neu, und sogar ihn, der am ehesten in der Lage sein sollte, zu differenzieren, stießen sie ab wie Tausende bürgerliche Zuschauer, die spätestens seit diesem Bericht ihre Meinung über die homogene Masse Rocker verfestigt hatten. Die Krawallbande, die das *Love & Peace Festival* fast zum Scheitern brachte!

»Immerhin«, fuhr Mario fort, »ging es auf Fehmarn ohne größere Blessuren ab. Das habe ich schon ganz anders erlebt.«

»Du sprichst von Altamont.«

Er nickte. »Das war der traurige Höhepunkt der Massenveranstaltungen in den Sechzigern. Danach zeichnete sich das Ende der Flower-Power-Kultur ab. Und das hat sich auf Fehmarn fortgesetzt, wenn auch nicht in diesen Ausmaßen.«

»Was meinst du – wie konnte das passieren?«, fragte ich. »Warum so gewalttätig? Nicht mal ein halbes Jahr nach Woodstock?«

»Schuld waren bei diesem Festival eindeutig die Drogen. Vorbei die Zeit unverfälschter Mittel. Die Drogenbarone haben die Kids in den USA als Versuchskarnickel missbraucht, um zu testen, wie sich ihre Gewinnspannen vergrößern ließen. Es wurde gestreckt, gepanscht, Designerdrogen kamen auf den Markt. Altamont hat die jungen Leute vergiftet – in jeder Hinsicht. Ich habe es damals hautnah erlebt, und die anderen Ecken, die du meintest, die Gegenden, in denen friedfertig gefeiert wurde – es gab sie an diesem sechsten Dezember nicht! Nirgends! Überall *bad vibes!* Vollkommen durchgeknallte, erschreckend gewalttätige Leute! Typen, die mit normalen Menschen nichts mehr gemein hatten.«

»Ich glaube, ich weiß, was du meinst. Einen von denen habe ich selbst erlebt! Zum Glück nur einen! Und der war monströs genug! Hör zu …«

Kapitel 18

Herbert Schnoor

Noch vor der Ankunft in Gremersdorf wurde mir klar, dass meine Reise mit den Hamburger Rockern nicht so harmonisch bleiben würde. Die Vorräte an Bier und Hochprozentigem waren zur Neige gegangen, die Stimmung an Bord wurde zunehmend gereizter. Zum Glück drückte das Wetter nicht zusätzlich aufs Gemüt. Es war vorläufig bei kurzen Schauern geblieben, die seltener wurden, je weiter wir nach Norden kamen.

Die Busse hielten auf dem Parkplatz vor der Tankstelle, wo die Biker schon auf uns warteten. Auch denen war ihre schlechte Laune anzumerken.

Immerhin hatte sich soweit alles im Rahmen gehalten; es war bis dahin kaum zu Reibereien oder Ähnlichem gekommen.

Das sollte sich in einer erschreckenden Weise ändern.

Ich machte Bekanntschaft mit dem kurzen Herbert, dem ich sofort ansah, dass er mich nicht leiden konnte. Schmale Augen sahen zu mir herauf, und die Mundwinkel des kleinen Mannes zogen sich herab.

»Was macht der hier, Wolfram?« Seine Stimme war heiser und erstaunlich hell.

Ich schluckte. Mir war der Anführer der *Holy Devils* bis zu diesem Zeitpunkt ja nur vom Hörensagen bekannt, und ich hatte mich im Stillen über seinen Beinamen amüsiert. Noch mehr belustigte mich die Tatsache, dass Herbert als einziger der mitreisenden Rocker Jeansjacke und eine grobe Cordhose anhatte.

Heinz Kette hatte mir verraten, dass der Kurze an einer heftigen Lederallergie litt, was ihm das Tragen branchenüblicher Kleidung unmöglich machte.

Jetzt stand dieser Mann vor mir und binnen kurzer Zeit verging mir das Lachen. Wie gebannt sah ich in dieses Gesicht, das das Fehlen einer imposanten Gestalt darunter vergessen machte und geeignet war, Respekt einzuflößen, viel mehr noch Furcht zu erzeugen.

Es gab nichts, was von seinem Gesicht ablenkte. Im deutlichen Unterschied zu seinen verwegen aussehenden Kumpanen, die durch die Bank schulterlanges Haar trugen, überzog ein dünner Haarflaum Herberts Schädel und verlieh ihm etwas Rohes, Brutales.

Unzählige Narben und Blessuren kennzeichneten dieses Gesicht, das einmal attraktiv gewesen sein mochte, und nichts veranlasste mich zur Annahme, diese Wunden seien das Resultat eines Unfalls oder einer üblen Hautkrankheit. Dieser Mann hatte offenbar die volle Härte des Lebens erfahren, eines Lebens an der Abbruchkante.

In den Augen sah ich wilden Trotz, Misstrauen und geballte Ablehnung. Vermutlich gab er niemandem die Chance auf eine vorurteilsfreie Begegnung; der kleinwüchsige Mann mit der feindseligen Ausstrahlung seinerseits schien jeden Mitmenschen von vornherein in eine Schublade zu stecken, die nicht mit Samt ausgekleidet war.

Seine blassblauen, fesselnden Augen lösten sich von meinen und der Blick wanderte zu Wolfram. »Was macht der hier?«, wiederholte er und wirkte verärgert, dass er keine sofortige Antwort erhalten hatte.

»Der kommt mit nach Fehmarn. Is 'n Reporter.« Ich hörte einen Heidenrespekt in der Stimme des Dicken. Seine Antwort klang wie die Bitte um Erlaubnis.

Die bohrenden Augen des Kleinen kamen zu mir zurück. »Reporter, hmm? Du schreibst alles auf, was? Alles, was?«

Ich beeilte mich mit der Antwort. »Ja ... äh ... nicht alles, nee! Nur das, was mit dem Festival zu tun hat.«

Langsam nickte Herbert Schnoor, sein Ausdruck blieb unverändert. Festgemeißelt. »Gut!«, hauchte er beinahe liebevoll. »Sehr gut! Mach das!« Dann eine winzige Spur von Lächeln. Böses Lächeln allerdings. »Was da passiert …«, er zeigte auf die Busse, dann vollzog sein Finger einen Schwenk zur Tankstelle, »… und da …«, das Lächeln verschwand wieder, »das hat mit dem Festival nichts zu tun, richtig?« Seine Augen wurden deutlich größer. »Richtig?«

Es klang wie eine Drohung und ich fragte mich, was er mit seinen Worten meinte. Ich bekam Angst und nickte nur. Was sollte *da* passieren? Und *da*?

»Darüber lässt du kein Wort verlauten, richtig?« Der bohrende Blick, der an meinen Augen haftete, war der einer Schlange. Kein Wimpernschlag unterbrach diesen Blick.

Warum hatte ich auf einmal eine solche Scheißangst? Vor diesem Zwerg da vor mir. Diesem Wicht. Wie machte er das?

Ich räusperte mich. »Ja … äh … nein … klar! Es ist nur … es ist mein Job … und … Wolfram sagte …«

Der Kurze. Mit einem Mal fragte ich mich, wer so einfältig gewesen sein konnte, dem Mann da ein Namensanhängsel zu verpassen, das überhaupt nichts mit ihm zu tun hatte, denn seine Erscheinung war nicht in Körpermaßen zu beschreiben. Es war so, als wäre dieses Gesicht, dieses abstoßende und doch so fesselnde Antlitz, als wäre es auf einen zu kleinen Klotz montiert worden, als habe ein Bildhauer die Wirkung dieses in Stein gemeißelten Gesichts zu betonen versucht, indem er es auf einen unauffälligen Sockel stellte.

»So, so! Sagte er? Sagte er, dass du alles, was hier passiert, für die Nachwelt festhalten sollst? Für jeden, den es interessiert? Oder auch nicht interessiert?« Warum zwinkerte er nicht ein einziges Mal? Wie schaffte er das? »Es interessiert niemanden, was hier passiert, glaub mir! Du musst nichts aufschreiben. Es passiert nichts. Gar nichts.« Was redete er da?

Was sich dann ereignete, sollte mich noch Jahre später in meinen Träumen verfolgen; nie würde ich diese furchtbaren, ekelerregenden Sekunden vergessen. Es geschah unmittelbar, unvorhersehbar, so plötzlich, dass es mir wie ein Stromschlag in die Glieder fuhr.

Herbert, der mich weiterhin intensiv anstarrte, griff mit der linken Hand ins Innere der Jacke und holte eine kleine, silberne Dose hervor. Die weiteren Bewegungen seiner Hände nahm ich nur am Rande wahr, denn ich konnte meine Augen nicht von seinen lösen.

Dann – nach einer endlos erscheinenden Zeitspanne – schloss der kleine Mann für einen kurzen Moment die Augen, als verspüre er Schmerzen, und senkte den Blick auf seine Finger. In mehreren Anläufen schaffte er es, die silberne Dose zu öffnen und … dann sah ich es!

Die rechte Hand war verkrüppelt, sah aus wie eine Kralle, und es schien dem Mann Mühe zu bereiten, die Finger in eine ungefähr gerade Haltung zu zwingen. Der Zeigefinger war erheblich kürzer als die anderen und in einer Weise verkümmert, dass er an einen Regenwurm erinnerte, so dünn, so faltig war er. Und von einer ähnlichen Farbe. Dünn und rötlich war auch die Haut an der Hand, am Zeigefinger jedoch fehlte sie fast völlig. Dieser Finger schien nur aus nacktem, rohem Fleisch zu bestehen!

Und dieser Finger, dieser abstoßende Wurm, tauchte in die Dose und verschwand fast komplett in reinweißem Pulver, wand sich darin, wie ein Wurm sich eben windet, tauchte wieder auf. Auf der bleistiftdünnen Kuppe des Fingers oder dort, wo einmal eine Kuppe gewesen war, balancierte nun ein winziges Häufchen des Pulvers, und das Fingerchen nahm den Weg zum Mund des kleinen Mannes, den er öffnete, die Zähne aufeinanderpresste; und der Wurm massierte das Pulver mit endloser Geduld in das Zahnfleisch, wobei der Mann seinen Blick hob und sein Gegenüber anstarrte.

»Gar nichts passiert«, schmatzte Herbert Schnoor, nachdem er mit der Zunge über die obere Zahnreihe gefahren war. Dann krümmte sich der widerliche Wurm an seiner Hand und wand sich hingebungsvoll zwischen Nase und Oberlippe, ein untrügliches Merkmal stetigen Kokaingebrauchs.

Heftiger Brechreiz erfasste mich.

»Herbert!« Ein großer Mann mit langen Fransen an der Jacke trat auf ihn zu. »Er ist da!«

Der Angesprochene zog ein weißes Tuch aus der Tasche und putzte sich die Nase, wohl im Versuch, sich einen gesitteten Anstrich zu geben. Dann nickte er. »Wo?«

Der andere wies zur Tankstelle. »Küche.« Herbert verstaute die Dose, faltete das Taschentuch so sorgsam zusammen, wie es die verkrüppelte Hand zuließ, bevor auch das in der Jacke verschwand. Mit einem Ruck warf er die Schultern zurück und legte den Kopf in den Nacken. Bei jeder anderen Person seiner Statur hätte das Bemühen, größer zu erscheinen, lächerlich gewirkt. Nicht so bei ihm. Er ging auf das Haus zu und blieb einige Meter vor ihm stehen.

»Arthur!«, rief er mit Fistelstimme und sah zur gläsernen Eingangstür. Während er wartete, zeichnete sein Fuß Kreise auf den Asphalt des Parkplatzes, kleine, nicht sichtbare Kreise. Ab und zu sah er hoch, nahm dann seine sinnfreie Tätigkeit wieder auf. »Arthur!«

Nichts geschah. Die Tür des Tankstellengebäudes blieb geschlossen.

»Sollen wir, Herbert?«, fragte der Mann mit den Fransen.

Der schüttelte den Kopf. »Er kommt, Manni! Er kommt!« Neue Kreise.

»Das sieht nicht gut aus«, murmelte jemand neben mir. Wolfram. Er atmete schwer.

»Was passiert hier?«, flüsterte ich.

Er zuckte mit den Schultern. »Nichts Gutes, denk ich.«

Minuten später brach Herbert Schnoor seine Kreise ab. Er sah sich auf dem Boden um, ging ein paar Schritte und bückte sich. Mit einer ungelenken Bewegung der linken Hand warf er einen kleinen Stein, der zu meiner Überraschung die Eingangstür traf und gegen die Glasscheibe knallte.

»Arthur!« Seine Stimme behielt die Lautstärke bei. »Kommst du?« Er verschränkte die Hände hinter dem Rücken und wippte nun auf seinen Sohlen. »Kommst du *bitte*?«

Nichts.

Herbert drehte sich zu seinen Gefährten um, die abseits von mir und den Wandsbekern standen. Zum zweiten Mal sah ich ihn lächeln. Ein dämonisches Lächeln, das seine Augen nicht erreichte. Er gab Manni ein Zeichen. Der reagierte umgehend. »Gerd!«, rief er einem Kumpan zu. »Das Seil!« Sofort setzte der sich Richtung Motorrad in Bewegung und kam mit einem aufgerollten Stahlseil zurück. Die beiden Helfer postierten sich vor der Einfahrt zum Parkplatz. Die Hände mit Handschuhen bewehrt, wickelten sie die Enden des Seils um die Betonpfosten links und rechts des Durchgangs.

»Arthur!«, hallte es wieder über den Platz. »Du bist mir etwas schuldig! Wir sollten darüber reden, finde ich. Hältst du es für besser, wenn ich zu dir komme, damit wir darüber reden?« Ein schrilles Kichern folgte. Herberts Gesicht verwandelte sich in eine gespenstisch grinsende Fratze. »Also guuut!« Es klang wie das Heulen eines Wolfes. »Dann komme ich!« Er setzte sich in Bewegung. »Ich komme jetzt, Arthur, mein Freund! Ich komme zu dir!«

Mit einem Knall flog die Tür einer angrenzenden Garage auf. Sekunden später kam ein schnittiges Motorrad herausgestürmt, gegen das die schweren Maschinen der Rocker behäbig wirkten. Aber das hätte dem schwarz gekleideten Fahrer nichts genutzt, denn die Eindringlinge hatten richtig spekuliert. Das Gefährt schoss auf die Ausfahrt zu, die Torwächter strafften das Seil und der Fahrer wurde in hohem Bogen aus dem Sitz katapultiert.

Langsam ging Herbert auf den wie leblos auf dem harten Boden liegenden Mann zu und beugte sich zu ihm nieder. »Das hätte ich dir gern erspart, Arthur! Gern erspart.« Der Tankstellenbesitzer regte sich, setzte sich auf, und sah den kleinen Mann über ihm an. »Du bist ja irre, Herbert!«, stöhnte er. »Vollkommen irre!« Er betastete seinen linken Arm, hob ihn hoch und ließ ihn vorsichtig wieder sinken. Größere Schmerzen schien er nicht zu verspüren. »Wegen drei Kästen Bier!«

Herbert zuckte zusammen. »Vier, Arthur! Vier!« Sein schrilles Gelächter schmerzte in meinen Ohren. »Es waren vier, vier, vier!« Er umtanzte den Liegenden.

»Du bist komplett verrückt!«, rief der.

»Mag sein!«, kreischte Herbert. »Aber du bist ein Betrüger! Das ist viel schlimmer!«

Er griff wieder in seine Jackentasche und förderte die silberne Dose zutage. Der ekelige Wurm trat in Aktion und stopfte das Pulver diesmal in die Nase. Herbert inhalierte tief und seufzte zufrieden.

»Okay!« Arthur richtete sich langsam auf, befühlte seine Beine und stöhnte. »Vier. Was kriegst du? Alt oder Export?«

Der Wurm tanzte vor Herberts Gesicht hin und her. »Nein, nein, nein!«, fauchte der Kleine. »Pils! Vier Kästen Pils!« Dann riss er sein Taschentuch heraus und wischte sich mit hektischen Bewegungen die Nase. »Pils! Vier! Hörst du?«

Arthur schüttelte den Kopf. »Hab ich im Moment leider nicht da.«

Wieder das kreischende Lachen, wobei Herbert sich zu seinen stumm zuschauenden Kumpanen umdrehte. »Habt ihr gehört? Hat er nicht da!« Dann wirbelte er wieder zu dem unsicher stehenden Tankwart herum. »*Ich* hatte sie für dich, Arthur! Vier Kästen Pils! Hatte ich für dich, als du sie gebraucht hast! Ich dachte, Arthur, wir wären Freunde! Ich habe mich wohl geirrt! Oder?« Ohne sich erneut umzudrehen, hob er die rechte Hand und winkte einmal kurz.

Sofort schwärmte ein halbes Dutzend seiner Freunde aus, die einen eilten zu ihren Maschinen, aus deren Gepäckboxen sie Hämmer und Beile holten, die anderen gingen direkt zur Tankstelle.

Binnen einer Viertelstunde sah das Gebäude und ihr Umfeld aus wie nach einer Schlacht. Scheiben waren zerschlagen, die Zapfsäulen waren aus dem Boden gerissen, eine von ihnen wurde durch ein Fenster in das Haus geworfen. Der Verkaufsraum lag in Trümmern, vor dem Haus bildeten sich große Benzinlachen, ein stechender Geruch breitete sich auf dem Parkplatz aus.

Herbert Schnoor wandte sich an den nun wieder auf dem Boden kauernden Tankwart. »Ich werde wiederkommen, hörst du, Arthur? Irgendwann komme ich wieder zurück!« Unter hämischem Gelächter stiegen die Holy-Devils-Rocker auf ihre Motorräder oder in die Busse.

Als Herbert mich passierte, warf er mir einen bohrenden Blick zu. »Siehst du? Es ist nichts passiert! Nichts, wovon es sich zu berichten lohnt. Nur ein Gespräch unter Freunden, richtig? Richtig??«

Rock Tune Sonderteil

> **Aufgebot der Künstler in alphabetischer Reihenfolge**
> *(mit kompletter Diskographie)* Stand: 18.8.1970
>
> Sonderteil der 1. Extraausgabe Love & Peace Festival Fehmarn,
> 4. - 6. September 1970
>
> Zusammengestellt von Emil Grabert und Rebecca Holst

AARDVARK

Besetzung: Dave Skillin, Steve Milliner, Stan Aldous, Frank Clark
Großbritannien
Gründung: 1969
Musikrichtung: Progressiver Rock
LP: Aardvark (1970, Deram)

GINGER BAKERS AIRFORCE

Besetzung: Ginger Baker, Denny Laine, Graham Bond, Steve Gregory & Bud Beadle, Colin Gibson, Neemoi Acquaye, Catherine James, Aliki Ashman & Diane Stewart
Großbritannien
Gründung: 1970 (hervorgegangen u.a. aus CREAM, BLIND FAITH)
Musikrichtung: Rock mit afrikanischen Einflüssen
LPs: Ginger Baker's Air Force (1 + 2, 1970, Polydor)

PETER BRÖTZMANN

Besetzung: Peter Brötzmann, Fred van Hove, Han Bennink
BRD
Musikrichtung: Jazz
LPs: For Adolphe Sax (1967, mit Peter Kowald und Sven-Åke Johansson, FMP/Atavistic) Machine Gun (1968, mit Willem Breuker, Evan Parker, Fred Van Hove, Peter Kowald, Buschi Niebergall, Han Bennink, Sven-Åke Johansson, FMP)

BURNIN RED INVANHOE

Besetzung: Ole Fick, Kim Menzer, Karsten Vogel, Jess Stæhr, Bo Thrige Andersen
Dänemark
Gründung: 1967
Musikrichtung: Progressiver Rock
LPs: M 144, De danske hjertevarmere (beide 1969, Sonet), Burnin Red Ivanhoe (1970, Sonet)

CACTUS

Besetzung: Rusty Day, Jim McCarty, Tim Bogert, Carmine Appice
USA
Gründung: 1969 (hervorgegangen aus VANILLA FUDGE)
Musikrichtung: Bluesrock
LP: Cactus (1970, Atco)

CANNED HEAT

Besetzung: Bob Hite, Harvey Mandel, Antonio de la Barreda (aka: Tony Olav), Adolfo (Fito) De La Parra
USA
Gründung: 1965
Musikrichtung: Bluesrock
LPs: Canned Heat (1967), Boogie with Canned Heat (1968), Living the Blues (1968), Hallelujah (1969), Future Blues (1970), alle Liberty Records), Vintage (1970, aufgenommen 1966, Janus)
1967 Monterey Pop Festival, 1969 Woodstock Festival

Rock Tune Sonderteil

COLOSSEUM
Besetzung: Chris Farlowe, Dick Heckstall-Smith, Dave Greenslade, Dave Clempson, Mark Clarke, Jon Hiseman
Großbritannien
Gründung: 1968 (hervorgegangen aus GRAHAM BOND ORGANIZATION und JOHN MAYALL'S BLUESBREAKERS)
Musikrichtung: Jazzrock
LPs: 1969: Those Who Are About to Die Salute You – Morituri Te Salutant (UK-Edition, Fontana Records)
1969: Those Who Are About to Die Salute You – Morituri Te Salutant (US-Edition; Dunhill Records, Cover und Songauswahl geändert)
1969: Valentyne Suite (Vertigo Records)
1970: The Grass Is Greener (US-Album; Dunhill Records, Clem Clempson: Gesang und Gitarre)
1970: Daughter of Time (Vertigo Records)
Mehrere Tourneen durch GB und USA

CRAVINKEL
Besetzung: Gert „Kralle" Krawinkel, Rolf „Mick" Kaiser, Klaus George Meier, Achim Bierly
BRD
Gründung: 1969
Musikrichtung: Folkrock
LP: Cravinkel (1970, Philips/Phonogram)
Sommer 1970 Europatournee mit SPOOKY TOOTH und FRUMPY

EMBRYO
Besetzung: Hansi Fischer, Christian Burchard, Al Jones, Edgar Hofmann, Ralph Fischer
BRD
Gründung: 1969
Musikrichtung: Jazzrock, Weltmusik
LP: Opal (1970, Ohr)

THE FACES
Besetzung: Rod Stewart, Ron Wood, Ronnie Lane, Ian McLagan, Kenny Jones
Großbritannien
Gründung: 1969 (hervorgegangen aus SMALL FACES)
Musikrichtung: Rock
LP: The First Step (1970, Warner Brothers)
Ständige Touren in USA, Kanada und Europa

FAT MATTRESS
Besetzung: Neil Landon, Steve Hammond, Mick Weaver, Jim Leverton, Eric Dillon
Großbritannien
Gründung: 1968 (hervorgegangen aus JIMI HENDRIX EXPERIENCE, FLOWER POT MEN, WALKER BROTHERS)
Musikrichtung: Rock
LPs: Fat Mattress oder Magic Forest (1969), Fat Mattress II (1970, beide Polydor)

FLOH DE COLOGNE
Besetzung: Gerd Wollschon, Hansi Frank, Markus Schmid, Dick Städtler, Dieter Klemm
BRD
Gründung: 1966
Musikrichtung: Politrock
LP: 1968: Vietnam (mit Dieter Süverkrüp), 1970: Fließbandbabys Beat-Show (beide Ohr/Metronome)

Rock Tune Sonderteil

FOTHERINGAY

Besetzung: Sandy Denny, Trevor Lucas, Jerry Donahue, Gerry Conway, Pat Donaldson
England
Gründung: 1970 (hervorgegangen aus FAIRPORT CONVENTION)
Musikrichtung: Folkrock
LP: Fotheringay (1970, Island Records)

FRUMPY

Besetzung: Inga Rumpf, Jean Jaques Kravetz, Karl-Heinz Schott, Carsten Bohn
BRD
Gründung: 1969 (hervorgegangen aus CITY PREACHERS)
Musikrichtung: (Kraut-)Rock
LP: All Will Be Changed (Philips/Polygram)
Auftritte in Deutschland und Frankreich, u.a. mit YES

JIMI HENDRIX EXPERIENCE

Besetzung: Jimi Hendrix, Billy Cox, Mitch Mitchell
USA
Gründung: 1966/1970
Musikrichtung: Rock
LPs: Are you Experienced?, Axis: Bold as Love (beide 1967, Track (UK), Reprise (US), später: MCA (US, Europa)), Get that Feeling (1968, Quality Records Limited), Electric Ladyland (1968, Track (UK), Reprise (US), später: MCA (US, Europa)), Band of Gypsys (1970, Capitol Records)
unzählige Tourneen auf der ganzen Welt, 1967 Monterey Pop, 1969 Woodstock, 1970 Isle of Wight

KEEF HARTLEY BAND

Besetzung: Keef Hartley, Miller Anderson, Gary Thain, Henry Lowther, Dave Caswell und Lyle Jenkins
Großbritannien
Gründung: 1968
Musikrichtung: Jazzrock
LPs: Halfbreed (1969, Deram), Battle Of NW6 (1969, Deram), The Time Is Near (1970, Cherry Red)

KLUSTER MUSIK

Besetzung: Hans Joachim Roedelius, Dieter Moebius, Arndt Sebastian
BRD
Gründung: 1969
Musikrichtung: (Kraut-)Rock, E-Musik
LP: Klopfzeichen (1970, Schwann)

LIMBUS 4

Besetzung: Odysseus Artner, Bernd Henninger, Matthias Knieper, Gerd Kraus
BRD
Gründung: 1969
Musikrichtung: Experimentalmusik
LP: Mandalas (1970, Ohr)

MUNGO JERRY

Besetzung: Ray Dorset, Colin Earl, Paul King, Mike Cole
Großbritannien
Gründung: 1970
Musikrichtung: Rock, Blues
LP: Mungo Jerry (1970, Pye Records)
Live-Auftritt beim britischen Hollywood Music Festival in Newcastle-under-Lyme, Tournee durch die USA, u.a. mit HUMBLE PIE und FACES

Rock Tune Sonderteil

RENAISSANCE
Besetzung: Jane Relf, Michael Dunford, John Hawken, Neil Korner, Terry Crowe, Terry Slade
Großbritannien
Gründung: 1969 (hervorgegangen aus den YARDBIRDS)
Musikrichtung: Progressiver Rock
LP: Fotheringay (1969, Island Records/Elektra)

ROTE STEINE
Besetzung: Rio Reiser, Ralph Peter Steitz (RPS Lanrue), Kai Sichtermann, Wolfgang Seidel
BRD
Gründung: 1970
Musikrichtung: Folkrock, Blues, Politrock
LP: -

SLY & THE FAMILY STONE
Besetzung: Sly Stone, Freddie Stewart, Rosie Stone, Jerry Martini, C. Robinson, Larry Graham, Greg Errico
USA
Gründung: 1966
Musikrichtung: Funk, Soul
LPs: Dance to the Music (1968, Epic), Life (US)/ M'Lady (UK) (1968, Epic), Stand! (1969, Epic)
1969 Woodstock Festival

JOHN SURMAN TRIO
Besetzung: John Surman, Barre Phillips, Stu Martin
Großbritannien
Gründung: 1969
Musikrichtung: Jazz
LPs: John Surman (1968, solo), The Trio (1970, Dawn Records)
Wirkten auf Alben befreundeter Musiker mit (YES, JOHN MCLAUGHLIN, CAPTAIN BEEFHEART, CHICK COREA, GITTE HAENNING)

TASTE
Besetzung: Rory Gallagher, Richard McCracken, John Wilson
Irland
Gründung: 1966/1968
Musikrichtung: Bluesrock
LPs: Taste (1969), On the Boards (1970, beide Polydor)
1968 Tournee mit BLIND FAITH durch USA und Kanada, 1969 zusammen mit YES Eröffnung der „CREAM-Farewell"-Konzerte, 28.8.70 Auftritt beim Isle of Wight-Festival

TEN YEARS AFTER
Besetzung: Alvin Lee, Leo Lyons, Ric Lee, Chick Churchill
Großbritannien
Gründung: 1967
Musikrichtung: Bluesrock
LPs: Undead (1968), Stonedhenge (1969), Ssssh (1969), Cricklewood Green (1970, alle Deram/Chrysalis)
Tourneen durch Europa und die USA

THRICE MICE
Besetzung: Wolfgang Buhre, W. Von Gosen, W. Minnemann, Karl-Heinz Blumenberg, R. Von Gosen, A. Bredehoft
BRD
Gründung: 1966
Musikrichtung: Jazzrock
LP: -

WITTHÜSER & WESTRUPP
Besetzung: Bernd Witthüser, Walter Westrupp
BRD
Gründung: 1969
Musikrichtung: Liedermacher
LP: Lieder von Vampiren, Nonnen und Toten (1970, Ohr)

Kapitel 19

Die Reportage

Hat's dir geschmeckt, Mario?«

»Danke, Jette! Es war exzellent! Ich habe selten so einen fantastischen Auflauf gegessen!«

»Übertreib mal nicht!«, lächelte meine Frau. »Ich lass euch beiden jetzt allein. Versprich mir, Frank, das Geschirr nachher in die Maschine zu stellen. Ich will nicht, dass deine Eltern mit mir schimpfen. Ich treff mich mit Meike, wir wollen shoppen gehen. Bin eigentlich schon ein bisschen spät dran.«

»Du kannst dich auf mich verlassen, Schatz. Und hau nicht so viel Geld auf den Kopf!«

»Mal sehen!«, sagte Jette. »Erstmal werde ich dir bei diesem Kaufhaus *Olderog* in der Stadt ein paar neue Jeans besorgen. Die sind ja wohl fällig.« Sie schüttelte den Kopf. »Mann, Mann! In eurem Alter!« Dabei sah sie nicht mich, sondern Mario an. Der warf mir einen Blick zu. »Hast du etwa gepetzt?«

»Nein!«, antwortete ich entrüstet. »Schatz, es ist nur Bier! Mir ist eine Flasche übergelaufen.«

»Ach was? Ihr glaubt wohl, ich weiß nicht Bescheid!« Sie grinste. »Meike hat mir alles verraten. Sowas auch noch *Flaschenpost* zu nennen! Irgendwann erwischen sie euch und machen Aufnahmen fürs Fernsehen!« Jette winkte uns zu. »Schönen Tag wünsch ich euch! Wir sehen uns noch, Mario?«

»Ich denke, ja!«, lächelte er zurück. »Ich fahre erst morgen wieder nach Hause. Schöne Grüße an deine Schwägerin!«

Wir räumten die Spülmaschine ein, setzten uns für eine Zigarette auf den Balkon und wechselten danach ins Arbeitszimmer, wo ich die Kassette mit der Reportage von *Radio Bremen*, von der ich Mario erzählt hatte, in den Rekorder steckte.

Das Schwarz-weiß-Video begann mit unfertigen Takten aus Hendrix' Gitarre. Er schien noch beim Stimmen; zwischen seinen Lippen klemmte eine Zigarette.

»Guck, Jimi hat sich auch gerade eine angesteckt«, lachte Mario. »Gab bestimmt Auflauf im Wohnwagen.«

Zu weiteren Bildern des Mannes aus Seattle erklärte ein Sprecher, dass dies der letzte Auftritt seines Lebens werden sollte.

Es folgten kurze Szenenwechsel; eine junge Frau verspeist einen Apfel, ein Kameraschwenk durch einen Maschendrahtzaun auf Teile der Zeltstadt, aus dem Off der (zu Recht!) bissige Kommentar zum Versäumnis der Veranstalter, ausreichend Gemeinschaftsunterkünfte bereitgestellt zu haben. »*Für eine große Anzahl war der Schlafsack während dieser drei Tage der einzige Unterschlupf.*«

»Achtung!«, warnte ich meinen Freund. »Jetzt kommt's!«

»*Scheinbar frei,*« fuhr der Sprecher fort, »*beugten sich die Jugendlichen dem Terror der Veranstalter.*«

»Terror?«, staunte Mario.

»*Proteste gegen deren Willkür gab es nicht. Das Bewusstsein der Zuschauer war unpolitisch. Den Meinungen, so kritisch sie Einzelheiten angriffen, fehlte der politische Überbau.*«

»Eine Lehrstunde in Sachen Klassenkampf«, lachte Mario. »Dem Sozialismus auf westdeutschem Boden wird endlich der Weg geebnet!«

»Ich glaube, sogar Rio Reiser hätte die Stirn gerunzelt«, entgegnete ich.

Suggestivfragen bohren neue Maschen in den Drahtzaun. »*Ärgert euch zum Beispiel, dass die Bands so viel bekommen und ihr dafür … (Rest unverständlich)?*« Antwort: »*Na ja. Die Preise sind unheimlich hoch. Dass 'ne Wurst 'ne Mark fünfzig kostet …*«

»Ausgerechnet vor Otto Gäbels Stand mäkelt der rum!«, schimpfte ich. »Der Bursche weiß doch gar nicht, was er für eine Spitzenware auf dem Teller hat! Eine Mark fuffzig! Ist doch lächerlich!«

»*Der Veranstalter hätte zum Beispiel die Preise für Lebensmittel auf einen einheitlichen Satz bringen müssen*«, sagt einer, der sich die Haare aus dem Gesicht streicht, damit der inquisitorische Frager ihn versteht.

»*Als Individuum war man mit manchem nicht einverstanden,*

dennoch blieb jeder Festivalteilnehmer passiv. Für Aktivitäten mangelte es an Solidarität, die ein besser entwickeltes politisches Bewusstsein voraussetzt.« So musste es in einem DDR-Ferienlager geklungen haben! Damit wir nicht einrosten, Genossen, zwischendurch zehn Minuten Kaderschulung!

Hey, Radio Bremen!, dachte ich. Wie ich das verfolge, suchen die Mangelaktivisten erstmal nur ein trockenes Plätzchen! Sorry, wollte ich nur mal einflechten!

»Trotz aller Widrigkeiten setzten sich die Festivalbesucher in diesem Freiraum ihre eigenen Normen.« So gab man zum Beispiel einander Feuer für die Zigarette. *»Sie blieben zwar im Bannkreis kapitalistischer Strukturen, konnten sich aber selbstverständlich unkompliziert untereinander arrangieren.«*

Canned Heat sorgte kurzzeitig für die verdiente Erholung!

Neues zu den Rockern: *»... Mit dieser Entscheidungsgewalt«,* die die Veranstalter ihnen übertrugen, indem sie sie als Ordnungskräfte engagierten, *»genossen die Rocker mehr Rechte, als ihnen unsere Gesellschaft sonst zuweist.«*

»Ach, du Scheiße«, stöhnte Mario. »Der Staat weist Rechte zu?? Überhaupt oder nur gelegentlich? Verstehst du das?«

»Als sie ihren Lohn nicht pünktlich erhielten, zertrümmerten sie das Inventar des Pressezeltes und einer Gaststätte.« Und sonst so einiges. Gleichwohl stopfte ihnen die Stimme weiche Kissen unter die Hintern: *»Diese Handlungsweise ist aus ihrer sozialen Situation zu erklären.«* Der zarte Versuch, diese Handlungsweisen nachvollziehbar zu machen, scheiterte an der ersten Hürde, dem dumpfen Funktionärssprech.

Auf die Frage, ob sie denn *»nicht eventuell Mitleid mit den Zuschauern haben könnten, denen das Geld fehlt, um sich diese Eintrittspreise leisten zu können«,* erklärte der Pressesprecher der Rocker, erkennbar am kampferprobten Stahlhelm, dass seine Jungs diese Tricks aus dem Effeff kannten, schon von Hamburger Studenten, die von den Ordnern gern verlangten, »mal 'n bisschen in Kommunismus zu machen« und sie umsonst ins Audimax zu lassen.

Das mit dem Kommunismus sollten sich die Herren Veranstalter lieber nicht einfallen lassen! »*Wenn das mit dem Geld nicht klappen sollte*«, droht der Rockersprecher in die Kamera, »*dann steht hier nichts mehr!*«

»Helm ab zum Gebet!«, hauchte Mario ehrfürchtig. »Hatte Radio Bremen damals nicht auch den *Beat-Club* produziert?«

Kapitel 20

Lesestunde

W as für ein Tag!« Werner Öller stand von seinem Stuhl auf und stemmte die Hände ins Kreuz. Er ließ den Oberkörper vor und zurück wippen und stöhnte dabei. »Fertig?«

»Du solltest mehr Sport treiben, Junge!« Die Worte *Ich bin gespannt*, die ich an Werner gerichtet hatte, bevor er mir von seinen Erlebnissen mit den Polizisten erzählte, beschloss meinen Artikel. »Ich auch.«

»Wir könnten ja zusammen Dauerlaufen. Ich meine – immer, wenn wir uns sehen.«

»Ich wollte sagen, dass ich mit meinem Artikel fertig bin. Sport solltest *du* machen! Du fauler Sack!«

»Das kommt vom langen Sitzen. Geht's dir nicht so?«, fragt Werner verwundert.

»Nö.«

»Hm«, machte er. »Na gut, eine Zigarette, ich mach einen Roten auf, dann geht's los. Einverstanden?«

»Jo!« Ich hörte, wie der Regen auf das Dach prasselte und der Wind durch die Türritzen pfiff. »Egal! Ich mach mal eben eine Luke auf. 'n bisschen frische Luft wird uns beiden guttun. – Du liest zuerst ... Eine Frage, Werner. Warum schreibst du eigentlich alles im Präsens?«

»Ich finde, so klingt es lebendiger. Näher dran am Thema. Solltest du auch mal versuchen.«

»Meinst du? Hm ...«

Der Anschlag – Ein erster Hinweis

Von Werner Öller

Er beobachte das Treiben der schwarzgekleideten Männer mit Sorge, sagt mir Hauptwachtmeister Lange, während er versucht, mit einem Taschentuch den Schweiß von den Rändern seines Helmes zu wischen. »Die führen sich auf, als wenn sie hier die Oberaufsicht hätten.«

Er habe mit den Veranstaltern vereinbart, dass diese rund 40 Personen sich zwar hier aufhalten (»Ohne Eintrittskarte! Das verstehe, wer will«, sagt der Beamte achselzuckend), sich aber keinerlei Ordnungs- und Aufsichtsbefugnisse anmaßen dürften. Dafür gäbe es einen festen Ordnerstamm, erkennbar an dem MCW-Emblem an den Jacken. Aber die Herren, so Lange, seien auch nicht ohne!

Der Einsatzleiter der Hundertschaft der Bereitschaftspolizei Schleswig-Holstein, mit den Kameraden am Vortage von der Polizeischule Eutin angereist, setzt den Helm wieder auf den Kopf. Das leicht ergraute, aber dichte Haar ist noch schweißnass, deshalb verzieht Lange das Gesicht. »Eine Scheißhitze ist das heute!«, stöhnt er, lächelt dann und fährt fort: »Man ist froh, dass die Bäume hier oben leidlich Schatten spenden. Vier Tage in praller Sonne – na, ich danke!« Er nimmt den Helm wieder ab, dreht sich zu seiner Mannschaft um und bedeutet ihnen, es ihm gleich zu tun. »Macht's euch bequem, Leute! Der Deckel kommt früh genug wieder drauf!« Dankbares Murmeln dringt zu uns.

Ich lächele zurück. »Sie machen das schon, Herr Lange!« Der Uniformierte legt keinen besonderen Wert darauf, ständig mit seinem Rang angesprochen zu werden. »Unter jungen Leuten«, sagt er, »hat sich ja eine gewisse Lockerheit breitgemacht. Die Zeiten von Preußens Gloria sind wohl endgültig vorbei, schätze ich.« Er nickt. »Ist auch gut so.«

Die Lockerheit unter den Schwarzgekleideten da unten allerdings missbilligt er. Einige von ihnen schauen geradewegs zu uns herauf und lachen. Lange räuspert sich und zieht die Stirn in Falten. Das gefällt ihm nicht, merke ich, das gefällt ihm ganz und gar nicht. Was zu uns dringt, ist kein freundliches Lachen. »Ziemlich respektlos!«, knurrt der Mann, der für seine 52 Jahre recht jung wirkt. Muskulös, drahtig. Kernig, würde mein Onkel Olaf sagen, auch er bei der Polizei. Lübeck allerdings. Mengwache. Rundherum heißes Pflaster, pflegt er zu sagen. Würde den Job hier in Flügge verächtlich als »Müßiggang« bezeichnen. »Faulenzen«.

»Also, ich find's gut, dass eine Zeitschrift für junge Leute sich auch mal für uns interessiert. Die Polizei genießt ja bei euch nicht den allerbesten Ruf. Dabei ...«, wieder schaut er grimmig auf die Rockerbande, »... folgen wir nur unseren Befehlen. Außerdem ...«, er setzt ein strahlendes Lächeln auf, »viele von meinen Jungs sind Fans der Musik hier.« Seine Miene wird nachdenklich. »Naturgemäß trifft das auf mich weniger zu. Ich könnte jetzt sagen, in den Vierzigern, als ich so alt war wie Sie heute, gehörte ich zu den heimlichen Liebhabern amerikanischer Jazzmusik, aber ...«, er winkt ab, » ... das wäre gelogen. Ich war ... da war ich einfach Durchschnitt und hab Volksmusik gehört. Na ja, natürlich auch die Sachen, die wir so aus dem Kino kannten. Durchhalteschlager ...«, wieder verfällt er ins Lachen, »von den ›Vorzeigedeutschen‹ ...«, mit den Fingern deutet er An- und Abführung an, »wie Zarah Leander und Jopi Heesters. Die werden Sie wohl nicht mehr kennen, oder?«

»Oh, doch!«, antwortete ich ihm. »Zuhause bei den Eltern habe ich einige von diesen Sachen gehört. – Von den Musikern hier ist Ihnen keiner geläufig?«

Lange hebt die Schultern. »Ehrlich gesagt: nein! Wobei – über den Hendrix, da hab ich mich schlaugemacht. – Rein beruflich«, schickt er hinterher. »Manche von meinen Leuten haben sich extra für diesen Dienst gemeldet, um ihn mal zu sehen.« Er lächelt und schaut zur Bühne, die sich offenbar kurz vor der Fertigstellung befindet. »Von hier aus würde es allerdings schwierig. Zu hören wäre er hier wohl gut – wir stehen ja nicht weit weg. Obwohl ... der Wind ... Aber sehen kannst du hier nichts!« Ich verstehe, was er meint. Da die Bühne zur See hin ausgerichtet ist und an den Seiten noch verkleidet werden wird, und das Wäldchen, in dem wir stehen, sich nun mal seitlich der Bühne befindet ...

»Sie werden Ihren Leuten für den Auftritt doch sicher dienstfrei geben, Herr Hauptwachtmeister, oder?«

Schallend lacht der Einsatzleiter. »Donnerwetter! Sie machen sich ja ordentlich grade für die Hendrix-Jünger!« Er schlägt mir kräftig auf die Schulter, wird aber sofort wieder ernst. »Keine Sorge! Während seines Auftritts sind wir ohnehin ganz in seiner Nähe! – Wann spielt er noch gleich?«

»Samstagabend! Nach Plan um acht.«

»Da ist es schon dunkel. Könnte schwierig werden!«, überlegt er. »Je später es wird, desto mehr Probleme könnten wir da unten …« Bevor ich weiter über seine Worte nachdenken kann, sagt er: »Nanu! Was ist das denn? Wo sind die denn nun alle hin?« Er sieht hinüber zu der Stelle, an der eben noch dutzende von Rockern standen. Jetzt wird dieser verwaiste Ort, der sehr günstig zur Bühne liegt, von Anreisenden annektiert, die sofort beginnen, dort ihre Zelte aufzuschlagen.

Wir schauen uns in alle Richtungen um. Niemand zu entdecken! Lange wendet sich an seine Untergebenen. »Sagt mal, die Rocker, die da eben noch standen … wo sind die hin? Hat einer was gesehen?«

»Die sind links runter«, bekommt er zur Antwort. »Zu dem großen Zelt dahinten.«

»Das ist das Pressezelt«, erkläre ich dem Hauptwachtmeister.

»Hm!«, sinniert Lange. »Was wollen die bei der Presse? Das riecht nach Ärger!«

»Könnte sein.«

»Die passen einfach nicht hierher, die Gestalten! Nicht zwischen all die friedlichen jungen Menschen hier. Haben Sie gesehen? Stahlhelme auf dem Kopf, Hakenkreuze an den Jacken! Ich dachte, das wäre inzwischen verboten! Das muss doch mal ein Ende haben! Totenköpfe! Das hab ich alles schon mal gesehen. Keine dreißig Jahre her!«

»Im Krieg, meinen Sie. Wo waren Sie zu der Zeit?«

Lange zaudert etwas. Seine Antwort fällt leise aus. »Im Osten. Ganz weit im Osten.«

»Sie waren an der Front?«

Er schüttelt energisch den Kopf. »Nein! Dahinter. In der Ukraine. Ich war damals schon bei der Polizei und wir mussten … Hören Sie, *junger Mann! Ich möchte nicht, dass Sie über das schreiben, was ich Ihnen jetzt erzähle, klar?«*

»Keine Sorge. Ich schreibe nur über das, was ich hier sehe.«

Lange schaut mich intensiv an, dann huscht ein Lächeln über sein Gesicht. »Nicht, dass ich was zu verbergen hätte ... aber ...«

»Ich verstehe schon. Wenn ich in Ihrer Lage gewesen wäre, würde ich sicher auch nicht alles ausposaunen.«

Er nickt und schaut vom Hügel wieder hinunter auf das Gelände. »Es sind nicht nur die Rocker ... schauen Sie: die Zäune! Einen Zaun hätte ich jetzt verstanden, ist ja wegen der Kartenkontrolle. Aber ... warum die Doppelreihe? Und die Pfähle mit den Scheinwerfern! Das ...«

»Da muss ich Sie berichtigen, Herr Lange! Das sind Lautsprecher.«

»Oh! So klein?« Er kneift die Augen zusammen und nimmt die angesprochenen Objekt ins Visier. »Sie haben recht! Aber auch die gab es damals. Für die Durchsagen.«

»Damals? Wovon sprechen Sie?«

»Wir waren seinerzeit zur Unterstützung der Wehrmacht eingesetzt ... und ... Herr Öller! Sie schreiben nichts darüber, klar? Man muss die Vergangenheit nicht immer wieder aufwirbeln!«

»Ist versprochen, Herr Lange!«

Er nickt und scheint erleichtert. »Wir haben öfter in Gefangenenlagern Wache geschoben – Partisanen, Verräter, Politkommissare! Und da hat es fast so ausgesehen wie hier!«

»Das ist nicht Ihr Ernst!«

»Na ja, nicht ganz so!«, lächelt er. »Aber ... Drahtzäune ... die Reihe von Pfählen ...«

Ich kann's mir nicht verkneifen. »Zweimannzelte!«

Lange schaut mich verdutzt an, zeigt aber, dass er Humor hat. Lachend sagt er: »Nein, das nicht! Auch keine Toiletten mit Türen davor. – Wär auch zu viel des Guten!« Das Lachen weicht aus seinem Gesicht. »Das hätten die Unmenschen da nicht verdient! Geschah ihnen recht, wenn sie sich den Arsch abgefroren haben!«

Mit so einem Ausfall habe ich nicht gerechnet. »Sie sprechen von den Russen?«

Eifrig nickt er. »Die und die Ukrainer. Die ganzen Ostmenschen eben!« Plötzlich fährt er zusammen, merkt, dass er sich in Rage geredet hat. Sich räuspernd rudert er zurück. »Nein, nein, das klingt jetzt wohl so … ich bin doch kein … die waren ja nicht alle schlecht! Waren auch Anständige darunter! … Herr Öller, ich habe Ihr Wort, dass …«

Ich sehe ihn an und nicke nur.

Er schweigt eine Weile und sagt dann: »Ich könnte Ihnen jetzt was verraten, das …« Er schaut sich um, vergewissert sich, dass niemand in unserer Nähe ist. Dann lächelt er. »Ich weiß gar nicht, warum ich Ihnen das alles erzähle. Irgendwie haben Sie etwas Vertrauenerweckendes.«

»Danke! Jedes Wort bleibt unter uns, Herr Lange.«

»Das muss es auch! Ich werde Ihnen mal erklären, warum wir hier oben stehen.« Er zeigt mit dem Daumen auf die blau Uniformierten hinter ihm. »Das hat weniger mit den Rockern zu tun …«, er wirft einen sorgenvollen Blick Richtung Pressezelt, wo nach wie vor alles ruhig ist. Lange kommt noch einen Schritt weiter auf mich zu, sodass wir ganz dicht beieinanderstehen. Im Flüsterton fährt er fort: »Es geht mehr um den Hendrix!«

»Um Jimi Hendrix? Nanu!«

Eifrig nickt Lange. »Auf den müssen wir am Samstag unser ganz besonderes Augenmerk richten.«

»Warum denn das?«

Wieder sieht sich der Beamte nach allen Seiten um, aber niemand ist in unser unmittelbaren Nähe. »Es gibt eine Order von oben. Von ganz oben, verstehen Sie?«

Ich nicke und warte einfach darauf, dass er fortfährt. »Der Polizeipräsident von Schleswig-Holstein hat die Anordnung unmittelbar aus dem Innenministerium, und die haben sie aus Bonn, direkt aus dem Kanzleramt.«

»Oh!«

»Hendrix … es gibt Erkenntnisse, dass ein Anschlag auf ihn geplant ist!«

»Was??«

»Pscht!« Lange legt den Zeigefinger auf die Lippen. »Nicht so *laut! – Also, genau genommen, geht man nicht von einer unmittelbaren Gefahr für Leib und Leben aus; es ist nur so, dass es vage Hinweise gibt, woher auch immer. Auf jeden Fall aus Amerika. Geheimdienst, sowas. CIA, vermutlich.«* Er lacht. *»Die* Organisation Gehlen *der USA.«*

»Das ist ja ein Hammer!«

»Ist es! Im Grunde genommen geht es darum, dass man unter allen Umständen vermeiden will, dass auf deutschem Boden ein Attentat auf einen amerikanischen Bürger verübt wird. Und das ist der Hendrix ja. Auch wenn er schwarz ist.« Wieder lacht Lange kurz auf. *»Dass ich sowas noch erleben darf: Die deutsche Polizei muss sich schützend vor einen Bimbo stellen! Nicht zu fassen! – Nun schauen Sie nicht so, Öller! Sie verstehen es auch nicht, was?«* Er schlägt mir auf die Schulter. *»Der ist auch ein Mensch! Trotz allem!«*

Bevor ich antworten kann, höre ich vom Pressezelt her eine laute Stimme Worte rufen, die ich nicht verstehe und deren Bedeutung mir fremd ist.

Lange scheint sich einen Reim darauf zu machen. Er zögert keine Sekunde, dreht sich zu seinen Untergebenen: »Mannschaftsteile eins und zwei – fertig machen und ausrücken!«

In die Hälfte der Beamten kommt Leben, sie rüsten sich mit Schlagstöcken aus und zusammen mit ihrem Leiter stürmen sie den Hügel hinunter.

»Das deckt sich mit dem, was ich erlebt habe. Meinst du, wir sollten es veröffentlichen?«, fragte ich Werner. »Alles, was er gesagt hat?«

»Aber klar! Solche Gestalten gehören an den Pranger!«, schimpfte er. Dann schaltete er einen Gang runter. »Seinen Namen habe ich allerdings abgewandelt. Der Mann ist sicher nur einer von vielen, die so denken. Ich weiß auch noch gar nicht, ob mein Chef mit einem Abdruck einverstanden sein wird. Aber wenn wir beide es tun, in zwei verschiedenen Magazinen ...« Mein Freund kicherte. »Was Hoffnung macht, ist, dass die jungen Beamten von ganz anderem Schlag sind.«

»Wieso?«

»Als Lange mit der Hälfte der Truppe zu euch runter ist, haben es sich die anderen gemütlich gemacht und mir erstmal was zu rauchen angeboten.«

»Echt?«

»Sie haben mir auch erzählt, dass ihr Mannschaftsleiter permanent mit solchen Sprüchen unterwegs ist.«

»Das passt zu ihm! Was die Aktion im Pressezelt angeht, das war gespenstisch und absolut gesetzwidrig.«

»Erzähl! Aber mach zuerst die Luke zu! Mir ist kalt.«

Kapitel 21

Das Pressezelt

»Agrarwissenschaft. Drittes Semester. Christian-Albrechts-Universität.«

In knappen Worten beschrieb mir der Mann mit dem mächtigen Vollbart seine derzeitige Beschäftigung. Sprachlich hätte er keinen Anlass gehabt, mit den Worten sparsam umzugehen. Sein Deutsch war fließend, und sein Name klang verständlich für meine Ohren: Ahmed Jahandar. Aus Bandar Abbas käme er, dort, wo die Straße von Hormus den Knick mache und es vom Persischen in den Golf von Oman gehe. Ich wüsste schon. Als ich sagte: »Gegenüber von Dubai, stimmt's?«, hob er aber doch die Brauen. »Donnerwetter! Wissen nicht viele.«

Er wurde redseliger. Seit zwei Jahren sei er an der bekannten Kieler Universität, das Ziel seines Studiums sei, irgendwann zurück in die Heimat zu gehen und dort sein Wissen praktisch anzuwenden. »An der Uni erfahre ich viel über Landwirtschaft, Bewässerungssysteme, Pflanzenanbau. Ich möchte mithelfen, den kargen Boden im Iran fruchtbar zu machen, das Hauptproblem in der Region. Wir müssen wegkommen von teuren Agrarimporten, mit dem Ziel, uns eines Tages selbst zu ernähren. Das Erdöl wird nicht ewig reichen.« Aus großen, braunen Augen sah er mich an. »Und irgendwann werden wir Reza Pahlewi von seinem Thron stürzen, diesen eitlen Pfau!« Trotz der flammenden Worte klang seine Stimme sanft, ja, geduldig. Er gab sich sicher, alles wäre nur eine Frage der Zeit.

Auf Bitten der Veranstalter war Ahmed mit Kommilitonen, Landsleute aus verschiedenen Teilen des Iran, auf der Insel, um als Ordner zu fungieren. »'n büschen kucken, dass alles in geordneten Bahnen läuft«, sagte er, und ich amüsierte mich über seine norddeutsche Sprechweise.

Die Aufsicht über das Pressezelt gehöre zu ihren vornehmsten Aufgaben, Parkplatzeinweisung, Kartenkontrolle. Helmut Ferdinand und seine Leute hätten ihnen spezielle Sektionen zugewiesen; auf keinen Fall sollte es Überschneidungen mit den Hamburger Rockern geben, die man als Verstärkung angefordert hatte.

Zusammen mit dreien seiner Landsleute traf ich Ahmed Jahandar am Eingang des Zeltes und zeigte meinen Presseausweis vor.

»*Rock Tune!*«, lächelte er. »Gutes Blatt! Lese ich total gern! Ich erinnere mich auch wieder an deinen Namen. Du hast doch mal ein Interview mit *Joan Baez* gemacht, oder?«

»Richtig.« Ich fühlte mich geschmeichelt. »Welche Musik hörst du so?«

»Am liebsten die von Leuten, die hier leider nicht auftreten. *Stones, Kinks, CCR* – solche Sachen.«

»Nur westliche Musik?«

»Nein, nein! Ich habe auch Platten von zuhause mitgebracht, persische Musik. Manchmal ist meine Stimmungslage so, dass ich kein *Street Fighting Man* hören kann.« Er lächelte. »Davon habe ich im Iran mehr als genug erlebt.«

Nachdem er mir von seinem Studium in Kiel erzählt hatte, fragte ich: »Bist du in Deutschland eingebürgert?«

Er schüttelte den Kopf. »Ich habe beide Staatsangehörigkeiten. Wenn ich ins Ausland gehe, muss ich trotzdem Iraner bleiben, das verlangt ein sogenanntes Niederlassungsabkommen zwischen der BRD und dem Iran. Selbst wenn ich wollte – ohne Zustimmung der iranischen Behörden dürfte ich nicht aus der Staatszugehörigkeit raus. Ich könnte einen Asylantrag stellen. Aber das will ich nicht. Irgendwann in der Zukunft will ich wieder zurück.« Seine Augen blitzten. »Wenn der Spuk da unten aufhört und der Schah zum Teufel gejagt ist. Dieser Ami-Knecht!« Seine drei Gefährten nickten zustimmend.

Ich schaute auf meine Armbanduhr. Es wurde Zeit! »Dann wünsche ich euch alles Gute!«, sagte ich. »Und … äh … wie sagt man? Für *Auf Wiedersehen* …?« Einer der iranischen Ordner antwortete grinsend: »Man sagt: Tschüs! Bis neulich!«

»Und wenn euer neues Heft erscheint«, lächelte Ahmed, »will ich schöne Artikel über das Festival lesen! Mit vielen Bildern! Leider haben wir kaum Zeit, mal auf die Bühne zu gucken.«

Das Zelt war knapp halb gefüllt. Die Kollegen machten sich mit den Pressemitteilungen vertraut, telefonierten oder hieben tatendurstig auf ihre Schreibmaschinen ein. Alles in allem war der Lärm erträglich, ich hatte in der heimischen Redaktion schon ganz andere mechanische Gewitter erlebt.

Die Notizen neben mir, machte ich mich über den Bericht von der Fahrt mit den Rockern her.

Die Zeilen, die ich über den Aufenthalt an der Tankstelle in Gremersdorf schrieb, führten mir sofort wieder die Visage des kurzen Herbert vor Augen.

Wo steckte der überhaupt? In der letzten Zeit waren mir öfter Grüppchen seiner finster dreinblickenden Kumpane über den Weg gelaufen, aber Herbert hatte ich nicht entdecken können. *So* klein war er doch auch wieder nicht, feixte ich in mich hinein.

Plötzlich vernahm ich eine lautstarke Auseinandersetzung vor dem Zelt. In einer mir unbekannten Sprache rief jemand aufgeregte Worte. Sofort war mir klar: Ich hörte Farsi, und ich hörte Ahmed. Daraufhin vernahm ich ein gezischtes: »Mach den Weg frei, du Idiot!«

Als ich mich zum Eingang drehte, teilte sich die Plane, und herein traten mehrere Männer in Leder. Sie bildeten eine Gasse, durch die Herbert Schnoor schritt. Seine Pose war herrisch, napoleonisch geradezu. Die Miene war starr, verkniffen der

Mund, nur die Augen, schmal und düster, bewegten sich umher. Als der Kurze mich entdeckte, steuerte er sofort in meine Richtung, sah mich durchdringend an, dann auf meinen Schreibtisch. Mit einem Schlag wurde mir klar, was er dort sehen würde – aber es war zu spät!

Die Kollegen an den Nebentischen sahen erschreckt, teilweise auch amüsiert, auf das kleine Kerlchen, das kurzerhand an meine Schreibmaschine griff, das Blatt aus dem Papierhalter riss und es schweigend studierte. Dann wandte Schnoor mir sein zerklüftetes Gesicht zu, und seine Fistelstimme sagte leise: »Waren wir uns nicht einig, dass du kein Wort über unsere Begegnung mit Arthur verlauten lässt? War es nicht so? Angelegenheiten mit Freunden regele ich ohne Kommentare von anderen.« Das dämonische Grinsen in seinem Gesicht erzeugte bei mir eine Gänsehaut. Ich hielt es für klug, zu schweigen und versuchte, seinem Blick standzuhalten. Vielleicht war er doch nicht so überlegen, wie er tat. Meinen Irrtum bemerkte ich, als er mir mit der linken Hand an den Kragen griff und mich mit einer kurzen Bewegung aus dem Stuhl riss. Was für eine Kraft in diesem kleinen Körper! Was für ein Wahnsinniger!

Als ich auf dem Boden lag, hörte ich das Schaben von Stühlen auf dem Holzboden und Protestrufe seitens der anderen Redakteure. Herbert ignorierte sie und trat mir in die Seite. »Ich meinte, wir wären uns einig gewesen«, fauchte er kurz und trat noch einmal zu. Es waren allerdings Tritte, die nicht besonders schmerzten. Noch nicht! Er schien mit mir spielen zu wollen wie die Katze mit der Maus. Ein sanftes Vorgeplänkel im Wissen, dass das Opfer nicht entkommen konnte. Wie der Katze vor dem finalen Tötungsakt schien auch dem kleinen Mann das Hinauszögern, das Spiel auf Zeit, grenzenlose Lust zu bereiten.

»Hör auf!«, erscholl ein scharfer Ruf vom Eingang.

Mit einem Schlag erstarb jedes Geräusch, sogar die Telefone und Fernschreiber rührten sich nicht und warteten ab, was passierte.

Herbert Schnoor ließ von mir ab und starrte Ahmed Jahandar mit funkelnden Augen an. Der Iraner überragte den Mann in der

Jeansjacke um nahezu einen halben Meter, seine kräftige Figur komplettierte ein Erscheinungsbild, das jedem Respekt eingeflößt hätte – nicht aber diesem kleinen Kerl über mir. Sein Mund verzog sich zu einem Grinsen; die Vorfreude darauf war ihm anzumerken, eine weitere Auseinandersetzung der gewaltsamen Art führen zu dürfen. Er schien solche Situationen förmlich herbeizusehnen.

Ruhig griff er in die Innentasche seiner Jacke und förderte die silberne Dose zutage. Ich schloss die Augen; noch einmal wollte ich mich diesem ekelerregenden Anblick nicht aussetzen. Die Geräusche allerdings, die Herbert Schnoor bei seinem Prozedere erzeugte, reichten aus, die Szene vor meinen Augen wie in einem schlechten Film ablaufen zu lassen. Das war zu viel! Ich leerte meinen Mageninhalt direkt vor seine Füße.

Nachdem der Kurze ungerührt ins Taschentuch schnäuzte, fragte er hämisch: »Na? Schlecht gegessen?«, und ging langsam auf Ahmed zu. »Was sagtest du?« Seine Stimme war schrill und ein durchdringendes Kichern folgte seinen Worten.

Ahmed war sich der Gefahr bewusst, in der er steckte. Allerdings sah er sie mehr in der großen Anzahl der schwarzen Männer, die ihn umringten. Er stieß einen lauten Ruf aus: »Shahin! Zana! Jawed!« Seine Kommilitonen kamen ins Zelt gestürzt. Obwohl die Rocker ihnen zahlenmäßig haushoch überlegen waren, schienen sie keine Angst zu haben.

»Hallo, Söhne der Wüste!«, fistelte Herbert Schnoor und bleckte die Zähne. »Sind wir etwa in euer Beduinenzelt eingedrungen? Das tut mir furchtbar leid!«

»Verschwindet hier! Ihr habt hier nichts zu suchen!«, rief Ahmed.

Der Kurze sah ihn kalt an und winkte einmal kurz mit der verkümmerten Hand. Sofort stürzten sich die *Heiligen Teufel* auf die Perser.

Während mir der Kollege von den *Lübecker Nachrichten* ein Taschentuch herunterreichte, mussten wir mit ansehen, wie die Schwarzen die vier Männer mit Schlagringen und Totschlägern bearbeiteten und binnen weniger Minuten übel zurichteten. Uns taten sie merkwürdigerweise nichts, ich sollte aber bald feststellen, warum das so war. Die Schläger ließen von den Ordnern ab, und ein weiterer Haufen Rocker stürmte ins Zelt. Es kam mir vor wie ein bizarrer, aber gut funktionierender Wachwechsel. Diese Männer waren bewaffnet mit den Werkzeugen, die ich schon vom Überfall auf die Tankstelle kannte, und so schnell wie die zerlegten sie nun das Inventar des Pressezeltes. Deshalb krümmten sie uns kein Haar! Wir sollten zusehen, wie sie uns die weitere Arbeit unmöglich machten.

Und wir sahen zu. Sahen, wie wertvolle Geräte binnen kurzer Zeit in tausend Einzelteile zersprangen, Kabel herausgerissen wurden, Fernschreiber funkensprühend ihren Geist aufgaben.

Was mir auffiel: Das für uns, uns Journalisten, wichtigste Gut, die Früchte unserer Arbeit, die Notizen, die Aufzeichnungen, die halb fertigen Texte – all dies fand keine Beachtung bei den Rockern; es hatte für sie keinerlei Bedeutung. Selbst Herbert Schnoor kümmerte sich nicht mehr um meinen Bericht von der Reise – entweder war er ihm egal, oder, was mir auf einmal wahrscheinlicher erschien, er gefiel ihm! Ihm gefiel, dass Tausende von Menschen angewidert von seinen Schandtaten lesen, ihn sich vor Augen führen und abgrundtief hassen würden.

Niemand allerdings wird den Kurzen je so grenzenlos hassen wie ich, dachte ich in dieser Sekunde, auch dachte ich, dass er so nicht weiter wüten durfte! Ob es ein Schicksal gab oder einen Gott, an den Ahmed glaubte, ich aber nicht, dessen Existenz ich mir in diesem Moment einfach nur wünschte; ob es ein höheres Wesen gab, das für ein Minimum an Gerechtigkeit sorgen würde – plötzlich betrat eine Gruppe blau uniformierter Männer das Zelt, und einer, ein drahtiger Kerl in den Fünfzigern, rief laut: »Polizei!! Waffen fallen lassen und Hände über den Kopf!«

Ich hätte nie gedacht, dass mir der Anblick eines Polizeibeamten einmal so viel Freude bereiten würde! Endlich hatte der Albtraum ein Ende!

Zumindest sah es so aus. Auf einen Wink des Kurzen warfen die Rocker Beile und Stöcke weg. Die verletzten Iraner lagen neben mir auf dem Boden, Blut floss von ihren Gesichtern.

»Was ist hier vorgefallen?«, donnerte der Einsatzleiter.

»Erzähl es dem Herrn Kommissar, Manni!«, sagte Herbert mit Bitterleichenmiene und ließ ein schmerzhaftes Stöhnen folgen.

»Hauptwachtmeister würde genügen«, sagte der Uniformierte.

Manni baute sich groß vor ihm auf. »Ja, es ist so, Herr Hauptwachtmeister: Wir sind leider etwas zu spät gekommen …«

Staunend sah ich, wie Herbert sich hinter Mannis Rücken zu einem der persischen Studenten hinabbeugte und ihm mit der rechten Hand ganz vorsichtig über die klaffende Wunde an seiner Stirn fuhr.

»… um diese Typen davon abzuhalten, das ganze Zelt zu demolieren«, fuhr Manni fort, »Gucken Sie sich das mal an!«

Sprachlos schaute der Leitende Beamte auf die Rocker, dann auf die Iraner, schließlich auf mich.

»Leider hatten sie ihr Teufelswerk schon vollendet, bevor wir ihnen die Waffen entwenden konnten«, sagte Herbert, während er hinter seinem Helfershelfer hervorkam. »Sehen Sie, wie die mich zugerichtet haben.« Seine zertrümmerte, blutverschmierte Hand bot wahrhaftig keinen schönen Anblick. Der Kurze stöhnte unter seinen heftigen Schmerzen. »Das kommt dabei raus, wenn man solche Orientalen ins Land lässt, die nichts so hassen wie westliche Musik! Die unsere Presse gern mundtot machen und am liebsten unseren Jimi umbringen würden!« Der kleine Mann mit den Schmissen im Gesicht war kurz vorm Weinen. Ein zugegeben mitleidiges Bild, das er bot!

Ich bekam mit, dass Manni seinen Kumpanen ein unauffälliges Zeichen gab, die sich daraufhin immer zu zweit links und rechts neben je einen der körperlich unversehrten Redakteure stellten. Die *Holy Devils* waren ohne Zweifel eine mit allen Wassern gewaschene Bande, die über jede erdenkliche Finte verfügte. »Sehen Sie, Herr Kommissar! Diese Drecksterle, diese Jubelperser, haben die armen Männer mit ihren Stöcken auf die Beine geschlagen. Meine Kameraden müssen sie stützen!« Stützen hieß in diesem Falle, den Kollegen so unauffällig wie nachdrücklich eine Stilettspitze in den Rücken zu halten. Diese Methode hatte Erfolg – niemand wagte, etwas zu sagen.

»Am schlimmsten allerdings ist der da unten!« Zu meiner Verblüffung zeigte der Kurze auf mich. »Der hat die Araber auf die Insel geholt und sie zu ihrem schändlichen Tun angestiftet!«

Der Leiter der Polizeitruppe hatte sich alles angehört und runzelte jetzt die Stirn. »Ganz so war es ja wohl nicht! Die Perser sind von den Veranstaltern offiziell als Ordner verpflichtet worden, wenn ich recht informiert bin.« Er drehte sich zu einem seiner Untergebenen um. »Wagner, Sie rufen jetzt mal einen Krankenwagen … am besten zwei! Sehen ja übel aus, die Leute!«

In die Menge kam jetzt Bewegung. Der Polizeichef befahl seinen Beamten, die Personalien aller Beteiligten festzustellen. Währenddessen ging er auf Herbert Schnoor zu und zog ihn zur Seite. Mit wackeligen Beinen erhob ich mich und hörte, wie der Hauptwachtmeister erregt auf den Kurzen einredete. Ich vernahm öfter den Namen Hendrix und das Wort *schützen*. Schnoor nickte mehrfach und deutete wieder auf die Ordner. »Okay!«, sagte der Beamte schließlich, »ich weiß, was ich wissen muss! Sie …« sprach er die Perser an, »kommen zunächst in ärztliche Obhut, und dann werden wir Sie bis zur Aufklärung der Geschehnisse in Gewahrsam nehmen. Das kann bis Montag dauern.«

Ahmed sah ihn, dann mich verwirrt an. »Das können Sie nicht machen!«, rief ich. »Sie übersteigen Ihre Befugnisse! So lange können Sie die Männer ohne Anklage und Beweise nicht festhalten!«

Wütend sah er mich an. »Was ich kann und was ich nicht kann, junger Mann, überlassen Sie gefälligst mir! Es besteht der dringende Verdacht, dass diese Gestalten einen prominenten Künstler umbringen wollen! Und wenn das stimmt, was ich gerade erfahre, stecken Sie hinter diesem Anschlag!«

»Unglaublich!«, sagte Werner mitfühlend. »Und – wie bist du da rausgekommen?«

»Tja! Herbert Schnoor war zum Glück nicht ganz so klug, wie er dachte. Da er meinen Artikel über Gremersdorf nicht zerrissen hat, habe ich ihn dem Polizeichef gezeigt. Die Devils haben natürlich alles abgestritten, aber ein Anruf bei ihren Kollegen vor

Ort hat genügt, und die Beamten wussten Bescheid. Der – wie nanntest du ihn – Lange? … der hat mich gehen lassen, aber auch den Iranern nahegelegt, sofort die Insel zu verlassen. Dem Kurzen hat er gesagt, er sei ihm trotz allem dankbar für den Tipp wegen Hendrix. Es wäre aber besser, wenn auch er mit seiner Truppe die Heimreise antreten würde, bevor es auf dem Festival Stunk geben würde.«

»Donnerwetter! Hätte ich nicht von Lange gedacht!«

»Warte ab, wie es weiterging! Die Veranstalter hatten inzwischen davon Wind bekommen, dass die *Bloody Devils*, die sie nicht als Ordner eingestellt hatten, Unruhe verbreiteten und waren sich mit der Polizei einig, die Typen möglichst schnell loszuwerden. Sie haben einen Bus organisiert, der noch am selben Abend nach Hamburg fahren sollte. Geht klar, meinte Schnoor zu Helmut Ferdinand, aber das sei ihm doch sicher etwas wert. Für seine Begleiter wolle er die fünfzig Mark Tagesgeld, dann wären sie sofort weg.« Ich lachte. »Die drei Kieler haben sich darauf natürlich nicht einlassen wollen. ›Ihr macht hier Putz und wollt euch das auch noch bezahlen lassen?‹ Herbert hat nur frech gegrinst und gesagt: ›Wir wollen nichts geschenkt.‹ Im Gegenteil, meinte er, für den Schaden, den *einige seiner Leute angerichtet* hätten, würde er höchstpersönlich geradestehen. Es sind also tatsächlich die allermeisten der Holy Devils abgereist. Der Kurze allerdings ist mit dem harten Kern noch da. Er sagte, er wolle zur Eröffnung dafür sorgen, dass *alles in geregelten Bahnen verläuft*, und morgen Abend wären auch sie weg. Gegen Tageslohn, versteht sich!«

Werner schüttelte den Kopf. »Dann können wir noch einiges erwarten!«

»Das Schlimme ist …«, fuhr ich fort, »… dass man irgendwann später sagen wird: *Die* Rocker! *Die* Banditen! *Die* haben das Festival kaputt gemacht! Dabei waren es wenige Krawallmacher, mit denen die Jungs vom MCW gar nichts zu schaffen hatten!«

»Eben!«, bestätigte Werner. »Letztere nämlich hatten genau um diese Zeit etwas anderes zu tun, als ein Pressezelt zu demolieren.«

»Nanu?«

Er lachte. »Die haben bewiesen, wie eine gute Zusammenarbeit mit der Polizei funktionieren kann.«

»Ich bin gespannt!«

Kapitel 22

Das Schwein

Eine Gruppe in Leder gekleideter Männer kommt auf den Hügel zu, auf dem ich mir mit den Polizeibeamten eine Zigarette ohne Filter teile.

»He!«, ruft ein großer, dicker Kerl mir von unten zu. »Du bist Werner, stimmt's? Werner Öller? Der Freund von Frank Weiland?«

»Bin ich! Und du bist Wolfram, richtig? Frank hat mir von dir erzählt.«

»Bestimmt nichts Gutes, nehme ich an. – Sag mal, du kommst doch auch von der Insel. Kriegt man hier in der Umgebung irgendwas Anständiges zu futtern? Auf dem Gelände ist nichts zu entdecken. Wir haben einen Mordshunger.«

Ich zucke mit den Achseln. »Da musst du Frank fragen! Der stammt von Fehmarn. Ich komme aus Lübeck.«

»Mist! – Wo ist dein Kollege eigentlich?«

»Im Pressezelt. Schreibt gerade über die Fahrt mit euch.«

»Oha! Was dabei wohl herauskommt!«, lächelt Wolfram. »Also, du hast auch keine Ahnung.« Er schaut ratlos zu seinen Begleitern.

»Was mir eben einfällt …«, sagt einer von ihnen, »… wir sind doch gestern an einem Bauernhof vorbeigekommen, da drüben, wie heißt das Kaff noch …?«

Mein Blick folgt seinem Finger. »Ich glaube, Sulsdorf«, antworte ich. »Die grüne Scheune, meinst du?«

»Genau! Da hab ich 'ne ganze Rotte Schweine gesehen. Die scheinen …«

»Rudel!«, fährt ihm ein anderer ins Wort. Starke Brille, Zahnlücke. Nach Franks Beschreibung müsste es sich um Heinz Kette handeln.

»Wä?«

»Bei Hausschweinen sagt man Rudel, Mike. Rotte heißt das bei Wildschweinen.«

»Woher willst du denn das wissen?«, fragt Mike.

»Mein Schwager Gustav ist Jäger.«

»Gut, dann weiß der, dass das bei Wildschweinen Rotte heißt. Aber wie will er wissen, wie man das bei Hausschweinen nennt? Jagt der etwa auch Hausschweine?«

»Nein! Er jagt ja auch keine Wildschweine! Er weiß nur, dass es Rotte heißt!«

»Was jagt dein Schwager denn?«

»Hasen«, sagt Kette.

»Wie heißt es bei denen?«

»Keine Ahnung.«

Einer der Polizeibeamten hinter mir ruft: »Bei Kaninchen heißt es, glaub ich, Meute.«

Kette sieht ihn an. »Das ist Gustav egal. Der nimmt keinen Schrot. Er schießt sie einzeln!«

»Was ist denn nun mit den Schweinen, Mike?«, möchte Wolfram wissen.

»Also, ich habe gedacht … so ein Schwein, nä? Da ist doch ganz schön was dran, oder?«

»Da ist was daran!«, nickt Wolfram.

»Und wenn wir uns jetzt …«, sinniert Mike, »… ich meine … wir könnten ja fragen. Wenn jemand da ist.«

»Und wenn nicht?«, fragt Kette.

»Dann fragen wir hinterher«, sagt Wolfram. »Wer geht?«

Zwei Hände recken sich in die Höhe. »Ole und Hubert?« Wolfram schüttelt den Kopf. »Das müssen welche mit Maschine sein. Sonst verhungern wir. Erwin und Paul-Ludwig, ihr fahrt! Vergesst eure Führerscheine nicht! Ich will keinen Ärger! – Wir anderen sollten schon mal Feuerholz sammeln.«

»Wo das denn?«, fragt Kette.

»Toiletten.«

»Wie … Toiletten?«

»Na … die Türen! Die sind doch aus Holz.«

»Das können wir doch nicht machen, Chef!«

»Ach, das fällt doch nicht auf! Wieviel Klos mögen da stehen?«

»Ich habe etwas von hundert gehört«, sage ich.

»Na, bitte! Wenn wir ... ich sag mal ... jede zehnte Tür entnehmen ... wirklich nur jede zehnte! ... bleibt das Gesamtbild ausgewogen und niemand vermisst etwas.«

»Aber ... Chef, wenn jemand gerade vor so einer Toilette ohne Tür steht und muss ...«

»Ich weiß, was du meinst, Kette. Dann soll der- oder diejenige es nebenan versuchen. Neun Klos links und neun rechts – die Chancen sind groß, eine freie zu finden. Eine mit Tür!«

»Dann steht man also vor einem freien Klo ohne Tür und muss trotzdem an jeder anderen probieren. Klinke runter – zu! Klopfen: Hallo? Ist da schon jemand? rufen. – Das kann eventuell zu lange dauern.«

»Kette! Willst du was abhaben vom Schwein oder nicht?«

»Ach! Bevor ich's vergesse! Braucht ihr noch was?« Während Paul-Ludwig und Erwin auf Beutefahrt sind und sich verschiedene Zweierteams zu den Toilettenhäuschen begeben, wendet sich Wolfram an den verbliebenen Teil der Hundertschaft. Die Antwort ist eifriges Nicken.

»Mike!«

Der Angesprochene nimmt einen Stoffbeutel von der Schulter und wirft einem der Beamten eine Kunststofftüte zu. Der wirft einen fachmännischen Blick hinein. »Könnte bis Samstag reichen.«

»Bis Sonnabend? Mann, ihr zieht aber was weg!«, brummt Wolfram. »Wenn das so weitergeht, bleibt uns von unserem Lohn nichts über!«

»Komm, komm!«, sagt ein Polizist. »Dafür könnt ihr hier schalten und walten, wie's euch gefällt. Der Alte ist schon misstrauisch geworden. ›Ihr müsst auch mal kucken, ob die nicht über die Strenge hauen‹, sagt er öfter.«

»Er meint, weil wir ab und zu Parkgebühren erheben? Machen wir doch nur von Opel aufwärts. Solche Leute juckt das doch gar nicht.«

»Und wir passen auf, dass niemand auf dem Gelände Gras raucht«, ergänzt Heinz Kette. »Mangelndes Pflichtbewusstsein kann man uns nicht vorwerfen.«

»Sie kommen!« Einer der Beamten zeigt Richtung Sulsdorf. Von dort, mit Abkürzung über den Acker, holpern die Motorräder von Erwin und Paul-Ludwig auf uns zu. Zu beiden Seiten an Seilen befestigt, läuft ein Schwein zwischen ihnen. Ein hübsches Tier. Helles Fell, dunkelbraune Punkte.

»Sieht lecker aus!«, stellt Wolfram fest.

»Warte erstmal, wenn das gebraten ist!«, entgegnet Mike.

»Können wir was abhaben?«, fragt einer der Polizisten interessiert.

»Ihr?« Wolfram prustet. »Ihr kriegt ja wohl genug zu essen!«

»Aber immer nur Dosenfutter! Ich möchte mal wieder 'n schönes Schnitzel!«

»Besorgt euch selbst ein Schwein!«

»Eine Frage, Chef!«, fragt Kette. »Nur mal so nebenbei. Wie kriegen wir das Vieh klein?«

»Klein?«

»Na, das muss doch geschlachtet und zerlegt werden!«

»Und ganz zuerst sollte man es töten!«, überlegt Mike.

Ratlosigkeit macht sich breit. Die Männer sehen wortlos auf den Vierbeiner, der sieht stumm zurück. Im Moment sieht es nicht so aus, als fühle sich das Schwein unwohl in seiner Schwarte.

Nach einer Weile steht einer der Uniformierten auf und geht den Hügel hinab. »Wenn ich es mache – kriegen wir dann was ab?«

Überrascht sehen die Vereinsmitglieder des MCW ihn an. »Du?«, fragt Wolfram.

»Ich!«, bekräftigt der Beamte. Mit grimmigem Blick schaut er auf das Schwein und öffnet die Sicherheitslasche am Pistolenhalfter.

»Langsam, langsam!«, sagt der Dicke. »Nicht so schnell! – Wie heißt du?«

»Claudius«, erwidert der Uniformierte. »Claudius Brackmann. Wachtmeisteranwärter.«

»Und du willst, Wachtmeisteranwärter Brackmann, hier und jetzt dieses Schwein erlegen, seh ich das richtig?«

»Der Hunger fordert Opfer! Sagte mein Opa damals.«

Wolfram sieht sich um. »Hier vor allen Leuten willst du das arme Tier aus dem Weg räumen? … Ich meine … es gehört dir nicht mal!«

»Euch gehört es auch nicht!«, wirft einer von Claudius' Kollegen ein.

»Aber wir haben es gefangen!«, ruft Paul-Ludwig den Hügel hinauf.

»Was heißt gefangen?« Erwin sieht seinen Kumpel, dann die Polizisten an. »Es kam vergleichsweise freiwillig mit.«

Das Schwein hebt den Kopf, schaut in dieselbe Richtung und erhebt keinerlei Einwände.

»Eigentlich ist eure Aktion rechtswidrig«, ruft einer der Beamten aus dem Hintergrund.

»Eigentlich, Walter, …«, wendet sich sein Kollege Claudius an ihn, »… eigentlich hast du recht. Aber das Recht macht nicht satt, sagte mein Opa damals.«

»Und was machen wir nun?«, fragt Wolfram.

»Kurzen Prozess!«, ruft Claudius. »Wir bringen das Schwein hinter den Hügel und ihr seht zu, dass ihr das Feuer in Gang bekommt.«

»Einverstanden!«

»Drei Mann zu mir!«, befiehlt Claudius den Berg hinauf.

»Für einen Wachtmeisteranwärter riskierst du 'ne ganz schön dicke Lippe!«, kommt es von oben zurück.

Claudius lässt sich nicht beirren. »Den Mann der Tat kümmert nicht die Hierarchie!«

»Sagte dein Opa damals.«

»Sage ich! – Was ist jetzt?«

Ich höre leises Gemurmel auf der Anhöhe. Die Anzahl der Freiwilligen scheint überschaubar, der Auswahlprozess zieht sich hin.

»Leute! Was ist denn nun?«, ruft Claudius ungeduldig nach oben.

»Moment noch! … Äh … du hast die Streichhölzer, Claudius. Wirfst sie mal hoch?«

Der junge Beamte schüttelt genervt den Kopf, tut aber, was ihm gesagt wurde.

Nach weiteren Minuten und einigen kräftigen Flüchen kommen

drei Mann den Hügel herunter. »Hier!«, sagt einer von ihnen und drückt Claudius die Schachtel und drei halbe Streichhölzer in die Hand. »Die kann man noch benutzen.«

»Also los«, ruft der entschlossen. »Auf geht's!«

Vorsichtig gehen vier blau gekleidete junge Männer auf die Motorräder zu und lösen die Seile. Das Schwein sieht ihnen interessiert zu und scheint keinen Argwohn zu hegen.

»Es braucht ein Halsband!«, flüstert Walter. »Sonst lässt es sich nicht lenken.«

»Tja!«, überlegt Claudius. »Halsband … Halsband … Ich hab's! Walter! Kuno! Gebt mir eure Handschellen!« Kuno und Walter sehen ihn verdutzt an. Als aber Claudius seine eigenen Handschellen vom Gürtel löst, geht ihnen ein Licht auf. »Raffiniert!«, lobt Kuno. Die metallenen Gegenstände werden miteinander verkettet und Claudius setzt sich rittlings auf das Schwein, um ihm den Schmuck überzustreifen. Zur Sicherheit hat er seinen weißen Helm aufgesetzt. Sekunden später stellt er fest, dass er gut daran getan hat und dass ein Schwein nicht anders auf eine polizeiliche Festnahme reagiert als ein Zweibeiner. Quiekend stiebt es davon, und Claudius hat zunächst Mühe, sich auf seinem Rücken zu halten. Dann aber beweist er, dass er ein durchaus geeigneter Anwärter für die berittene Polizei wäre. In vollem Galopp drehen Schwein und Reiter eine Runde über das Gelände, angefeuert von den hunderten Fans, die sich schon die besten Plätze gesichert haben.

Genau in dem Moment, als das Gespann hinter der Anhöhe verschwindet, höre ich Tumult vom Pressezelt und sehe, wie Claudius' Kollegen dort unter Führung ihres Einsatzleiters vier junge Männer in die Richtung zweier Krankenwagen drängen, die mit Blaulicht vor dem Zelt gehalten haben.

Ich sause den Hügel hinunter, lausche noch einmal zurück, höre keinen Schuss und renne zum Pressezelt. Drinnen erwartet mich ein Bild der Verwüstung. Mit fahlweißen Gesichtern sehen mich meine Kollegen an. Frank Weiland sitzt auf einem Stuhl, dessen Lehne abgebrochen ist, und ich schaue in ein verstörtes und wütendes Gesicht.

Kapitel 23

Freitag, 4. September 1970, 16.30 Uhr
Eröffnung des Love & Peace Festivals auf Fehmarn

»*Hey, Leute! Dies ist erst das zweite Mal, dass wir zusammen spielen! Wir sind total aufgeregt!*« *Selbst in den ersten Reihen vor der Bühne ist die Ansage von* »Kralle« Krawinkel *kaum zu verstehen. Immer wieder bläst ihm der starke Westwind die Worte von den Lippen. Der Sänger steht ein gutes Stück entfernt vom vorderen Bühnenrand, dort, wo ihn die kurzen, aber heftigen Schauer nicht erreichen.* »*Also, seht es uns nach, wenn nicht gleich alles funktioniert.*«

Der Hamburger Gruppe Cravinkel, *in Wilhelmshaven gegründet, ist die undankbare Aufgabe zugefallen, das Festival musikalisch einzuleiten, nachdem Alexis Korner, der als Moderator der drei Tage fungiert, es mit einer halbstündigen Verspätung eröffnet hat.*

Angesichts des Wetters, das von niemandem so schlimm erwartet worden ist, weiß Korner um die Schwere seiner Aufgabe, aber schon die ersten Minuten zeigen, dass er den festen Willen hat, sie zu meistern. Mit dem ihm eigenen Charme vermittelt er den tausenden Fans ein Zusammen- und Zugehörigkeitsgefühl, beginnt mit ihnen die Reise durch drei Tage voller Zuversicht, Solidarität, beschwört sie, dem Motto der Veranstaltung zu folgen: Liebe und Frieden. Andere Menschen kennenlernen, Freundschaften mit ihnen schließen, eins mit ihnen sein und gemeinsam eine gute Zeit verbringen. Man möge sich nicht am Wetter stören, es könne nur besser werden. Dies bleibt die einzige Durchhalteparole des Mannes mit den schwarzen Locken und den markanten Koteletten. Er nimmt kein Blatt vor den Mund, prangert die Ausfälle der Rocker während der Einlasskontrollen an und entschuldigt sich für sie. Ausdrücklich tut er es nicht im Namen der Veranstalter, worauf die Zuschauer sich ihren eigenen Reim machen.

Nein, und hier irrt Korner, das Wetter wird nicht besser! Die Niederschläge werden stärker, die Pausen zwischen den prasselnden

Regengüssen kürzer, und der Wind nimmt an Heftigkeit zu. Der Auftritt von Cravinkel gerät aufgrund technischer Probleme zum Desaster und muss abgebrochen werden. Die Zuschauer, denen es nicht besser geht als den Künstlern, belohnen die Gruppe für ihren Einsatz und applaudieren anhaltend. Trotzdem sind sie froh, als Kralle und Co. die Bühne räumen, denn es wird Zeit, sich gegen die Widrigkeiten des Wetters zu wappnen. Wer es bis dahin noch nicht gemacht oder geschafft hat, holt alles, was an Regenschutz zur Verfügung steht, aus dem Gepäck, baut Zelte auf, bemüht sich, sie fest zu verankern, versucht, Planen auszubreiten, ohne dass sie von den Sturmböen aus den Händen gerissen werden. Denn von einem Sturm muss man inzwischen sprechen. Auf der Ostsee bilden die Wellen schneeweiße Kämme und rollen vehement gegen das Ufer.

»Gut festhalten!«, brüllte ich Rike zu, die mit der Plane des Zweimannzeltes rang, während ich die ersten Heringe in den Boden trieb. Zum Glück hatten wir einen ziemlich trockenen Platz neben der Bühne erwischt. Von hier aus war die Sicht auf das Geschehen gleich null, aber wir hatten auch nicht die Absicht, die Tage im Zelt zu verbringen.

Unsere Unterkunft war so gut wie neu, ich hatte sie im vorigen Jahr für meinen Urlaub in Griechenland angeschafft und seitdem noch nicht wieder gebraucht.

Nach einer halben Stunde hatten wir es geschafft, das Zelt stand fest und sicher.

Jetzt war ich heilfroh, dass es meinem guten Freund Archie aus Kiel gelungen war, zwei von den Bundeswehrschlafsäcken, in denen die Soldaten seiner Privatarmee während ihres Engagements untergebracht waren, für sich zu organisieren und mir einen davon zu schenken. (»Für deinen Tipp mit den bunten Eiern! Die Dinger haben mich nur einen Kasten Bier extra gekostet.«)

Ausgebreitet und mit einer festen Plane unterlegt, würde der Schlafsack gute Dienste leisten.

Auch das Angebot Helmut Ferdinands, nach der Verwüstung des Pressezeltes den als Ersatzteillager benutzten Wohncontainer über seinem Büro zu beziehen, war ein Glücksfall für mich. Da

Teile des Equipments, darunter ein sehr guter Fernschreiber und zwei Schreibmaschinen, die Zerstörungswut des kurzen Herberts mit nur wenigen unbedeutenden Kratzern überstanden hatten, konnten wir – ich bat Helmut, einen zweiten Arbeitsplatz für meinen Freund und Kollegen Werner Öller herrichten zu dürfen – binnen kurzer Zeit »umziehen«. Zwar mussten wir auf ein Telefon verzichten, hatten aber Helmuts Erlaubnis, für Ferngespräche nach unten zu kommen. (An den nächsten Tagen verzichteten wir allerdings bei dem Chaos, das im OZ herrschte, auf die Benutzung der dortigen Apparate.)

Nach einer langen Pause, in der niemand weiß, wann und ob es weitergeht, betritt die Jazzrockformation Burnin Red Ivanhoe *die Bühne. Fast schon durch Wasserpfützen watend, wollen die Künstler aus Dänemark ihre zahlreichen Fans, die per Fähre über den Fehmarnbelt gekommen sind, nicht enttäuschen. Und es liegt nicht an der fünfköpfigen Band, dass auch dieser Auftritt vorzeitig beendet werden muss.*

Es setzt nun banges Warten ein, denn der nächste geplante Auftritt verspricht schon einer der ersten Höhepunkte der drei Tage zu werden. Fotheringay, *hervorgegangen aus der erfolgreichen Folkrock-Gruppe* Fairport Convention, *präsentiert deren frühere Sängerin* Sandy Denny, *wohl eine der besten Stimmen in der Szene.*

Tapfer nehmen die vier jungen Männer und ihr weibliches Bandmitglied den Kampf gegen das immer schlechter werdende Wetter auf. Regen und Sturm mühen sich, den Zuschauern die gute Laune auszutreiben, die sie mitgebracht haben und einigen schon bei den Kontrollen durch terrorisierende Rocker vergangen ist. Als besonders perfider Schabernack erweist sich die Idee des Wettergottes, der sichtlich kein Rock'n'Roll-Fan ist, just in den Auftrittspausen den Wasserhahn abzudrehen, um ihn pünktlich zum ersten Ton von der Bühne wieder zu öffnen. Und diesmal hat er noch eine weitere Gemeinheit im Gepäck: Ein Gewitter zieht auf und sendet zuckende Blitze herab auf die schutzlosen Menschen unter ihm.

Den Zuschauern, die im Schlamm auf der Wiese fast versinken, ist schnell klar, dass auch der Auftritt der britischen Band nicht lan-

ge währen wird. Sandy Denny reißt immer häufiger ihre Hände mit einem Aufschrei vom Mikrofon fort, flammend blaue Blitze sausen den Ständer hinab. Auch dieses Konzert findet kein reguläres Ende – das Love & Peace Festival scheint unter keinem guten Stern zu stehen.

Nachdem der Regen – bei gottlob rasch abziehendem Unwetter – kurzzeitig aussetzt und pünktlich zum Erscheinen der Progressive-Rock-Combo Renaissance *neu vom schwarzgrauen Himmel prasselt, ist den Tausenden vor und den Veranstaltern hinter der Bühne klar: Der erste Tag ist gelaufen! In den nächsten Stunden tut sich nichts mehr! Nach wenigen Songs, die die Fans unter ihren Planen ohnehin nicht mehr erreichen, beenden die Mitglieder der Band, die aus den legendären* Yardbirds *hervorgegangen ist, ihren Part und verabschieden sich mit den Worten größten Bedauerns.*

Als die blaue Tinte begann, auf dem Schreibblock zu verlaufen, folgte ich Rike ins Zelt und bemühte mich, durch den halb geöffneten Eingang zu verstehen, was auf der Bühne vor sich ging, aber es hatte wenig Zweck. Nur die Hälfte der Sätze, die Alexis Korner von sich gab, wehten zu uns herein, um bei umschlagenden Böen sofort in ein vernuscheltes Flüstern überzugehen.

Das Bild, das ich beim Blick über das Gelände vernommen hatte, war an Tristesse nicht zu überbieten, hatte gleichwohl etwas Surreales: Gespenstern gleich flatterten transparente Planen im Wind, die Regentropfen auf ihren Oberflächen ließen nur vermuten, was unter ihnen geschah. Zusammengekauert trotzten die jungen Menschen den Launen der Natur, körperliche Nähe täuschte ihren Körpern Wärme vor, die nicht da war. Der Boden unter ihnen war durchweicht, die Nässe drang unter und in die Kleidung.

Die Fans kamen mir vor wie eine Herde Wildtiere, die sich im tiefsten Schneetreiben aneinanderdrängt. Mehr und mehr erwiesen sich die mitten in die Fläche errichteten Zäune als Hindernis; die Mengen an Menschen drückten sie in Schräglage, es schien eine Frage der Zeit, bis sie umfallen würden. Niemand wagte sich jetzt aus dem Schutz der provisorischen Planenstadt, Fußmärsche zum und auf dem Deich, wie sie noch vor Beginn der Veranstaltung zu sehen waren, entfielen angesichts dieses traumatischen Wetters.

Wieder ist es der unverwüstliche Alexis Korner, der den Zuschauern Mut zuspricht, aber auch jetzt hält er mit den traurigen Wahrheiten nicht hinter dem Berg. Es gäbe vermehrt Absagen, verkündet er. Die Mitglieder der Gruppe Taste, *die im Hotel Dania einquartiert sind, hätten sich telefonisch über die Bedingungen vor Ort informieren lassen und packten mit dem Hinweis auf andere vertragliche Verpflichtungen schon ihre Koffer. Es täte ihnen sehr leid, lasse Bandleader* Rory Gallagher *ausrichten. Über* Colosseum *gäbe es nichts Neues, niemand wüsste, wo sie abgeblieben seien. Ein Hubschrauber sei unterwegs, um ihre geplante Anreiseroute abzufliegen. Ohne Angabe von Gründen sei die Gruppe* Cactus *gar nicht erst angereist. Dies wird mit großem Bedauern registriert, denn gerade auf diese Band, Nachfolgerin von* Vanilla Fudge, *sind viele Fans neugierig gewesen.* Ginger Baker *und seine* Airforce *haben sich früh entschlossen, ihren Auftritt auf den nächsten Tag zu verlegen.*

Korner hofft, dass der Jazzer John Surman *und seine Leute noch auf die Bühne kämen, das könne aber nur funktionieren, wenn der Regen bald aufhören würde.*

Ich war verblüfft, festzustellen, dass die Menge recht gelassen auf Korners Durchsagen reagierte. Immerhin waren mehrere für diesen Tag geplante Top-Acts nicht aufgetreten.

Es war wohl dem Umstand geschuldet, dass die Fans mit sich selbst zu tun hatten. Sie versuchten inzwischen, sich nicht nur mit Jacken, Decken, Schlafsäcken und Planen zu schützen – für die innere Wärme machten Weinflaschen die Runde, und ich sah manche Wolke, die sich deutlich unterhalb des Himmels breitmachte. Den typischen Geruch nach Cannabis unterband der Regen, die Joints sorgten aber dafür, dass viele der jungen Leute in Teilnahmslosigkeit verfielen. Sie schienen sich an den Strohhalm zu klammern, dass der nächste Tag für sie erstens besseres Wetter bereithalten, zweitens ihnen Vorfreude bescheren würde auf das Erscheinen des Mannes, den zu sehen sie hauptsächlich die Strapazen der Anreise auf sich genommen hatten: *Jimi Hendrix!*

Die nächsten Stunden verbrachten wir unterschiedlich: Rike hatte sich entschlossen, ihre Freundin Anna und deren norwegischen Freund Magnus in ihrem Zelt zu besuchen; ich griff mir einen trockenen Schreibblock und übertrug meine Notizen, bevor sie unleserlich wurden.

Es war kurz vor zehn, als ich Unruhe im Publikum spürte und Aktivitäten auf der Bühne vernahm. Ein hörbar übermüdeter Alexis Korner kündigte mit freundlichen Worten den Jazzer *John Surman* an. Zu dessen Glück war es seit einiger Zeit trocken geblieben, jedenfalls fiel im Moment kein Regen. Nach einer halben Stunde änderte sich auch das wieder, und dem üblichen Vorgehen der himmlischen Mächte entsprechend regnete es wieder in Strömen. Surman und seine Kapelle hielten bis zum letzten Ton durch, erhielten allein dafür herzlichen Applaus und gingen grüßend von den Brettern.

Kurz vor elf stellte sich Korner noch einmal vor die Menge und sagte: »*Es tut uns leid, aber es geht nicht mehr!*« Er zog ein kurzes Resümee des Tages und verließ die Bühne in der Hoffnung, dass es am nächsten Tag, dem Samstag, besser werden würde.

Kapitel 24

Fehlende Erinnerungen
oder: Wo war Colosseum?

»Du kannst es dir nicht vorstellen! In strömendem Regen stehen die Leute da oben und spielen und spielen. Sie trotzen dem Wetter, und unten kauern die Fans, sind durchnässt, frieren … und trotzdem …«

»Ich schaue auf deinen Zeigefinger, Frank. Bist du sicher, dass die Bühne an dieser Stelle gestanden hat?«

»Natürlich! Da drüben, wo der Deich diesen kleinen Schlenker … oder … nee … warte mal! Das muss weiter … Also, da hinten, wo die zwei Bäume stehen, stand das Organisationszentrum ... Quatsch! Nein, da stand das Pressezelt! Oder?«

Ich hörte Mario lachen.

»Na, da drüben ist doch aber die kleine Anhöhe ...«, fuhr ich verwirrt fort, »... auf der die Polizei-Hundertschaft aufs Gelände runterschaute. Da bin ich ganz sicher! ... Und ...«

»Sagt dir der Name *Binghamton* etwas?«, unterbrach Mario.

»Binghamton?« Ich schüttelte den Kopf.

»Das ist eine Kleinstadt im amerikanischen Bundesstaat New York. In entsprechenden Fachkreisen ist der Ort bekannt als Gründungsstätte von IBM. Es gibt dort aber auch eine rührige Universität. Um die 12 000 eingeschriebene Studenten, gehört zu den besten staatlichen Unis der USA.«

»Ich kannte dich früher als Fachmann für Rock'n'Roll.«

»Da kommen wir gleich hin. Forscher dieser Universität führen – höre und staune! – Ausgrabungen auf dem Gelände durch, auf dem das Woodstock-Festival stattfand.«

»Du machst Witze!«

»Um würdig an das Ereignis von 69 zu erinnern, hatte man unlängst eine neue Bühne errichtet, dafür meterdick Erde aufgetragen – mit dem Ergebnis, dass niemand mehr weiß, wo die ursprüngliche Bühne gestanden hat. Jetzt versuchen Archäologen der Uni, sie wiederzufinden.«

»Du meinst, so wie Schliemann, als er Troja ausgebuddelt hat?«

»So ähnlich. Bisher hat man aber keine Funde von der Bedeutung griechischer Statuen gemacht, sondern vorzugsweise Verschlussringe von Getränkedosen.«

»Aha! Und?«

»Tja. Auch unter Zuhilfenahme alter Fotos scheint es tatsächlich fast unmöglich, den Ort der Bühne wiederzufinden. Sie haben immerhin schon Teile des *Friedenszauns* entdeckt, der damals die Fans vom Podium trennte.«

Ich schaute wieder zum Deich hinüber. »Ich verstehe, was du meinst.«

Mario nickte. »Ein paar Jahrzehnte können ausreichen, einer Landschaft ein völlig verändertes Gesicht zu geben.«

»… oder sie vollkommen anders in Erinnerung zu haben, stimmt's?«

»Ja. Eins kommt zum anderen.«

»So wie man auch die Ereignisse anders in Erinnerung hat.«

»Auch das«, sagte Mario. »Und wenn es nichts gibt, das diese Ereignisse festgehalten hat, keine Bilder, keine Beschreibungen … Und du siehst, selbst Woodstock, das ausführlich dokumentiert ist, lässt immer noch Fragen offen.«

»Im Vergleich zu Fehmarn allerdings wenige.«

»Denkst du jetzt speziell an etwas?«

Ich nickte. »*Colosseum*!«

»Die Band von Jon Hiseman und Dick Heckstall-Smith? – Wieso?«

Lächelnd schüttelte ich den Kopf. »Colosseum ist ein ewiges Mysterium. Die Gruppe geistert durch die Erinnerungen der Beteiligten wie ein Phantom, eine Schimäre.«

»Das musst du erklären.«

»Auf dem Festival-Plakat ist ihnen ein Eintrag gewidmet, links von *Ten Years After*, deutlich kleiner aber. – Die Erwähnung an sich hat noch nicht viel zu sagen, weil *alle* Bands, auch die, die nicht aufgetreten sind, dort verewigt sind.«

Mario grinste. »Solche Plakate sollte man tunlichst schon herstellen, bevor es jemand schafft, abzusagen.«

»Aber ja! Der Werbeträger Nummer 1 – das Ankündigungsplakat!«

»Okay. Weiter! Colosseum …«

»Auf einer internen Liste der Veranstalter ist die Band schon zwei Wochen vor Festivalbeginn ausgestrichen worden, sprich, sie haben abgesagt. Am Mittwoch allerdings hat man im Radio vermeldet, dass ein unterzeichneter Vertrag vorliegt, um genau diese Meldung Minuten später zu widerrufen.«

»Nanu?«

»Werner Öller erhielt am Donnerstag, dem Tage der Anreise der Bands, die am *Berlin Super Concert* teilgenommen hatten, den Hinweis, auch Colosseum gehöre zum Tross, der in Hamburg den Zug nach Fehmarn bestieg.«

»Hat er sie gesehen?«

»Da ist er sich nicht sicher. Er meinte, er hätte auch nicht darauf geachtet.« Ich lachte. »Wahrscheinlich hatte er nur Augen für die First Lady i. R. Wilhelmine Lübke.«

Der Witz kam bei Mario offenbar nicht gut an. Er verzog keine Miene.

Dann nicht! »Na gut! Weiter! Am Eröffnungstag teilte Alexis Korner den Fans mit, Colosseum sei überfällig und würde mit einem Hubschrauber gesucht werden.«

»Das kann doch nicht wahr sein!«

»Damals war es mit der Kommunikation eben nicht so leicht wie heute. Ohne ein Telefon in der Nähe war niemand leicht zu erreichen.«

»Das stimmt! Und?«

»Werner Öller wiederum war sich ziemlich sicher, Mitglieder der Band im *Dania* gesehen zu haben.«

»Werner Öller! Na, klar!«, wiederholte Mario, und ich bekam immer mehr den Eindruck, dass mein alter Freund ein rotes Tuch für ihn war. Warum? Was hatte Werner ihm getan?

»Ja, Werner!«, sagte ich mit deutlich lauterer Stimme als zuvor. Langsam ging Mario mir auf den Zeiger! »Was hast du gegen ihn? Hab ich etwas verpasst? War irgendwas auf der Isle of Wight?«

Er schüttelte den Kopf und lenkte vorsichtig ein. »Was sollte ich gegen ihn haben?« Er sah mir dabei aber nicht in die Augen und lenkte das Gespräch schnell wieder auf unser Thema. »Und du willst mir jetzt sagen, dass kein Mensch weiß, ob Hiseman und Co. auf dem Festival gespielt hatten?«

Ich sah ihn an und dachte: *Was verheimlichst du mir, Mario Demand? Was ist es?* Aber ich fühlte, dass er verschlossen wie eine Auster bleiben würde. *Was willst du mir erzählen? Warum machen wir diese Reise? Es geht doch nicht um Jimi Hendrix, oder? Nicht nur.*

Nun gut. Langsam nickte ich und sagte: »Genau so sieht es aus! Colosseum scheint ein Hirngespinst zu sein.«

Er lachte. »Ich habe schon so einiges erlebt an Phantomerscheinungen. Aber das …«

»Das ist ja noch nicht alles!«

»Was denn nun noch?«

»Offenbar können sich nicht einmal die Veranstalter erinnern, ob die Gruppe abgesagt hat, geschweige denn, ob sie vor Ort war oder nicht.«

»Dann scheint das ja auch wenig wahrscheinlich, oder?«

»Warte es ab! Vor einigen Jahren hat die *Rockpalast*-Redaktion vom WDR eine Dokumentation über Colosseum gedreht. Lief wie alle guten Musiksendungen zu nachtschlafender Zeit. Es gibt in diesem Zusammenschnitt eine nicht kommentierte Fahrt – offensichtlich in einem Tourbus –, die eindeutig auch über die *Fehmarnsundbrücke* führt! Und das wahrscheinlich genau zu der Zeit, von der wir reden.«

»Kann natürlich auch eine Durchreise nach Skandinavien gewesen sei.«

»Möglich! Aber du weißt selbst, dass Auftritte in Skandinavien in den seltensten Fällen aus Einzelkonzerten bestanden. Und für eine Tournee fehlte ersichtlich der Tross. Die Sattelschlepper mit dem Equipment und so.«

»Vielleicht reiste man getrennt. Am besten wäre es, man würde die Bandmitglieder …«

»Das ist doch passiert! Genau wie Inga Rumpf waren auch einige Leute von Colosseum letztes Jahr auf dem Revival. Die sind über 1970 befragt worden.«

»Und?«

»Die einen sagen: Ja, wir waren dabei, die anderen: Wir sind zum ersten Mal hier!« Ich lachte. »Ziemlich genau Hälfte – Hälfte.«

Mario schnaufte und lehnte sich zurück. »Ich muss ehrlich sagen, Erinnerungslücken – oder wie man das jetzt zusammenfassen soll – in diesem Ausmaß sind mir in all den Jahren meiner Reisen zu Rock-Veranstaltungen noch nicht untergekommen.«

»Ich habe nach vielen Gesprächen, die ich später mit Zuschauern geführt habe, also mit Menschen, die definitiv an den drei Tagen vor Ort waren, erfahren, dass auch sie das Gefühl hatten, nicht da gewesen zu sein. Verstehst du?«

Mario schüttelte den Kopf.

»Auf die Frage, wie ihr am Samstagnachmittag, dem zweiten Festivaltag also, etwa Mungo Jerry oder Canned Heat gefallen hätten, sagte mir ein Mädchen, dass sie erstaunt sei, zu hören, dass diese Gruppen gespielt hatten. Das wäre ihr vollkommen entgangen. Ich hatte zunächst den Verdacht, sie wäre Opfer ihres Drogenrausches geworden, aber sie versicherte mir, nur ab und zu ein Glas Wein getrunken zu haben.«

»Aha! Und?«

»Simone, so hieß sie, hat mir absolut überzeugend versichert, dass sie die ganzen drei Tage damit beschäftigt war, einen Unterschlupf zu finden – man hätte ihr und ihren zwei Begleiterinnen gleich am ersten Tag das Zelt geklaut. Ferner mussten sie schauen, wo sie Essen organisierten, gleichzeitig auf ihre restlichen Habeligkeiten aufpassen; sie hätten versucht, irgendwo ihre Kleidung zu trocknen, sie mussten sich plumper Annäherungsversuche erwehren, und, und, und.«

Mario nickte. »Im Grunde genommen haben die drei so gut wie nichts vom Musikangebot der Veranstaltung mitbekommen, richtig?«

»Genau!« Ich lachte. »Simone sagte, sie könne sich an genau drei Auftritte erinnern. An *Cravinkel*, weil die das Festival eröffnet hatten, an *Frumpy*, die am Samstag als erste spielten und es da noch trocken war, und dann wieder an Hendrix, weil die Sonne schien und er so eine geile Jacke anhatte.«

Mario lachte. »Man kann also sagen, dass sie ein erlebnisreiches Wochenende verbracht hat. Kein all-inclusiv-wellness-spa, aber aufregend. Ohne störende Musik.«

»Darum geht's, Mario! Sie sagte zum Schluss, es wären die schönsten Tage ihres Lebens gewesen, Tage, die sie nie vergessen wird.«

»Und du willst mir sagen, dass Simone nicht die Einzige war, der es so ergangen ist?«

»Allerdings! Ich wette mit dir, mehr als die Hälfte der Kids hat sich wie in einem Überlebenskampf gefühlt. Fehmarn 70 war ein Survivalcamp mit dem üblichen Programm: eine Notunterkunft bauen, Feuer machen, sich mit einem Kompass orientieren und Notnahrung finden – alles zwar ohne Guide, vergleichsweise aber spottbillig. Und mit gelegentlicher musikalischer Begleitung.«

»Raus aus der Komfortzone und rein in den Wald – Die Wildnis wartet auf dich!«

»Für so einen Kurs wirst du heutzutage locker ein paar hundert Euro los! – Aber im Ernst: Was das Mädchen mir mit leuchtenden Augen sagte, hat mich …«

»… jedenfalls das, was du noch weißt …«

Ich lächelte. »In diesem Fall bin ich absolut sicher, dass ich es weiß. Jedes Wort von ihr hat sich in meinem Gedächtnis eingebrannt. Sie sagte … übrigens, sie war zweiundzwanzig, nur so nebenbei … sagte, in ihrem ganzen Leben hätte sie ein solches Maß von Solidarität, von Freundlichkeit, von Liebe, Verständnis nicht annähernd erlebt. Und das alles in drei Tagen! Und das alles bei einem Wetter … ich weiß nicht, ob ich dir die Bedingungen annähernd so schildern konnte, Mario, wie sie herrschten. Es war zeitweise einfach grausig! – Trotzdem! Wenn du Simone reden hörst … sie spricht mit einer Wärme von diesen Tagen, die dich im Tiefsten berührt. Du spürst die Wärme förmlich, die sie in Flügge erfahren hat.«

»Erstaunlich! Bei allem, was sie dort erlebt hat!«

Kapitel 25

Samstag, 5. September 1970
Zweiter Festivaltag

An diesem Samstag sieht es zunächst danach aus, als würden die himmlischen Mächte den Wunsch Alexis Korners erfüllen und für beständiges Wetter sorgen. Die Gruppe Frumpy, die den Tag eröffnet, hat das Glück auf ihrer Seite und absolviert ein zwar sturmumbraustes, aber ein Konzert, bei dem Haut und Haar trocken bleiben. Als die Sängerin Inga Rumpf jedoch nach dem begeisternden Auftritt ihrer Band einen Blick hinauf in den Himmel wirft, verzieht sie den Mund. Tiefschwarz türmt sich ein Wolkengebirge auf, das prall von schwerem Regen scheint; wahrscheinlich weiß da oben noch niemand so recht, wo sich das Ventil befindet, das nur noch aufgedreht werden muss.

Der fleißige Korner, der keinen Missmut aufkommen lassen will, ergreift sofort die Gelegenheit, hängt seine Gitarre um und unterhält das Publikum nach dem Konzert der Hamburger Band mit Blues. Derweilen baut man hinter ihm zügig um.

Plötzlich unterbricht der Mann mit der heiseren Stimme seinen Part und ruft ins Publikum: »Freunde, ich habe jetzt die schöne Aufgabe, ein besonderes Ereignis anzukündigen, und ich finde, kein Ort ist dafür geeigneter als dieser. – Kommt bitte nach vorn, ihr beiden!«

Nicht ahnend, was nun geschieht, applaudiert die Menge.

Ein schlaksiger Junge kommt auf die Bühne, ein schüchternes Mädchen in einem langen Blumenkleid an der Hand. Passend zum Kleid trägt es einen Kranz aus kleinen rosa Blüten um die Stirn. Die junge Frau lächelt unsicher. Im ersten Licht der Scheinwerfer, die wegen der zunehmenden Dunkelheit angeschaltet werden, blitzt eine silberne Zahnspange.

Der Junge, lange lockige Haare, steckt in einem dunkelblauen Anzug, der ihm deutlich zu weit ist und um die dünne Figur schlottert. Dazu trägt er eine schwarze, schmale Krawatte.

Seine Freundin klammert sich jetzt fest an seinen Arm. Durch ihre starke Brille blickt sie mit großen Augen tapfer auf die Menschenmenge unter ihr und strahlt. Ein Windstoß erfasst das dünne Kleid und lässt es wie eine Fahne flattern. Sie müsste eigentlich frösteln, vergisst das aber offenbar vor lauter Aufregung.

Korner stellt sich zwischen die beiden. »Wollt ihr den Leuten da unten bitte eure Namen verraten?«

Das Mädchen spricht ins Mikrofon, aber so leise, dass sie nicht zu verstehen ist.

»Du musst etwas lauter sprechen«, sagt der Moderator freundlich. »Stell dich näher ans Mikrofon!« Sie räuspert sich, und der Junge drückt aufmunternd ihren Arm.

»Maria. Maria heiß ich.« Sie lacht, als sie Beifallsrufe vernimmt. Verlegen sieht sie zu ihrem Freund.

»Maria, also«, lächelt Alexis. »Und du?«

Bevor der junge Mann antworten kann, ruft jemand direkt vor der Bühne: »Josef!«

Der Junge fällt ins Lachen der Menge ein. »Nee, nicht ganz. Ich bin der Willi.«

Erneutes Gelächter und tosender Beifall. »Willi, Willi«-Rufe. Das junge Paar schaut sich strahlend an, und es drückt einander fest die Hand.

»Wollt ihr den Zuschauern nun mal erzählen, warum ihr hier seid?«, fordert Korner sie auf. »Außer meiner Musik zuzuhören?«, lacht er.

Die beiden jungen Leute lächeln sich an, sie flüstert etwas, und er nickt.

Sie geht ans Mikrofon, sieht noch einmal zu ihrem Begleiter, dann hinüber zu Alexis Korner, der ihr ein ermutigendes Handzeichen gibt.

»Ja, also …«, sagt sie, wieder zu leise. Umgehend stellt sich vor der Bühne respektvolles Schweigen ein.

»Das ist nämlich so …«, fährt sie fort, nachdem sie von Korner noch einmal einen Zuruf erhalten hat. »Wir haben nämlich … also, Willi und ich … wir haben …«, sie lächelt ihrem Freund zu, »… wir sind also seit gestern Mann und Frau! Seit gestern erst!« Willi rückt zu ihr ans Mikrofon. »Ja, wir haben gestern geheiratet!«, ruft er. »Hier auf Fehmarn! Wir kommen aus Herne nämlich!«

Das Schweigen beim Publikum löst sich in tosenden Beifall und Jubelrufe auf. Maria schlägt die Hände vors Gesicht, und Willi winkt in die Menge. Vor ungläubiger Freude beginnt das Mädchen zu zittern und fällt ihrem Mann um den Hals. Dann löst sie sich wieder und nimmt ihre Brille ab, als schon die ersten Tränen die Wangen herunterlaufen.

Der kluge Alexis überlässt das Paar dem Beifall der Zuschauer, schaut aber immer öfter zum Himmel. Er weiß, es wird nicht mehr lange dauern, bis die Wolken in das Weinen des jungvermählten Mädchens einstimmen.

Und richtig! Während des folgenden Auftritts der britischen Kapelle Aardvark hat der himmelseigene Bademeister das Ventil ge-

funden und öffnet es, soweit es geht. Die Band hält tapfer durch,
heftig bejubelt von ihren Landsleuten, die sich dann aber schleu-
nigst unter ihre Planen verziehen.

Leidtragende ist die Gruppe Fat Mattress *um ihren Sänger Neil*
Landon. Der Gründer und Gitarrist der Band, Noel Redding, zu-
vor Bassist bei der Jimi Hendrix Experience, bevor er von Billy Cox
abgelöst wurde, scheint geahnt zu haben, was auf die Truppe zu-
kommen würde, und hat die Reise nach Fehmarn gar nicht erst
angetreten.

Die fünf Bandmitglieder ziehen sich weit in die Tiefe der Bühne
zurück – trotzdem drückt ihnen der kräftige Wind von Zeit zu Zeit
Wellen feiner Gischttropfen vor die Füße.

Binnen kurzer Zeit verwandelt sich die Wiese, wie schon am Tag
zuvor, in eine Schlammwüste. Wasserkrater bilden sich, in deren
Trichter der Regen seinen ganz eigenen Rhythmus erzeugt – einen
anderen als den, der von der Bühne erklingt.

Das Gelände wirkt menschenleer. Die tausenden Zuhörer unter
den Planen überlassen sich geduldig dem peitschenden Regen, ha-
ben sich verkrochen, suchen Schutz vor den Sturzbächen, die unab-
lässig aus den Wolken fallen.

Und doch …

»Verdammter Mist!«, hörte ich Rike fluchen, als ich noch einige Meter vom Zelt entfernt war. »Frank! Endlich! Wo bleibst du
denn so lange?« Ich beeilte mich, ins Trockene zu kommen und
zog den Eingang hinter mir zu. Meine Kleidung war triefend
nass. »Ein Leck! Unser Kahn macht Wasser! Wir saufen ab!« Als
Tochter eines Kapitäns mit Hochseepatent kommentierte sie kleine und große Katastrophen gern im Seemannsjargon. »Hol's der
Teufel!«
Dem drohenden Untergang gefasst ins Auge schauend, hatte sie
entschlossen zu einer Raviolidose gegriffen, die wir eine Stunde
zuvor geleert hatten (kalt natürlich), und umgehend Rettungs-
maßnahmen eingeleitet. »Wo warst du denn?«

»Ich … äh … war hinter der Bühne und habe … ja … Notizen gemacht.« Ich sah, dass der Regen eine undichte Stelle in der

Zeltwand gefunden hatte und nun dabei war, uns die Unterkunft streitig zu machen. Die Dose, mit der Rike das Wasser abschöpfte, war schon halbvoll.

»Notizen? So, so! Komisch, ich dachte, ich hätte dich mit Inga Rumpf schnacken sehen.«

»Mit …? Ach so, ja! Ich habe Frumpy zu ihrem Auftritt gratuliert. Du sagtest ja selbst, dass die wirklich toll waren!«

»Frumpy, nä? Sicher! – Hilf mal!«

Es dauerte einige Sekunden, bis ich sie verstand und den Zelteingang einen Spalt öffnete. Die Hand meiner Freundin schoss ins Freie und ein Schwall hellroter Flüssigkeit schwappte in hohem Bogen aus dem Gefäß.

»Inga war besonders toll, oder?«

»Was soll der Unterton, Rike? Ich habe die Gruppe zum ersten Mal vor zwei Jahren gesehen, als sie noch die *City Preachers* waren. Und da fand ich sie auch schon fantastisch!«

»… die Inga!«

»Prrrp! Hör doch auf!«

»Hübsches Mädchen, oder?«

»Ja, das ist sie! Und? Ist es verboten, hübsch zu sein und gleichzeitig gut singen zu können?«

»Aber nein!«

»Dann lass dein süffisantes Grinsen! Das nervt!« Und dieses Kichern hinterher – manchmal konnte sie mich auf die Palme bringen!

»Oh! Ooooh!« Rike leerte die Dose ein zweites Mal durch den Spalt und stutzte. Offenbar sah sie etwas im dichten Regen, das sie erstarren und vergessen ließ, die Wurfhand wieder in Sicherheit zu bringen. »Frank! Frank!!«, rief, nein, schrie sie.

»Du musst nicht brüllen!«, sagte ich eine Handbreit hinter ihrem Ohr. »Dies ist ein Zweimannzelt.«

Sie drehte sich zu mir um. »Wieso eigentlich Zwei*mann*zelt? Wieso nicht *Einefrauundeinmann*zelt? Oder jedenfalls *Zweiper-sonen*zelt?« Zu unpassendsten Gelegenheiten wurde Rike gern zur grünäugigen Freibeuterin im Meer des Geschlechterkampfes. Der Redakteur und Mann in mir erschauderte. Sie wollte mir doch wohl nicht das generische Maskulinum madigmachen? *Und andere Frauen?*

Zum Glück hatte sie dafür gerade keine Zeit. »Ooooh!«, wiederholte sie und diesmal klang es nicht überrascht wie zuvor, sondern ... entzückt? Ja, dachte ich, eindeutig entzückt! Schließlich kannte ich meine Freundin schon etwas länger.

»Schau mal! Das gibt's doch nicht! Träum ich?« Ich rückte an ihre Seite und blickte durch den Spalt, der keiner mehr war. Rike hatte ihn ohne Rücksicht auf Frauen und Kinder weit auseinandergerissen.

Sofort drang der Regen ins Zelt und machte ihre Rettungsaktion zunichte. »Da!«, zeigte sie mit der leeren Dose.

Erstaunt sah ich inmitten des Gewirrs aus durchnässten Zelten, schemenhaften Gesichtern hinter transparenten Folien, Bewegungen unter gelben Europlanen und dem Regen, der in großen Tropfen auf die Wiese fiel – ein Paar.

Das Paar!

Den Jungen, dem die langen Haare am Kopf klebten und das Hemd am Körper, und dem die Hose wie ein nasser Sack an den Beinen hing. Seine schwarzen Halbschuhe versanken im Schlamm, und nur die ständigen Bewegungen, die er machte, verhinderten, dass er im Morast stecken blieb. Und die junge Frau, seine neu Angetraute. Sie barfuß.

Er hielt die Flasche Sekt, die Alexis den beiden zum Abschied geschenkt hatte, halb geleert in der Hand und tanzte. Tanzte zu dem Song, den *Fat Mattress* auf der Bühne so passend wie trotzig in das Unwetter spielte: *Naturally.* Dieses schnelle Stück war ein schöner Kontrapunkt zu dem bedächtigen *Magic Forest,* das sie zuvor zum Besten gegeben hatten.

Der Junge stampfte durch den tiefen Boden. Er lachte laut heraus, lachte über sich selbst, weil er ersichtlich ein ungeübter Tänzer war, dem es Mühe bereitete, den Rhythmus des Stücks in passende Bewegungen umzusetzen. Seine Partnerin aber, die ihn an den Händen hielt und zurücklachte, erleichterte ihm den Tanz. Sie steuerte ihn mit den Armen, sah auf seine Füße, dann wieder strahlend in sein Gesicht. Wieviel sie, die ihre Brille nicht aufhatte, von all dem erkannte – es schien egal, sie hätte auch die Augen schließen können, weil sie sich nur an der Musik orientierte, und es schien ihr gleich, ob ihr Ehemann den Rhythmus hielt oder aus dem Takt geriet. Wenn er ihr auf die Füße träte, sollte es denen nichts ausmachen, denn sie steckten so tief im Schlamm, dass sie keine Blessuren erleiden würden.

Beide waren total durchnässt, aber auch das störte sie offenbar nicht. Der schwere Regen pladderte auf Marias Kleid, als wolle er die Blumen auf ihm vorm Verdursten bewahren. Und er zerrte an dem dünnen Stoff, als wolle er ihn zu Boden ziehen und die zierlichen, bunten Blümchen, denen er eben noch zu trinken gegeben hatte, nun im Morast ersäufen.

Ein Lächeln im nassen Gesicht, hauchte Rike: »Mein Gott, ist das schön!«, und ich konnte ihr nur beipflichten. »Da!«, fuhr sie fort und zeigte ein Stück zur Seite. Erste Köpfe trauten sich unter den Planen hervor, Zelteingänge wurden aufgezurrt und fröhliche Gesichter schauten auf das Bild, das sich ihnen bot. Von den beiden durchnässten Tänzern ging ein Zauber aus, dem sich niemand verschließen konnte.

»Oh, Mann!«, entfuhr es Rike nach längerer Zeit, »die werden im Leben nicht wieder trocken!« Zunächst irritierte mich Friederikes plötzlicher Mangel an Romantik, dann aber konnte ich ihren Gedanken nachvollziehen. Meine Freundin war oft genug mit ihrem Vater auf Segeltour gewesen, um zu wissen, dass Seewind allein nicht ausreichte, nasse Klamotten durchzutrocknen, es gehörte immer auch ein gehöriger Schuss Sonne dazu. Oder ein Lagerfeuer unter Deck.

Ich schaute mich um, und mir wurden die fatalen Auswirkungen des miserablen Wetters klar: Die Maschendrahtzäune, die sich quer über das Festivalgelände spannten, waren über und über bedeckt mit Jacken, Hosen, Schlafsäcken, Schuhen, und die Pfosten waren auch deshalb in Schieflage geraten; alles hing seit dem Vortag dort, und nichts davon konnte trocknen. Zu oft hatte es geregnet, und die Sonne hatte sich nur selten blicken lassen. Irgendwann sah ich an mir herunter, sah nicht nur, sondern ahnte auch, dass es mir nicht bessergehen würde.

Minuten, bevor die Jazzrocker von Keef Hartley *die Bühne entern,* hat der Regen an Heftigkeit verloren. Der Wind allerdings kommt mit unverminderter Wucht von See.

Die Band präsentiert sich in Hochform, ihr Sänger Miller Anderson *schafft es trotz aller Widrigkeiten, zu den Zuschauern durchzudringen und ihnen eine fetzige Mischung aus Soul, Jazz und Blues ans Herz zu legen. Die Musiker ernten viel Beifall, in dem sich auch der Trotz offenbart, den Wassermassen, die vom Himmel geprasselt sind, standgehalten zu haben. Okay, du Mistwetter, du hast deinen Spaß gehabt! Jetzt sind wir wieder dran!*

In den Minuten des Bühnenumbaus trauen sich die Fans aus ihren Unterkünften und Verstecken und schütteln ihre klammen und durchgefrorenen Glieder aus. Vorsichtig umlaufen sie die tiefen Pfützen, machen sich auf den Weg, Hunger und Durst an den Zelten des Roten Kreuz und anderen Verpflegungsständen zu stillen. Trotz aller Missstände, die sie über sich haben ergehen lassen müssen, herrscht eine fast kindliche Ausgelassenheit unter den jungen Leuten. Es wird gescherzt, gelacht, Erfahrungen werden ausgetauscht, lächelnd erinnert man sich an den Auftritt des jungen Ehepaars. Vereinzelt stehen Gruppen auf dem Deich und lassen den Seewind durch ihre Kleidung fahren, stemmen sich ihm entgegen und beantworten sein Gebrüll aus voller Kehle.

Als man sich wieder an den Unterkünften gesammelt hat, wird der Musik mit neuer Kraft und ganzer Konzentration gelauscht. Die da oben auf der Bühne verdienen es.

Nach einer weiteren, erstaunlich kurzen Umbaupause tritt die Band auf, von der die meisten Zuschauer bisher nur gehört haben. Weniger von ihrer Musik, als vielmehr von ihren vermeintlichen Eskapaden, die stets gewichtiger Bestandteil einschlägiger Presseberichte sind.

Von Saufgelagen während ihrer Tourneen ist die Rede, von zertrümmerten Hotelzimmern.

Die Faces *sind unter uns!*

Dem Mann mit der struppigen Frisur, der nun vor den Zuschauern die Bühne rauf und runter saust, möchte man solche Ausfälle nicht zutrauen. Lächelnd erzählt Rod Stewart, dass er zwar gebürtiger Londoner sei, sein Herz aber immer noch an der Heimat seiner Eltern hänge, und als Exil-Schotte selbstverständlich Fan des Fußballvereins Celtic Glasgow und der Nationalmannschaft des Landes sei. Witzig erzählt er, charmant und freundlich. Nicht wie jemand, der Fernsehgeräte aus dem siebten Stock eines Hotels wirft. Das Wetter!, sagt er und lacht, das bisschen Wetter! Forget it! Da sei er aus den Highlands ganz anderes gewohnt, und der Rasen, und er zeigt auf den morastigen Boden vor der Bühne, auf so einem Rasen habe er seine Karriere als Fußballprofi begonnen, bevor er gemerkt habe, dass er als Rock'n'Roll-Sänger wesentlich mehr Kohle machen könne, ohne sich ständig in die Hacken treten lassen zu müssen oder in einer Pfütze zu ertrinken.

Die Begeisterung des Publikums steigert sich noch, als Stewart ein paar Fußbälle aus einem Netz holt und sie in die Menge kickt. Dann legen die Faces los, als stünde das letzte Konzert ihres Lebens an, und der Mann mit der Schleifpapierstimme gibt sich alle Mühe, den Wind zu übertönen.

Kapitel 26

Interview mit Frumpy
anlässlich des Love & Peace Festivals auf Fehmarn, 5.09.70
Von Frank Weiland

Vor zwei Jahren hatte ich das große Vergnügen, ein Konzert der vierköpfigen Band City Preachers zu erleben. Neben der eingängigen Musik, die tief im Blues wurzelt, beeindruckte mich die kraftvoll-rauchige Stimme der Sängerin Inga Rumpf.

Die City Preachers waren zu dieser Zeit in Hamburg schon schwer angesagt, änderten ihren Namen vor wenigen Monaten in Frumpy und eröffneten hier auf Fehmarn den zweiten Festivaltag. Ich treffe sie kurz nach ihrem begeisternden Auftritt.

Die Besetzung der Band: Inga Rumpf, Gesang; Jean-Jacques Kravetz, Keyboard; Carsten Bohn, Schlagzeug; Karl-Heinz Schott, Bass.

Rock Tune: Herzlichen Glückwunsch! Trotz des widrigen Wetters eine überzeugende Darbietung. Die Zuschauer hatten erkennbar ihren Spaß.

Inga: Danke! Auch uns hat es sehr gefallen. Die Fans waren toll!

RT: Die Umbenennung eurer Band geschah wohl in weiser Voraussicht.

Inga: Warum?

RT: Ich weiß, dass *Frumpy* in eurem Fall ein Wortspiel mit deinem Nachnamen ist. Ansonsten kann der Begriff zweierlei bedeuten: Das erste ist *mürrisch*, das zweite *altmodisch, unelegant.* Beides scheint mir zum Wetter zu passen.

Inga: Das stimmt! Man sollte heute wahrlich nicht im besten Fummel auf der Bühne stehen, und Kälte und Wind können einen echt gnatschig machen.

Jean-Jacques: Wobei wir noch das Glück hatten, dass es trocken geblieben ist. Wenn ich auf die dunklen Wolken da draußen auf See schaue, habe ich meine Zweifel, dass das so bleibt.

RT: Apropos See. Dein Vater, Inga, ist ein waschechter Hamburger Seemann, du bist geboren und aufgewachsen im Arbeiterviertel St. Georg.

Carsten (grinst): Du siehst, dein Bekanntheitsgrad erstreckt sich inzwischen bis in Europas hohen Norden!

Inga: Man hat hier wirklich das Gefühl, am Nordpol zu stehen. – Du möchtest jetzt sicher wissen, ob mir als Seemannstochter das Wetter was ausmacht. Ich muss leider gestehen, dass ich in der Hinsicht nicht die Widerstandskraft von Vaddern geerbt habe. Deshalb werde ich auch froh sein, wenn ik wedder to Huus bün.

RT: Ich höre daraus, dass ihr nicht mehr bis zum Hendrix-Konzert heute Abend bleibt.

Karl-Heinz: Leider nein! Wir haben Morgen schon wieder einen Auftritt in Bremen. Außerdem sind wir begierig darauf, in die Studios zu kommen. Hamburg und Hilversum. Erstens ist es in beiden deutlich wärmer *(lacht)*, zweitens stehen wir kurz vor der Fertigstellung unseres ersten Albums.

RT: Oh! Schön zu hören! Hat euer Baby schon einen Namen?

Jean-Jacques: Unser Erstgeborenes wird *All Will Be Changed* heißen und geht so ein bisschen in Richtung Brian Auger und Julie Driscoll.

RT: Warum dieser Titel für die LP? Hört sich nach Bob Dylan an.

Inga: Führt aber nichts Politisches im Schilde. Es geht einfach um den Wechsel der musikalischen Stilrichtung.

RT: Wo wir gerade bei Übersetzungen sind und das leidige Thema Wetter angeschnitten haben: Wisst ihr, wer nach euch spielt?

Carsten: Sag's ruhig! *(lacht) Nach* uns darf jeder ran!

RT: Die Gruppe *Aardvark* aus England.

Jean-Jacques: Ha, ha! Erdferkel, stimmt's? Wenn ich mich auf diesem Gelände so umschaue: nicht unpassend! Vielleicht wird Ray Dorset seine Band nach ihrem Auftritt in *Fango Jerry* umbenennen.

Karl-Heinz: Und auch *Ten Years After* sehen danach wahrscheinlich dementsprechend aus!

Inga: Wenn ich so zum Himmel schau, kommen die Jungs wohl nicht drum herum. Die tun mir echt leid! Aber – dat nütz' nix, wi mütt wech! Immerhin hab ich ein schönes Souvenir ergattert *(rollt das Festival-Plakat aus).* Ich habe noch nie so ein tolles Plakat in den Händen gehabt!

Carsten: Mir gefällt dieses ungewöhnliche Format. Und die liebevolle Grafik. Super!

Jean-Jacques: Zeig noch mal, Inga, wo wir aufgeführt sind. Ist ja nicht so leicht zu finden.

Inga (deutet mit dem Zeigefinder in die untere Ecke des Plakats): Hier! Ganz schön klein, nä? Wenn wir das nächste Mal hier sind – und wir kommen garantiert wieder – will ich den Namen zwei Meter höher und drei Meter größer! Ist das zu machen?

RT: Ich bin überzeugt, dass das klappt! Eigentlich steht ja sogar Jimi Hendrix zu weit unten.

Inga: Jimi gebührt von Rechts wegen ein eigenes Plakat! Er ist so ein fantastischer Typ! Und seine Musik ist grandios! Jimi hat so viele Herzen und Köpfe geöffnet. Er wird mir unvergessen bleiben!

Carsten (grinst): Oh! Das hört sich wie eine Trauerrede an.

Inga: Echt? War ungeschickt, nä? Bitte vor dem Druck wieder streichen, Herr Interviewer! Jimi möge hundert Jahre alt werden! Mindestens!

RT: Das schafft er! – Viel Erfolg weiterhin und besten Dank für das Gespräch!

Kapitel 27

Die Musik, der Kommerz und die Anarchie
Beobachtungen auf dem Isle of Wight Festival 1970
Von Mario Demand

Die Zugfahrt von London nach Portsmouth gehört schon fast zur Routine. Der Unterschied: Während ich mich 1968 in Ruhe mit meinen Mitreisenden habe unterhalten können, was sich im darauffolgenden Jahr schon erheblich schwieriger gestaltete, komme ich mir in diesem August vor wie eine Sardine in der Büchse.

Auf der halbstündigen Überfahrt mit der Fähre zum kleinen Hafen von Ryde*, im Nordosten der Insel gelegen, regnet es Bindfäden. Das typisch englische Wetter ist für die Isle of Wight eher untypisch – aus unerfindlichen Gründen scheint hier oft die Sonne. Aber auch wenn die Insel im Süden des Vereinigten Königsreichs liegt – der Süden Englands ist eben auch England und also regnet es an diesem Tag! Für jemanden, der aus der in diesen Tagen herrschenden Hochdruckzone auf dem Festland kommt, eine unerfreuliche Erfahrung.*

Im Gegensatz zu den Veranstaltungen der vergangenen zwei Jahre, die nicht weit entfernt von Ryde *stattfanden, müssen die zehntausenden Musikliebhaber diesmal 30 Kilometer quer durch die Insel reisen. Aber – und auch das ist neu – ein glänzend organisierter Bus-Shuttle-Service sorgt dafür, dass die Fans im Viertelstunden-Takt an den Bestimmungsort* East Afton Farm *kommen. Zudem landen sie diesmal nicht nur am Pier von Ryde; so ziemlich alle Häfen der Insel werden von Fähren angesteuert. Von nur einem Anleger aus wäre der Weitertransport dieser Menschenmassen nicht zu bewältigen.*

Als ich zwei Jahre zuvor zum ersten Mal das Event besuchte, verloren sich die 20 000 Menschen auf der Festivalwiese nahe Godshill*. Die wenigen Top-Acts wie* Fairport Convention, Jefferson Airplane, The Move *und* T. Rex *allein konnten nicht der Grund sein, dass die Zuschauerzahlen im darauffolgenden Jahr schier ex-*

plodierten. Geschätzt 150 000 Menschen überfielen die Insel und erstickten die einheimische Bevölkerung nahezu.

Das Aufgebot an Künstlern trug an diesen zwei Tagen eine Reihe klangvoller Namen: The Band, Joe Cocker, *der wenige Tage zuvor in Woodstock Furore gemacht hatte,* Family, Free, The Who und andere – *die Crème de la Crème der Rockmusik gab sich ein Stelldichein, überstrahlt allerdings vom Auftritt* Bob Dylans, *der sich zum ersten Mal nach seinem Motorradunfall wieder auf einer Bühne sehen ließ. Ausgerechnet er, der unmittelbar in der Nähe Woodstocks wohnte und das Festival dort trotzdem ausließ, erwies einer kleinen Insel im Königreich die Ehre. Seine Performance ist wohl auch einer der Gründe dafür, dass die dritte Auflage des Isle of Wight Festivals 1970 eine ganz neue Dimension zu erreichen scheint – sowohl, was die Zuschauerzahl als auch die Auswahl an internationalen Künstlern betrifft. Es sind fünf Tage geplant, anders würden die Veranstalter die 40 Gruppen und Solisten nicht im Programm unterbringen können.*

»Drei Pfund, Ray!« Ich hatte errechnet, dass der Eintrittspreis ziemlich genau dem des *Love & Peace Festivals* auf Fehmarn entsprach. Achtundzwanzig Mark. »Für die gesamten fünf Tage! Das ist Wahnsinn! Wie wollt ihr da auf eure Kosten kommen?«

»Schau hinaus aufs Gelände, Mario!«, lächelte Ray Foulk, einer der drei Brüder, die das Festival veranstalteten. »Die Leute strömen, und es werden immer mehr!«

Trotz all der Arbeit, die er zu bewältigen hatte, nahm er sich Zeit für mich.

Ich kannte ihn, seit er 1968 die erste Veranstaltung initiiert hatte, und war damals schon beeindruckt gewesen von seiner Kühnheit und Zielstrebigkeit. Unbeirrt hatten er und seine Brüder das Event durchgezogen und viel Beifall geerntet.

Jetzt aber, als er mir die Besetzungsliste für die knappe Woche vorstellte, hatte ich Bedenken, ob sie den *Break Even Point* erreichen würde. Es ist immer ein langer Weg von der Saat bis zur Ernte. Von den Investitionen bis zum Gewinn. Er aber vertrat glasklar die Meinung, Woodstock ein Jahr zuvor wäre die Messlatte, unter der man nicht mehr bleiben dürfe, wenn man ganz oben mitmischen wolle.

The Who, Jimi Hendrix, Joan Baez, Donovan, Leonard Cohen – allein diese Künstler verschlangen Gagen in Höhe von 67 000 Pfund – ein Vermögen! Mir verschlug es den Atem. Roy aber lächelte gelassen. »Nicht wenig, aber wir werden es wuppen!«

Woher nahm er nur diese Zuversicht?

»Im Vertrauen«, sagte er, »vom letzten Jahr ist noch einiges übriggeblieben.«

»Das ist schön!«, nickte ich. »Aber … der Aufwand, den ihr dieses Mal betreibt – ich bin sicher, in die Logistik ist auch nicht wenig Geld geflossen.«

Wieder lächelte er. »Natürlich. Es gab eine Menge an Auflagen zu erfüllen, und wir sind noch deutlich darüber hinaus gegangen. Wir haben nicht nur die Wiesen angemietet, sondern mehrere Campingplätze angelegt, mit ausreichend Wasserstellen. Gastronomiestände gibt es, die bis spät in den Abend geöffnet haben. Sogar eine Polizeistelle ist vorhanden! Auf dem Festivalgelände!«

Bei einem Gang über das Terrain zeigte Ray mir das Riesenareal für die zahlenden Zuschauer, das in Doppelreihe mit einem Wellblechzaun umfriedet war. Dazwischen verlief ein Weg für das Personal und die Feuerwehr. Es gab einen Haupteingang und einen weiteren Zuweg, um hinter die Bühne zu gelangen.

Mir fiel auf, dass diese zwar quer zur Länge des Geländes ausgerichtet war, aber leicht schräg stand. Ray lachte. »Tja! Die Gesetze der Akustik. In diesem Fall haben wir ein Eigentor geschossen!«

Er verriet, dass man dem Beispiel Woodstocks gefolgt war. »White Lake, die Gemeinde, in der das Festival letztlich stattfand, war ja erst die dritte Wahl …«, sagte Ray.

»… die zweite, Wallkill, war von den Einheimischen zuvor verhindert worden, ich erinnere mich.«

»Das Grundstück von Max Yasgur nahe Bethel war ein Traum! Ringsherum ansteigendes Gelände, perfekt für den Sound!«

Und so hätte man sich entschlossen, die Bühne auf der East Afton Farm mit leichter Schrägung zum Areal aufzustellen, denn die dahinterliegende, langgezogene Düne würde sich auch hier günstig auf den Klang auswirken. Sie erstreckte sich parallel zur südlichen Zaunseite und gehörte nicht zum eintrittspflichtigen Gelände. Aber auch der Wall selbst würde optimal beschallt werden. Auf dem war schon jetzt, vor Veranstaltungsbeginn, eine große Anzahl von Zelten zu sehen.

»So hat jeder seine Vorgehensweise«, sagte ich. »Ich kann mich daran erinnern, dass Mike Lang und Co. die Bühne in Woodstock genau in ostwestliche Richtung aufgestellt hatten. Sie erhofften sich einen besonderen Effekt, wenn die Sonne hinter der Bühne untergehen würde.«

»Leider …«, kicherte Ray, »war der Himmel etwas geizig mit untergehenden Sonnen.« Er wurde wieder ernst. »Was wir auf jeden Fall gelernt haben, ist der Verzicht auf diese neumodischen Drehbühnen. Im Idealfall verkürzen sie die Dauer zwischen den Auftritten enorm. In Woodstock allerdings hat man das Gewicht des Equipments unterschätzt …«

»… und die Rollen für den Drehmechanismus brachen. Ich erinnere mich gut.«

»Wir sind auch etwas sparsamer als Chip Monk, der Ausstatter für Ton und Licht …«

»… der 200 000 Dollar allein dafür veranschlagte!«

Ray Foulk lächelte. »Was wir alles wissen! Wir sollten uns zusammentun, Mario, und irgendwann alles aufschreiben. Apropos! Bevor ich das vergesse – du hast mir vorhin das Festivalgelände auf Fehmarn beschrieben. Flach wie eine Flunder, den Deich an einer Seite, nicht sehr hoch.« Sein Blick wurde skeptisch. »Noch einmal: Die Akustik ist extrem wichtig! Sie entscheidet oft über Erfolg oder Misserfolg. In einer Halle genauso wie auf einem Freigelände. – Die Kieler Veranstalter rechnen ja mit demselben guten Wetter wie wir es gerade haben. Ich hoffe für euch, dass der Wind ausbleibt, denn direkt an der Küste …« Ray wiegte den Kopf. »Heikel! Ein Grund, warum wir etwas tiefer im Inselinneren bleiben. Wenn unmittelbar am Ufer die Brise auffrischt, dann wird's spannend. Dann macht der Klang, was er will.« Er zeigte auf die Anhöhe. »200 Yards geht's hinauf. Trotzdem: Purer Wohlklang! – Und ganz oben: Die *Desolation Row!*«, sagte er, und sein

Finger wanderte höher auf den Kamm der Hügel. »*Die Straße der Verzweiflung. So nennen sie sie.*«

»Dylan lässt grüßen.«

Ray nickte. »Du glaubst nicht, wie fantastisch der Sound da oben ist. Well – die alten Griechen! Die haben damals schon gewusst, wie's geht.«

»Du sprichst vom Amphitheater?«

»Genau! Wir hatten uns ja letztes Jahr in Woodstock darüber unterhalten: Die Reichweite der Musik war gewaltig, obwohl die Anlage, so kräftig sie dort auch war, für Max Yasgurs Riesenacker eigentlich immer noch zu schwach schien. Es war der Kessel-Effekt! Das Gelände stieg rundherum an. Wie ein Amphitheater! Was wären die Tragödien des Sophokles ohne diese Klangmuschel! Das Fallen einer Feder ist noch auf dem höchsten Sitzplatz zu erlauschen!« Ich schmunzelte über seinen poetischen Einwurf. »Ich weiß es natürlich nicht, aber ich habe die Vermutung, dass die Veranstalter auf Fehmarn keinen großen Wert auf die Umgebung gelegt haben, kann das sein? 60 000 Leute scheinen mir für ein ebenes Gelände eine gewagte Größenordnung. Mehr geht auf keinen Fall! Und, wie ich schon sagte, das Wetter muss mitspielen.«

»Vielleicht ist Fehmarn wirklich kein besonders geeigneter Ort für so eine Veranstaltung. Flach wie eine Flunder!« Ich sann über Rays Bedenken nach und sie kamen mir logisch vor. Mein Blick ging wieder hinauf zur Anhöhe. Ja, dachte ich, so sollte ein perfektes Gelände für eine Open-Air-Veranstaltung dieser Größenordnung wohl aussehen.

Ich erinnerte mich an eine Bemerkung Rays. »Warum *Straße der Verzweiflung*?«, fragte ich. »Wenn die da oben doch so gute Sicht haben.«

Sein Finger fuhr den Hügelkamm entlang. Erst jetzt bemerkte ich einen weiteren Zaun, der unvermittelt abbrach. »So nannten sie die Straße, als wir begannen, ihn zu bauen. Die Kids waren stinksauer. Und wir waren zu langsam! Wir haben ihn nicht zeitig fertigbekommen. Die da oben genießen das Event für umsonst!« Er lachte. »Tja! Die alten Griechen eben. Der Muschel-Effekt.

Was mir da für Einnahmen durch die Lappen gehen! Was soll's? Muss man sportlich nehmen.«

»Der Zaun hier unten ist aber geschlossen, oder?« Mir fielen uniformierte Wachleute auf, die in Abständen von etwa je hundert Metern vor der Einfriedung patrouillierten. Sie führten Deutsche Schäferhunde an der Leine.

Ray nickte. »Gewitzt durch Erfahrung haben wir ihn als erstes anlegen lassen. Drei Meter hoch, stabiles Wellblech.« Er grinste. »Auch nicht gerade billig.« Ernst fuhr er fort: »Ist nicht schön, aber … Ende Juni fand ein großes Rockfestival in Toronto statt. Dort haben die Leute schon vor Veranstaltungsbeginn versucht, die Maschendrahtzäune umzureißen. Die Betreiber mussten die Polizei holen.«

»Ray!« Eine junge Frau kam mit schnellen Schritten auf uns zu. »Entschuldigung, wenn ich euch störe, aber ich sollte dich daran erinnern, dass die Franzosen in einer Stunde da sind.«

»Oh! Richtig! Danke, Melissa! Du nimmst sie dann in Empfang, okay?« Ray ergriff meinen Arm. »Das trifft sich ja gut! Du sprichst französisch, Mario. Könntest du für mich dolmetschen? Es ist ein Kamerateam aus Paris, das ähnlich neugierig ist wie du!« Er lächelte. »Hast du Zeit?«

»Gern!« Auf dem Weg zu seinem Büro sagte er: »Es haben sich übrigens eine ganze Reihe von Filmern angemeldet. Die meisten Auftritte werden auf Zelluloid festgehalten.«

»Großartig! Macht sich das für dich bemerkbar? Finanziell?«

»Schön wär's! Wenn's nach den Leuten ginge, müsste ich ihnen noch die Unterkünfte stellen! Immerhin: Wenn die Filme in den Kinos laufen, ist das eine gute Reklame für uns.«

»Der Film von Michael Wadleigh ist neben dem Album auf dem besten Weg, den Veranstaltern von Woodstock den Arsch zu retten.«

»Du sagst es. Das ist immer die Angst, die uns im Nacken sitzt. Bei allen Kalkulationen – wenn das Schicksal und die Kids querschießen, hast du den Salat.«

»*Free Concerts*, meinst du.«

»Ja. War ja nicht nur in Woodstock so, dass die Leute die Zäune einrissen. Nach einem Tag haben sie das Festival für offen erklärt. Sie waren noch später dran als wir. Weder Zäune noch Kartenhäuschen standen, als die Kids das Gelände überrannt haben. Anfang letzten Monats kamen Hunderttausende zur zweiten Auflage des Atlanta-Festivals. Auch da haben einige Störenfriede dafür gesorgt, dass die Veranstalter irgendwann keine andere Möglichkeit mehr gesehen haben, als das Event freizugeben. Und es ist immer dasselbe Argument: Warum zahlt ihr den Künstlern so hohe Gagen, dass sich niemand die Eintrittspreise leisten kann?«

»Was antwortest du ihnen?«

Er lachte. »Ich habe die Rechnung dieser Leute nie verstanden! Wenn ich die Gagen nicht bezahle, sagen mir Jimi Hendrix und Co.: Okay, dann ohne mich! Dann gebe ich gleich um die Ecke ein Solo-Konzert, das die Fans nicht viel billiger kommt als das ganze Festival hier. Sie kriegen es einfach nicht hin, eine simple Gegenrechnung aufzumachen. Für den Preis eines Restaurant-Essens können sie eine unglaubliche Ansammlung von Stars sehen! Und wenn ich mir den Luxus eines Spitzenmenüs gönne, dann mache ich es bewusst einmal im Jahr, denn *das* kann ich mir leisten!«

»Joan Baez hat in einem Interview einem meiner Redakteure gesagt: Wenn die Kids nicht bereit sind, für meinen Auftritt zu zahlen, sollen sie ihr eigenes Festival veranstalten!«

»Genau! Ich kann den Top-Künstlern hohe Gagen zahlen, solange die Leute zahlreich genug erscheinen. Und umgekehrt. Dieses Jahr scheint es wieder so zu sein. Ich habe gehört, dass die Insel schon komplett überlaufen ist. Schlecht für die Insulaner, gut für mich, gut für die Fans! Vor allem: Gut für eine Fortsetzung im nächsten Jahr!«

»Ich hoffe für dich, dass alles glatt geht, Ray!«

»Es sind immer nur ganz wenige, die einen friedlichen Ablauf stören. Rechthaberische Anarchisten, notorische Aufwiegler. Nennen sich gern Kommunisten, Linke! Ich habe nichts gegen Kommies, sollen machen, was sie wollen, wenn sie mich nur in Ruhe lassen. Die Leute, Mario, die euch in Berlin diese Mauer vor die Nase gepflanzt haben, waren doch Kommies! Dann sollen sie bitteschön konsequent sein und sagen: Nein, wir wollen *gar* keine

Mauern! Oder geben die Jungs in Ostberlin ein Konzert, für das sie Eintritt verlangen? Wenn's gut besetzt ist – gern! Die *Walter Ulbricht Allstar Band*? Bin ich dabei!«

»Um die kann es sich nicht handeln!«, lachte ich. »Ulbricht wollte ja keine Mauer bauen! Das müssen andere gewesen sein!«

»Ich habe natürlich ein gewisses Verständnis für die Argumente der Leute, wenn sie überzeugend daherkommen«, sagte Ray. »Was teilweise an Gagen gezahlt wird, ist atemberaubend! Nur – den größten Reibach machen Manager und Plattenfirmen, nicht die Stars. Wenn ich höre, dass Joe Cocker nach seiner *Mad Dogs & Englishmen* Tournee vor drei Monaten mit einigen hundert Dollar in der Tasche wieder heimwärts fährt, kommen mir die Tränen. 48 ausverkaufte Gigs, Mario! Nicht zu fassen!« Er schimpfte jetzt wie ein Rohrspatz. »Cocker wollte die Tour gar nicht, aber sein Manager hat auf den Vertrag gezeigt und gesagt: ›Du *musst*, Joe!‹ – A&M will im nächsten Monat ein Live-Album herausbringen. Ich hoffe, Cocker bekommt seinen Anteil aus den Erlösen. Ich fürchte nur, sie werden ihn wieder bescheißen! – Aber jetzt … wir sollten langsam zurück ins Büro. Die Filmfritzen müssten bald da sein.«

»Hier im Büro arbeiten 40 Angestellte, draußen sind es momentan 2500 Hilfskräfte, zur Kernzeit werden es 7000 sein.« Geduldig gab Ray dem atemlos lauschenden französischen Kamerateam Auskunft. Ihre Mitglieder hatten vor kurzer Zeit ein Festival im heimischen Aix-en-Provence aufgesucht und staunten jetzt über die gewaltige Dimension, die alle Vorstellungskraft von einem Musikereignis überstieg.

Als Ray ihnen gegenüber allerdings seine Argumente vom Verhältnis Angebot zum Eintrittspreis wiederholte, gaben sie zu bedenken, dass es weniger dieser Preis sei, der den Fans zu schaffen mache, als vielmehr die Kosten für Anreise und Ausrüstung.

Er wirkte für einen Moment nachdenklich, entgegnete dann aber: »Ich habe mir vor vier Jahren ein Motorrad zugelegt, eine alte, aber wunderschöne *Vincent Black Shadow*. Ein Meisterwerk britischer Ingenieurskunst! Kurz nach dem Krieg gebaut. Sie stand in einem Schuppen, total vernachlässigt, überzogen mir verkrustetem Dreck. Aber, Leute, ich wollte sie sofort haben! Es gibt Dinge im Leben, für die würdest du deinen rechten Arm hergeben! Leider war ich so unklug, meine Begeisterung nicht im Zaum zu halten, sodass dem Besitzer des Museumsstücks sofort klar wurde, was da in seiner Bretterbude vor sich hingammelte. Also verlangte er einen astronomischen Preis. Einen Preis, den ich mir von Rechts wegen nicht hätte leisten können.« Er lächelte. »Ich habe alles drangesetzt, das Geld zusammenzukratzen, habe meine Eltern, Freunde, Bekannte … alle habe ich angepumpt. Und eines Tages drückte ich dem Mann die Scheine in die Hand. Wenn du etwas wirklich willst, wenn du einmal im Leben die Gelegenheit hast, *Jimi Hendrix, Leonard Cohen, Chicago* und die *Doors* auf ein und derselben Bühne, an ein und demselben Tag zu erleben, dann – verdammt noch mal – dann machst du es! Koste es, was es wolle!«

Die Franzosen zeigten sich beeindruckt von dem jungen, aufstrebenden Selfmademan. Trotzdem wand einer von ihnen – sie sprachen leidlich gutes Englisch, sodass ich kaum eingreifen musste – lächelnd ein: »Aber dein Motorrad läuft noch ein paar Jahre. Das Festival dagegen ist nach wenigen Tagen vorbei.«

Sofort antwortete Ray Foulk: »Du kannst Erinnerungen pflegen wie ein altes Motorrad. – Mein deutscher Freund hier ist ein Meister darin. Er wird uns noch erzählen, wie Jimi Hendrix hier auf der Bühne stand und *All Along The Watchtower* spielte, wenn der selbst schon nicht mehr lebt. Und ich nehme an, dass Jimi noch eine ganze Weile leben wird. – Mario ist ein brillanter Chronist der Ereignisse. Einer, der alles dokumentiert und es in die richtigen Zusammenhänge fügt.«

»Zu viel der Ehre!«, lachte ich. »Ich bin nur … Oh! Hallo, Sebastian!« Ich hatte meinen Chefredakteur nicht kommen hören. »Ah! Auch die Konkurrenz schläft nicht! Moin, Werner!« Hinter Sebastian kam Werner Öller hervor, Redakteur des *Pop-Magazin* und einer der besten Freunde Frank Weilands. Fragend sah ich auf seinen Begleiter, einen braungebrannten Mann mit einer langen blonden Mähne, die von einem weißen Stirnband zusammengehalten wurde, aus dessen Mitte mir ein stilisiertes blaues Auge zuzwinkerte.

»Moin, Mario!«, sagte Öller. »Darf ich vorstellen? Das ist Florian Aumüller. Freier Fotograf.« Der junge Mann grüßte freundlich.

»Freut mich«, sagte ich. Ich sah Werner an. »Was ist mit Norman?« Ich hatte Werner bisher nur mit seinem Stammfotografen Norman Dappert an der Seite gesehen.

»Den hat der Chef schon nach Fehmarn beordert. Vorher-nachher-Bilder, verstehst du?«

Ich nickte anerkennend. »Keine schlechte Idee!« Auf sowas scheint man beim *Rock Tune* nicht gekommen zu sein, dachte ich missmutig.

»Eine Melissa hat uns gesagt, wo wir dich finden«, sagte Sebastian Heller. »Hallo, allerseits!« Ich stellte die drei den Anwesenden vor, dann begaben wir uns ein Stück abseits. »Wie läuft es zuhause? Alle in den Startlöchern?«

»Gestern noch haben wir den Ablauf im Detail besprochen. Die nächsten drei Sonderausgaben stehen schon zu neunzig Prozent. Erscheinungstermin alle zwei Tage.« Sebastian rieb die Hände. »Erstaunlich, wie viele Anzeigen geschaltet wurden. Zumeist überregionale Anbieter – von Fehmarn selbst sehr wenig. Es hat den Anschein, als interessiere das Festival dort kaum jemanden, ob Geschäftsleute oder Musikfans.«

»Die ansässigen Unternehmen schalten nicht bei uns. Vergiss nicht, dass sie ein Heimatblatt haben und dem die Treue halten möchten.«

»Ich habe mir einige Ausgaben des *Fehmarnschen Tageblatts* organisieren können. Da steht das Event versteckt zwischen Viehmarkt, Jahreshauptversammlung des Landfrauenvereins und Schwelbrand im Kleingarten.«

»Das ist ihre Domäne, Sebastian«, lachte ich.

»Ist doch gut für uns«, sagte Werner. »Wir haben auch Anzeigen ohne Ende. Klar – ein Jahrhundertereignis für Schleswig-Holstein ist ein gutes Forum.«

»Und zu diesem Ereignis greift Herr Öller gleich ganz tief in die

Trickkiste.« Das Grinsen Sebastians kam mir etwas säuerlich vor. Er wandte sich an den jungen Redakteur. »Willst du erzählen?«

Der legte die Stirn in Falten. »Erzählen? Was meinst du?«

»Ach, komm! Tu nicht so! Du weißt genau, was ich meine!«

Öllers Lächeln sah verlegen aus. »Na ja, okay.« Er sah mich an. »Vielleicht … wenn ich Glück habe, bekomme ich ein Interview mit Hendrix.«

Ich sah ihn an und bekam Schnappatmung. So gut es ging, unterdrückte ich meine Bewunderung für diesen umtriebigen Burschen, aber auch meinen Ärger. Warum war Werner Öller uns immer einen Schritt voraus? Ich sah Sebastian an, der das gleiche zu denken schien.

So unbeteiligt wie möglich fragte ich Öller: »Wie hast du das geschafft? Ich meine – immerhin!«

Werner hob die Achseln. »Ach, ich hatte einfach das Glück, dass Fritz Rau hier ist und mir bei Gerry Stickells einen Termin verschafft hat. Der wollte mit Jimi schnacken, ob ein kurzes Interview wohl möglich wäre.« In – gespielter, wie ich ahnte – Bescheidenheit ergänzte er: »Kommt auch darauf an, wie Jimi nach seinem Gig drauf ist. Also – in trockenen Tüchern ist noch nichts. Kann sein, dass es klappt und Florian auch zu Bildern kommt … oder dass die Story platzt. Kann auch passieren.«

Es wird klappen, dachte ich. Ich wusste, dass Jimi immer ein offenes Ohr für seinen Roadmanager hatte und ihm kaum einen Wunsch abschlug. Wobei Fritz Rau ohnehin zu Hendrix' engerem Bekanntenkreis gehörte.

»Mario!«, rief Ray Foulk, »die Damen und Herren aus Paris haben alles erfahren, was sie wollten. Wir gehen jetzt raus zu einem Stand mit leckeren englischen Spezialitäten. – Was gibt es da zu lachen?«, fragte er die bewussten Damen und Herren in gespielter Empörung. Der Ruf, den kulinarische Spezialitäten aus Good Old England genossen, schien bis nach Frankreich geeilt zu sein. »Was ist?«, lachte Ray. »Wollt ihr mit? Ich gebe einen aus.«

Die Tage flogen dahin, wir genossen die Auftritte der berühmtesten Künstler bei überwiegend strahlendem Sonnenschein.

Die meisten Gruppen und Solisten sah und hörte ich nicht zum ersten Mal, aber wie immer klangen einige von ihnen zum Teil anders als bei vorigen Auftritten und ganz anders als auf ihren Studioalben.

Ich sah und fotografierte Persönlichkeiten wie *Gilberto Gil, Miles Davis,* staunte über den schillernden Auftritt *Tiny Tims* und stellte fest, dass die Veranstalter verdammt viel Mut haben mussten, um solch unterschiedliche Künstler auf die Zuschauer loszulassen. Und dabei Erfolg zu haben.

Stars wie *Rory Gallagher,* Gitarrist und Sänger der Gruppe *Taste,* nutzten die Gelegenheit, vom Gefüge ihrer Songs abzuweichen und freien Improvisationen Raum zu geben; *Roger Chapman,* Frontmann von *Family* und *The Who* mit ihrem Gitarrenirrwisch Pete Townsend begeisterten durch ihre wilde Bühnenpräsenz.

Gruppen wie *Chicago, Free* und *Emerson, Lake and Palmer* wiederum zeigten große Spielfreude, ohne aber die Linie ihres Repertoires zu verlassen.

Außergewöhnlich geriet der Auftritt der *Doors.* Gerüchte, die Gruppe habe ihre eigene Lichtanlage zu Hause vergessen, konnte uns Ray nicht bestätigen. Tatsächlich lieferte die Gruppe ihren Part unter einem einzigen Scheinwerfer ab, der die Bühne in gespenstisch rotes Licht tauchte und die vier Musiker kaum erkennen ließ. Ray äußerte die Vermutung, der charismatische Sänger *Jim Morrison* sei auf diese Idee verfallen, um die Konzentration der Zuschauer auf die Musik zu lenken.

Aber auch dieses Festival unterschied sich in einem Punkt nicht von anderen. Ray behielt recht mit seiner Befürchtung, Störenfriede seien vor Ort, die Zäune einrissen, um ein *Free Concert* zu erzwingen.

Nach dem friedlichen Festival von Monterey hatte es bei jeder von mir besuchten einschlägigen Großveranstaltung Versuche dieser Art gegeben. Die Wellblechwände hier in der *East Afton Farm* waren nach wenigen Tagen übersät mit Losungen, in denen freier Eintritt gefordert wurde, teilweise unter Androhung von Gewalt. Zu Kompromissen waren diese Leute nicht bereit – alles oder nichts schien ihre Forderung zu sein.

Wie sehr sich die anwesenden Künstler von diesem Gebaren genervt fühlten, erfuhr ich am vorletzten Tag. Die äußerst beliebte Sängerin *Joni Mitchell* trat auf, und schon zu Beginn ihres Konzerts wurde sie massiv von einem Typen belästigt, der an den Wachleuten vorbei die Bühne erklommen hatte, und, offenbar stark auf Droge, die von ihm angehimmelte Künstlerin zu umarmen versuchte. Jedenfalls kam es mir, aus einiger Entfernung gesehen, so vor.

Die sensible Joni lieferte trotzdem eine gute Performance ab. Als sie während des Auftritts aber Augenzeugin weiterer Störmanöver wurde, drohte sie, die Beherrschung zu verlieren. Noch während ihres Konzerts kam der souveräne Moderator Rikky Farr auf die Bühne. In einem heftigen Wutausbruch und mit drastischen Worten brüllte er den Störern deutlich seine Meinung entgegen: *»Wir haben dieses Festival mit viel Liebe für euch Bastarde auf die Beine gestellt. Ein Jahr haben wir für euch Schweine daran gearbeitet. Und nun wollt ihr unsere Zäune niederreißen und alles zerstören? Fahrt zur Hölle!«*

Die Wucht seiner Standpauke trieb der bemitleidenswerten Joni Mitchell die Tränen in die Augen und sie wurde von ihrem Manager aufgelöst von der Bühne geführt.

Am Abend des letzten dieser denkwürdigen Tage auf der *East Afton Farm* genossen wir einen brillanten Auftritt von Jimi Hendrix.

»Fehmarn darf sich freuen!«, sagte Sebastian während der Show beeindruckt.

Minuten später allerdings, Hendrix spielte gerade *The Wind Cries Mary*, hörten wir unmittelbar vor der Bühne entsetzte Schreie. Die Ursache, die von unserem Standort zunächst nicht auszumachen war, zeigte sich Sekunden später: Eine große Stichflamme schoss in Richtung des Schlagzeugs. Mitch Mitchell bekam einen Riesenschrecken und flüchtete. Hendrix sah konsterniert in die Flammen und rührte sich nicht. Ein Mann von der Security sauste auf ihn zu und führte ihn aus dem Gefahrenbereich.

»Da!«, rief Werner Öller und zeigte auf einen Punkt seitlich des

Geschehens. »Da laufen sie!« So sehr ich mich auch bemühte – ich konnte niemanden entdecken.

»Es sind zwei!«, nickte Florian Aumüller. »Die Dreckskerle!!«

Blitzartig rannten mehrere Leute in roten Jacken an den Brandherd und bekamen das Feuer mit Schaumlöschern schnell in den Griff.

Ray ordnete einem Bühnenhelfer an, sofort die auf dem Gelände vertretene Polizei zu alarmieren.

Es ging drunter und drüber, und als hätte diese Begebenheit nicht gereicht, fünf wundervolle Tage des Musikgenusses in einem Chaos enden zu lassen, erhielt Ray von seiner Sekretärin Melissa den Hinweis, trotz der vielen Zuschauer sei man wohl dabei, ein kräftiges Minus zu machen. »Kurz gesagt, Ray, wir sind pleite!«

Er sah sie erstaunt an. »Aber ... wie das? Nach meiner Kenntnis hat die Zählung der Fährentickets jetzt schon ergeben, dass an die 700 000 Menschen gekommen sind!«

»Das ist richtig!«, nickte Melissa, eine unerschrockene junge Frau, die erstaunlich gelassen wirkte. »Aber seit anderthalb Tagen generieren wir keine Einnahmen mehr. Rikky hat das Festival gestern ja für offen erklärt. Und viele Fans sind extra am letzten Tag angereist, um die *Doors* und *Hendrix* zu sehen.«

Erinnerungen an Woodstock und andere Ereignisse wurden wach. Sie schaffen es immer wieder, dachte ich verbittert. Sie maßen sich an, alles kostenlos genießen zu dürfen, und werden weiter versuchen, vergleichbare Events zu torpedieren und rührige Veranstalter in den Ruin zu treiben. Das Ganze tragen sie auf dem Rücken der ehrlichen Musikfans aus!

Und inzwischen erreichten diese Manöver eine neue, eine beängstigende Dimension: Diese Leute schreckten auch nicht mehr vor Angriffen auf das Leben von Künstlern zurück!

Genau das rief *Leonard Cohen* den Unverbesserlichen noch einmal ins Gewissen, bevor er mit ruhigen, nachdenklichen Klängen zu Richie Havens überleitete, der das Festival mit *Freedom* beschloss, dem selben Stück, mit dem er die drei Tage von Woodstock eingeleitet hatte.

Ein geknickter Ray Foulk nahm mich zum Abschied beiseite: »Ich weiß noch nicht, Mario, wie und ob es für uns weitergeht. Ich muss mir ein neues Konzept ausdenken. Aber aufgeben werde ich nicht.

Solltest du dich jemals mit der Absicht tragen, deinen Verlag zu verkaufen und etwas anderes machen zu wollen – komm zu mir auf die Insel! Ich möchte dieses Festival gerne weiter veranstalten und brauche jemanden, der mir hilft, und alles, was sich hier ereignet, dokumentiert. Für andere – damit die es besser machen.«

»Ich kenne dich gut genug, Ray. Du wirst sicher nicht aufgeben! Ich befürchte nur, ich bin nicht der Richtige für dich. Meinen Verlag werde ich sicher noch betreiben, wenn auf dieser Wiese nur noch Kühe stehen.«

»Warten wir es ab, mein Freund! Ich werde dich anrufen, wenn du mir deine Analysen zu den fünf Tagen hier und zum Fehmarn-Festival geschickt hast. Oder, am besten, selbst herbringst.«

Letzteren Wunsch konnte ich Ray nicht erfüllen. Am nächsten Tag, dem Tag unserer Abreise, stolperte ich beim Besteigen der Fähre, als die See eine kleine Welle gegen die Bordwand warf, und zog mir einen Bruch im Fußgelenk zu.

Was wir beide nicht wissen konnten: Es sollte 30 Jahre dauern, bis wir uns wiedersahen.

Kapitel 28

Ein Tag unter Rockstars – Das Hotel Dania

Das Hotel Dania ist ein schmuckloses Kästchen in Sichtweite des Fährbahnhofs Puttgarden. Vorrangig errichtet, um dem Reisenden nach Skandinavien lange Wartezeiten zu verkürzen, bietet diese Herberge natürlich nicht den Komfort eines Vier Jahreszeiten *in* Hamburg *oder eines* Chateau Marmont *in Los Angeles.*

Aber bei einem so katastrophalen Wetter wie in diesen Tagen sind auch Jimi Hendrix, Alvin Lee, Sly Stone und andere internationale

Künstler einfach nur heilfroh, eine kuschelig warme Unterkunft zu haben.

Der Aufenthalt in einem Hotel bietet zudem den Vorteil, rund um die Uhr versorgt zu sein, zu jeder Tages- und Nachtzeit Wünsche äußern zu können und seien diese auch noch so ungewöhnlich.

Es gibt Stars, die lassen sich in aller Herrgottsfrühe eisgekühlten Champagner aufs Zimmer bringen, andere bestehen nachts um zwei auf einem saftigen Steak vom Kobe-Rind, gern gut durch; als Nachspeise Crème Brûlée mit doppeldicker Karamellkruste. Und alles bitte heute noch! Eine Bestellung von frisch gebrühtem Kaffee um dieselbe Zeit gehört da noch zu den harmloseren Anliegen.

Das Dania ist bemüht, seinen Besuchern alle Wünsche zu erfüllen; man hat sich bestens vorbereitet und Informationen über eventuell schwierige Gäste eingeholt, und zu diesen gehören nach landläufiger Meinung auch und gerade Rockstars. Geschichten hat man vernommen über Fernseher, die aus dem Zimmerfenster geworfen worden seien.

Was soll's, sagt man sich im Hotelmanagement, drei Tage sind schnell vorbei.

Hätte man um diese Zeit schon gewusst, was sich während des Love & Peace Festivals wirklich hinter den Mauern des achtstöckigen Gebäudes abspielen sollte – wahrscheinlich wäre das Haus wegen dringender Sanierungsmaßnahmen vorher kurzfristig geschlossen worden.

Es beginnt schon damit, dass Rockmusiker einer Altersklasse angehören, in der sich der Testosteronausstoß im oberen Bereich des Vertretbaren bewegt. Im obersten!

Nach einem Zwei-Stunden-Auftritt fühlt sich der Künstler ausgepumpt und leer im Kopf, im Lendenbereich andererseits aufgeladen mit purer Energie, und diese Kombination lässt ihn schon mal auf ausgefallene Ideen kommen.

Eine Flasche Whiskey, eine Palette Dosenbier, das sind Wünsche, die ein gutes Hotel seinem Gast gern erfüllt; ein halbes Pfund Cannabis oder drei Tüten Kokain hingegen sollte man im eigenen Reisegepäck mitführen – so etwas wird kein seriöses Haus vorrätig haben!

Auch die diskret geäußerte Bitte um Damenbesuch verläuft meist im Sande – vergesst es, Freunde, dies ist ein Hotel und kein Puff!

Das alles ließe sich noch verschmerzen, wenn man als Rockstar einen anstrengenden Auftritt hinter sich hat; im Fall allerdings, dass dieser entfällt, man also gelangweilt und trotzdem unter Adrenalin stehend den Abend und die Nacht auf seiner Suite verbringt … wozu ist man denn überhaupt Star?

In dieser Nacht schien die Zeit stillzustehen. Viele der 30 000 Fans hatten sich in Zelten, manche nur in Schlafsäcken, auf und unter den Planen, andere wieder in ihren Autos zur Ruhe begeben und lauschten den Klängen von *Kluster*. Die dreiköpfige Berliner Combo um ihren Bandleader Hans-Joachim Roedelius breitete einen wohligen Soundteppich über das von Schlammpfützen übersäte Festivalgelände. Nie hätte ich gedacht, dass ich elektronische Musik einmal als so angenehm empfinden würde. Die Töne umschmeichelten nicht nur meine Ohren und die tausender anderer müder und erschöpfter junger Menschen, sie waren auch deutlich leiser als in den Stunden zuvor. Sie durften leiser sein, denn Wind und Regen waren zur Einsicht gekommen und gönnten den Leuten ein paar Stunden der Muße und Erholung. Es schien, als hörten sie selbst gebannt zu.

Ich spürte, dass die ungewöhnliche Auftrittszeit mitten in der Nacht der Gruppe nichts ausmachte – im Gegenteil! Sie spielte Stunde um Stunde, und es schien den Mitgliedern egal zu sein, wie viele Menschen ihnen zuhörten und ob es überhaupt jemand tat; sie spielten, weil es ihnen Spaß machte und weil ihnen niemand sagte: He, Leute! Jetzt ist aber auch mal Schluss! Eigentlich ein Traum für jeden Künstler. Nur die ganz großen Stars mit ihren Darbietungen am laufenden Band sind froh, es hinter sich zu haben.

Es war mittlerweile halb zwei, die furiosen Auftritte von Canned Heat und Sly and the Family Stone wenige Stunden zuvor hatten restlos begeistert.

Werner und ich saßen bei geöffneter Tür in unserem Arbeitsraum, OZ, zweiter Stock. Wir waren angenehm erschöpft und teilten bei einem Joint und einem Glas Rotwein die Ereignisse des Tages. Werner, auch er normalerweise Hardcore-Rock'n'Roller, wiegte sich sanft zu Klusters Musik. Die Wohncontainer hingegen gaben Ruhe und bewegten sich nicht.

»Die Geschichte mit Frau Lübke ist dir gelungen«, gab ich widerwillig zu. »Hinter Hamburg gab's keine Störungen mehr?«

»Nein!«, antwortete Werner Öller. »Wir sind am Bahnhof Puttgarden gelandet und mit Mietwagen ins Hotel gefahren. Gerry hat mich eingeladen, den Tag dazubleiben um mich ein bisschen umzuschauen.« Er kicherte. »Wie es sich gehört, gab es zuerst Kaffee und Kuchen.«

»Dabei ist es nicht geblieben, was?«, fragte ich säuerlich. Wenn Werner nicht so ein guter Freund und Kollege wäre – ich würde ihn auf der Stelle umbringen! Sitzt mit den Großen des Rock an der Kaffeetafel!

»Nö! Nicht viel später ging es richtig hoch her. In der Hotelhalle und auf den Zimmern.«

»Da haben sie dich aber nicht reingelassen.«

»Wo denkst du hin?« Ich atmete auf. Jedenfalls *das* nicht! »Natürlich! Ich konnte mich überall frei bewegen.«

Ich schaute mich im Raum um. Kein Messer zu entdecken.

»Leider konnte ich nicht lange bleiben. Die Jungs von Canned Heat haben mich eingeladen, ihr Konzert direkt auf der Bühne mitzuerleben. Eigentlich hättest du mich sehen müssen! Bei einer Windböe bin ich zu Fitos Schlagzeug gerannt und habe das Becken festgehalten, weil es drohte, umzufallen!« Werner war das? »War nett!«

Nett?? Irgendwo muss doch hier eine Pistole rumliegen!

»Ich hab Bob Hite und Harvey Mandel in meinem Wagen nach Flügge mitgenommen.«

»In *deinem* Wagen?«

»Okay, es ist deiner. – Von denen beiden hörte ich, dass Alan Wilson gerade gestorben war.«

»Was??«

»Ja. Vorgestern. Sie wissen noch nicht genau, woran, aber … na ja, er hat wohl zu viel mit Drogen experimentiert.«

Sofort dachte ich an Heinz Kette und fragte mich, wie er die Nachricht aufnehmen würde.

»Frank, es war wirklich traurig. Die beiden hingen echt durch. Umso erstaunlicher, dass sie so ein tolles Konzert gespielt haben.«

Es gibt Musikjournalisten, dachte ich. Und es gibt Naturtalente, sah ich ein.

Und es gab Leute, die es schafften, das Auto des besten Freundes zu leihen, um es ihm nicht sofort und unbeschadet wieder vor die Tür zu stellen. »Macht nichts«, hatte ich dem besten Freund in einem unbedachten Anfall von Selbstlosigkeit gesagt, »kannst du ruhig weiter benutzen. Ich fahre solange mit Otto Barnasch im Taxi. Ich geh davon aus, dass du dich finanziell beteiligst.«

»Na klar«, hatte Werner genickt und Wort gehalten.

»Tut mir leid, aber ich kann jetzt nicht zum Hamburger Hauptbahnhof und meinen Wagen abholen«, sagte er nun. »Was ist mit Rike?«

»Mach dir keinen Kopf. Die fährt mit Anna.«

»Wär auch schade«, sagte er jetzt, »wenn ich das Auto heute nicht gehabt hätte. Was wär mir alles entgangen!«

»Das hast du ja gerade gesagt. Nicht jeder fährt mal eben die Hälfte von Canned Heat zum Konzert.«

»Dabei ist es nicht geblieben. Auf der Rücktour habe ich nochmal zwei Anhalter mitgenommen. Eigentlich wollte ich gar nicht halten, aber dann …« Werner Öller riss die Augen weit auf, die Brauen drohten mit dem Haaransatz zu verwachsen, und der lange Hals wurde noch länger. »Frank, ich hab gedacht, mir bleibt das Herz stehen! An der Straße nach Petersdorf stehen zwei Leute, Mann und Frau, und halten den Daumen raus. Ich denk, die Lady kennst du doch! Die hast du doch schon mal gesehen! Ich rechts ran, die beiden kommen näher und … Alter Schwede! … Der Typ steckt seinen Kopf durch das Fenster, so 'nen dunklen Wuschelkopf. Fragt, ob ich zufällig nach Puttgarden fahre. ›Ja‹, sag ich, ›ich will ins *Dania*. Das ist ein Hotel,‹ sag ich, ›und …‹ ›Klasse!‹, meint er, da müssten sie auch hin, und ob ich sie nicht mitnehmen könnte.«

»Du machst es echt spannend. – Und dann?«

»›Klar!‹, sag ich, ›kein Thema!‹ Wuschel macht die Beifahrertür auf und steigt ein. Da höre ich hinter ihm ein süßes Stimmchen sagen: ›Rainer, Baby, du weißt doch, dass *ich* vorn sitze, okay?‹ Er zuckt zusammen, schaut sie an, nickt und steigt aus. ›Ich sitze doch *immer* vorn, Baby!‹, höre ich sie, kann ihr Gesicht aber noch nicht sehen. Aber dann … Oh, Gott! Was für eine Sternstunde! … dann steigt sie ein, setzt sich direkt neben mich, lange, wilde Mähne, und dieser Mund! ›Grüß Gott!‹, sagt dieser Wahnsinnsmund, ›schön, dass du uns mitnimmst!‹ Und in der Sekunde war mir klar, dass ich sie gerade gesehen hab! Erst vor Kurzem!«

»Lass mich raten. Wilhelmine Lübke wollte schauen, ob ihr gut angekommen seid.«

»Auf einem Foto war das! Im *Stern!* Pudelnackt! Fast! Die Jeans hat sie anbehalten. Der Pudel war nicht zu sehen.«

»Nun sag schon!«

»Uschi! Uschi Obermeier!« Seine Stimme überschlug sich fast. Ich sah in seine Augen, die nach wie vor die Größe von Wagenrädern hatten. »Du spinnst!«

»So wahrhaftig wie du jetzt neben mir sitzt, hockt die Obermeier an meiner Seite, und dieser Erdnussmund lächelt mir …«

»…*beer!*«

»Was?«

»Es heißt Erd*beer*mund!«

»Mein ich doch! Und weißt du, was er sagt, dieser Mund? ›Übernachtest du in dem Hotel? Kennst du den Jimi? Jimi Hendrix? Der wohnt auch da!‹«

»Ach ja! Jetzt fällt es mir wieder ein. Jimi soll ja eine Affäre mit ihr gehabt haben.«

»Richtig! Im Moment ist aber Keith Richard an der Reihe. Nach Mick Jagger.«

»Aber was ist denn mit … wie heißt der Kerl, den sie dabei hatte?«

»Langhans. Rainer Langhans. Mit dem macht sie in der Kommune 1 rum. Also, auch mit ihm.«

»Was du alles weißt! Und – was hast du ihr geantwortet?«

»Äh … worauf?«

»Na, ob Jimi im Dania ist.«

»Ach ja! ›Da hast du Glück‹, sag ich. ›Eigentlich hat er heute Abend seinen Auftritt. In Flügge, weißt du? Das ist ganz im Westen der Insel und da findet zurzeit …‹ ›Da komme ich gerade her!‹, strahlt sie. ›Da kommen wir gerade her!‹, ruft der Rainer von hinten. ›Das hab ich ihm gerade gesagt, Baby!‹, ruft die Uschi zurück und sagt zu mir: ›Wegen des schlechten Wetters hat er seinen Gig auf morgen verschoben. Hab ich da erfahren. Von einem Helmut, glaub ich, hieß der.‹ ›Helmut, ja. Richtig!‹, kommt es von hinten. ›Das sagte ich ihm gerade!‹, ruft sie zurück. ›Ich hab's auch eben erfahren‹, sage ich. Du musst nämlich wissen, Frank, dass Gerry Stickells einen Hubschrauber aus Kiel hat kommen lassen und einen Sichtungsflug über das Festivalgelände unternommen hat. Da musste er feststellen, dass …«

»Eine Frage, Werner! Hat Gerry dich mitgenommen?«

»Hat er. Eigentlich wollte Jimi persönlich mitfliegen, hat es sich dann aber anders überlegt. So konnte ich seinen Platz einnehmen. Doppeltes Glück für ihn! – Es sah wirklich schlimm aus von da oben! Regen noch und nöcher. Um uns herum Blitze … Frank! Was ist? Ist dir nicht gut? Du bist auf einmal so blass!«

»Ach nichts!« Ich sann nur gerade konkret über einen Berufswechsel nach.

»Nach dem Flug hat Gerry Jimi geraten, seinen Auftritt zu verschieben, bis das Wetter besser wird. ›Aber die Fans warten auf mich!‹, hat Hendrix geantwortet. ›Jimi!‹, hat Gerry ihn gewarnt, ›da sausen Blitze durch die Luft, das kannst du dir nicht vorstellen!‹«

»Und bei seiner Angst vor Feuer hat Jimi eingelenkt.«

»Allerdings!«

»Und nicht, weil er wusste, dass Uschi ihn besuchen würde?«

»Das konnte er nicht wissen!«

»Was meintest du eigentlich eben mit: Doppeltes Glück für Jimi?«

»Tja! Das mit dem Hubschrauber war äußerst merkwürdig«, antwortete Werner. »Der Pilot stellte mitten im Flug fest, dass der Tank fast leer war! ›Komisch‹, sagte er mir später, ›ich habe vor dem Abflug alles gecheckt.‹ Wir hatten Schwein, dass die Maschine nicht abgeschmiert ist. Da ist dem guten Jimi einiges erspart geblieben. So viel Angst, wie er immer hat! Nicht nur vor Feuer! – Oh! Schau mal! Wenn man gerade darüber spricht! Ein Feuer!«

Jetzt sah ich den Lichtschein auch, der fernab leuchtete.

Wir gingen zur Tür und nach einigen Sekunden erkannte ich, dass vor einem Zelt ein Lagerfeuer entfacht worden war. Wenn mich nicht alles täuschte, stand das Zelt mitten in der Ansiedlung des Wandsbeker Motorrad-Clubs. »Noch 'n paar Nachtschwärmer«, sagte ich.

Kluster spielte unverdrossen weiter. Es hörte sich an, als begännen sie gerade ein neues Stück. Ich konnte mich aber auch täuschen. Vielleicht gehörte das noch zum vorigen. So ganz klar war mir das nicht. Aber die Musik war schön!

»Und weiter? Du hast die beiden im *Dania* abgesetzt, richtig?«

Werner nickte. »Als wir reinkamen, war schon High Life in Tüten. Mann! So was hab ich noch nicht erlebt!«

»Erzähl!«

»Im *Dania* gibt es eine Cafeteria. Und die ist ja vom Namen her ein Bereich für Selbstbedienung. Aber so wie die Jungs und Mädchen von den Bands sich selbst bedient haben, meint die Bezeichnung das eigentlich nicht. Alle Tische voll mit Flaschen, Kippen; Joints lagen da offen rum, Taschenspiegel mit kleinen Pöttchen daneben. Bestimmt kein Zucker! Oh, Gott! Das alles darf ich nicht mal aufschreiben! Die Eltern der Kids würden das *Pop-Magazin* sofort abbestellen!«

»Und du warst mittendrin. Was war mit Uschi?«

»Die hat genau das gemacht, was man ihr immer nachsagt. Gefeiert, geflirtet, *Hallo* hier, *Grrrüß dich* da. Alles auf bayerisch. Küsschen links, Küsschen rechts.« Er lachte. »Und der Rainer saß daneben und hat fortwährend gekichert. Es sah aus, als betriebe er Feldstudien. Irre! – Irgendwann allerdings ist der Uschi aufgefallen, dass der Jimi nicht da war. Außerdem ist ihr ein Mann auf die Pelle gerückt, den sie nicht kannte. Den konnte sie auf Anhieb nicht leiden, obwohl er sehr gut aussah. Groß, schlank, braungebrannt. Aber sie mochte seinen schmierigen Charme nicht.«

Werner brach ab und zog die Stirn in Falten. »Niemand kannte ihn. Die Künstler sowieso nicht, aber auch keiner vom Personal, wie mir aufgefallen ist. Und wenn er ein Hotelgast wäre, hätte er jedenfalls den Angestellten bekannt sein müssen.«

Werner Öller war jemand, der eine überragende Spürnase für Themen hatte und die Gabe, zur rechten Zeit am rechten Ort zu sein, aber was er *nicht* hatte, war dieses gewisse Magendrücken, das nicht von Hunger erzeugt wird und sich meldet, wenn etwas von Bedeutung in der Luft liegt. Etwas, das zunächst ohne Belang scheint, dir aber irgendwann Signale sendet. Direkt vom Bauch ins Hirn. Achtung!, drückt es, da naht was! Was enorm Wichtiges! Was Außergewöhnliches! Dieses Drücken haben die wenigsten Journalisten, und ich war einer von ihnen. Als Werner fortfuhr, achtete ich genau auf jedes seiner Worte.

»Dieser Mann trat mit einem Selbstbewusstsein auf, wie ich das so noch nie erlebt habe. Binnen kurzer Zeit war er der Mittelpunkt der Gesellschaft, sprach Deutsch so fließend wie Englisch, Französisch und Spanisch sowieso. Sehr eloquent und weltgewandt. Aber eben, wie Uschi fand, mit öligem Charme. – Jedenfalls – er hielt alle frei! Das musst du dir mal vorstellen – da sitzen Leute an den Tischen, die gewiss nicht ab dem zwanzigsten des Monats in den Miesen sind, und der Typ schmeißt Runde um Runde für sie!«

Das Magendrücken wurde stärker. »Hat er sich vorgestellt?«

»Klar. Sein Name ist Fernando Ibanez. Vollständig noch wohlklingender: Fernando Benito Ibanez. Der Dritte, sagte er noch. Fernando Benito Ibanez der Dritte.«

»Oha!«

Werner nickte. »Hab ich auch gedacht. Er käme aus Argentinien und sei ein stinkreicher Rinderzüchter. Großer Rock'n'Roll-Fan, sagte er, und er trüge sich mit der Absicht, in Buenos Aires eine Riesenveranstaltung aufzuziehen. Er reise von Festival zu Festival und schaue sich die Auftritte der bedeutendsten Künstler der Welt an. Und jetzt sei er eben auf Fehmarn, übernachte in der Stadt und hätte gehört, dass die Hauptakteure des Fehmarn-Festivals im *Dania* einquartiert sind.«

»Hm.« Ich überlegte. »Ich könnte Mario anrufen. Der ist doch auch auf vielen Veranstaltungen. Vielleicht hat er schon von ihm gehört.«

»Das kannst du machen. Würde mich auch interessieren.«

»Wirst du über ihn schreiben?«

Werner hob die Schultern. »Ich glaube, vorläufig nicht. Vielleicht versuche ich, ein Interview … ach, was! Das ist noch viel zu früh. Aber den Namen merke ich mir. Ibanez. Nach Buenos Aires wollte ich immer schon mal. – Frank! Vergiss es!!«

»Was denn?«

»Ich kenn dich lange genug und sehe das Glitzern in deinen Augen. Finger weg von ihm! Ich hab ihn zuerst entdeckt!«

»Keine Sorge!«, beschwichtigte ich und wusste im selben Moment, dass ich ihn mir krallen würde, sobald es klare Anzeichen gab, dass Fernando Ibanez III. auf dem Weg nach oben war. Und Werner wusste, dass ich es tun würde. Wir waren Freunde, aber im Job unerbittliche Konkurrenten.

»Erzähl weiter!«, bat ich. »Was war dann?«

»Ja, wie gesagt, es war Partytime! Alles, was im Hotel einquartiert war, ließ sich blicken. Alvin Lee und seine Ten Years After waren da, die morgen ja noch spielen sollen. Die Jungs von Procol Harum, hab ich gehört, sind heute Morgen schon wieder abgereist, die hatten wegen des Wetters die Faxen dicke. Sly Stone und Canned Heat kamen von Flügge zurück, Bob Hite und seine Leute waren aber zu fertig, auch wegen Al, und sie haben sich gleich auf ihre Zimmer verzogen.«

»Und sonst?«

»Die Faces waren noch da – Rod hat übrigens Ärger bekommen, weil er einen Fernseher aus dem Fenster geworfen hat –, Mungo Jerry … äh … ach ja, Neil Landon noch, von Fat Matress. Aber allein. Und zwei, drei Leute von Colosseum, glaube ich, bin aber nicht sicher.«

»Ginger Baker nicht?«

»Nee, die Airforce ist schon gestern abgeflogen. Was'n Glück fürs Dania!«

Ich lachte. Der frühere Drummer von *Cream* war berüchtigt

dafür, gern mal eine Unterkunft so zu hinterlassen, dass man sie nicht umgehend neu vermieten konnte.

»Und Uschi?«

»Tja. Die hat mir zwischendurch erzählt, dass sie bei Hendrix auf dem Zimmer war …«

»Mit Langhans, nehm ich an? Hat er zugeguckt?«

»Das war alles ganz anders. Sie hat sich gefreut, Jimi wiederzusehen, aber ihm gleich klargemacht, dass sie ihre sexuelle Beziehung zu ihm beenden würde. Sie hätte da vor kurzem jemanden kennen gelernt und …«

»Werner! Donnerwetter! So schnell ging das bei euch?«

Er stutzte kurz und lachte. »Das wäre schön! – Sie könnten aber Freunde bleiben, meinte Uschi zu ihm.«

»Und …?«

»Sie war erstaunt, dass er gelächelt und ihr einen Kuss auf die Wange gegeben hat. It's okay, Uschi, hat er nur gesagt. Er kam dann auch mit ihr, Billy und Mitch herunter in die Lounge.« Er räusperte sich. »Sag mal … meinst du … ob ich echt Chancen bei Uschi hätte?«

»Aber logisch, Werner! Immer am Ball bleiben!«

»Du verarschst mich jetzt!«

»Na klar! – Unten war die Party voll im Gange, richtig?«

Ganz kurz verzog Werner das Gesicht. Dann grinste er. »Ich schwör's dir! Dein Freund da, der … na, dieser Taxifahrer, der dich …«

»Otto Barnasch!«

»Richtig! Der hatte inzwischen fünf hübsche Mädels aus seinem Wagen geladen, die er … ich wusste gar nicht, dass Fehmarn über einen solchen Service verfügt!«

»Ach, Werner! Wo denkst du hin? Du gehst in eine Diskothek, stellst dich mitten auf die Tanzfläche und rufst in die Menge: ›Wer hat Lust auf 'ne Party mit Jimi Hendrix?‹ Was glaubst du, wie viele Hände in die Höhe gehen?«

Er grinste. »So wird es sein! – Ich war übrigens erstaunt, als Jimi den Taxifahrer herzlich begrüßte. Gerry erzählte mir, dass die beiden schon am Mittag aufeinandergetroffen wären. Barnasch hatte einen neuen Fernseher ins Hotel gebracht. Da sieht er auf einmal an einem der Fahnenmasten vor dem Gebäude einen quietschbunten Mann hochklettern. Jemand erzählte ihm, dass das Jimi Hendrix war. Der hat dann von ganz oben heruntergelacht. Also, Angst vor der Höhe scheint er nicht zu haben.«

»Kunststück!«, entgegnete ich. »Jimi war Fallschirmspringer bei der Army.«

»Oh!«, entfuhr es Werner, und er wirkte verdutzt.

»Macht doch nichts!«, tröstete ich ihn. »Du kannst ja nicht alles wissen.«

Er nickte, sah aber nachdenklich drein. Dann hellte sich sein Gesicht auf. »Als Jimi wieder auf dem Boden war, kam er mit Barnasch ins Gespräch. Der konnte zwar kaum Englisch, aber die beiden haben sich mit Händen und Füßen verständigt. Gerry meinte, da seien sich zwei auf Anhieb sympathisch gewesen. Jimi hat dem Taxifahrer, bevor er wieder wegfuhr, zwei von dessen Visitenkarten beschriftet. Die eine hat er signiert. Als Barnasch ihm sagte, dass er Kinder habe, hat Hendrix auf die zweite Karte einen Mond und Sterne gemalt. Den Lütten hat er einen schönen Gruß bestellen lassen.«

»Find ich echt nett!«, sagte ich.

»Klar!« Werner zwirbelte das Endstück eines neuen Joints zusammen, den er während der letzten Minuten gebaut hatte und entzündete ihn. Vor Schreck wäre er ihm beinahe aus der Hand gefallen, als draußen jemand mit tiefer Stimme fluchte: »Nun pass doch auf, du Idiot!«

»Das hört sich nach Polizei an!«, raunte ich Werner zu. »Weg mit der Tüte!«

Kapitel 29

Rockerehre

Ich sollte mich geirrt haben. Als ich zur Tür rannte und hinunterschaute, sah ich Heinz Kette, der sich schwankend zu Boden bückte und etwas auf einen Pappteller hob. Derweilen sah Wolfram zu mir herauf und sagte: »Ich hoffe, das ist kein Problem für dich, Schreiber! Kette macht das Teil gleich noch sauber!«

Grinsend schob er seinen Kumpel die steile Treppe hoch. Der Teller in Kettes Hand geriet mehrfach in bedenkliche Schieflage, dann aber hielt ein ausgestreckter Daumen das fest, was auf ihm lag und von oben aussah wie eine Dachpfanne. Heinz Kette stolperte in den Raum und Wolfram hielt ihn noch immer fest. »Mann, Kette!«, grunzte der Dicke, »du hast ja ordentlich getankt!« Der Angesprochene kicherte uns an. »Moin allerseits! Ich … wir bring'n euch was zu essen.« Auf seinem und dem Teller, den der Chef des MCW trug, lagen übermannsgroße Bratenstücke, deren rotbraune Farbe an einigen Stellen leicht ins Schwarze überging. Die Rocker platzierten sie auf einen Schreibtisch, und Wolfram fingerte ein Messer aus der Jackentasche. »Haut herein und lasst es euch schmecken!«, brummte er. »Wir haben schon gespachtelt.«

Verdutzt sah ich die beiden an und Werner glotzte auf die Teller.

»Das … das ist ja nett von euch!«, stammelte ich. »Wo habt ihr das denn her?«

»Selbst gegrillt!« Kette sah mich durch seine dicke Brille an und seine Zähne zeigten kräftig Lücke. »Auf Feuer.«

»Wo grillt man denn sonst? Du Hirnvirtuose!« Wolfram gab Heinz eine leichte Kopfnuss.

»Ach, ich verstehe!«, sagte ich. »Wir haben vorhin gesehen, dass zwischen euren Zelten ein Lagerfeuer anging. Aber wieso ein Schwein?« Dann schaltete ich. »Ist es *das* Schwein? Das von vorgestern?«

»Genau das!«

»Ist jetzt fertig«, versicherte Kette.

Mir fehlten die Worte. Der Reihe nach sah ich Heinz Kette, Wolfram und Werner an. Der blickte ratlos zurück. »Das hat Claudius wirklich erschossen?«, fragte er. »Hätte ich nicht gedacht!«

Wolfram nickte. »Hat er. Kette hat das Schwein geschlachtet und ausgenommen.«

»Kette?«, staunte ich.

»Hat mir mein Schwager beigebracht. Hatte ich schon erzählt? Der ist …«

»Hast du, ja!«, bestätigte Werner. »Der ist Jäger, heißt Gustav und schießt nicht mit Schrot.«

»Richtig. – Die Jungs haben eine astreine Grillstation angefertigt. Zwei Dreibeinträger und einen funktionstüchtigen Drehspieß. Nur mit dem Feuer wollt das nicht recht hinhauen. Zu viel Regen.«

»Ja … aber … ihr habt das Feuer doch erst vor …« Ich sah Werner an. »Stunde?« Er nickte. »Vor einer Stunde etwa habt ihr das …« Mein Blick fiel auf die Fleischstücke und mir wurde mulmig.

»Jaaa!« Kette lächelte selig. »Aber wir haben 'n paar Mal vorgeglüht.«

»Vorgeglüht?«

»Seit vorgestern hängt das Schwein auf dem Spieß, und wir haben das Feuer mehrfach angehabt«, sprach Kette mit schwerer Zunge. »Lass ma' überlegen … Donnerstag zwei Stunden, dann gab's Regen … äh … Freitag konnten wir … zweimal … nicht, Chef? … zweimal … und heute … heute Morgen schon mal kurz, na, und eben jetzt. Vorhin. Aber nu is sie gut, die Sau.«

»Igitt!«, machte Werner.

»Ihr seid ja krank!!«, blaffte ich die beiden Rocker an. »Sowas kann man doch nicht essen!«

Die unerwarteten Gäste sahen sich an und lachten, bis auch Wolframs Gesicht rot wurde. »Ach, Quatsch!«, kicherte er. »Habt ihr das echt geglaubt? Nein, wir haben das Schwein bei einem Schlachter gekauft und von ihm fachmännisch zerlegen lassen. Der hat hier auch einen Stand. Wie heißt der noch, Kette?«

»Äh … Löffel, mein ich. Ach nee, Gabel!«

»Gäbel«, berichtigte ich. Richtig. Sein Zelt war mir gestern zum ersten Mal aufgefallen. Schlachter Gäbel aus der Stadt. Schon meine Großeltern und später meine Eltern bezogen ihr Fleisch bei ihm. Man sah es den Scheiben auf den Tellern an: Bei Otto Gäbel bekam man noch was für sein Geld!!

»Auf dem Feuer haben wir die Stücke dann gebraten, und ich finde sie richtig gelungen«, sagte Wolfram. »Vielleicht waren sie ein bisschen zu lange drauf. Gingen trotzdem weg wie warme Semmeln. Unsere Jungs und dann noch die von der Polizei – wurde bald 'n büschen knapp.«

»Dabei hatten wir Holz genug, um ein ganzes Rudel Schweine grillen zu können«, grinste Heinz.

»*Rudel?*«, fragte ich erstaunt. »Heißt es nicht Herde?«

»Das müsst ihr euch mal vorstellen!« Wolfram verzog das Gesicht. Er wandte sich an Werner. »Du hast doch mitgekriegt, dass ich gesagt habe: Montiert mal die Türen von jeder zehnten Toilette ab, richtig?«

Werner nickte. »Richtig.«

»Und was machen die Spinner? Ich komm in unser Camp und krieg *solche* Augen! Ich frag die Jungs: Wollt ihr hier 'ne Tischlerei eröffnen? Die glotzen mich nur blöd an. Da standen original *alle* Klotüren am Zaun! Alle hundert!« Verzweifelt schüttelte der Dicke seine Mähne. »Wisst ihr, was ich zu hören kriege? ›Du hast doch selbst gesagt, wir sollen jede zehnte Tür abbauen! Und das haben wir gemacht‹!«

»Das beruhte auf einem Missverständnis«, erklärte Kette. »Damit das Ganze nicht so auffiel, zogen die Jungs immer zu zweit los. Nachdem die erste Truppe Tür Nummer eins abgebaut hatte, zählte die zweite die zweite Tür als die erste. Für sie war die elfte die zehnte, für die danach die dritte wieder die erste und so weiter. Versteht ihr? Es hatte sich immer um eine verschoben. Nach vorn und nach hinten.«

Der Vereinsvorsitzende des MCW vergrub das Gesicht in den Händen. »Manchmal fass ich es nicht, von was für Idioten ich den lieben langen Tag umgeben bin! Ich fass es einfach nicht!«

Er seufzte auf. »Na, egal! Lasst es euch schmecken!«, wünschte er mit trauriger Stimme.

»Was wurde denn aus dem Schwein von vorgestern?«, fragte Werner.

»Das haben Claudius und zwei andere Polizisten dem Bauern zurückgebracht«, antwortete Kette. »Der war so happy, dass sie seine entlaufende Lieblingssau wiederbeschafft hatten. ›Kein Problem‹, hat Wachtmeister Brackmann gesagt. ›Dazu …‹«

»Anwärter!«, präzisierte Werner. »Wachtmeisteranwärter.«

»Genau. ›Dafür sind wir ja da!‹, meinte er. ›Die Polizei, dein Freund und Helfer!‹ Oder wie sein Vater zu sagen pflege: ›Die vielfältigen Aufgaben des Ordnungshüters sind bestimmt von der Sorge ums Gemeinwohl!‹«

»Sein *Vater*?«

»Ja. Der ist auch Polizist.«

»Und sein Opa?«

»Der war damals bekannt als *König vom Eutiner Schwarzmarkt.*«

»Ich bin ganz froh darüber, dass sie das Tier am Leben gelassen haben«, sagte Wolfram. »'n Schwein zu essen, das dir vorher noch so treu in die Augen geguckt hat …« Er deutete auf die Teller. »So ist es viel unpersönlicher und schmeckt besser.«

Es schmeckte sogar hervorragend und wir beschlossen das Mahl mit Wein und Bier. In Sachen Cannabis drückte Wolfram ein Auge zu – »*das Verbot gilt nur für die offiziellen Öffnungszeiten der Veranstaltung, also tagsüber*« – und so rauchten wir vier zu den Klängen von Kluster, die unverdrossen spielten. Und spielten.

»Ich glaube«, sagte Werner nach einiger Zeit, »die sind noch beim ersten Stück, oder? Das klingt alles ziemlich gleich.«

»Stimmt!« Heinz Kette kam mir in diesen Minuten entspannt und ausgeglichen vor. »Aber es ist sehr schön! Schade, dass keiner von denen singt!«

»Und dass keiner Schlagzeug spielt, was, Kette?«, fragte ich.

»Ein Jammer«, antwortete der, »dass das nicht für die Ewigkeit festgehalten wird.«

»Was meinst du damit?«

»Na, neulich waren wir mit alle Mann im *Streit's* am Jung-fernstieg und haben den Woodstock-Film gesehen, nicht, Chef? Wahnsinn! Da gab es fast keinen Auftritt, der nicht gefilmt wur-de.«

»Und – habt ihr mitgesungen?«, fragte ich feixend.

Er lächelte. »Hier siehst du nichts, keinen Kameramann, kaum Fotografen. Und *wenn* ich welche sehe, muss ich ihnen das Filmen verbieten. Alles wird später vergessen werden. Nichts bleibt.«

»Du hast nicht unrecht, Kette«, sagte ich. »Das liegt aber auch daran, dass viele Künstler nicht gefilmt werden *wollen.*«

»Ich habe einen Fotografen gesprochen, der nur ein paar Schnappschüsse von Sly and the Family Stone machen wollte, und sauer war, dass er nicht mal das durfte«, sagte Kette. »Das ist wirklich ärgerlich! – Du kennst den auch«, fuhr er mit Blick auf Werner fort.

Der stutzte kurz. »Äh … wieso?«

»Na, du hast doch nach dem Konzert mit ihm gesprochen. Da-bei hast du ihm einen Umschlag in die Hand gedrückt.«

»Ach!«, lachte Werner. »Norman meinst du! Ja, klar! Ist freier Fotograf und arbeitet gelegentlich für uns.«

»Norman?«, staunte ich. »Der ist hier? Nanu! Ich dachte, der hätte seine Grippe noch nicht auskuriert!«

Werner sah mich sekundenlang mit zweifelndem Blick an. Dann hellte sich sein Gesicht auf. »Hat er auch nicht! Aber … ich hab ihm gesagt: Kerl, beiß die Zähne zusammen, ich kann jetzt nicht auf dich verzichten! … Äh … der hat es natürlich ge-schafft, trotz Verbot Bilder zu machen. Auch von Canned Heat. Heimlich! Er hat sie mir gezeigt. Gut geworden! Ich habe ihm den Umschlag wiedergegeben und gesagt: Können wir drucken!«

»Drucken? Dürft ihr das denn?«, fragte Heinz Kette.

»Sei nicht so neugierig, Kette!«, brummte Wolfram. »Die wer-den schon wissen, was sie tun. Wat geiht di dat an?«

»Ist ja gut! Will ich auch gar nicht wissen!«, schnappte Heinz ein.

»Locker, Leute!«, sagte der Dicke. »Entspannt euch und hört

einfach zu. – Ach! Was für 'ne Erholung! So herrlich still, mit schöner Musik dabei.« Er richtete sich in seinem Stuhl auf. »Je älter ich werde, desto mehr hab ich Sehnsucht nach einem einfachen, ruhigen Leben. Einen Gang zurückschalten, weg mit dem überflüssigen Kram. Wie die Jungs letztes Jahr auf dem Mond: Leben aus der Tube quasi. – Und weg von dem ganzen Trubel. Hamburg ist mir viel zu hektisch geworden. So … husch, husch … wie sagt man?«

»Schnelllebig?«, fragte Werner.

»Genau das! Schnelllebig. Die Zeit saust vorbei, dass einem ganz schwindelig wird. Du kriegst die Tageszeiten nicht mehr auf die Reihe. Wenn ich *morgens* um fünf schon das Hamburger *Abend*blatt aus dem Postkasten nehme … irgendwie ist das …«

»Um fünf bist du schon auf?«, staunte ich.

»Das ist ja das Problem! Ob *schon* oder *noch* – wenn man das immer wüsste! Wenn ich die Sonne am Horizont sehe, weiß ich manchmal nicht: Geht sie jetzt auf oder unter? Und dann ist man zu hektisch oder auch zu besoffen, um einfach zu warten, bis die Sonne weitergewandert ist. Dann wüsste man ja Bescheid. Und wenn der Darm rebelliert, und du pennst auf dem Klo ein, und es bollert gegen die Tür, und ich frag meine Lütte: Hast du schon wieder Frühschicht?, und sie sagt: Nee, Abendessen ist fertig – dann weißt du: Du kriegst es zeitlich nicht mehr gebacken. Das Leben hat seine Ordnung verloren.«

Ich sah in Wolframs Gesicht, das jetzt etwas Träumerisches hatte und dachte: Hätten sich Diogenes und Einstein mal auf ein Bier getroffen – so ungefähr müsste das geklungen haben.

Nach einer Weile sagte Kette: »Überhaupt – seitdem der Kurze und seine Leute weg sind, ist das hier alles viel ruhiger geworden.«

»Allerdings! Das war wirklich nicht normal!«, schimpfte ich. »Die waren wie die Tiere! Warum habt ihr da nicht eingegriffen, Wolfram? Ich meine … ihr wart doch viel mehr als die! Mit denen wärt ihr doch fertig geworden!«

Der Dicke sah sich aus seinen Träumen gerissen, schaute mich verwirrt an, dann schüttelte er den Kopf. »Da verstehst du nichts von, Schreiber! Ein Rocker würde nie seine Hand gegen seinesgleichen erheben. Da geht's um Ehre! Rocker-Ehre!«

»Egal, was sie gemacht haben?«

»Egal!«

»Die haben doch nicht einfach Mist gebaut, so wie … na ja, so wie andere eben. Das war hochkriminell, was die veranstaltet haben. Gremersdorf – alles zerstört, einen Tankwart erpresst; hier Ordner krankenhausreif geschlagen. Das Pressezentrum kurz und klein gehauen. Die Veranstalter beklaut. Eigentlich gehört zumindest Herbert Schnoor hinter Schloss und Riegel. So ein Monster!«

Wolfram zuckte mit den Achseln. »Mag sein. Trotzdem.«

»Wenn die Tage hier vorbei sind, in ein paar Monaten oder Jahren, Wolfram, wird man sagen: 1970 auf Fehmarn, das war blanker Rockerterror! Da wird man keine Unterschiede mehr machen.«

Er lachte verächtlich. »Die werden sowieso nicht gemacht – Holy Devils hin oder her! *Wir* machen hier unseren Job, Frank! Die drei Kieler haben uns verpflichtet, wir haben uns nicht aufgedrängt! Sicher ging das eine oder andere da draußen auch mal schief, lief mal aus dem Ruder, aber – Mann! Pack schlägt sich, Pack verträgt sich! – Du hast recht! *Rockerterror* wird es nachher heißen. *BILD-Zeitung, Stern, Spiegel* – die werden draufhauen. Dass die meisten von uns einen anständigen Job gemacht haben – juckt niemanden. Und ich kann nicht auf alle aufpassen. Stichwort Klotüren. Obendarein: Fünfzig Flocken am Tag sind nicht viel, wenn man bedenkt, dass wir bei dem Scheißwetter die Knochen hinhalten!«

»Wenn ihr jedenfalls nachträglich noch Front machen würdet gegen die Devils und … meinetwegen der Polizei ein paar Hinweise …«

Während ich sprach, fiel mir nicht auf, dass ich ihm das Reizwort lieferte, das ihn aus seinem Klappstuhl aufspringen und brüllen ließ: »Polizei?? Bist du irre? Ein Rocker soll einen anderen ans Messer liefern?« Mit geballten Fäusten kam er auf mich zu, und ich fühlte mich bedroht.

»Langsam, Chef! Wie soll er das wissen? Das kann er nicht wissen!« Heinz Kette hatte sich ebenfalls erhoben, und es war wohl der Alkohol, der ihn mutig genug werden ließ, den Dicken am Arm festzuhalten. Der blieb stehen und schaute Kette verblüfft an. Mit grimmigem Blick drehte er sich zu ihm, hob die Faust und … ließ sie langsam wieder sinken. Kommentarlos kehrte er zu seinem Stuhl zurück und ließ sich stöhnend nieder.

»Has' recht, Kette! Das weiß er nicht. Das weiß keiner.«

Das wusste ich nicht? Was wusste ich nicht? Ging es hier um die Polizei oder die verdammte Ehre? Fühlte Wolfram sich von mir in die Denunziantenecke gedrängt? Mann! Es ging um schwere Kriminalität! War den Typen jegliches Rechtsempfinden abhandengekommen? Man kann doch seine Rituale pflegen und dabei trotzdem auf dem Teppich bleiben!

»Eines *solltest* du aber wissen, Frank«, sagte Wolfram. »Du hast uns nie gefragt, was es mit Herberts rechter Kralle auf sich hat. Als du sie in Aktion gesehen hast, warst du ganz schön angeekelt, stimmt's? Das bin ich auch jedes Mal und Kette auch, und wir haben öfter als einmal zugesehen, wie er sich den Stoff gibt.« Er nahm einen großen Schluck Wein. »Der Kurze ist mit so einer Hand nicht auf die Welt gekommen, wie ihr euch vorstellen könnt. In jungen Jahren war er Drucker bei *Springer*. Ja, stellt euch vor! Bei seinen Kollegen war er sehr geschätzt. Nicht als Mensch, da war er unscheinbar und lief quasi nebenher mit. Geschätzt wurde er, weil er so klein ist. Ihn haben sie nämlich immer in die Rotation geschickt, um Fehler zu beheben. Papierstau und so. Und das bei laufender Maschine! Ist zwar verboten, wird aber gemacht, denn Time is money, nä?« Sein verächtliches Schnauben ließ erkennen, was er von solchen Losungen hielt. »Jedenfalls – Drucker, besonders die bei Springer, sind bekannt dafür, dass sie auf Schicht ordentlich saufen! Weiß jeder, der da arbeitet. Wenn du jeden Tag neben *der* Maschine stehst, auf der die BILD-Zeitung gedruckt wird, ist das auch kein Wunder. Und Herbert musste beim Picheln natürlich mithalten. Eines Tages ging das schief und er gerät mit der rechten Flosse in die Druckzylinder. Die ziehen ruckzuck den ganzen Arm rein, bis ein Kollege den Kurzen endlich schreien hört und den Notschalter drückt. Da war es natürlich zu spät und der Arm war im Eimer.«

»Du Scheiße!«, entfuhr es Werner.

»Das kann man so sagen. Bei der OP lief auch nicht alles so, wie es sollte. Seit der Zeit hat Herbert Schnoor die rechte Hand nur noch zum Winken …«, Wolfram winkte, »… und zum Koksen.«

»Der Arzt …«, ergänzte Kette, »… hat ihn damals auf Morphium gesetzt – hat aber nicht viel gebracht, nur, dass er abhängig von dem Scheißzeug wurde. Dann hat Herbert es mit Kokain probiert – die Schmerzen gingen nicht weg, wurden aber erträglicher. Der Kurze leider nicht, der wurde immer unerträglicher.«

Heinz und Wolfram schwiegen und sahen mich an. Erwartungsvoll, schien mir. Aber *was? Was* erwarteten sie? Dass mir die Geschichte an die Nieren ging? Ging sie, klar! Dass ich Mitleid mit Herbert Schnoor hatte? Hatte ich nicht, nein!

Wenn aus jedem, den das Schicksal einmal kräftig in den Arsch getreten hat, ein Scheusal würde, ein Verbrecher, dann Gute Nacht! Niemand konnte von mir Krokodilstränen erwarten!

Stille setzte ein und die Stimmung war dahin. Wir kamen langsam wieder runter, plauderten noch ein wenig, aber jeder merkte, dass unser Beisammensein an einem Punkt angekommen war, an dem wir uns nur noch voneinander verabschieden konnten.

Kapitel 30

Señor Ibanez

Werner und ich saßen eine Zeitlang schweigend beieinander. Sogar die Musiker von Kluster schienen den Bruch in dieser Nacht gefühlt zu haben und hatten aufgehört, zu spielen.

»Und?«, fragte ich irgendwann. »Weiter?«

»Weiter? Was weiter?«

»Dania! Party! Schöne Frauen, Drogen, Rock'n'Roll! Du wolltest erzählen.«

»Na, du hast deine Freunde aber schnell abgehakt.«

»Es sind nicht meine Freunde, Werner! Ich habe nichts mit denen zu schaffen! Sie sind mir fremd und ich verstehe ihr Tun nicht. Ich habe ab und zu gedacht, ich würde sie verstehen, aber das kann ich nicht. Dieses Gequatsche von Rocker-Ehre und so – nee! Ich bin durch mit denen!«

»Aber das Schwein haben sie gut hingekriegt!«, entgegnete er.

»Haben sie«, nickte ich. »So, nu aber los! Dania!«

»Also gut, ich versuch mal, den Faden wiederaufzunehmen. Wo waren wir?«

»Otto Barnasch hat euch mit Frauen beliefert.«

»Genau! Die waren allerdings nicht lange in der Halle, sondern schnell auf den Zimmern.«

»Aha! Und mit wem?«

»Nix da! Du glaubst doch nicht, dass ich dich mit Namen versorge, die ich nachher im *Rock Tune* lese. Darüber werde ich selbst auch nichts schreiben.«

»Donnerwetter! Welch Edelmut! – Nein, sowas würde ich nicht machen, und das weißt du auch.«

»Natürlich! Sowieso: Ich habe Gerry Stickells versprechen müssen, über gewisse Sachen nichts verlauten zu lassen. Daran halte ich mich.« Er grinste. »Auch wenn's weh tut.«

»Okay. Und in der Cafeteria? Wer war noch da?«

»Ha, ha! Netter Versuch! Ich sag nichts, verlass dich drauf! Es waren jedenfalls noch genug Leute anwesend. Ich weiß noch, wie Ric Lee mit Ray Dorset gefrotzelt hat: ›Hey, Ray! War ja ganz schön daneben, bei dem Wetter *In the Summertime* zu spielen, findest du nicht?‹«

»Gott! Wie langweilig!«

»Du lässt nicht locker, was?«, lächelte Werner. Dann setzte er ein ernstes Gesicht auf. »Dann erzähle ich dir jetzt etwas, was dir zu denken geben wird.«

»Nämlich?«

»Das hat mit unserem Freund Fernando aus Buenos Aires zu tun.«

Sofort drückte es wieder in meiner Magengrube. »Den hab ich total vergessen.«

»Der versorgte uns nach wie vor mit leiblichen Genüssen aller Art. Ich glaube, ich bin nicht der Einzige, der für den ganzen Abend keine müde Mark ausgegeben hat. – Also! Er hat bei Uschi Obermeier nicht lockergelassen und sie ganz schön betüddelt gemacht. Sie hat jedenfalls irgendwann doch mit ihm rumgeknutscht.«

»Und da bist du dazwischen gegangen und hast gesagt: ›Finger weg! Die gehört mir!‹«

»Bleib mal bei der Sache! Es war merkwürdig genug! – Jimi und seine Jungs saßen mit an dem Tisch, ich auch.« Er tippte sich an die Nase, und ich wusste, was er meinte. Werner war immer zur Stelle, wenn es spannend wurde. »Hendrix war nicht unbedingt begeistert, zu sehen, was bei Uschi lief. Ich glaub, er ist immer noch in sie verschossen. Jedenfalls – als Señor Ibanez einmal ein Tablett Getränke von der Ausgabe holte und es auf den Tisch stellte … also, ich hab das gar nicht so verfolgt, aber Uschi hat mir das später erzählt … Oh! Hör mal!« Er hob den Finger und lauschte. »Die Pause ist zu Ende!«

Es war nicht zu fassen! Kluster hatte wieder zu spielen begonnen!

»Ein neues Stück! Eindeutig!«, versicherte Werner.

»Junge! Junge! Denen macht es wirklich Spaß! – Was hat Uschi dir gesagt?«

»Dass Jimi sich, bevor Fernando die Gläser verteilen konnte, eins vom Tablett genommen und davon getrunken hat.«

»… weil er seinen Kummer schleunigst ersäufen wollte.«

»Hör jetzt zu, Frank! – Ibanez hat, unabsichtlich, wie er beteuerte, eine kleine Dose Koks auf dem Tisch umgekippt. Er hat die Gläser beiseitegestellt, um das Pulver mit der Hand wieder in die Dose wischen zu können. «

»Und?«

»Uschi ist aufgefallen, dass Señor Ibanez beim Zurückstellen Jimis Glas mit dem von Billy Cox vertauscht hat. Kann Zufall gewesen sein, aber das eine Glas war halt noch voll, das andere nicht.«

»Gute Augen, die Uschi. Und was willst du damit sagen?«

»Nichts weiter. Nur dass Billy eine halbe Stunde später Schweißausbrüche bekam und anfing zu zittern.«

»Oh!«

»Dann wurde es richtig gespenstisch! Billy begann zu halluzinieren. ›Nein‹, hat er gelallt, ›ich werde nicht vor diesen verdammten Nazis spielen!‹«

»Nazis?«

»Na, vor Deutschen eben! Und er meinte wirklich die Leute in Flügge!«

»Kann doch nicht wahr sein!«

»Und ob! Das hab ich schließlich selbst gehört. Es war nämlich so, Frank, dass Jimi sich entschlossen hatte, doch noch am Abend aufzutreten. ›Ist zwar ziemlich spät‹, hat er gesagt, ›aber die Fans sind ja alle noch da. Scheiß aufs Wetter!‹ Ich hatte den Eindruck, er wolle weg, um Uschi und den Rinderfürsten nicht länger schnäbeln zu sehen.«

»*Baron!*«

»Was?«

»Man sagt Rinder*baron*! Fürst sagt man bei Dichtern.«

»Meinetwegen. Aber inzwischen ging es Billy immer schlechter. Dabei soll er, hat mir Gerry gesagt, eine Bärennatur haben. Den wirft eigentlich nichts um, meinte Gerry.«

Ich konnte nur den Kopf schütteln.

»Sie haben einen Arzt dabei, der sich normalerweise nur um kleine Wehwehchen auf einer Tournee zu kümmern braucht. Der hat Billy sofort auf sein Zimmer gebracht und ihn behandelt. Später sagte er, es habe den jungen Mann heftig erwischt, und er könne froh sein, dass er mit dem Leben davongekommen ist.«

»Und du meinst …«, überlegte ich, »dass … die vertauschten Gläser! … Ein Giftanschlag, der Jimi galt?«

»Langsam! Wie gesagt, das kann auch ein Zufall gewesen sein! Billy Cox hat nämlich vor einigen Tagen eine schwere Grippe gehabt und sie vielleicht noch nicht auskuriert. Seltsam ist nur …« Werners Stimme senkte sich zu einem Flüstern herab, »… die Gläser … sie standen später nicht mehr auf dem Tisch! Niemand hat gesehen, wer sie abgeräumt hat!«

»Beweise vernichtet?«

Er zuckte mit den Achseln. »Jimi war jedenfalls fix und fertig, saß später die ganze Zeit bei Billy auf dem Zimmer und hat versucht, ihn zu trösten. Und hat natürlich seinen Auftritt gecancelt.«

Ich nickte mechanisch, hörte nur mit halbem Ohr, was Werner sagte.

Wer, dachte ich, wer könnte ein Interesse daran haben, Jimi Hendrix umzubringen?

Einige!, beantwortete ich mir meine Frage selbst. Und es sind nicht wenige!

Kapitel 31

Zu Hause (2000)

»Und du klammerst dich weiter an deine Thesen.«

»… und du glaubst mir nach all den Jahren immer noch nicht. Werner hatte mir versichert, dass es mit Billy Cox auf der Kippe stand. Und der Anschlag hat Hendrix gegolten.«

»So, so!« Mario reagierte wie stets, wenn wir an diesem Punkt waren. Er lächelte nachsichtig, nahm mich nicht ernst. »Und so entstand eine weitere Theorie um den Tod von Jimi Hendrix.«

Nach so vielen Jahren sollte ich eigentlich nicht mehr wütend werden. Schon gar nicht auf meinen langjährigen Verleger, der trotz allem lange zu mir gehalten hatte. Vielleicht war es auch keine Wut mehr, sondern Enttäuschung. Schlicht und einfach Enttäuschung. »Ich weiß, du glaubst mir bis heute nicht, dass …«

»Frank!« Seine Worte zu diesem Thema hatten nicht viel von der Schärfe früherer Tage verloren. Es war noch immer so wie vor dreißig Jahren. »Es geht nicht darum, was ich glaube! Das Ding ist: Um ein Haar hättest du den Verlag damals schon gegen die Wand gefahren! Wäre Sebastian dir nicht in den Arm gefallen …«

Aus Enttäuschung wurde wieder Wut. »Bitte! Verschone mich mit diesem Namen! Der Idiot wollte verhindern, dass ich diese Story unter die Leute bringe. Der war eifersüchtig!«

»Ich bin froh, dass er interveniert hat. Hätte Janine ihm dein Fernschreiben nicht gezeigt ...«

»... wäre Jimi Hendrix heute vielleicht noch am Leben.«

Ich war unserer Assistentin nicht böse gewesen. Sie hatte sich so verhalten, wie es die Richtlinien des Verlags vorgaben. Im Gegenteil – sie war immer auf meiner Seite gewesen und hatte einige Sachen am Tisch des Chefredakteurs vorbeilanciert.

Mario sah mich an und holte tief Luft. »Du bist unverbesserlich, Frank! Uneinsichtig bis zum Schluss! Dein Schädel ist dicker als die Tischplatte dort. – Ist noch Kaffee da?« Er hielt mir seine Tasse hin.

Ich schaute mir den bewussten Tisch an. Auch der war neu. Wie so vieles in diesem Haus.

»Ich schau mal.«

Als wir den Bus auf dem Hof geparkt und das Wohnhaus betreten hatten, war mir erst aufgefallen, was ich schon draußen hätte bemerken müssen. Meine Eltern hatten viel umgebaut, hatten renoviert, sich neue Möbel zugelegt. Ich rechnete nach und kam auf erstaunliche Werte. Sie steuerten auf die achtzig zu, aber erst jetzt, wo sie sicher sein durften, dass ihr jüngster Sohn, mein Bruder Ralf, den Hof in ihrem Sinne weiterführen würde, nur eben moderner, konnten sie loslassen. Konnten sich dem letzten Lebensabschnitt widmen und taten dies offensichtlich voller Tatendrang. Von wegen Altersruhe!

Die alten Herrschaften waren erfreut, Mario nach so langer Zeit wiederzusehen. Sie hatten sich sicher all die Jahre gewundert, dass er sie nicht wieder besucht hatte, mich aber nie nach dem Grund gefragt. Ich hatte wohl registriert, dass sie dies bewusst nicht taten. Mutter und Vater mussten gemerkt haben, dass etwas vorgefallen war. Klug, wie sie waren, ersparten sie mir Fragen.

Meine Geschwister waren offener in ihrer Neugier, und ihnen verriet ich die Hintergründe. Sie konnten nichts mit der Thematik, mit Jimi Hendrix und einem Festival unter dem Flügger Leuchtturm anfangen, mochten Mario aber.

»Zum Festival? Ich?«, hatte Ralf uns 1970 zugelächelt, als ich ihm verriet, was sich in Flügge in Kürze ereignen sollte. »Nö! Ich denke, nicht. Ist nicht so mein Fall.«

Ich hatte darauf wetten können – mein Bruder würde, wie unsere Schwester Meike, bis an sein Lebensende Heino, Roy Black, Wencke Myhre und anderen Schlagerstars die Treue halten. Damit waren sie im Dorf nur zwei unter vielen. Am Wochenende kamen sie vom Feld, machten sich frisch, schmissen sich in Schale und gingen zum Tanzabend in die geschmückte Scheune unten am Weiher oder fuhren den weiten Weg in das Petersdorfer Bahnhofshotel. Meist lief die Musik vom Band, mitunter wurde Geld gesammelt und eine Kapelle engagiert, die mehrere Stunden aufspielte. Wenn die Musiker von auswärts kamen, aus »Europa«, spielten sie schon mal am Stück, ohne Pause, damit sie – nach Abbau ihres Equipments und einem schnellen Abendessen – zeitig wieder zuhause sein konnten.

»Frank!« Mario nahm den vollen Kaffeebecher entgegen. »Eigentlich bin ich es leid, dieses Thema nach den ganzen Jahren wieder aufzugreifen, aber …«, er prostete mir zu, »ich habe die Hoffnung immer noch nicht aufgegeben, dich davon zu überzeugen, dass du komplett danebengelegen hast. Hendrix' Tod war ein Unfall. Er hat ganz einfach zu viele Schlaftabletten genommen.«

Wie immer, wenn wir an diesem Punkt waren, hatte ich eine Blockade, ich weigerte mich, seine ewig gleichen Argumente an mich heranzulassen. Auch nach den vielen Jahren war ich meiner sicher – zu eindeutig waren die Beweise für einen gewaltsamen Tod des Gitarrenmagiers. Was mir immer noch Kopfzerbrechen bereitete, und was ich auch in meinem Buch nicht abschließend bewertet hatte, war die Art und Weise, wie er umgebracht worden war, und die Frage nach Tätern und Motiv. Es gab zu viele Möglichkeiten.

Ich hörte, dass Mario sprach, verstand aber irgendwann den Sinn seiner Worte nicht mehr, weil ich ihm nicht zuhörte. Ich hörte ihm nie zu, wenn er mit den angelesenen Statements von Ärzten um die Ecke kam, mit den offiziellen Lesarten über Hendrix' Tod. Hätte er sich die Mühe gegeben, den Wahrheitsgehalt meiner Recherchen unvoreingenommen zu prüfen – aber nein, stets hatte er meine Argumente beiseitegewischt und lieber Haller geglaubt. Der Chefredakteur des *Rock Tune* hatte seinen Verleger mit wohlfeilen Worten eingewickelt, was von *unumstöß-lichen Tatsachen* gefaselt und mir nicht mal die Chance gegeben, meine lückenlosen Beweise auf den Tisch zu legen.

»Im Gegenteil«, erklärte ich Mario jetzt. »Noch am Tag, als Jimi seinen letzten Auftritt hatte, hatte er mich auf Fehmarn aufge-sucht, um mir die Meinung zu geigen.«

»Das wusste ich gar nicht! Was wollte er?«

»Das, was er immer wollte. Mich kontrollieren. Maßregeln.«

»Ach, Frank! …«

»Hör erst mal zu …«

Notizen und Besuch (1970, Letzter Festivaltag)

Den Lieferwagen habe ich während des Auftritts nicht mehr gese-hen. Ich habe inzwischen Zweifel bekommen, ob die ominöse Ak-tion, die geplanten oder schon gemachten Filmaufnahmen, ob das alles etwas mit Jimi Hendrix zu tun hat. Aber – JH 1 und 2! Die Filmrollen! Was bedeutet das alles?

Und der Abend im Dania, von dem mir mein Kollege Werner Öller berichtet hat – der vermeintliche Giftanschlag auf Hendrix. Billy Cox war gerade noch mit dem Leben davongekommen … Wer ist der geheimnisvolle Señor Ibanez? Hat er die Gläser wirklich ab-sichtlich vertauscht, wie es Uschi Obermeier vorkam? Warum hatte der Hubschrauber plötzlich keinen Treibstoff mehr?

Es drehte sich alles in meinem Kopf, aber wie unter Zwang schrieb ich weiter. Ich war ungestört, Werner war auf dem Weg von Flügge ins Dania. Oder schon wieder auf dem Rückweg.

Es gibt viele Gründe, Hendrix aus dem Weg zu räumen. Ein starkes Motiv ist sicher die Bemerkung, die er auf der Isle of Wight gemacht hat. Womöglich ist der Auftritt auf Fehmarn mein letzter … ex-cuse me while I kiss the sky … *Man hat die Möglichkeit in Betracht gezogen, Hendrix wolle sich sang- und klanglos aus dem Geschäft zurückziehen – und genau darum geht es! Ums Geschäft! Ein toter Gitarrengott ist gewinnträchtiger als ein lebender Elitär-Künstler, dem es tatsächlich um musikalisches Neuland geht, der keine Hits mehr produziert und die Plattenfirmen, namentlich ihre Chefs, im Regen stehen lässt.*

Jimis Rückzug aus dem profitablen Musikgeschäft wäre für sie ein herber Verlust. Der große Schwarze hat alles, was ihn für die Fans anziehend macht. Schon sein Äußeres verleiht ihm eine besondere Aura – er ist ein Sinnbild für animalische Wildheit, seine sexuelle Ausstrahlung ist enorm.

Und genau das hat dazu geführt, dass sich die Presse auf ihn gestürzt hat – nicht die Fachpresse, aber die Regenbogenjournaille, die versucht, ihn zum Dämonen zu stilisieren, zum Teufel. Kaum liest man dort Berichte, die nicht ausschließlich auf sein Äußeres abzielen, die sich auch nur entfernt mit seinem musikalischen Schaffen auseinandersetzen.

»Frank! Besuch!« Ich ging zur Tür und schaute hinunter. Es war Heinz Kette und hinter ihm stand – Sebastian Haller! »Sei vorsichtig!«, mahnte Kette ihn. »Die Treppe ist ziemlich steil, und ich weiß, wovon ich rede!« Er grinste. Dann sah er noch einmal zu mir herauf. »Hast du Helmut Ferdinand gesehen?«

»Warum?«

»Der scheint verschwunden zu sein. Wir wollen nun endlich unser Geld sehen! Die an der Tageskasse haben uns gesagt, dass sie keinen Pfennig mehr hätten. Die Veranstalter hätten nach Jimis Auftritt alles eingesackt und gesagt, das wäre für die Ordner. Seitdem sind sie weg!«

»Keine Sorge!«, winkte ich ab. »Werner hat Helmut im Auto und bringt ihn ins Dania. Er will versuchen, *Ten Years After* doch noch zu einem Auftritt zu bewegen. Ihre Gage haben sie schließlich noch nicht zurückgezahlt.«

»Was?? Das bringt doch nichts mehr! Schau dich um! Die paar Leute, die noch da sind!«

Heinz Kette hatte natürlich recht. Kleine Grüppchen von Fans waren noch zu sehen, aber auch die schienen langsam den Heimweg anzutreten. Die Gruppen *Embryo* und *Thrice Mice* hatten ihre Performances absolviert und freundlichen Beifall erhalten. Jetzt, beim Auftritt der Kölner Politrock-Band *Floh de Cologne*, schauten nur noch die Unentwegten und die Edel-Fans der Gruppe zu.

»Ich hoffe mal, dass du recht hast«, sagte Kette skeptisch. »Sonst gibt es hier mächtig Ärger! Verarschen lassen wir uns nicht!«

Er verabschiedete sich mit einem knappen Winken. Sebastian bedankte sich bei ihm und erklomm vorsichtig die hölzernen Stufen. Von der Bühne hörte ich Musikfetzen.

Oben angekommen, sah sich Haller grußlos um und sagte nur: »Aha! Hier also!«

»*Moin* sagt man auf Fehmarn!«, erklärte ich ihm. »Irgendwie habe ich damit gerechnet, dass du hier aufkreuzt.«

Er grinste schäbig, schaute auf die Schreibtische, die Kartons, die Poster an den Wänden. »Ich wollte Jimi noch einmal sehen.«

»*Noch einmal?* Was meinst du denn damit?«

Meine Frage erhielt keine Antwort. »Hendrix war wirklich gut!«, sagte Sebastian ernst. »Nicht so brillant wie am letzten Sonntag, aber immerhin!«

Das hatte ich für einen Moment vergessen.

»Du hast ihn hier gesehen? Wie lange bist du denn schon auf Fehmarn?«

»Heute Morgen angekommen. Ich fahre nachher gleich wieder zurück. Ist ja wirklich ein trostloses Eiland hier. Na ja, vielleicht liegt's am Wetter.«

Du irrst dich, Sebastian, dachte ich grimmig. Fehmarn ist so schön!! Bleib ruhig noch ein paar Tage und lass dir die frische Ostseebrise um die Nase wehen! Je später du zurück in die Redaktion kommst, desto besser!

»Wenn du das sagst. Und jetzt willst du den Aufmacher für das Sonderheft schreiben? *Jimi, der Magier?*«

»Nein! Das ist Sache des Chefredakteurs! Des neuen. Nicht die des gewesenen!«

Er sah mich scharf an und mir war klar, dass er versucht hatte, einen Witz zu machen.

Aber gut! Was immer auch hinter seiner Bemerkung steckte –

pflichtschuldig staunte ich: »Sebastian! Du hörst auf?«, wobei ich auf einen neutralen Klang meiner Worte achtete.

Er lächelte grimmig. »Nein! Auch wenn du es dir sehnlich wünschst! Ich habe nur gedacht – ist nicht die Verteilung der Arbeit eigentlich Sache des Chefredakteurs? Seit wann ist das deine Aufgabe?«

Daher wehte der Wind!

»Was meinst du damit?«, fragte ich, obwohl ich wusste, was er meinte.

Er griff in eine Jackentasche und förderte mehrere Blätter zutage, faltete sie auseinander. »Kannst du mir das erklären?«

Ich gab mich ahnungslos. »Wieso? Es war doch abgemacht, dass Emil und Rebecca die Auflistung der teilnehmenden Künstler …«

»Davon spreche ich nicht! Das hier meine ich!« Mit dem Handrücken schlug er auf den Stapel. Dann las er: »*Protokolle des FBI* über Politiker, Sportler und Künstler. *Bitte Recherchen.*« Er schüttelte den Kopf. »Wieso FBI? Was soll das?«

»Du hast es doch gelesen! Schon die erste Zeile macht deutlich, was ich meine.« *FBI: No-good bohemian, love-making, drugsucking, long-haired commies!* war der Text überschrieben und zeigte, welchen Stellenwert die betroffenen Prominenten in den Akten des FBI einnahmen. Liebe machende Kommunisten waren nun wirklich das Letzte, was die Rednecks in Washington, D.C., ertragen konnten. »Muhammad Ali! Martin Luther King! John Lennon!«, fuhr ich fort. »Muss ich noch mehr sagen?«

»Nein. Das FBI hat von all diesen Leuten Dossiers angefertigt. Ist mir nicht neu. Ja, und?«

»Sebastian! Jefferson Airplane! Grateful Dead! Sie alle haben Aktenvermerke bei den amerikanischen Sicherheitsbehörden. Völlig ohne Sinn und Verstand! In Ordnern, die wahrscheinlich dicker sind als dein rechter Arm.«

Er tat mir den Gefallen und schaute kurz auf seinen Ärmel. »Äh … das mag sein, aber …« Er schnaufte. »Woher willst du das wissen?«

Ich stützte meine Hände auf den Schreibtisch. »Zuverlässige Quellen! Ich werde sie nennen, wenn ich meine Story fertig habe.«

»Deine Story?«

»Von mir aus kannst du die Kritik über den Hendrix-Auftritt schreiben. Ich selbst habe vor, mich über die Machenschaften von Leuten auszulassen, die ihn aufs Korn genommen haben und ihn offensichtlich vernichten wollen. Vielleicht wird sogar ein Buch daraus!«

Mit einer Mischung aus unverhohlener Neugier und Abscheu sah er mich an. »Vernichten? Das FBI? Die amerikanische Bundespolizei? Du hast sie doch nicht alle!«

»Meinst du? Die Bundespolizei hat alle auf dem Kieker, die für eine friedliche Welt eintreten, für Bürgerrechte, Demokratie und soziale Belange. Alle, die mal irgendwas Negatives über den Krieg in Vietnam gesagt haben. Alle Männer mit langen Haaren und bunter Kleidung. Und das FBI hasst Frauen, die für ihre Rechte eintreten! Und Schwarze!«

»Die McCarthy-Ära, Frank, ist doch längst passé!«, sagte Sebastian. »Ich gebe zu, da ist man – aber nur gegen Kommunisten! – etwas sehr forsch vorgegangen. Heute gibt es …«

»… sowas nicht mehr, meinst du? Da muss ich dich eines Besseren belehren. Denk mal an Muhammed Ali …«

»Du meinst Cassius Clay!«, grinste er überlegen.

»Der hat lieber seine Karriere aufs Spiel gesetzt, als nach Vietnam zu gehen. ›Die Vietnamesen haben mir nichts getan‹, hat er gesagt, ›also tu ich ihnen auch nichts‹.«

»Ganz einfach Wehrdienstverweigerung war das. Vaterlandsverrat!«

»Findest du, ja? John Lennon? Elvis? Jim Morrison? Vaterlandsverräter? Grace Slick von Jefferson Airplane steht in den FBI-Akten, weil sie angeblich Richard Nixon bei einer Party LSD in sein Getränk gemischt hat. Aber so, wie Nixon drauf ist – meinst du, jemand merkt den Unterschied?«

Haller lachte. »Mag sein, dass bei einigen der Verfolgungswahn grassiert! – Aber … jetzt sag mir eins – was hat das alles mit Jimi Hendrix zu tun?«

»›*Was hat das alles mit Jimi Hendrix zu tun?*‹, hat Sebastian mich dann gefragt.«

»Und?«, fragte Mario.

»Und da hat's mich gejuckt!«, kicherte ich. »Ich habe ihn daran erinnert, dass Hendrix Dienst bei der Luftwaffe gemacht hatte. ›Ich weiß‹, sagte er. ›Er ist nach einem Jahr unehrenhaft entlassen worden, weil er kein Pflichtgefühl hatte und Befehle verweigerte.‹«

»So steht's geschrieben«, nickte Mario.

»›Neueste Untersuchungen, Sebastian‹, sage ich, ›haben ergeben, dass das nicht der Grund war.‹ ›Sondern?‹ ›Du weißt doch, dass Jimi seine Gitarre überall mit hinnimmt. Wahrscheinlich sogar auf's Klo.‹ ›Ist mir bekannt‹, sagte er und tat wieder soooo gelangweilt! Fehlte nur das Gähnen! Ich habe das immer gehasst!«

»Ich weiß, Frank, ich weiß!«, bekam ich zur Antwort. »Und weiter?«

»Diesmal hab ich ihm eine Retourkutsche verpasst! Ich habe Sebastian gesagt, dass der wahre Grund für seine Entlassung darin läge, dass Jimi seine Klampfe auch bei den Fallschirmsprüngen nicht losgelassen hat.«

Mario Demand lachte laut auf.

»Ich muss sehr überzeugend gewesen sein, denn Kollege Haller schaute mich total fasziniert an. ›Wirklich? Das habe ich nicht gewusst!‹, sagte er in vollem Ernst. Da hab ich ihm versichert, dass Jimi während eines Sprungs den Titel *Up from the Skies* komponiert hat, der 1968 auf *Axis Bold as Love* erschienen ist. Um ein Haar hätte er vergessen, die Reißleine zu ziehen.«

Wieder lachte Mario. »Und so hast du dir einen Feind fürs Leben gemacht.«

»Mario! Du kannst mir nicht vorwerfen, dass ich's nicht versucht habe! Und fachlich war Haller ja nicht ohne. Aber – ich konnte einfach nicht mit ihm! Und ich war nicht der Einzige!«

Nachdenklich nickte mein früherer Verleger. »Es war manchmal wirklich schwierig mit ihm. Aber du solltest nicht vergessen, dass er die Auflage enorm gesteigert hat. Das ist uns allen zugutegekommen. Und, Frank, mit sauberen Mitteln! Keine Spekulationen, keine Halbwahrheiten! Immer bei den Tatsachen geblieben.«

Kapitel 32

Sonntag, 6. September 1970
Dritter und Letzter Festivaltag

»Wer sind die nächsten?«

»Laut Plan *Witthüser* und *Westrup*. Folk mit Akustikgitarren«, antwortete ich Rike, die wissend nickte. »Aber wer weiß, wann es so weit sein wird …«

Meine Bemerkung zielte ausnahmsweise nicht auf das Wetter, das an diesem Sonntagmorgen erstaunlich gut war. Zwar strich der Wind empfindlich kühl über den Platz, aber die Wolken sahen vergleichsweise harmlos aus.

»Alexis ist einfach großartig!« Begeistert schaute Rike auf die Bühne zu dem Mann mit den wuscheligen Haaren und den markanten Koteletten. »Ohne ihn hätten sie die ganze Show schon abbrechen können.«

Ich pflichtete ihr bei. Korner tat mir leid bei seinem erneuten Bemühen, die immer länger werdenden Pausen zwischen den Auftritten zu überbrücken. Er hatte das Publikum zu animieren versucht, eigene Kulturbeiträge zu liefern. Man möge doch die Bühne betreten und selbst Musik machen.

Einige Fans waren dem Aufruf gefolgt. Sie tummelten sich auf den verwaisten Brettern, zwei junge Männer hielten Gitarren in den Händen und versuchten sich an etwas, was entfernt an musikalische Klänge erinnerte.

Mir fielen zwei junge Mädchen ins Auge, die zwischen den Jungen tanzten. Das eine trug kurze Locken und einen langen Rock, das zweite war in Jeans gekleidet, schwarze Haare fielen lang auf seinen Rücken hinab.

Mit seinem Charme konnte Korner nun auch andere Mädchen zum Mitmachen bewegen; nach und nach wagten sie sich auf die Bühne und schlossen sich den beiden Tanzenden an.

Selbst auf die Entfernung sah ich, dass die jungen Frauen auf Drogen waren. Ihr Tanz zeigte die dafür typischen Bewegungen, das Wiegen des Kopfes nach vorn und seitlich, um dann in den Nacken zu kippen, die Verrenkungen der Schultern, das fließende Kreiseln der Arme, wobei Hände und Finger in eigenwilligen, losgelösten Bahnen um den Körper zirkulierten. Kleine, unsichere Trippelschritte unterbrachen von Zeit zu Zeit den rhythmischen Fluss ihres Tanzes, das Mühen, sich wieder auszubalancieren, brachte die Mädchen nicht selten aus dem Takt.

Die Männer neben ihnen droschen immer schneller auf ihre Gitarren ein, eine amusische Kakofonie dröhnte über das Gelände. Rike verzog das Gesicht und hielt sich die Ohren zu. Mehr und mehr männliche Zuschauer kletterten jetzt auf die Bühne, sie bewegten sich tanzend auf die Mädchen zu. Sie bedrängten sie, ihre kreisenden Hüften suchten den Körperkontakt. Ob die es spürten oder schon zu sehr in Trance waren, um die Berührungen zu merken – jedenfalls leisteten sie keine Gegenwehr.

Einer der Männer bewegte sich frontal auf eine Frau mit langen blonden Haaren zu und knöpfte ihre Bluse auf.

»Das gibt's doch nicht!«, rief Friederike. »So ein Arsch!«

Große Teile des Publikums allerdings applaudierten und feuerten den Kerl an. Das Mädchen schien zunächst nichts zu bemerken, zuckte dann kurz zusammen und versuchte, den Mann abzuwehren. Der ließ nicht von der jungen Frau ab und riss ihre Bluse mit einer kurzen Bewegung von den Schultern. Sie trug keinen BH und ihre hellen Brüste waren für einen Moment zu sehen, bevor das Mädchen zurückwich, sodass seine Haare den Oberkörper zum größten Teil bedeckten.

»Mann! Mann! Wie die Tiere«, schimpfte meine Freundin. Ich merkte, wie sie zu mir herübersah. »Und du? Scheint dir zu gefallen, was?«

»Quatsch! Wie kommst du denn auf sowas?«

»Wieso? Schöne Brüste hat sie doch.«

»Deine sind besser!«

»Stimmt!«

Lautes Gelächter drang zur Bühne hinauf, einzelne Rufe erschollen. »Lass deine Titten sehen, Tusse! Stell dich nicht so an! Frieren tust du schon nicht!« Damit hatte dieser Kerl vermutlich Recht. Die Wolkendecke wies kräftige Lücken auf und die Sonne ließ ihre Strahlen langsam über die Bühne streichen, um sich im nächsten Moment wieder zurückzuziehen.

Ich sah nun, wie mehrere Männer sich von den Seiten der Bühne auf den Schauplatz zubewegten, die Kamera auf der Schulter. Sie filmten und mit der freien Hand wedelten sie dem aufdringlichen Jungen Ermunterungen zu. Ich konnte nicht verstehen, was sie dabei riefen.

Ein zweites Mädchen wurde nun bedrängt, auch ihm zerrte man die Bluse vom Leib. Eine dritte Frau zog sich lachend einen Pullover über den Kopf. Auch sie trug keinen Büstenhalter.

Alexis Korner war inzwischen verschwunden. Seiner Miene hatte man ablesen können, dass er sich den Ablauf des *spontanen Kulturprogramms* anders vorstellte.

Dann eskalierten die Ereignisse. Ein Mann hielt die langhaarige Blondine von hinten an den Armen fest, knebelte sie in eine Hand und mit der anderen zog er ihre Haare auf den Rücken. Ein zweiter stand breitbeinig vor ihr und richtete das Objektiv seiner Kamera auf ihre Brüste. »Ja!«, rief er, »so ist's gut! So kommt das hin! Fantastisch, Baby!«

»He! Ja, du da! Kannst du mal 'n Stück zur Seite gehen? Du stehst genau vor meiner Optik.«

Überrascht drehte ich mich um und sah in das Objektiv einer Filmkamera. Reflexartig leistete ich der Bitte Folge und machte einen kleinen Seitenschritt.

»Danke. Ah! Wunderbar! – Genau so!« Ein Mann mit einem bunten Stirnband in den langen Haaren richtete seine Kamera auf die gespenstische Szenerie, die sich auf der Bühne abspielte.

»Was?«

»Ja, schau dir doch die Dinger von der Blonden an! Wie gemalt!«

»Ich glaub das ja nicht!« Rike sah ihn voller Verachtung an. »Und was machst du mit den Aufnahmen? Holst du dir zuhause einen runter?«

Der Mann wurde nicht sauer, sondern sah sie lächelnd an. Wahrscheinlich war er solche Kommentare gewohnt und hatte ein dickes Fell. »Neee, du!«, sagte er fröhlich und lachte. »Das ist mein Job.«

»Dein Job!« Friederike lachte ungläubig. »Na klar! Was denn sonst?«

Der Mann sah auf seine Kamera, drückte einen Knopf und hob das Gerät von seiner Schulter. »Puh, das geht auf die Knochen! – Schon mal von Brummer gehört? Alois Brummer?«

Ich schüttelte den Kopf, Rike sagte: »*Einen* Alois kenne ich. Auch Bayer. Wie du.«

»Ach, hört man das? – Brummer ist 'n Filmproduzent. Dreht Sexfilme. Der letzte hieß *Graf Porno und die liebesdurstigen Töchter*. Die Dinger gehen wie verrückt! Ein Hoch auf die neue Jugend! Endlich vorbei die ganze Verklemmtheit, der ganze alte Mief.«

»Sicher!«, nickte Rike. »An die Stelle tritt jetzt der schwanzgesteuerte Männlichkeitswahn!«

»Wenn du das sagst! Meine Parole ist: Die neue Zeit will genutzt sein! Ich bin nur noch unterwegs, um Schnipsel mit nackten Frauen zu drehen. Baut Brummer dann in seine Filme ein. Vorher hab ich Tierfilme gedreht. Vögel, Biber, all sowas.« Er rieb sich die Hände. »Seit einem Jahr verdien ich Kohle ohne Ende! War gerade auf Sylt. FKK. Mann, was da rumläuft! Du glaubst das nicht! Nur die steilsten Zähne!«

Rike schüttelte den Kopf, was unser Gegenüber mit einem Grinsen quittierte. »Hab sogar versucht, mich an die großen Partys ranzupirschen. Gunter Sachs und die Bardot an der Buhne 16! Wahnsinn! Haben mich leider bemerkt und verjagt.«

»Du filmst diese Leute, ohne sie zu fragen?« Friederike war entgeistert. »Nackt auch noch?«

»Ach, hör doch auf! Fragen!! Sie wollen es doch! Sie wollen sich zur Schau stellen. Die liegen auf Sylt in den Dünen, bumsen wie die Weltmeister und rufen: ›Hey, mach doch mal 'n paar schicke Bilder von uns!‹ Ich sag euch: Es lebe die sexuelle Revolution!«

»Ja, aber … du bist hier nicht auf Sylt«, wandte ich ein. »Du bist auf einem Pop-Festival. Hier geht's um Musik.«

»Papperlapapp! Es geht überall nur ums Geschäft. Früher waren es Autos, Mode, Ferien. Alles lässt sich gewinnträchtig an den Mann bringen. Im Moment ist Sex das große Ding. Was dann kommt? Ich weiß es nicht.« Er lachte. »Vielleicht Musik? Keine Ahnung. Ist nicht ausgeschlossen.«

»Du bist ein Zyniker!«

»Mag sein. Wird man wohl in dem Geschäft. – Da! Schau dir das an!« Er sah zur Bühne und schulterte seine Kamera. »Mann! Hier wird ja einiges geboten!«

Ich drehte mich um und sah, wie eine Frau von einem bulligen Mann mit kräftigen Armen umschlossen wurde und ein anderer ihr die Jeans herunterzerrte. Die Kamera hinter mir schnurrte aufgeregt.

»Das ist echt das Letzte«, schimpfte meine Freundin.

»Jaa! So was brauchen wir!«, jubelte hingegen der Kameraspanner. »Absolut Hardcore! Alois wird sich freuen!«

»Sicher wird er das.« Ich sah wieder zur Bühne, auf der das Mädchen nur noch ein Höschen trug.

»Runter damit!« »Ausziehen! Ausziehen!« Viele der Menschen vor der Bühne johlten begeistert. Andere sahen angeekelt aus und wandten sich voller Scham ab. Irritiert stellte ich fest, dass auch viele Frauen klatschten und lachten.

»Was ist das denn? So eine Scheiße!« Der Kameramann sah auf sein Gerät. »Film alle! Das gibt's doch gar nicht! Ausgerechnet jetzt!«

»Na, so ein Pech aber auch!«, lachte Rike. »Du glaubst gar nicht, wie leid mir das tut!«

Zu unserer Überraschung hellte sich seine Miene auf und er fiel in ihr Lachen ein. »Was soll's! Schluss für heute! Hab genug im Kasten.« Vorsichtig legte er das Aufnahmegerät auf den Boden. »Darf ich mich vorstellen? Franz heiß ich. Franz Waltz.« Er reichte uns artig die Hand. Ohne Kamera wirkte er sogar ziemlich sympathisch. Selbst Rike trug jetzt ein freundlicheres Gesicht zur Schau. Auch wir stellten uns vor.

»Modeschneiderin und Redakteur?«, fragte der Bayer. »Geht zusammen, oder?«

»Da passt keine Nähnadel zwischen«, versicherte Friederike neckisch.

»Mit uns beiden würde es auch funktionieren«, versuchte er mit Rike zu flirten. »Wir schneiden beide – du Kleider, ich Filme.«

»Meine Kleider sind aber nicht in Pornofilmen zu sehen!«, sagte Rike mit gerunzelter Stirn.

Franz hatte ein offenes und gewinnendes Lachen. »*Pornos* sind es sicher nicht, auch wenn es manchmal so im Titel heißt! Harmlose Streifen mit etwas mehr Haut als sonst. Ach, vergiss es, Friederike …«

»Kannst Rike sagen. Dein Vokabular ist aber ganz schön deftig für harmlose Filme.«

»Färbt mit der Zeit wahrscheinlich ab«, grinste er. »Es ist einfach ein Job, Rike!«, sagte er dann mit ernstem Gesicht. »Ich mach ein Haufen Geld damit, aber ich denke, das werde ich nicht für die Ewigkeit tun. Ich bin Tierfilmer, wie ich schon sagte, und ich bin es gern. Mit der Kohle für diesen Scheiß hier möchte ich meine Reisen finanzieren. Arktis, Indonesien, Afrika. Grzimek ist mein großes Vorbild. Schutz der Tiere vor rücksichtsloser Bejagung. Dazu einen kleinen Beitrag zu leisten, das wär's.«

»Du bist vielleicht 'ne Marke!«, schimpfte Friederike lachend. »Rücksichtslose Bejagung, ja? Ich denke, das, was da auf der Bühne passiert, *ist* rücksichtslose Bejagung!«

Was sich im Moment auf der Bühne ereignete, war allerdings etwas ganz anderes. Die Go-Go-Tänzer hatten sich davongemacht und zwei Männer mit Haaren in Meterlänge und ebensolchen Bärten winkten ins Publikum.

»Witthüser und Westrupp!«, rief Rike. »Die schau ich mir an! *Lieder von Vampiren, Nonnen und Toten.* Da kommt Anna auch schon! Huhu, Anna!« Sie winkte ihrer Freundin zu. »Bis später, Jungs! Freut mich trotz allem, dich kennen gelernt zu haben, Franz!«

»Ich mich auch, Rike! Viel Spaß!«, rief der Filmer ihr nach. »Nettes Mädchen, deine Freundin«, sagte er dann zu mir. »Halt sie dir fest!«

»Ich versuch's. Liegt aber nicht nur an mir. Du sagst ja selbst: Dies ist das Zeitalter der sexuellen Befreiung.«

»Und ihr seid schließlich keine nordamerikanischen Präriewühlmäuse.«

»Wie kommst du jetzt darauf?«

»Das sind die treuesten Tiere der Welt. Bleiben ihr Leben lang zusammen.« Franz lachte. »Denen kann keine wie auch immer geartete Revolution etwas anhaben.«

Wir schwiegen eine Weile und hörten dem ersten Song des Folklore-Duos zu. Es hörte sich sehr gefällig an und es wunderte mich nicht, dass die beiden freundlichen Applaus erhielten.

»Sag mal, von der Musik auf diesem Festival nimmst du gar nichts auf?«, fragte ich Franz Waltz. »Zur Abwechslung? Als Erholung von deinem anstrengenden Job?«

Er lächelte und zuckte mit den Achseln. »Selbst, wenn ich wollte, es wäre ein schwieriges Unterfangen.«

»Was meinst du damit?«

»Ich habe von Kollegen gehört, dass einige Bands sich weigern, Aufnahmen von sich machen zu lassen. Wahrscheinlich wollen sie Bares sehen, und keiner ist bereit, was zu zahlen.«

»Ja, das kenn ich. Das war schon in Monterey so. Kennst du dich aus in der Musikbranche?«

»Sicher nicht so gut wie du.«

»Vor drei Jahren fand in Monterey, Kalifornien, ein Pop-Festival statt …«

»… das als musikalischer Auftakt der Hippie-Kultur gilt. So viel weiß ich.«

»Der Regisseur D. A. Pennebaker drehte einen Film darüber, der als *nichtkommerziell* propagiert wurde, was damals als ganz normal für die kulturelle Szene galt. Am Beispiel Janis Joplin aber … du weißt, wer …?«

»Na klar. *Piece of my heart.*«

»Genau. Sie weigerte sich anfangs, sich bei ihrem Auftritt filmen zu lassen. Trotzdem wurde sie abgelichtet und dieser Part musste folgerichtig rausgeschnitten werden. Erst als ihr nach langen Verhandlungen eine nicht unerhebliche Summe gezahlt wurde, drehte Pennebaker ihren Auftritt – einen Tag nach dem ersten!«

»Unglaublich!«

»Der Witz ist: Es war einer der Höhepunkte der drei Tage.«

»Siehst du! Genau, was ich vorhin meinte.« Franz überlegte einen Moment, schien etwas sagen zu wollen, brach ab, sah mich an und schüttelte den Kopf. »Was hier allerdings passiert, scheint noch mal eine ganz andere Dimension zu haben.«

Irgendetwas in seiner Stimme ließ mich aufhorchen; zum zweiten Mal innerhalb zweier Tage rumorte es in meiner Magengrube. »Andere Dimension? Was meinst du damit?«

Er sah mich lange an. »Ist dir hier auf dem Gelände ein grüner Lieferwagen aufgefallen, so ein kleiner, der die Aufschrift *Gemüsehof Lange* trägt?«

Allerdings war der mir aufgefallen, weil er eines der wenigen Fahrzeuge war, die ständig auf dem Gelände hin und her fuhren. Dieses parkte mal hier, mal dort. Mal vor dem Zelt des Roten Kreuz, mal vor Hans-Christian Evers' Getränkeständen, wobei ich mich gefragt hatte, was einen Gemüsehof mit Getränken verband. Gab es vielleicht schon Gemüsebier? Unmöglich schien in diesen Zeiten nichts mehr!

»Ist er, ja. Und?«

»Also … das ist seltsam … er ist … da war … hm, ich will jetzt nicht, dass du mich für verrückt hältst.«

»Das tu ich schon, seitdem ich dich kenne. Erzähl einfach!«

»Und denk nur nicht, dass ich über die Maßen neugierig bin, aber …«

»Gehört das nicht zu deinem Job?«

Franz grinste, um sofort wieder ein ernstes Gesicht aufzusetzen. »Jedenfalls … ich stand zufällig einmal hinter der Karre, und … na ja … die Tür stand einen Spalt offen. Also … okay … ich habe kurz reingelinst, und …«, er zuckte die Schultern.

»Und?«

»Eine Kamera! Auf einem Stativ! Ein Mordsapparat! Sowas habe ich noch nie gesehen, und ich habe schon einige Kameras gesehen. Hochprofessionell, mit einem Riesenobjektiv. Was, hab ich gedacht, macht eine Highend-Kamera in einem Lieferwagen mit dem Aufdruck *Gemüsehof Lange*?«

Das fragte ich mich in dieser Sekunde auch. Franz erschien mir nicht als jemand, der sich sowas aus den Fingern sog. Das machte niemand, selbst wenn er zu viel geraucht oder einen Trip eingeworfen hatte, und beides hatte er sicher nicht. Diese Geschichte war zu absonderlich, um ausgedacht zu sein.

»Ich habe aufgepasst, dass ich unbeobachtet war und mich im Wagen weiter umgesehen. Irgendwann ist mir ein kleines Stück Stoff an der Seitenwand aufgefallen. Ich habe den Braten gleich gerochen, bin um den Wagen rumgelaufen, und siehe da, genau in dem *O* von *Hof* war ein Loch so unauffällig ausgestanzt, dass man es auf den ersten Blick nicht sehen konnte. Der Stoff hatte genau denselben Farbton wie die Wand.«

In der Menge brandete plötzlich Jubel auf. Wir sahen zur Bühne, wo die beiden Folksänger nach der Ansage ihres nächsten Titels *Wer schwimmt dort?* eine bekannte Melodie anstimmten und die Menge dirigierten.

Man ruft nur Flipper, Flipper,
gleich wird er kommen.
Jeder kennt ihn,
den klugen Delphin.

Ich entdeckte Friederike unweit der Bühne. Arm in Arm mit ihrer Freundin Anna schunkelte sie zu dem Lied. Beide sangen mit.

Wir riefen Flipper, Flipper,
den Freund aller Kinder.
Große nicht minder
lieben auch ihn.

Unter großem Beifall und Gelächter verbeugten sich Witthüser und Westrup, und bevor sie die Bühne verließen, verlangte das Publikum nach Zugaben. Friederike, die sich die Auftritte der meisten Künstler auf diesem Festival ansah, sollte mir später versichern, dass dies einer der wenigen Momente in den drei Tagen war, an denen das geschah.

Normalerweise hätte ich mich an der Szenerie erfreut, wäre angetan gewesen, dass mir hier beim *Love & Peace Festival* auf meiner Heimatinsel Fehmarn ein Stück meiner Kindheit nachgereicht wurde.

Aber Franz' Worte hatten mich zum Nachdenken gebracht.

Was geschah hier?

Eine Hochleistungskamera, versteckt in einem Lieferwagen. Eine Kulisse wie aus einem Agentenfilm.

Selbst wenn einige Künstler sich dagegen verwahrten, gefilmt zu werden – was für ein Aufwand! Und welch konspirative Umstände!

»Heimliche Aufnahmen?« Ich sah Franz an. »Wundert mich nicht. Es gibt überall Piraten. Der NDR wird es bestimmt nicht sein. Wen sie wohl auf dem Kieker hatten? Ginger Baker vielleicht. Das ist ein ziemlich renitenter Kerl. Der hätte bestimmt etwas gegen offene Filmaufnahmen.«

»Ist das der von gestern Mittag? Große Besetzung mit drei Sängerinnen?«

Ich nickte. »*Airforce* heißt die Gruppe …«

»Vergiss es! Es geht um den Hendrix.«

»Jimi? Wie kommst du darauf?«

»Genau. Jimi Hendrix. JH. So stand es auf den Rollen.«

»Rollen?«

»Neben der Kamera im Lieferwagen lagen zwei flache, runde Blechdosen. Eindeutig Behälter für Filmrollen.«

»Und?«

»Auf den Dosen klebten Zettel.« Franz brach ab und sah mich mit Unverständnis an. »Auf beiden stand: *JH – Last Concert*. Einer hatte den Zusatz *Volume 1*, der andere trug die *2*.«

Ich starrte zurück. »*Last Concert*«, flüsterte ich.

»Genau«, nickte er. »Das verstehe ich nicht. Ich weiß, dass *Last* auf Deutsch auch *vorig* oder *vergangen* heißen kann, dass es sich also um die Aufnahmen eines vorherigen Konzertes gehandelt haben könnte.«

»… dass aber Engländer in diesem Fall eher das Wort *previous* verwenden.«

»Eben! Eigentlich müsste man also das, was auf den Zetteln stand, buchstäblich mit *Das letzte Konzert* übersetzen.«

Das letzte Konzert. Mir kam das Interview von Werner Öller mit Hendrix in den Sinn. *Ich weiß nicht, ob es eine Zukunft gibt. Womöglich ist der Auftritt auf Fehmarn mein letzter.*

War es das? Sollte seine Performance hier in Flügge, für den vorigen Tag angekündigt und wieder verschoben, sollte sie heimlich gefilmt und als Knalleffekt auf die Leinwand gebracht werden? Als Manifest einer großen Karriere? Wollte Hendrix sich klammheimlich aus der Öffentlichkeit zurückziehen, um nur noch die Musik zu machen, die er liebte? Keine Live-Konzerte mehr? Sich nur noch ausprobieren? Neues wagen, ohne Rücksicht auf den Kommerz?

Er lief natürlich Gefahr, dass sich viele, im widrigsten Fall die meisten seiner Fans von ihm abwenden würden, weil er in Zukunft andere Musik machte, Musik, die nicht mehr eingängig war und vielleicht kaum noch verstanden werden würde. Gut möglich, dass ihm das egal war.

Aber warum heimlich?

Warum *nicht* heimlich?, dachte ich dann. Um Neider nicht auf den Plan treten zu lassen, zum Beispiel. Filmer, die sauer würden, dass man sie nicht drehen ließ und deshalb die Aufnahmen stören könnten.

Oder doch etwas Gesetzwidriges? Versteckte Aufnahmen, um sie für viel Geld weiter zu veräußern?

Volume 1, Volume 2. Wie viel passte auf eine Spule?

»Franz, wie lang ist die Filmdauer auf den zwei Spulen?«

»Das ist genauso merkwürdig. Der Dicke der Dosen nach zu urteilen, beinhalten sie einen 35mm-Film. Wenn es nicht mehr davon gibt als diese beiden … das ist nicht viel! Zwanzig Minuten vielleicht. Insgesamt! Maximal eine halbe Stunde! Und nur, wenn es normal lange Spulen sind. Wäre jedenfalls ein kurzer Auftritt des Künstlers, wenn man ihn ganz zeigen wollte.«

Zwanzig Minuten! Die Sache wurde immer rätselhafter! Ich schaute mich um. »Jimi soll heute spielen. Um welche Zeit auch immer. Den grünen Wagen kann ich nicht entdecken. Du?«

Er schüttelte den Kopf. »Ich habe mich auch schon gewundert. Den habe ich den ganzen Tag nicht gesehen.« Mit gefurchter Stirn sah Franz mich an. »Du glaubst mir nicht, stimmt's?«

Ich zögerte, bevor ich antwortete. »Doch!«, sagte ich dann mit Überzeugung. »Vielleicht ist etwas vorgefallen. Vielleicht haben auch andere gesehen, was du gesehen hast. Oder dich am Wagen bemerkt. Hast du mit jemandem außer mir über deine Entdeckung gesprochen?«

»Nein! – Aber … ich habe etwas anderes gemacht. *Damit* man mir glaubt!« Er sah sich ängstlich um, beugte sich runter und öffnete die Tasche mit dem Kamerazubehör einen Spalt. Silbrig glänzend schaute eine flache Metalldose hervor.

Ich sah ihn entgeistert an. »Bist du wahnsinnig?«

»Kein Problem! Wer immer den Wagen da geparkt hat, er macht alles heimlich. Der wird sich nicht auf die Bühne stellen und runterrufen: ›*Hat jemand meine Filmdose gesehen?*‹« Beschwörend sah er mich an. »Falls mich jemand am Lieferwagen bemerkt haben sollte – kannst du die Dose für mich verwahren?« Bevor ich ablehnen konnte, zog er sie aus der Tasche und drückte sie mir in die Hand. Vollkommen überrumpelt beeilte ich mich, die Dose in meinen Rucksack zu stecken.

»Danke!«, hauchte Franz erleichtert.

Kapitel 33

Herwig Maas und der Teufelstanz

Plötzlich vernahmen wir lautes Stimmengewirr neben der verwaisten Bühne. Es bildeten sich Menschentrauben und Hektik brach aus.

»Er ist da!«, rief jemand. »Ich habe den Wagen gesehen. Ein schwarzer Mercedes.«

Ich sah auf die Uhr. Vier Minuten nach elf.

»Jimi ist da!« Friederike und Anna zwängten sich durch die Zuschauer und winkten. Atemlos kamen sie bei uns an. »Ich hab ihn ganz kurz sehen können, dann ist er im Wohnwagen verschwunden.« Rike lachte. »Ich glaube, er hat sich extra für uns hübsch gemacht. Kurze Haare. Aber sonst – er sieht ziemlich fertig aus.«

»Kein Wunder!«, entgegnete ich ihr. »Ich hab dir ja gesagt, was der arme Kerl hinter sich hat.« Ich erzählte Rike nichts vom grünen Lieferwagen, um Franz nicht in Verlegenheit zu bringen. Noch nicht. Meine Freundin war mitunter arg direkt und hätte seine Geschichte in seinem Beisein womöglich knallhart ins Reich der Märchen verortet.

Auf der Bühne tummelten sich mittlerweile einige Roadies und begannen, für Hendrix' Auftritt umzubauen. Sie ließen sich erstaunlich viel Zeit. Ich wurde den Eindruck nicht los, dass es noch eine ganze Weile dauern könnte, bis sich der Meister selbst auf den Brettern sehen lassen würde.

Wenn es stimmte, was Franz mir berichtet hatte, würde ich also in Kürze das letzte Konzert von Jimi Hendrix sehen. Einfach so. Unvermutet.

Die Kulisse hätte schlechter sein können. Nach Regen und Sturm hatte der Himmel ein Einsehen mit den Zuschauern. Der Wind blies zwar noch kräftig, sorgte aber auch dafür, dass die dunklen Wolken nach und nach verschwanden. Die Böen nahmen allerdings einen nachteiligen Einfluss auf den Klang. Schon die Musik von Witthüser und Westrupp hatten sie immer wieder von der Bühne geweht, die Klänge oft ins Inselinnere getrieben statt westwärts, wo die Fans sie erwarteten.

Franz sah sich ständig um, wohl in der Hoffnung, der Lieferwagen tauche wieder auf. Sicher glaubte er, ich sei vielleicht doch der Meinung, dass er mir einen Bären aufgebunden hätte.

Plötzlich tauchte hinter uns eine Gruppe Rocker auf. Zwei von ihnen gingen von Zelt zu Zelt und sprachen mit den Besitzern. An einem Zelt kam es zu einem hitzigen Wortgefecht. Ein dritter Mann in Ledermontur ging dazwischen und brachte die Streithähne auseinander.

»He, Kette!«, rief ich ihm zu. »Was ist denn los?« Es war erst wenige Stunden her, dass wir uns gesehen hatten und es lag nicht an ihm, dass die Begegnung so unschön geendet war.

Lächelnd sah er mich an und kam auf uns zu. »Moin, Frank! Schön, dich zu sehen. Mann, ich weiß auch nicht! Wolfram hat von den Veranstaltern die Order bekommen, alle Leute, die vor der Bühne ein Zelt aufgebaut haben, tja, dass die die abbauen sollen.« Er zuckte mit den Achseln. »Angeblich will Hendrix nicht vor einer ›Zeltstadt‹ spielen. So ein Schwachsinn! Außerdem erlaubt er keine Filmaufnahmen.«

Sofort beschlich mich die Ahnung, das habe was mit dem seltsamen Lieferwagen zu tun. Es passte irgendwie. Auch aus einem Zelt ließen sich unauffällig Filmaufnahmen machen, und jemand wollte genau das verhindern! Wollte den Auftritt exklusiv für sich einfangen, zudem freies Blickfeld haben. War Jimi selbst der Urheber? Ich schaute zu Franz und sein Nicken sagte mir, dass er dasselbe zu denken schien.

»Du hast doch hoffentlich kein Zelt hier vor der Bühne«, sagte Heinz Kette. Die Frage bereitete ihm sichtlich Unbehagen.

»Unser steht da drüben. Weiter rechts. Das rote da, siehst du?«

Erleichtert nickte er. »Hast du gehört? Alan Wilson ist tot!«, fuhr er betrübt fort. »Ich hab das erst heute Morgen mitgekriegt.«

»Ich weiß. Am Donnerstag, als wir im Bus über ihn gesprochen haben. So ein Wahnsinn!«

»Ganz plötzlich. Genau wie der Gitarrist aus unserer Band«, antwortete Kette und hinter seinen dicken Brillengläsern glänzte es feucht.

»Der fiel mir gleich ein«, nickte ich. »Wilson ist auch nur 27 geworden. Genau wie Brian Jones.«

»Und wie Robert Johnson«, erinnerte Heinz, »der *King of the Delta Blues Singers.*«

»Hat dem nichts genützt, dass er seine Seele an den Teufel verkaufte. Nur damit der ihm das Gitarrenspiel beibringt.«

»Das wird ja über Jimi Hendrix auch behauptet«, nickte Kette. »Aber das glaub ich nicht. Hendrix ist bestimmt selbst der Teufel! So gut kann ein Mensch doch gar nicht spielen!«

»Die Klampfe des Teufels hat nur drei Saiten, Heinz«, grinste ich. »Und Jimi *ist* schon 27. Ich hab das Gefühl, der macht es noch mit 72.«

Otis Redding ist gerade mal 26 geworden, dachte ich. Dieses Alter schien die Trennwand zwischen Überleben und Leben zu bilden. »*I hope I'll die before I get old*«, sangen die *Who* in »*My Generation*« und bewiesen auf törichte Weise einen Mangel an Respekt vor dem Leben. Der Blick zur Wand im elterlichen Wohnzimmer rückte für mich auf humorvolle Art den Wert des Daseins zurecht. »Dat beste Middel, old to warn«, stand dort in schwungvoller Schreibschrift auf hellem Passepartout, eingefasst von einem schwarzen Holzrahmen, »is, nicht to fröh dot to blieven.«

Trotz aller Widerstände ihrer Besitzer wurde ein Zelt nach dem anderen abgebaut, was natürlich viel Zeit in Anspruch nahm. Unter den Zuschauern wurde schon gemutmaßt, man spiele seitens der Veranstalter auf Zeit, weil Hendrix keine Lust habe, aufzutreten. Zu dieser Annahme passte es, dass die Roadies auf der Bühne sich wieder und wieder an Verstärkern, Instrumenten und anderen Teilen des Equipments zu schaffen machten, als hätte das Wetter sie in Mitleidenschaft gezogen. Zu allem Überfluss probierte man – zum ersten Mal während dieser drei Tage! – den Mechanismus der Drehbühne aus, die dafür sorgen sollte, dass die Umbaupausen nicht zu lange dauerten. Eine halbe Runde vor, dieselbe zurück. Hätte funktioniert!

»Hau-Ruck, Hau-Ruck!« Die Fans vertrieben sich die Zeit. Den meisten schien es mittlerweile egal, *wann* Jimi Hendrix auftreten würde – Hauptsache, er tat es!

Ein Ei! Blau. Es flog dicht an meinem Kopf vorbei und landete punktgenau auf der Bühne. Wie hatte Adolf gesagt? *Indigokarmin*. Ein zweites folgte. Diesmal rot. Ich nahm an, dass es Archie, der irgendwo da draußen in schwarzer Schürze vor seiner *Eier-Farm* stehen dürfte, egal war, was mit seinen Produkten passierte. Bezahlt ist bezahlt, würde er sich sagen. Den Verkauf seiner Elfeinhalb-Minuten-Eier hatte er sicher nicht an einen Verwendungszweck gebunden.

Erste Pfiffe. »Jimi! Kümm rut! Dat ward Tiet!«, forderte jemand in der Menge lautstark. Ich fuhr zusammen. Diese Stimme kannte ich! Ganz bestimmt kannte ich sie! Aber – woher? »Hüüt is

Sünndag! Klock dree steiht bi Mudder de Koken op'n Disch!« Das kraftvolle Organ war sicher noch auf dem entfernten Campingplatz zu hören.

Viertel nach zwölf, verriet der Blick zur Uhr, und es deutete immer noch nichts darauf hin, dass der Rufer rechtzeitig an Mutters Kaffeetafel, *Punkt* drei, würde Platz nehmen können.

Die Zelte waren abgebaut, Franz und ich versicherten uns, dass weiterhin kein grüner Lieferwagen mit der Aufschrift *Gemüsehof Lange* in Sicht war, ein Loch im *O* von *Hof*.

Kette und seine Helfer drängten sich weiter durch die Menge, wiesen einen jungen Mann zurecht, der eine Kamera auf den Schultern trug. Da kannten die Kontrolleure kein Pardon!

Franz nahm seinen Apparat auf, wünschte uns viel Spaß und suchte einen Weg von der Bühne weg. Er sei nicht der größte Hendrix-Fan, hatte er mir verraten. Wir sicherten uns gegenseitig zu, in Kontakt zu bleiben.

Rike, Anna und ich drängten uns durch die Menge näher zur Bühne und warteten auf Jimis Auftritt, der jetzt, wo die Roadies das Feld geräumt hatten, unmittelbar bevorzustehen schien.

»Jimi! Kümm in de Puschen, du Düwel!« Jetzt sah ich ihn! Herwig! Ganz sicher! Herwig Maas! Von allen Fehmaranern, die ich an diesem Ort erwartet und erwünscht hätte, war er der letzte. Der allerletzte! Ich versuchte, mich hinter den breiten Schultern meines Nebenmanns zu verstecken, in der Hoffnung, nicht von Herwig …

»Ey! Fraaank! Altäää! Du auch hiäää?«

Die Unmutsbekundungen in unserer unmittelbaren und weiteren Umgebung flauten unter diesem Begeisterungsorkan ab, und gefühlt mehr Augenpaare, als sie dem Treiben in Woodstock zugeschaut hatten, richteten sich auf zwei junge Kerle, die das Schicksal nach langer Trennung wieder zueinandergeführt zu haben schien.

Herwig Maas. *Ach so!* Mein Banknachbar in der Volksschule, auf dem Gymnasium, auf der Parkbank, dämlich grinsend, während ich mich an Karola Petersen heranzumachen versuchte – auf der Uni endlich saßen andere neben mir.

Nachdem ihr Sohn nämlich zweimal backengeblieben war, gelangten Herwigs Eltern zur Erkenntnis, dass es bei ihm einen neuen pädagogischen Ansatz brauchte. Sie holten ihn von der Schule heim auf den Hof, wo er sich zukünftig um die Landwirtschaft kümmerte. »Ach so!«, war die knappe Antwort auf das Ansinnen seiner Erzeuger. »Ist ja fast dasselbe – hier 'n Misthaufen, da 'n Haufen Mist!« Dabei flog seine Mähne mal in die eine, mal in die andere Richtung. Als nächste erzieherische Maßnahme wurde sie von Muddern eigenhändig gestutzt.

Und nun rückte Herwig – ohne zu fragen, wie damals – in meine unmittelbare Nähe. »Hab dich ja ewig nicht mehr gesehen! Was machst denn gerade?« Meine Antwort quittierte er mit »Ach so.« Diese zwei Worte begleiteten ihn und nervten mich, seitdem ich Herwig kannte. Er benutzte diese Floskel als Hinweis, er habe sein Gegenüber verstanden, was ich vielfach bezweifelte, aber auch als Nachfrage, um sein Interesse oder Mitgefühl zu bekunden *(Ach so?)*.

»Meins', dass das bald mal losgeht, da?« Er wies mit dem Kinn zur Bühne. Auch in dieser Hinsicht hatte sich nichts geändert. Um eine örtliche Bestimmung vorzunehmen, nahm er stets das Kinn zur Hilfe, wo andere sich des Zeigefingers bedienten. Diese allerdings, seine Zeigefinger, trug Herwig samt den kompletten Händen meist tief in den Hosentaschen verborgen. Seine Extremitäten waren enorm lang; am längsten waren die Arme, und *wenn* er die Hände schon mal aus den Taschen holte, hatte man Angst, sie könnten auf dem Boden landen. Schon aus diesem Grund und um nicht hilflos in der Luft herumrudern zu müssen, steckten die Enden der Arme tief in den Hosentaschen. *Krake* hatten wir ihn schon auf der Volksschule genannt, was Herwig mit einem verständnisvollen »Ach so!« kommentierte.

Zu unserem Erstaunen kamen nun nochmal zwei Roadies auf die Bühne, rückten hier was, schoben dort was von links nach rechts. Das Warten nahm kein Ende!

Die Krakenarme hatten mich ohnehin fest im Griff, und so fragte ich Herwig: »Gespannt auf Jimi?«, nachdem er mir vom Leben auf dem Hof berichtet und die Schweine und Hühner aufgezählt hatte, die er täglich füttern musste. Alles in epischer Breite und ohne ein Stück Vieh namentlich auszulassen. Außerdem hätte er inzwischen Karola Petersen geheiratet und es sei gerade wieder ein Küken unterwegs. Das fünfte, wenn er sich nicht verzählt habe.

»Ik harr leest, dat he de Düwel is! Nu mütt ik em eenmol tokiek'n«, sagte Herwig und grinste. »Mal sehen, ob er echt Hörner am Kopf hat. – Ich bleib eh nicht lang. Nachher gibt's Kaffee und Kuchen …« (wusste ich) »… und da muss ich zuhause sein. Heute Abend treff ich mich mit den' von der Landjugend in Petersdorf. Die machen Tanzabend im Bahnhofshotel.«

Ich sah Herwig ratlos an. »Aber … wieso heute? Ich meine … hier findet ein bedeutendes Festival statt … und …« Vergewissernd sah ich mich um. »Ich seh hier keine Fehmaraner! Gar keine! Das ist doch nicht so lange her, dass ich auf der Insel war. 'n paar müsste ich doch wiedererkennen, oder?«

Achselzuckend und das Gesicht zu einem Grinsen verzogen entgegnete er: »Ich glaub, die finden das hier nicht so spannend!«

»Aber bekannt ist das doch wohl?«

»Na, klar! Hängen ja genug Plakate rum. Aber … ich weiß auch nicht! Die Tanzabende von der Landjugend ziehen wahrscheinlich mehr. Sind auch echt gut! Deine Geschwister hab ich da schon öfter gesehen.«

»Ich weiß.« Mehr hatte ich nicht zu entgegnen, aber da Herwig mich erwartungsvoll anschaute, sagte ich: »Ich wusste gar nicht, dass du tanzt!«

»Ach so? Nee, tu ich auch nicht! Aber ich guck gerne zu.«

»Ist ja auch was, Herwig!«

Nach dieser Feststellung war es Zeit für einen weiteren Blick zur Uhr. Der Zeiger rückte auf zwölf Uhr sechsundfünfzig.

Da! Jubel brandete auf, gemischt mit Buh-Rufen und Pfiffen. »Go Home!«, rief jemand.

Die dreiköpfige Band betrat die Bühne, Mitch Mitchell, einen lustigen Zylinder auf dem Kopf, klemmte sich hinter sein Schlagzeug, Billy Cox hängte seinen Bass um die braune Wildlederjacke, was ihm Schwierigkeiten zu bereiten schien. Seine Bewegungen wirkten hölzern, er hatte Probleme, sich auf den Beinen zu halten.

»Der ist ja voll!«, grölte jemand.

Hendrix selbst präsentierte sich in einem Aufzug, um den ihn jeder Papagei beneidet hätte. Seine kurze, quietschbunte Patchworkjacke war eine Herausforderung für gesunde Augen und focht eine heroische Schlacht mit der engen, magentafarbenen Hose; das blaue Stirnband hatte nach dem Gang des Meisters zum Friseur nicht viel zu bändigen, rundete schlichtweg das Farbkarussell nach oben ab. Der schwarze Sänger bot ein Gesamtkunstwerk.

Aus dem Schatten der Bühne echote er, was die Fans ihm verbal an den Kopf geworfen hatten: *»Buh, buh!«*, um ihnen verärgert entgegenzuhalten: *»Ich scheiß drauf, ob ihr buht oder nicht, solange ihr es in der richtigen Tonart tut, ihr Idioten!«*

Gelächter und weitere Pfiffe. Ein Ei. Gelb. Hendrix wartete einige Sekunden, drehte währenddessen an den Wirbeln der Gitarre, ließ den Vibratohebel ein paar Mal wippen. Ich hatte den Eindruck, er sei nervös, ängstlich gar.

Dann aber sagte er mit seiner tiefen Stimme: »Tut uns leid, dass wir gestern nicht mehr spielen konnten, Leute, aber das Wetter war echt unerträglich.« In den aufkommenden Beifall hinein fuhr er fort: »Man hat mir erzählt, Sandy habe ein paar gewischt gekriegt. Das kann's nicht sein!« Die meisten Zuschauer wussten, dass er vom Auftritt der Gruppe *Fotheringay* zwei Tage zuvor sprach, die bei einem aufziehenden Gewitter spielten und deren Sängerin Sandy Denny Stromschläge über den Mikrofonständer bekommen hatte.

Diesmal war einheiliger, lauter Beifall zu hören.

In diesen Applaus hinein murmelte Jimi etwas, das ich nicht verstand und Rike mir ins Ohr brüllte. »Er sagte: ›Ich brauch keine Blitze! Wenn jemand die Bühne in Brand setzt, dann bin ich es!‹«

Es stimmte also, was er Werner im Interview gesagt hatte. Seine Angst vor Feuer war groß und schien ständig zu wachsen. Daher seine Nervosität.

Dann begann er zu spielen und die Sonne, die schon seit Stunden kurze Gastspiele gegeben hatte, machte jetzt ernst. Sie brannte Löcher in die Wolken, brachte sie zum Kochen, verdampfte sie. Als wolle sie sich mit dem Gitarrenhexer aus Seattle messen, stand sie strahlend am blauen Himmel, zeigte den Fans, dass es sich gelohnt hatte, auf dieses Duell zu warten. Sie schenkte ihnen ein trockenes Gewand, wärmte Haut und Seele, und die jungen Leute ließen sich von ihr und dem Wind die nassen Haare trocknen.

Nach einem improvisierten Auftaktsong spielte die Band *Killing Floor*, danach *Spanish Magic Castle*.

Als wir die ersten, unverwechselbaren Klänge von *All Along The Watchtower* vernahmen, schmiegte sich Rike an mich. Es war der erste Song, den wir gemeinsam gehört hatten, es war mein erster Urlaub auf Kreta und mein erster Besuch gewesen in der zu dieser Zeit schon legendären Bucht von Matala, dem Treffpunkt der europäischen Hippies, die weder Geld noch einen VW-Bus hatten, um sich den Trip nach Afghanistan leisten zu können.

Es war weniger die Suche nach Erholung, die mich an diesen Ort getrieben hatte, sondern die pure Neugier.

Ich traf auf Überlebenskünstler, auf esoterische Spinner, die statt einer Zeitung lieber den Kaffeesatz studierten, Freaks, die von der Konsumgesellschaft die Nase voll hatten, ältere Ehepaare, die nackt herumliefen und stolz ihre sonnengegerbte Lederhaut präsentierten. Und Jungunternehmer, die ihre Firma gegen die Wand gefahren hatten. Und sie alle trafen auf Gleichgesinnte. Und sie alle campierten am warmen Sandstrand oder in den berühmten, in Felsenwände geschlagenen Grotten, die schön kühl waren, dafür aber muffig rochen.

Hier traf ich auf Friederike, und zu unserer Überraschung stellten wir fest, dass wir beide aus Hamburg kamen und nicht allzu weit entfernt voneinander wohnten. Am Abend saßen wir mit den anderen am Lagerfeuer – die Ehepaare hatten sich leichte Ponchos übergestreift – und da entgegen jedem Klischee niemand eine Gitarre dabeihatte, stellte ein sonnen- und auch sonst gereifter Ex-Zahntechniker aus Bochum mit großer Geste einen

Kassettenrekorder auf seine sorgfältig zusammengelegten Bermudashorts und drückte auf den Knopf. Es erklang Bob Dylans rätselhafter Song *All Along The Watchtower*, bei ihm eine traditionelle Folkballade, hier aber gespielt von Jimi Hendrix. Diese psychedelische Version, die auf der LP *Electric Ladyland* erschien, die dahingleitende Fassung mit den übereinander gelegten Gitarrensoli von Hendrix und *Dave Mason*, ferner der perkussiven Ergänzung durch *Brian Jones* hatte ich schon öfter gehört, aber nie hatte sie eine solch tiefgreifende Wirkung auf mich gehabt wie an diesem Abend. Und nicht mal der postkartenkitschig blutorangene Sonnenuntergang raubte dem Stück seinen Zauber; dem pulsierenden Rhythmus aus Jimis *Stratocaster* hätte ich einen begleitenden Wellengang vom postkartenkitschig azurblauen Mittelmeer gewünscht. Leider herrschte an diesem Tag Flaute.

Rike hatte sich zusammen mit ihrer Freundin Anna in eine der Grotten einquartiert, teilte sie ferner mit zwei (wie ich) Studienabbrechern aus München, die mit dem Gebissmechaniker jetzt über die Magie der Musik parlierten, und das Stück von Dylan schien ihnen als eines der dafür am geeignetsten.

»*There must be some kind of way outta here, said the joker to the thief*«, gab Paul aus Bochum den Eingangsvers von *All Along The Watchtower* wieder. »Es geht hier ganz klar um den Teufel und den Messias und ihre gemeinsame Suche nach dem Ausweg. Es *muss* doch eine Möglichkeit geben, den immerwährenden Streit zu beenden.«

»I woaß net!«, konterte Alois, einer der beiden Ex-Studenten (bis dahin hatte ich immer gedacht, nur in Ganghofer-Romanen und Filmen mit Hansi Kraus hießen Bayern so). »Ich würde Dylan an dieser Stelle wörtlich nehmen. Der Spaßvogel und der Dieb, beide sind auf ihre Weise Außenseiter, beide entschlossen, sich dem Zeitgeist zu widersetzen.«

»Schmarrn!«, widersprach sein Ex-Kommilitone. »Denk an die Zeile mit den Geschäftsleuten, die dem Hofnarren den Wein wegsaufen ...«

»Natürlich!«, brummte Jürgen, ein düsterer Mann trotz seiner azurblauen Augen, die so recht an diesen Ort passten. »An dem

Punkt sind es immer die Unternehmer, die es abkriegen!« Seine Spedition hatte zwei Jahre zuvor Konkurs anmelden müssen. Da liefen noch verschiedene Gerichtsverfahren, gab er freimütig zu, deshalb habe er sich aus dem Staub gemacht. Unschuldig, wie er betonte. Es gäbe gewisse Kreise in seiner Familie ... »... aber lassen wir das! Das führt zu nichts! – Außerdem trinke ich lieber Bier!«

»Entschuldigung! Ihr irrt euch alle!« Zum ersten Mal an diesem Abend meldete sich ein bis dahin auffallend still gebliebener, hagerer Typ mit weichen schwarzen Haaren, die weit über die Schulterblätter herabfielen, und ebenso weichen Augen, die verträumt in die Welt blickten. Entrückt irgendwie. Als ob seine Eltern geahnt hatten, was aus dem Knirps einmal werden würde, der da schweigend am Küchentisch das Tellerchen Brei leerte, hatten sie ihn Nathan getauft, was gewiss auch in Heilbronn, wo er herkam, kein alltäglicher Name war. Sein Vater hatte versucht, ihn in eine irdische Laufbahn zu lenken – so begann er eine Lehre als Autoschlosser, was ihm aber auf Dauer nicht zusagte. »Es geht um die apokalyptischen Reiter, wie sie im 6. Kapitel der Offenbarung des Johannes beschrieben stehen. *Two riders were approaching, the wind began to howl.* Dylan selbst hat die Angst vor der Apokalypse als das Grundmotiv seines Folkalbums *John Wesley Harding*, auf dem der Song erscheint, beschrieben: ›*It was a fearful album, just dealing with fear, but dealing with the devil in a fearful way.*‹ Er hat die Liedverse kurz nach seinem Motorradunfall geschrieben – er fuhr übrigens eine 500 cc Triumph Tiger 100 SS –, als er dem Tod tief in die Augen schaute. Hendrix hat diese Erklärung Dylans nicht selbst von ihm gehört, aber dessen Angst hautnah gespürt. Diese Angst hat ihn gepackt, sich in ihm niedergelassen, und er hat den Song auf geniale Weise neu, aber analog dieser Furcht interpretiert.«

»Aha!«, staunte Alois. »Aber ... die apokalyptischen Reiter ... waren das nicht vier?«

»Mann, ist der kleinlich!«, flüsterte Rike, die nun nicht mehr nur in meiner Nähe, sondern fast auf meinem Schoß saß.

»Ursprünglich ja«, nickte Nathan. »Zwei von ihnen ...«, er

zwinkerte uns zu, »… waren allerdings gerade in der Werkstatt, um ihre Pferde neu bereifen zu lassen.«

Tief in der Nacht, als frische Scheite aufs Feuer geworfen und weitere Versuche unternommen wurden, dem Geheimnis von *All Along The Watchtower* auf die Schliche zu kommen, als Anna und ein niedlicher, flachsblonder Jüngling aus Trondheim engumschlungen die Bucht zu erkunden trachteten, führte Friederike mich sanft in ihre Grotte.

Zwei Monate später bezogen wir eine 3-Zimmer-Altbauwohnung in Hamburg-Eimsbüttel, Lutterothstraße, zweiter Stock, links. 620 inklusive Nebenkosten.

Während Hendrix spielte, klopfte Rike mir den Rhythmus des Songs in schneller Folge auf den Rücken. Ich wusste, warum sie das tat. Sie liebte die kleine Geschichte, die Mitch Mitchell zu dem Lied einmal erzählt hatte: »*Auf der Fahrt zum Aufnahmestudio in einem Taxi fragt der Chauffeur: ›Sie sind doch Jimi Hendrix?‹ Der antwortet: ›Richtig. Ich bin auf dem Weg ins Studio.‹ Darauf der Fahrer: ›Ich kann Conga spielen.‹ ›Dann kommen Sie doch mit‹, sagt Hendrix. Und so bedient der Taxifahrer die Conga in* All Along The Watchtower *auf dem Album* Electric Ladyland.«

Routiniert spielte die Band ihr Programm herunter, selbst Billy Cox zeigte keine Ausfallerscheinung mehr. Sie gingen zum unvermeidlichen *Hey Joe* über, und Hendrix war nicht anzumerken, dass er diesen Song inzwischen hasste und nach Möglichkeit bei seinen Auftritten wegließ.

Nach drei weiteren Liedern intonierte die Gruppe *Red House*. Die Sonne verlor an Kraft, der düstere Himmel sandte erste Regentropfen auf die Köpfe der Fans. Die allerdings waren so gebannt, dass sie die Nässe kaum spürten. Hingebungsvoll lauschten sie den Klängen, die ihnen von der Bühne entgegenschwebten, und dieses Mal hatte sogar der Sturm ein Einsehen, flachte deutlich ab. Da mochten auch die Wolken nicht zurückstehen und schlossen die Schleusen.

Song reihte sich an Song, eine kraftvolle Version von *Purple*

Haze erwarb sich den Respekt der Sonne, die nun wieder vom Himmel lachte.

Nach anderthalb Stunden beendete die Hendrix-Band ihren Auftritt mit *Voodoo Child*, und mir ging es in den folgenden Minuten so wie wohl vielen der Zuschauer. Nach all den Jahren, in denen mich Jimis Musik durch mein frühes Erwachsenenleben begleitete, hatte ich ihn zum ersten Mal leibhaftig sehen dürfen, und das war etwas, was tief in mir haften bleiben würde.

Vergessen die tagelange Verzögerung, die unendlich erscheinende Wartezeit auf dem schlammüberzogenen Acker des Johannes Störtenbecker; ich hatte Jimi Hendrix gesehen, den Virtuosen an der Gitarre. Den Magier. Ich durfte teilhaben an der Zeremonie, die der Hexenmeister bot, war neunzig Minuten lang in der privilegierten Situation, nur Meter entfernt seine Hände über die Gitarre sausen und ihre Saiten mit der Zunge liebkosen zu sehen, staunend beobachten zu können, wie er das Instrument in den Nacken hob, um ihr auf seinem Rücken unfassbare Klänge zu entlocken.

Und ich hoffte inständig, dass sich Franz Waltz trotz des gegenteiligen Anscheins geirrt hatte und es nicht Jimis letzter Auftritt gewesen war.

Als Hendrix und seine Mitspieler die Bühne mit einem kurzen »*Thank you! Goodbye! Peace!*« verließen, ahnte noch niemand, dass das Festival an einem Wendepunkt stand.

Kapitel 34

Die Wahrheit

Dieser 18. September 2000, der Tag, an dem sich der Tod Jimi Hendrix' zum dreißigsten Mal jährte, war ein ungewöhnlich warmer, nahezu windstiller Spätsommertag.

Wir hatten den Bulli ein paar Meter vom Campingplatz entfernt geparkt, unmittelbar am Deich, und waren bis zum Ort des Festivals gelaufen, dann am Strand zurück bis zum Gedenkstein für den bedeutenden Rockmusiker, den der Steinmetz Andreas Lewerenz vor drei Jahren hier aufstellen ließ.

Als könne er Gedanken lesen, sagte Mario: »Bei einem Wetter wie heute – wer weiß, ob das Festival damals nicht anders verlaufen wäre.«

»Das hab ich auch gerade gedacht. Die Fans hätten sich einrichten und ansonsten auf die Musik konzentrieren dürfen.«

Er lachte. »Und tatsächlich *hören* können!«

»So ist es nicht verwunderlich, dass sich heute kaum jemand an die Details erinnert. Dazu: Keine Aufnahmen, wenig Bilder … Ich habe bis zu dem letzten Abend gedacht, dass ich einen Informationsvorsprung hatte. Tatsächlich ist ja das, was ich vorher an Material in die Redaktion gesendet hatte, nicht verloren. Aber die letzten Stunden … Es hat mich unglaublich viel Zeit gekostet, diese Ereignisse zusammen mit Rike zu rekonstruieren. Prost!« Ich nahm das Glas mit dem Korn und hielt es hoch. Wir stießen an und ich fuhr fort. »Trotzdem – ich habe gemerkt, wie viel ich vergessen habe. Im Traum denke ich manchmal wirklich, *Colosseum* spielen gehört zu haben, obwohl das …«

»Mitunter spielt uns das Gedächtnis einen Streich«, nickte Mario. »Äh … Werner Öller … der hat dir nicht geholfen? Bei der Suche nach der Wahrheit, meine ich.«

Ich sah ihn erstaunt an. Werner und immer wieder Werner. Was sollte das? »Als ich das Puzzle gelegt habe, war er schon in den USA. Was fragst du dauernd nach Werner?« Ich öffnete zwei Flaschen Bier und reichte Mario eine.

»Danke!« Er ignorierte meine Frage. »Kann es denn auch sein … ich meine … der Tod von Hendrix. Kann es sein, dass du auch in der Hinsicht einige Lücken …«

»Mario! Wir wollten das Thema nicht mehr anschneiden. Aber weil du es so genau wissen willst – ich bin heute so felsenfest überzeugt wie damals, dass ich richtiglag. Außerdem – das alles hat mit dem Festival direkt gar nichts zu tun!«

Er sah mich eine Zeitlang mit einem rätselhaften Blick an. Dann nahm er die Kornflasche und schenkte die Gläser bis zum Rand voll. »Also gut, Frank! Da du von deinen Theorien nicht lassen willst – wir tragen jetzt mal ganz in Ruhe zusammen, was Wahrheit und was Gerücht ist. Wie deine Erinnerung dich dazu verleitet hat …«

»Das ist nicht fair, Mario! *Verleiten* ist wieder so ein Wort …«

»Okay! Du hast recht! Zum Wohle!« Der Korn war angenehm kalt und brannte im Hals. »Gehen wir ganz objektiv heran. Erstens: Dieser Einsatzleiter der Polizei, den ihr Lange nanntet, sagte etwas von einem Gerücht …«

»Schon wieder falsch! Er hatte gesagt, dass es eine Anweisung aus Bonn an das schleswig-holsteinische Innenministerium gegeben hätte, Jimi Hendrix während seines Auftritts zu schützen. Es hatte sich um handfeste Informationen von Sicherheitsbehörden in den USA gehandelt.«

»Das erzählte dir dein Freund Werner Öller vom Konkurrenzblatt *Pop-Magazin* …«

»Lass doch diese Andeutungen! Werner hatte auch selbst darüber geschrieben. Ich habe keinen Grund gesehen, seine Worte anzuzweifeln. Es war nicht seine Schuld, dass sein Verleger ihm verboten hat, …«

Mario lachte. »Aber klar! Der Spielverderber ist wie immer der Verleger.«

»Nicht wie immer, aber in diesem Fall ja! Das war eben der Unterschied! Beim *Rock Tune* war es der Chefredakteur, der auf der Bremse stand. Der Verleger hätte dem Redakteur, schätze ich, keine Steine in den Weg gelegt.«

»Oh! Bist du sicher? – Nein, du hast natürlich recht. Ich gehöre noch zu der Sorte, die niemals in die Autonomie einer Redaktion eingreift. Mitunter zu meinem Leidwesen, habe ich festgestellt.«

»Haller war ein Verhinderer, bei allem, was er tat.«

»Oft mit meiner Rückendeckung! Ihr habt euch ständig über ihn beklagt, stets versucht, ihn schlecht zu machen …«

»Das ist doch nicht richtig, Mario! Fachlich war er bei uns anerkannt …«

»Davon habe ich wenig gemerkt! Im Gegenteil! Ich hatte sehr oft den Eindruck, ihr hättet mir Sebastians Anstellung übelgenommen. Dabei habe ich genau gewusst, was ich tat! Ihr alle wart gute Journalisten, gute Rechercheure, gute Kolumnisten – aber manchmal ist die Fantasie mit euch durchgegangen, und der Drucktermin hat euch wenig gekümmert! Dafür habe ich Sebastian Haller gebraucht! Er war Garant, dass meine jungen Edelfedern nicht übers Ziel hinausgeschossen sind. Manchmal musste er auf den Tisch hauen. Oft hat er das mit meiner Unterstützung gemacht. Nicht immer, aber meistens.«

»Als wenn wir jemals Unwahrheiten verbreitet hätten!«

»Vorsicht, Frank! Ganz vorsichtig! Ich erinnere dich an das leidige, angebliche Interview mit *Frumpy*. Das war wirklich kein Ruhmesblatt! Sebastian hat sich noch jahrelang Vorwürfe gemacht, dass ihm dieses Ding durchgerutscht ist.«

Ich sah Mario verschämt an. »Das stimmt! Das war nicht gerade eine Glanzleistung von mir. Aber …«

»Komm mir bitte nicht wieder mit der alten Geschichte, dass deine gesamten Unterlagen im Organisationszentrum verbrannt waren! Du hast mir bisher immer versichert, dass du dich an alle Ereignisse, bei denen du zugegen warst, gut erinnerst. Und den Eindruck habe ich auch.«

Dieses eine Mal – da sprach Mario einen wunden Punkt an – hatte ich journalistisch komplett versagt. Ich erinnerte mich an den Morgen, an dem mein Verleger, den Chefredakteur im Schlepptau, in mein Büro gestürmt kam und wutentbrannt ein Schreiben auf den Tisch knallte, das den Briefkopf der *Polygram* trug, die Plattenfirma, die auch die LPs von Inga Rumpf und ihrer Band produzierte. In diesem Brief drohte die Firma dem Verlag mit einer Schadensersatzklage, weil es sich bei dem Interview, das im *Rock Tune* veröffentlicht worden war, um eine Fälschung handele. Leider musste ich zugeben, dass die Vorwürfe der Wahrheit entsprachen.

Ich habe später oft darüber nachgedacht, wie mir so ein Fauxpas passieren konnte. Wohl hatte ich nach dem Auftritt der Band einige Worte mit Inga Rumpf gewechselt, auch, weil ich seit ihrer Zeit bei den *City Preachers* schwer verliebt in sie war. Dass meine Tonaufnahmen von diesem vermeintlichen Interview verbrannt wären, war eine dreiste Lüge – vor lauter Aufregung hatte ich vergessen, das Gerät anzuschalten! Zu sehr hatte mich das Mädchen in seinen Bann gezogen, und ich war nicht fähig, meine Augen von seinen abzuwenden. Ich hatte sogar das wohlige Gefühl gehabt, die blutjunge Sängerin mit der Wahnsinnsstimme flirte mit mir!

»Sei froh …«, sagte Mario mit einem Anflug von Lächeln, »… dass später dieser Brief von Inga persönlich kam, in dem sie schrieb …«

Und ob ich froh war! In ihrem Schreiben an Mario teilte Inga Rumpf mit, dass sie zunächst sehr erbost über diese Fälschung gewesen wäre, nach mehrfacher Lektüre allerdings ihrer Plattenfirma von rechtlichen Schritten abgeraten hätte. Denn »… von allen Interviews …«, schrieb sie, »… die ich in meinem Leben *nicht* gegeben habe, ist dieses zweifellos das schönste!«

Der zweite Patzer, den ich mir geleistet hatte, war die angebliche Aussage von der Band, nach ihrem Auftritt auf Fehmarn ins Studio zu gehen, um ihre neue Platte aufzunehmen. Das war von *Polygram* als geschäftsschädigend bezeichnet worden, denn zu diesem Zeitpunkt stand die Scheibe schon allerorts in den Plattenläden! Auch hier half mir Inga aus der Bredouille. »Sie muss einen Narren an dir gefressen haben!«, grinste Mario. »Das hätte böse enden können.«

Hätte es! Ich war mit einem blauen Auge davongekommen und zu dem Schluss gelangt, es wäre wohl klüger, in der nächsten Zeit kleinere Brötchen zu backen.

»Nach so vielen Jahren, denke ich, sollten wir diese Geschichte nun endgültig abhaken«, sagte Mario Demand. »Kommen wir zurück zu Hendrix. Der zweite Hinweis, den du anführst – und du merkst, ich lasse mich jetzt darauf ein! – ist – auch wieder geliefert von Öller, …« *Du lässt dich* nicht *drauf ein!,* dachte ich, denn der süffisante Unterton in seiner Stimme war mir nicht entgangen. »… ist sein Interview mit Hendrix auf der Isle of Wight.«

»… das du ja hoffentlich nicht anzweifelst!«

Er zuckte die Achseln. »Öller *hat* ein Interview mit Hendrix geführt, daran besteht kein Zweifel. Ich war ja damals mit Sebastian vor Ort und habe von Fritz Rau erfahren, dass Öller gerade bei Jimi war. Werner hat uns gleich im Anschluss eine Kopie des Manuskripts gegeben, also gehe ich davon aus, dass … wobei – *hundertprozentig* weiß man es nicht!« Er machte eine Pause, sah mich lange an. »Tja … und dann … ich denke mal, die Sprüche von Herbert Schnoor über einen geplanten Anschlag seitens der Iraner dienen nicht als Beleg, richtig?«

Ich nickte. »Richtig!«

»Gut. … Dann also … tja …«

»Na, nun sag es schon!«

»Also gut! Dann hat dir ein Porno-Filmer gesteckt …«

»Mario, bitte!«

»… dann hat dir ein Jemand den Hinweis gegeben, dass in einem Lieferwagen mit einem Loch in der Wand eine Kamera stand …«

»… eine Hochleistungskamera!«

»… und außerdem zwei Filmrollen in diesem Wagen lagen … mit der Aufschrift … hm … der Aufschrift …«

»… mit der Beschriftung *JH – Last Concert. 1* und *2.* Jawohl!«

»Nun *war* es aber nicht das letzte Konzert von Hendrix!«

»Er lebte noch genau zwölf Tage, Mario, und ist nur noch einmal in *Ronnie Scott's Jazz Club* in London aufgetreten.«

»Dieser Lieferwagen ist am Tag des Auftritts nirgends zu sehen gewesen. Auch von dir nicht!«

»Weil Jimi am *Samstagabend* spielen sollte. Einen Tag zuvor. So war es geplant! Und an diesem Tag hat Franz Waltz den Lieferwagen gesehen. Wie ich die Tage zuvor auch!«

»Du hast aber dieses ominöse Loch in der Wagenwand nicht bemerkt.«

»Nee!«, lachte ich. »Da hätte ich ganz besonders genau hinschauen müssen, denke ich.«

Mario kratzte sich am Kopf. »Und wenn es dieses Loch wirklich gegeben hätte?«

»… hätte das bedeutet, jemand *wollte* das Konzert filmen, musste nur feststellen, dass Hendrix am Samstag nicht auftrat.«

»Und warum hat der geheimnisvolle Filmer es nicht am nächsten Tag gemacht?«

»Das ist eben das, was ich nicht weiß. Vermutlich hat er sich's anders überlegt oder eine andere Order erhalten. Oder er ist gestört worden.«

»Weißt du denn inzwischen, was auf den Filmrollen zu sehen ist?«

»*Der* Filmrolle! Franz hatte mir nur *eine* gegeben. Natürlich! Kurz nach dem Festival habe ich das Ding in ein Kopierwerk gegeben.«

»Und?«

»Nichts! Hätte mich auch gewundert.«

»Es gab am Sonntag die Anweisung, die Zelte abzubauen. Vielleicht wollte man, dass auch die Autos verschwinden.«

»Es bezog sich wirklich nur auf die Zelte. Es hieß damals, Jimi wollte nicht an alte Zeiten erinnert werden, als er noch in einem Zelt leben musste. Autos standen noch genug herum. – Nein, warum der Lieferwagen nicht da war, das ist …«

»Nun …« Mario trank einen Schluck Bier, stellte die Flasche ab. »… vielleicht gab es den Wagen ja wirklich und … hatte *kein* Loch im O! Es gab ihn nur, damit du ihn selbst sehen konntest. Gut, lassen wir das! – Wenn ich richtig verstanden habe, gibt es etwas, was den Samstag vom Sonntag unterschieden hat.« Er sah auf das Kornglas, das er auf dem Campingtisch hin und her drehte. Dann schaute er hoch. »Señor Ibanez.«

Erstaunt sah ich meinen Freund an. »Du meinst … du glaubst an eine Verbindung zwischen beiden Ereignissen?«

»Ich glaube überhaupt nichts, Frank! Ich hatte nur versprochen, mich auf deine Gedankengänge einzulassen und das tu ich jetzt einfach mal.«

»Und … hast du eine Erklärung?«

»Nehmen wir mal an, es war – von wem auch immer – geplant, nicht etwa Hendrix' Auftritt zu filmen, sondern den … wie soll ich sagen? … den *Nichtauftritt!*«

»Wie meinst du das?«, fragte ich verwirrt. Ich merkte, dass mir der Schnaps langsam zu Kopf stieg.

»Du sagtest, Ibanez habe versucht … nein, Werner Öller sagte, der Argentinier habe versucht, Hendrix zu vergiften.«

»Werner hat mir nur das verraten, was Uschi Obermeier ihm erzählt hat.«

»Ja, ja! Klar! – Vielleicht wollte man Hendrix nicht umbringen, sondern ihn sozusagen *kampfunfähig* machen.«

»Das musst du erklären!«

»Frank! Stell dir vor, du wärest ein großer Hendrix-Fan und müsstest im TV einen Beitrag sehen, in dem ein vollkommen derangierter Kerl über die Bühne stolpert, der offensichtlich nicht mehr weiß, wo vorn und wo hinten ist.«

»Ich verstehe. Wie komplett zugedröhnt.«

»Eben! Du müsstest erleben, dass dein Idol hilflos ins Mikrofon lallt und auf seiner Gitarre nur noch Schrammellaute erzeugt. Wenn er die Saiten überhaupt noch träfe. Wärest du nicht mindestens irritiert? – Da die Gläser aber vertauscht worden sind«, fuhr Mario fort, »und Billy Cox das Gift genommen hatte, wäre der Plan von Ibanez danebengegangen. Jimi wollte danach nicht mehr auftreten, was um ein Haar passiert wäre.«

Ich sah Mario entgeistert an und atmete tief durch. »Das klingt logisch, Mario! So absolut logisch!« Dann lachte ich heraus. »Und mich nennst du einen Verschwörungstheoretiker! Ich glaube, ich habe dich endlich überzeugt, was, mein Alter?«

Mario Demand fiel in mein Lachen ein. »Nein! Das hast du nicht! Wenn du genauer darüber nachdenkst, hört sich diese Geschichte doch vollkommen absurd an! – Frank, mein Freund! Bevor ich dir jetzt die Wahrheit erzähle, erhebe ich mein Glas und trinke auf uns beide und auf Jimi, der jetzt da oben zuhört und sich wahrscheinlich köstlich über uns amüsiert.«

Wir stießen an und tranken. Schnell füllte ich die Gläser wieder und fragte ihn skeptisch: »Die Wahrheit? Du meinst das, was in den letzten dreißig Jahren über den Tod von Hendrix ohnehin schon an Gerüchten kursiert? Oder zauberst du eine neue Variante aus dem Ärmel?«

Er grinste. »Warte ab und urteile später!« Er lehnte sich im Campingstuhl zurück. »Dein alter Freund Werner Öller – weißt du, was er heute macht? Das *Pop-Magazin* gibt es nicht mehr, genau so wenig wie das *Rock Tune*. Was macht er heute?«

Ich ärgerte mich, dass er nicht von Werner lassen wollte. Warum brachte er meinen guten Freund immer wieder ins Spiel? Wieder bedauerte ich, dass der Kontakt zu Öller schon vor langen Jahren abgebrochen war. »Ich muss ehrlich sagen: Ich weiß es nicht. Das letzte Lebenszeichen von ihm war ein Brief, den er mir … es war eine Woche nach Hendrix' Tod, deshalb erinnere ich mich gut … den hat er mir aus den USA geschickt. Vorher war er auf einmal spurlos verschwunden – seine Wohnung in Lübeck war neu vermietet, weder ihn noch seine Schwestern konnte ich aufstöbern.«

»Was stand in dem Brief?«

»Seine Zeilen waren sehr euphorisch. *Frank,* schrieb er, *es wendet sich alles zum Guten! Über meinen Verlag habe ich eine fantastische Anstellung in San Francisco bekommen, in leitender Stellung. Verdiene sehr gutes Geld! Und das Schönste ist: Dieser Arzt, von dem ich dir damals erzählt habe, hat seine Praxis auch hier! Er hat Pauline untersucht und ist zuversichtlich, dass er den Tumor – denn es ist einer – wegoperieren kann. Agnes und ich können kaum erwarten, dass es so weit ist. Pauline ist sehr gefasst. Sie hat sofort Vertrauen zu dem Arzt gefunden. Ist das nicht toll? Ich melde mich, wenn alles überstanden ist.* – Das war's. Danach kam nichts mehr.«

Mario sah mich lange an. Dann sagte er: »Der Brief kam kurz nach Jimis Tod?« Es klang nicht wie eine Frage, eher wie eine Feststellung. »Ich glaube, wir sind an einem Punkt angekommen, an dem ich dir die Wahrheit erzählen sollte, wie ich es dir versprochen habe. – Ich erzähle dir jetzt eine Geschichte, die ich die ganzen Jahre für mich behalten habe. Am Anfang kam sie mir genauso abenteuerlich vor, wie das, was du mir an Märchen – nein, entschuldige, ich sag es anders, du warst ja immer überzeugt von deinen Ideen – was du für die Wahrheit gehalten hast.«

Weiter verärgert knurrte ich: »Da bin ich aber gespannt!«

»Entspann dich, Frank! Kein Grund, sauer zu sein. Wenn du gehört hast, was ich dir sage, wirst du einsehen müssen, dass alles logisch und richtig ist. By the way: Nein, ich biete nicht die hundertsiebenundzwanzigste Variante von Jimis Tod. Dazu ist alles gesagt. Dazu haben sich Ärzte abschließend geäußert. Er hatte zu viele Schlaftabletten genommen mit zu viel Rotwein und ist später an seinem Erbrochenen erstickt. Punktum!«

Jetzt irritierte er mich wirklich. »Aber ... was willst du mir denn sagen?«

Mario nahm einen tiefen Schluck, als erfordere das, was nun folgen sollte, besonderen Mut. Dann fragte er: »Das *Pop-Magazin*, Frank, wem hat das gehört? Wer hat das verlegt?«

Ich stutzte einen Moment, weil die Frage unerwartet kam. Für mich überraschend. »Na, dem Nordwest-Presse Konzern.«

»Richtig! Der mächtigen NWP. Und was wissen wir über diese Firma?«

»Dass sie damals ständig neue Printerzeugnisse zugekauft hatte, bis sie an ihrer Größe erstickt und vor ... fünfzehn? ... nein ... vor über zwanzig Jahren schon ... an Amerikaner verkauft worden ist.«

»Korrekt! An die *Worldwide Data Incorporated.* Deren Stammsitz befand sich in Boston, Massachusetts. Diese Firma machte im Grunde genommen nichts anderes als die NWP seinerzeit, mit einem Unterschied: Sie kaufte die Presseerzeugnisse nur auf, um sie irgendwann in den Ruin zu treiben. Übrig blieben ein paar große Blätter, denen man die Konkurrenz auch aus dem eigenen Haus vom Hals geschafft hatte. Das betraf alle Fachzweige, von Autojournalen über Immobilien-Magazine bis zu Sport-Illustrierten. Kauf auf, hau drauf, mach kaputt, werde reicher!«

»Erinnert mich an Rio Reiser! – Das ist alles sehr spannend, Mario! Ich verstehe nur nicht, was ...«

»Moment! Langsam! Ich bin auf dem Weg. Auch im Sektor Pop-Musik wurde so verfahren. Der amerikanische *Rolling Stone* zum Beispiel sollte auch ein Opfer solcher Machenschaften werden. Du weißt, einer der beiden Gründer, Jann Wenner, ist ein guter Freund von mir. Der hat mir verraten, mit welchen unsauberen Tricks versucht wurde, sich das Blatt unter den Nagel zu reißen. Zum Glück sind sie bei Jann auf Granit gestoßen.«

»Aber ... solche Aktivitäten ... die hat es doch erst nach der Wende gegeben, oder?«

»Weit gefehlt! Ich erinnere mich gut an einen Leserbrief im *Spiegel*, in dem der ehemalige Chefredakteur der FAZ, Paul Sethe, Folgendes geschrieben hat: *Pressefreiheit ist die Freiheit von zweihundert reichen Leuten, ihre Meinung zu verbreiten.* Inzwischen sind es weit weniger als zweihundert! Der erwähnte Brief datiert aus dem Jahre 1965! – Nun, die Arme der *Worldwide Data* reichten bis in die hintersten Ecken der Welt. In Palo Alto, Kalifornien, befand sich eine unscheinbare, kleine Firma namens – höre und staune! – *Real Pressex!* – Unfassbar, nicht? – Du kannst den Mund wieder zumachen!«

Bevor ich das tat, schüttete ich einen großen Schluck Bier hinein.

»Dieser kleine Laden wickelte die schmutzigen Geschäfte für die *Worldwide* ab, damit die Muttergesellschaft sich die Finger nicht schmutzig machen musste. Wobei – natürlich war alles streng legal! Und der Geschäftsführer dieser Klitsche – das verriet mir Jann, der ihn selbst gesprochen hat – war seit 1978 ein gewisser Werner Öller.«

Um ein Haar verschluckte ich mich an meinem Getränk. Fassungslos sah ich Mario an. Dann aber sagte ich: »Das kann nicht sein! Da irrst du dich!«

»Meinst du?«

»Allerdings! Ich habe seinerzeit versucht, Werner ausfindig zu machen – mit den Möglichkeiten von damals ohne Erfolg. Seit ein paar Jahren gibt es eine wirksamere Methode. Das *World Wide Web*!«

»Richtig! Und?«

»Ich bin auf eine Person in Österreich gestoßen. Die kam nicht infrage. Sonst nichts. Gar nichts!«

»Kunststück! Deinen besten Freund aus früheren Tagen würdest du heute unter *Oller* finden. Er hat sich damals einbürgern lassen, und die Amis kennen nun mal keine Umlaute. Aber gib dir keine Mühe. Heute existieren keine Einträge mehr. Alle Firmen, *Worldwide Data*, *Real Pressex*, alles passé und Vergangenheit.«

Mario schwieg und gab mir die Gelegenheit, seine Worte sacken zu lassen, was eine geraume Zeit dauerte. Ich wusste, dass es keinen Sinn hatte, ihm zu widersprechen, jeder Versuch, ihn zu widerlegen, war zum Scheitern verurteilt. Er hatte so erschreckend viele Verbindungen, so viele Kenntnisse über den Pressemarkt – damals wie heute –, dass alles, was ich einwenden würde, vergebens wäre.

»Das, Frank …«, sagte Mario mit leiser Stimme, »… ist der Grund, warum ich dir die ganzen Jahre nichts gesagt habe. Ich wollte nicht, dass du enttäuscht bist. Schließlich hast du den Mann für deinen besten Freund gehalten. Es tut mir leid!«

In meinem Hirn herrschte ein heilloses Durcheinander. Werner! Mein guter Freund, mein bester Kumpel! So manchen Strauß hatten wir ausgefochten, aber ausschließlich auf unsere berufliche Tätigkeit beschränkt. Privat waren wir ein Herz und eine Seele, hatten manchen Urlaub zusammen verbracht, manche feuchte Nacht überstanden, mit allem, was dazu gehörte. Ich kannte seine Schwestern Agnes und Pauline, er meine Geschwister und Eltern.

Es dauerte eine geraume Zeit, bis ich wieder einen klaren Gedanken fassen konnte. Dann meldete sich tief in mir der Journalist, der zu seinem Recht kommen wollte.

»Mal angenommen, es wäre alles so, wie du sagst – was hat das jetzt mit dem Tod von Jimi Hendrix zu tun? Gar nichts? Willst du nur …«

»Alles, Frank! Alles!« Warum er in dieser Sekunde lächelte, wo es mir doch so schlecht ging, war mir nicht klar. Auf mich wirkte es herablassend. »Alles, was zu deinen Hirngespinsten geführt hat – vielmehr *fast* alles, hat Werner dir vermittelt. Stimmt's? Diese angeblichen Ängste, unter denen Hendrix litt, die vor dem Feuer, die vor dem FBI …«

»Die Ängste, die Jimi in *All Along The Watchtower* ausdrückte, hatte Bob Dylan. Damit hat Werner nichts zu tun.«

»Ach, Frank! – Der angebliche Vergiftungsversuch im Dania, der leere Tank des Hubschraubers …«

»Die Kamera im Lieferwagen hatte nicht Werner entdeckt …«

»Du verstehst überhaupt nichts!«, schimpfte Mario, lächelte dabei aber nachsichtig. »Ich habe vor einigen Jahren mal mit einem Herrn Lange telefoniert, Juniorchef des gleichnamigen Ge-

müsehofs, ansässig in Lensahn im schönen Ostholstein. Er selbst war natürlich zu jung, hatte aber einen Fahrer, der immer noch, wie schon 1970, für den Hof gearbeitet hat und über ein fantastisches Gedächtnis verfügte. Der hat mir versichert, beim Festival bis zum Samstag mehrfach auf das Areal gefahren zu sein, um die Stände mit Waren zu beliefern. Für den Sonntag gab es keine Bestellungen an Gemüse mehr. Am Bierstand hätte er mal eben gehalten, weil er Durst hatte. Und am Samstag sei er von einem Typ mit einem bunten Stirnband angesprochen worden, der ihn nach den Lieferzeiten gefragt hat, und das in bayerischem Dialekt. Das war niemand anderer als der Mann, der sich dir als Franz Waltz vorgestellt hatte, und den ich als Florian Aumüller kenne, der zusammen mit Öller auf der Isle of Wight war!« Plötzlich hieb Mario sich die Faust auf den Schenkel und lachte schallend. »Und genau da haben die beiden auch mich reingelegt! Beim Brand während Hendrix' Auftritt hätten sie angeblich zwei Leute gesehen, die das Feuer gelegt und dann von der Bühne geflüchtet sein sollten! Eine Untersuchung später hat ergeben, dass das Feuer durch einen Kurzschluss verursacht worden ist!«

Alles, was er mir in diesen Minuten sagte, kam wie Faustschläge direkt in die Magengrube. Jetzt wurde mir alles klar! Der Umschlag! Der Umschlag, den Werner dem Fotografen in Flügge in die Hand gedrückt hatte – es war der Lohn dafür, mich auf die falsche Fährte gesetzt zu haben. Werner Öller, du verdammter Dreckskerl! Du Verräter an einer Freundschaft!

»Frank, es war nicht einfach herauszufinden, aber ich habe einen Bekannten, dessen Cousin damals im schleswig-holsteinischen Innenministerium gearbeitet hat. Es gab 1970 keinerlei Hinweise amerikanischer Stellen, dass ein Anschlag auf Hendrix geplant war.«

»Dann hat sich der Polizeichef wohl geirrt.« Meine Worte mussten in Marios Ohren hilflos klingen.

»Werner Öller hat versucht, dir einen Bären aufzubinden, in der Hoffnung, du würdest diesen ganzen Quatsch im *Rock Tune* veröffentlichen und damit meine Firma lächerlich machen! Es gipfelte im Fantasienamen für den angeblichen Rinderzüchter aus Argentinien, der weder mir noch irgendjemandem sonst in der Szene bekannt war. *Fernando Benito Ibanez.* Abgekürzt, mein Lieber, *FBI!* Nicht gemerkt?« Sein Lachen hatte jetzt etwas Geringschätziges. »Da hat dein Freund Öller dich aber kräftig vorgeführt! – Das und nichts anderes ist die ganze traurige Wahrheit. Wenn das alles gedruckt worden wäre, wäre ich zum Gespött der Branche geworden. Wir hätten so gut wie alle Leser verloren, bis auf die, deren Hobby Verschwörungstheorien sind, und wir wären binnen kurzer Zeit bankrott gewesen. Zum Glück gab es einen Mann, der das verhindert hat – der von dir so geschmähte Sebastian Haller!«

Kapitel 35

Enttäuschung

Und? Sollte ich jetzt Abbitte leisten? Einem Mann gegenüber, der meinen Abgang aus dem Verlag initiiert, forciert, Stimmung gegen mich gemacht und die Kollegen so lange bearbeitet hatte, dass mir keine andere Wahl geblieben war, als meine Siebensachen zu packen und zu gehen.

Nicht mal von meinem Verleger bekam ich Rückendeckung, was mich besonders enttäuschte.

Und jetzt der Schock, den Marios Erklärungen mir versetzten. Ich sah keinen Anlass mehr, an seinen Worten zu zweifeln.

Werner, mein bester Freund aus frühen Jahren! Nicht nur, *dass* er mich hintergangen hatte, es war der Zeitpunkt seines Tuns! Keine drei Wochen nach dem Fehmarn-Festival hatte er sich klammheimlich aus dem Staub gemacht. Alles war von ihm minutiös geplant worden.

Plötzlich schoss mir ein Gedanke durch den Kopf. Warum hatte sich Werner so unmittelbar nach dem Tod von Jimi Hendrix abgesetzt? Hatte er ein schlechtes Gewissen bekommen? Hatte er den Versuch, mich in der Branche unmöglich zu machen, bereut? Ganz sicher hatte er nicht wirklich damit gerechnet, dass Hendrix so plötzlich und für alle überraschend aus dem Leben scheiden würde.

Wie auch immer – man schien ihn gehörig unter Druck gesetzt zu haben, und meine Wut richtete sich nun vordringlich gegen die Initiatoren dieser schändlichen Erpressung.

Denn um nichts anderes ging es! Der Kapitalismus hatte seine hässliche Fratze gezeigt! Die Machenschaften dieser Unternehmen, die kleine Verlage vernichteten, indem sie sich diese aneigneten, *rechtlich legal* aneigneten, um sie dann mit einem Federstrich zu beseitigen – man konnte diese Methoden nur mafiös nennen!

Die *Worldwide Data Incorporated* hatte Werners Lage schamlos ausgenutzt. Die Verantwortlichen hatten von der Krankheit Pauline Öllers gewusst und gehandelt wie die Stasi, über deren Methoden die von ihnen aufgekauften Zeitungen täglich lang und breit berichteten. Wenn du machst, was wir von dir erwarten, geben wir dir das Geld für die Operation deiner Schwester.

Trotzdem tat mir Werner nicht leid. Was bedeutete ihm Freundschaft? Der Tumor in Paulines Kopf hätte sie irgendwann töten können. *Können.* Sicher aber war das nicht, und Agnes ging deutlich gelassener mit dieser Möglichkeit um. Und auch wenn ich Werners Zwangslage verstand – das, wozu er sich hatte breitschlagen lassen, hatte zur Vernichtung dutzender von Arbeitsplätzen geführt. Allein beim Demand-Verlag! Es hatte sich ihm eine Alternative geboten: Sich zu verweigern, in die Offensive zu gehen und die Gauner anzuprangern! Aber nein!

Was ich Werner sehr übelnahm, war, dass er das Ding nicht allein durchgezogen, sondern sich eines Komplizen bedient hatte.

Franz Waltz alias Florian Aumüller. Der Filmer, der die Welt bereisen wollte. *Wenn* das stimmte! Auch er hatte nicht auf das Geld gespuckt. Den Judaslohn! Auch er wie vom Erdboden verschluckt!

Als hätte keine dieser Personen je existiert.

Friederike, die sich gottlob nicht als Einbildung erwiesen und die ich in Rostock erreicht hatte (»Frank! Du lebst noch? Warum meldest du dich nicht mal? – Gratuliere zu deinem Buch! Deine

Theorien finde ich, ehrlich gesagt, etwas merkwürdig!«), führte mich auch nicht weiter. Natürlich nicht. Es war auch nur der Versuch, einen Strohhalm zu ergreifen.

Rike hatte inzwischen umgeschult von Schneiderin auf Bootsbauerin – für eine Ostseepiratin absolut konsequent – und betrieb mit ihrem Mann eine kleine Werft (»Ich muss die See riechen, sonst kann ich nicht leben.«). Sie lebten gut.

»Ich verstehe deine Enttäuschung«, sagte Mario nach einer Weile mit sanfter Stimme, als könne er hinter meine Stirn sehen. »Wir sollten …«, sagte er nach einer Weile, ohne seine Stimme zu heben, »… das alles hinter uns lassen, und das tun, wofür wir hergekommen sind.« Dann wurde er lauter. »Lass uns einen großen Mann feiern, einen Freund, einen der Besten der Musikgeschichte. Einen Toast auf Jimi Hendrix, der uns viel zu früh verlassen hat.« Die Schnapsgläser knallten entschlossen aneinander.

Kapitel 36

Flaschenpost

»Ich erhebe mein Glas …«, sagte Mario mit durchtränktem Pathos in der Stimme, »… auf die Wie'rbelebung unserer Freun'schaft, auf diese Insel, die sweitschöns'e der Welt …«

»Quasch keine Opern! Fehmarn ist die schöns'e!«

»… und auf unsern Freund Jimi'ndrix, der da oben sitzt im Kreise seiner Freunde Brian, Janis, Jim …«

»… Robert, Al, Curt …«

»… und Elvis, 'türlich, und zusammen mit ihnen *All'long The Watchtower* spielt.«

Woschtauer sagte Mario, weil es nicht unser erster Trinkspruch war und nach jeder Flasche Bier und jedem Glas Korn sich Wortschöpfungen auftaten, die die Welt auf dieser Seite des Deiches noch nie gehört hatte und die anders über die Zunge glitten, als sie unser Sprachzentrum eigentlich verlassen sollten.

»Und ich erlebe mein Gras … erhebe mein Glas …«, sagte ich.

»Mooo … ment! Bevor du deins erhebs, tringn wir meins erstmal aus.«

»Genau!« Das taten wir, um dann überrascht festzustellen, dass wir die Gläser für einen weiteren Trinkspruch nicht mehr füllen konnten.

Der Korn war leer.

»Auweia!«, stellte Mario fest, drehte die Flasche auf den Kopf, hielt sie einige Zeit so, bis wir ganz sicher sein konnten.

»Muss verdunset sein!«, tippte ich.

»Verdunset, nä?« Mario wusste auch keine andere Erklärung.

Bevor die Enttäuschung zu groß wurde, sagte ich: »Aber Bier is noch da!«

»Bier!«, nickte Mario und zog zwei Flaschen aus dem Kasten.

Bevor er sie öffnete, wehrte ich mit erhobener Hand ab. »Ich glau'e, es ist eine Pause fällig! Eine klei'e Pause!«

»Du meins' …«, grinste Mario, »… *FLASCHNPOSS??*«

»Pschsch! Nich' so laut, Mann! Du erschrecks' die Fische!«

»Pschschsch!!« Mario stand auf und stützte sich mit der Hand gerade noch am VW-Bus ab. »Hoppla!«

Wir hatten die Kojen im Fahrzeug schon vorbereitet, weil wir wussten, dass uns ein Drei-Tage-Marsch rüber ins Dorf vor unlösbare Probleme stellen würde.

»Los!«, rief er. »*Flaschenposs!* Gans wie früher!«

»Na klar! Nimms'u das Bier?«

»Sicher!« Er steckte die zwei Flaschen in die Jackentaschen. Dann befeuchtete er den Zeigefinger und hielt ihn in die Luft. »Der Wind weht ablannig. Ideale Bedingung'n!«

»Bisauf'n Korn!«

»*Fast* i'eale Bedingung'n.«

Ich folgte ihm und wunderte mich, dass mir die kleine Steigung so zu schaffen machte. »Junge, Junge!«, schnaufte ich. »Man hat kräftig invessiert in den Küssenschutz. Vor dreißig Jahren war der Deich noch nich' so hoch.«

»Vielleich' liechs ja 'm Alter!«

»Unsinn! Nur vom Alter wird 'n Deich nich' höher!«

Er war schon weiter zum Ufer gegangen, stellte sich breitbeinig an die Wasserkante und nestelte am Hosenschlitz. Ich vergewisserte mich, dass niemand in Sichtweite war, stellte mich neben ihn und tat es ihm gleich. Wir öffneten die Schleusen und Mario sprach mit erhabener Stimme:

> *»Ostsee, Ostsee, gu'es Meer,*
> *weiche nicht, komm su mir her!*
> *Aus tiefsem Herzen send ich dir*
> *die Seele mein nebs' Korn'n'Bier.*
> *Trag sie hinaus weit in die Ferne.*
> *Bidde? – Mehr davon? Na, gerne!*
>
> *– Bremsen!!«*

Wir bremsten.

Marios Miene war feucht-feierlich, als er, ohne dass wir unsere Seelenspender verstauten, die Bierflaschen aus den Jackentaschen zog, sie öffnete und mir eine in die Hand drückte. Wir tranken und mussten nach seinem Kommando: »Weiter geh's!« und dem abschließenden Vers:

> *»Trag sie hinaus nach Ost und West,*
> *Achtung, Meer, hier komm'er Rest!«*

feststellen, dass die zweite Segnung aus ein paar kleinen nassen Hüpfern bestand, die von der Ostsee ohne großen Aufhebens entgegengenommen wurden.

»Mist!!« Erschreckt schaute ich auf meine Hose. »Früher war deu'lich mehr Druck!«, schimpfte ich.

»Der Korn muss ers' noch sacken«, entgegnete Mario.

»Aber … so war's auch schön«, resümierte ich. »Fast wie damals.«

ENDE

»Viele, die so sind wie ich« lockten vor 50 Jahren Zehntausende zum »europäischen Woodstock«

(August 2020)

Der Soziologe Prof. Frank Hillebrandt (FernUniversität Hagen) sieht in vielen Bereichen Folgen von Popmusik-Festivals. Auf Fehmarn hatte Jimi Hendrix 1970 seinen letzten großen Auftritt.

Der Besuch auf Fehmarn war keine Urlaubsreise für Prof. Dr. Frank Hillebrandt und seine Mitarbeiterin Amela Radetinac. Anlass war das erste mehrtägige Popfestival auf dem europäischen Kontinent vor 50 Jahren. Das »Love-and-Peace-Festival« fand vom 4. bis 6. September 1970 mit 25.000 bis 30.000 Besucherinnen und Besuchern auf der Ostseeinsel statt. Traurige Berühmtheit erhielt es, weil Jimi Hendrix hier letztmalig mit einem Konzert vor einem großen Publikum auftrat. Am 18. September 1970 starb die Musiklegende in London. Frank Hillebrandt, Soziologieprofessor an der FernUniversität in Hagen, befasst sich mit dem Festival auf Fehmarn, weil er die vielfältigen Auswirkungen von Rock und Pop erforscht.

Die Musik der 1960-er und 1970-er Jahre hat viele Veränderungen in Populärkultur und Gesellschaft, in Politik und Wirtschaft ausgelöst, die bis heute wirken. Daher hat für Hillebrandt und seine Mitarbeiterin im Lehrgebiet Allgemeine Soziologie und Soziologische Theorie auch das »europäische Woodstock« große Bedeutung. Hillebrandt schreibt zurzeit ein Theoriebuch über Ereignisse, für das er empirische Beispiele aufarbeitet: »Das Love-and-Peace-Festival ist ja ein Nachfolgeereignis zu Woodstock, das gar nicht so viele kennen.«

»Europäisches Woodstock« auf Fehmarn

Angekündigt wurde das Insel-Ereignis mit einigen Bands, die bei dem Mega-Konzert in den USA aufgetreten waren, als »europäisches Woodstock«. Unter anderem traten Ginger Baker's Air Force, Mungo Jerry, Sly and the Family Stone und Canned Heat auf, aber auch Rio Reiser und seine Band Ton Steine Scherben – mit ihrem allerersten Live-Konzert – sowie andere deutsche Gruppen. Top Act war natürlich Jimi Hendrix, der allerdings sehr lange auf sich warten ließ und dadurch das Publikum zunächst verärgerte, »dann aber einen sehr guten Gig spielte«, so Hillebrandt.

Das Festival verlief chaotisch, vor allem Regen und Sturm machten den Veranstaltern einen Strich durch die Rechnung. Einige Bands kamen nicht, die Technik funktionierte schlecht, Hamburger Rocker drangsalierten als »Ordner« das Publikum. Die drei jungen Veranstalter standen anschließend vor einem riesigen Schuldenberg.

Wichtiges Format des Rock und Pop

Dennoch hat Hillebrandt großen Respekt vor ihrer Leistung, renommierte Bands und ganz besonders Hendrix verpflichtet zu haben. Dabei war die Veranstaltung mit geplant 75.000 Besucherinnen und Besuchern nicht einmal besonders groß, zum Isle of Wight-Festival waren kurz zuvor etwa 700.000 gekommen – mehr als zu »Woodstock«.

Für den FernUni-Soziologen hat sich das Festival als Format trotz des Scheiterns auf Fehmarn etabliert. Die Zahl der Festivals hat seither weltweit stark zugenommen, vor dem Beginn der Corona-Pandemie waren es Tausende jährlich. So sind sie ein ganz wichtiges Format des Rock und Pop geworden, aber jetzt professionell organisiert: »Das Chaotische – Zelten im Schlamm etwa – wird heute zum Programm, das wissen die Leute vorher.«

Um diesen Erfolg zu verstehen, arbeiten sich Frank Hillebrand und Amela Radetinac von der Gegenwart zurück in die Vergangenheit. Woodstock und Monterey sind jedoch schon vielfach untersucht worden »und der Zugang ist auch nicht einfach«, erläutert Hillebrandt: »Zeitzeugen erzählen vor allem mythische Heldengeschichten. Diese Ereignisse sind für die empirische Forschung ›verbrannt‹.«

Wissenschaftlicher Zugang zu Fehmarn-Festival leichter

Zum Ereignis auf Fehmarn ist der Feldzugang leichter: »Einmal, weil es eine ›Fehmarn-Festival-Group‹ gibt, die sich der Erinnerung widmet. Dieser eingetragene Verein hat uns zwei ›Veteranen‹ vermittelt, die wir interviewt haben. Zum anderen gibt es ein sehr schönes Inselarchiv.« Auf der Insel lernten Hillebrandt und Radetinac auch zwei Einheimische kennen, die damals als Polizist und als Rettungsschwimmerin dabei waren. Mit der Musik und der Veranstaltung konnten sie wenig anfangen. Aber auch das Interview mit ihnen zeigte: »Das Festival war Subkultur und damit im Bewusstsein der Bevölkerung nichts Erinnerungswertes.«

Wohl aber für die, die dafür extra auf die Insel kamen.

Gemeinsam und anders

Dabei spielte aber nicht immer die Musik die wirklich entscheidende Rolle. Hillebrandt: »Entscheidender Grund für die Popularität eines Festivals ist, dass man viele um sich weiß, die ›so sind wie ich‹. Das hört man auch von Woodstock-Zeitzeugen.« Dagegen ist die Musik in der Erinnerung weniger wichtig. An welche Musik erinnerten die beiden Festival-Veteranen von einst sich noch? »Jimi Hendrix, natürlich, da bin ich auch mal aus meinem Zelt herausgekommen…« Es ging nach Hillebrandts Worten also vor allem darum, mit vielen zusammen zu sein, »die man zu sich selbst zählt, und ein großes ›Wir‹ zu haben«.

Woodstock ist für Hillebrandt das beste Beispiel »für die Kunst, viele zu sein, die nichts mehr hatten, keine Nahrung, die sich trotzdem eine schöne Zeit machten«. So war es auch auf Fehmarn: »Die Voraussetzungen waren eigentlich so schlecht, wie sie nur sein konnten: Regen, Gewitter, nichts mehr zu essen, keine vernünftige sanitäre Versorgung. Aber man hat es gemeinsam hinbekommen.« Amela Radetinac ergänzt: »Unsere beiden Interviewpartner erinnerten sich nicht mehr daran, wo sie gegessen haben und zur Toilette gegangen sind – das scheint für sie nicht zum Problem geworden zu sein.«

Friedliebend, konstruktiv, wirkungsvoll

Für Hillebrandt wollten die Hippies einfach ihren eigenen Weg gehen: »Was die anderen machten, war ihnen eigentlich egal. Sie wollten der Welt zeigen: Wir wollen es nicht so machen wie Ihr – um neun ins Büro und um fünf wieder raus. Zerstören wollten sie nichts. Sie waren friedliebend und konstruktiv, gegen den Vietnam-Krieg und gegen den Mainstream.« So waren auch ihre Festivals nichts, was es vorher gab.

Was sie bewirkten ist, so Hillebrandt, vielerorts zu erkennen: »Es anders zu machen hat sich ja sogar in der heutigen Ökonomie durchaus durchgesetzt! Wo gibt es in der Arbeitswelt noch solch hierarchische Strukturen wie früher? Die digitalen Neugründungen der letzten Jahrzehnte haben sich sehr stark auf die Hippie-Kultur bezogen. Es gibt Kolleginnen und Kollegen in der Soziologie, die sagen, das Silikon Valley sei eigentlich ein Ausfluss von Woodstock, weil erst die wenig hierarchische Arbeitsstruktur die ganze Kreativität hervorgebracht habe.« In Gesellschaft und Politik sieht er einen direkten Weg von ihnen über die Sponti-Bewegung zu den Grünen.

In diesem Zusammenhang kommt Hillebrandt noch darauf zu sprechen, dass nach einer immer stärker werdenden These in der Soziologie die »Festivalisierung« gegenwärtig stark zunehme: »Man macht z.B. Stadtplanung immer mehr im Festival-Format – ›Schaff' mal ein Festival in die Stadt, dann bekommen wir auch eine vernünftige Stadt. Oder man macht Politikveranstaltungen wie ein Pop-Konzert.«

Die Erinnerungskultur in der Musik

Für Musik ist Erinnerung – auch an das Festival auf Fehmarn – äußerst wichtig, so der Forscher: »In der Erinnerungskultur muss man eine ›Gründungsphase‹ haben. Etwa, indem man die ›Heiligen der Musik‹ wie Hendrix auf ein Podest hebt.«

Die Popmusik braucht diese Personifizierung und die Erinnerungen an die Ereignisse als Fundament, um sich weiter reproduzieren zu können: Wer, der dabei war, wird nicht sagen, er habe sein ›eigenes Woodstock‹ erlebt? »Hendrix' letzter Auftritt ist nicht zuletzt der Grund dafür, dass man sich noch heute des Festivals so stark erinnert«, so Hillebrandt. »Es wird sehr personifiziert. Wie wäre wohl die Erinnerungskultur, wenn er nicht gestorben wäre?« In filmischen Dokumentationen rückte der Rock- und Bluesmusiker – wie Hillebrandt und Radetinac feststellten – im Lauf der Jahre immer mehr in den Mittelpunkt. Hendrix wird zu einer Ikone der Popkultur.

Fundament für neues Format

Ein Fundament war das neue Format aber auch für weitere Veranstaltungen dieser Art: »Darauf aufbauend wurden neue Konzerte organisiert, weil man sich sicher sein konnte, dass es genügend Interessierte gibt.«

Die damaligen Organisatoren hatten offensichtlich zur richtigen Zeit die richtige Idee gehabt. Frank Hillebrandt: »Wenn man jetzt noch einmal mit ›Chaos-Festivals‹ neu anfangen würde, würde das wahrscheinlich nicht klappen. Der Zeitgeist ist einfach nicht danach. Damals hat man es einfach so gemacht, als Rebellion, als Gegenkultur, als Ausstieg aus der Gesellschaft. Die wollten mit dem ganzen Kommerziellen und der ganzen vermieften Nach-Adenauer-Gesellschaft nichts mehr zu tun haben. Genau deswegen sind die beiden Teilnehmenden, die uns die Festival-Group für Interviews vermittelt hat, dahingegangen. Und die meisten anderen der 25.000 bis 30.000 auch.«

Mein Dank

gilt Marianne Ochsen und Hans-Udo Zenneck für das Sichten des Materials sowie Matthias Heining für seine praktischen Ratschläge.

Ferner danke ich meiner Frau für begleitende Kritik (+ und -).

Quellen

Filme:

»*Meine Jugend auf den Open-Air-Festivals"*, Sept.20,
Autorin: Pia Lüke, NDR

Doku Rockpalast 5.3.98 »*Colosseum – Geschichte einer Rockband*«

Verschollene Filmschätze – 1970 Rock Festival auf der Isle of Wight

Festivals in Monterey, Woodstock und Altamont:
Wikipedia sowie div. Dokumentationen

Fehmarn Festival Research Group (Neitzel, Gerlach, Kulms):
»*Jimi – das Fehmarn Festival*«

Literatur:

Der Eiermann von Fehmarn, Matthias Hölling, Stadtmagazin Bremen

Jimi Hendrix – Der letzte Auftritt. Das Fehmarn-Festival 1970
Jürgen Rust, Cobra-Verlag

Jimi Hendrix und der Sturm auf Fehmarn
Hrsg. Thorsten Schmidt, Kultur Buch Bremen

Fehmarn - Das Regen-Festival
Brigitte & Hans Jürgen Tast, Kulleraugen-Medienschriften

Rock-Lexikon Barry Graves, Siegfried Schmidt-Joos, rororo

Dokumentation »*Viele, die so sind wie ich ...*«
www.fernuni-hagen.de

»*Der Flügel brachte mich zu Jimi*« ln-online.de, 24.07.2017

Das Eingreifen Wilhelmine Lübkes u. a. informedia-sh.org, 2010
Der Conga spielende Taxifahrer Günter Schneidewind SWR1
Über Hamburger Rocker:
www.zeit.de/hamburg/2014-05/rocker-szene-hamburg